KB108568

잃어버린 시간을 찾아서 9

갇힌 여인 1

À LA RECHERCHE DU TEMPS PERDU
La Prisonnière

잃어버린 시간을 찾아서 9

갇힌 여인 1

마르셀 프루스트 김희영 옮김

민음사

일러두기

1 이 책은 Marcel Proust의 *Le Temps retrouvé, A la recherche du temps perdu*(Gallimard, "Bibliotheque de la Pleiade", 1989)를 번역했다. 그리고 주석은 위에 인용한 책과 *Le Temps retrouvé*(Gallimard, Collection Folio, 1990), *Le Temps retrouvé*(Le Livre de Poche, 1993), *Le Temps retrouvé*(GF Flammarion, 2011)를 참조하여 역자가 작성했다. 주석과 작품 해설에서 각 판본은 플레이아드, 폴리오, 리브르드포슈, GF-플라마리옹으로 구분하여 표기했다.

2 총 7편으로 이루어진 프루스트의 『잃어버린 시간을 찾아서』를 원고의 길이와 독서의 편의를 고려하여 13권으로 나누어 편집했다. 1편 「스완네 집 쪽으로」(1, 2권), 2편 「꽃핀 소녀들의 그늘에서」(3, 4권), 3편 「게르망트 쪽」(5, 6권), 4편 「소돔과 고모라」(7, 8권), 5편 「갇힌 여인」(9, 10권), 6편 「사라진 알베르틴」(11권), 7편 「되찾은 시간」(12, 13권)

3 작품명 표기에서 단행본은 『 』, 개별 작품은 「 」, 정기간행물은 《 》로 구분했다.

차례

갇인 여인 1

「갇힌 여인」의 주요 등장인물

나(마르셀) 발베크에서 만난 알베르틴이 뱅퇴유 양의 친구에 의해 키워졌다는 말을 듣고 알베르틴을 파리의 자기 집으로 데려온다. 아침에는 거리에서 들리는 장사꾼들의 감미로운 외침을 음미하고, 밤에는 잠든 알베르틴을 관조하는 칩거 생활을 이어 간다. 앙드레와 운전사에게 알베르틴의 감시를 부탁하지만, 연이은 알베르틴의 거짓말에 의혹과 질투가 증폭된다. 베르고트의 죽음과 뱅퇴유의 칠중주곡을 통해 잠시 삶의 덧없음과 예술의 불멸성을 성찰하는 시간을 갖는다. 알베르틴과 헤어지고 베네치아로 떠날 결심을 하는 순간, 알베르틴이 사라졌다는 운명의 소리를 듣는다.

어머니 남편과 아들에게 헌신적인 인물이다. 돌아가신 어머니에 대한 회한에 사로잡혀 생전에 좋아하시던 세비네 부인의 편지를 인용하면서 위안을 삼는다.

알베르틴(시모네) 가난한 고아 출신으로 스완 부인의 살롱을 드나들던 봉탕 부인의 조카이다. 친구들과 무리 지어 발베크 해변을 산책하면서 자유분방한 태도로 화자를 매혹하지만, 뱅퇴유 양의 친구를 유년 시절부터 알고 지냈다는 고백으로 화자를 고통스럽게 한다. 화자를 사랑한다는 말도 진실이 아닌 거짓말로 받아들여지자, 이런 광기 어린 질투에 종지부를 찍기 위해, 더 이상 갇힌 여인이 되지 않기 위해 떠난다.

프랑수아즈 콩브레의 레오니 아주머니 댁 요리사였으나 지금은 화자의 집에서 가정부로 일하는 충직한 여인이다. 고풍스러운 언어와 전통적인 가치를 존중하지만, 딸의 영향으로 점차 그 빛이 퇴색한다.

앙드레 알베르틴의 여자 친구이다. 부유한 부르주아 출신으로 병약한 몸을 가졌으나 알베르틴을 동생처럼 보살핀다. 알베르틴과 춤추는 모습을 목격한 화자에게는 그녀의 관대한 몸짓도 모두 의혹의 대상이 될 뿐이다.

운전사 발베크 근방을 산책할 때 알게 된 택시 운전사로 "성채 십자가 모양의 살이 부착된 둥근 핸들에 기댄 채 교활하게 웃고 있"는 인물로 묘사된다. 카부르에서 프루스트가 실제 만났던 택시 운전사 아고스티넬리가 모델이다.

게르망트 공작 부인(오리안) 게르망트 공작의 아내이자 콩브레 근방에 있는 게르망트 성의 성주 부인으로 오랫동안 화자의 몽상의 대상이 되어 왔다. 스완을 비롯한 지적 사단의 우두머리로 뛰어난 지성과 재치로 사교계를 석권하지만, 남편의 바람기 때문에 하인들을 괴롭히고 사교계에도 권태를 느낀다. 진보적이고 자유로운 사고의 소유자지만 스완의 마지막 청을 거절할 정도로 귀족의 전통적이고 보수적인 면도 가지고 있다.

샤를뤼스 남작(팔라메드) 게르망트 공작의 동생이자 생루의 외삼촌이다. 왕족의 오만함과 뛰어난 지성을 갖추었으나 기이한 언행으로 사람들을 놀라게 한다. 바이올리니스트에게 레지옹 도뇌르의 수훈이라는 영광을 안겨 주기 위해 뱅퇴유의 미발표 작품을 소개하는 연주회를 개최하나, 이를 계기로 베르뒤랭 살롱에서 제명되고 사회적 위치도 실추한다.

모렐(샤를 또는 샤를리) 이득이 되는 일이라면 뭐든지 마다하지 않는 출세 지향적인 인물이지만, 음악가라는 신분에 강한 자부심을 가지고 있다. 동시에르에서 만난 샤를뤼스의 강력한 후원 아래 바이올리니스트로서 명성을 떨치며, 쥐피앵의 조카딸에게도 구혼하는 등 행복한 미래를 꿈꾸지만, 신경 발작과 베르뒤랭 부인의 술책으로 조카딸과 샤를뤼스를 버리고 배신하기에 이른다.

쥐피앵 게르망트 공작 저택 안마당에 딸린 가게에서 조끼 짓는 재봉사로 일하다가 조카딸에게 일을 넘겨주고 관청에 다닌다. 샤를뤼스와 관계를 맺으면서 충실한 심복이 된다.

쥐피앵의 조카딸 쥐피앵의 가게에서 일하다가 성실한 양재사로 자리 잡는다. 모렐을 진심으로 사랑하고 약혼도 하지만 버림받는다. 나중에 샤를뤼스 남작의 양녀가 되어 캉브르메르 후작의 아들과 결혼한다.

스완(샤를) 부유한 유대인 증권 중개인이자 뛰어난 예술적 안목의 소유자로 게르망트 공작 부인의 사단에 속한다. 오데트라는 화류계 여인과의 결혼과 드레퓌스 사건의 발발로 사교계에서의 위치가 추락한다. 죽기 전에 아내 오데트와 딸 질베르트를 게르망트 공작 부인에게 인사시키고 싶어 하지만, 끝내 소망을 이루지 못한다.

스완 부인(오데트) 화류계 여자라는 과거의 신분에서 탈피하여 우아하고 부유한 부르주아 여인으로 변신한다. 작가인 베르고트가 참석하는 그녀의 살롱은 파리에서 가장 인기 있는 살롱으로 자리매김한다. 유대인인 남편 때문에 실추한 명성을 되찾기 위해 열렬한 민족주의 투사로 변신하고 생루의 어머니인 마르상트 부인과 안면을 트고, 스완이 죽은 후에는 포르슈빌 백작과 결혼하여, 딸 질베르트를 파리에서 가장 인기 있는 신붓감으로 만든다.

질베르트 스완과 오데트의 딸로 화자의 첫사랑이다. 나중에 게르망트 가의 후계자인 생루와 결혼하여 스완 가와 게르망트 가를 잇는 연결고리 역할을 한다.

생루(로베르) 게르망트 가의 후계자로 동시에르 병영에서 근무하는 군인이자 화자의 친구이다. 유대인 여배우 라셸을 사랑하나 가족의 반대로 뜻을 이루지 못하고 모로코로 파견된다. 진보적인 지식인으로 드레퓌스 지지파이다. 스완의 딸 질베르트와 결혼한다.

블로크 화자보다 한두 살 많은 학교 친구로 연극 연출가로 활동하다 마침내는 유명한 극작가로 변신한다. 고대 시인의 언어를 인용하면서 현학을 뽐내며, 과장되고 무례한 언행으로 불쾌감을 준다. 희화적인 유대인의 표상이다.

블로크의 사촌 누이들 여배우 레아와 동거하고, 알베르틴에게도 유혹의 눈길을 던지는 등 고모라적 성향의 여성들을 상징한다.

레아 여성에 대한 배타적 취향을 가졌다고 알려진 여배우이다. 그녀가 트로카데로 낮 공연에 출연한다는 말을 들은 화자는 프랑수아즈를 보내 알베르틴과의 만남을 방해한다. 모렐에게 보낸 편지는 그녀의 고모라적 성향을 확인하는 계기가 된다.

베르뒤랭 부인의 연회에서

베르뒤랭 부인 출처를 모르는 부의 소유자로 예술의 진정한 후원자임을 표방하나, 유일한 야망은 게르망트 공작 부인처럼 파리 사교계의 여왕이 되는 것이다. 귀족 계급에 대한 절대적 증오를 표방하면서도 은밀히 숭배하는, 작은 패거리의 '여주인'이다. 훗날 게르망트 대공과 결혼함으로써 사교계를 석권한다.

베르뒤랭(오귀스트 또는 귀스타브) 아내의 말에 절대적인 복종을 하는, 조금은 빛이 가려진 인물이지만, 사니에트가 파산했다는 말을 듣고 생활 보조금을 주자는 제안을 할 정도로 인간적인 면모를 가지고 있다.

브리쇼 베르뒤랭 살롱의 단골손님으로 현학적인 대학교수의 표상이다. 베르뒤랭 살롱에서의 천박하고도 상투적인 대화에 지쳐 떠날 생각도 하지만, 세탁부와의 관계를 폭로하겠다는 베르뒤랭 부인의 협박으로 누구보다도 열렬한 베르뒤랭 패거리의 일원이 된다. 샤를뤼스를 소르본 대학의 젊고 학구적인 분위기로 안내하는 친구이나, 그를 살롱에서 추방하는 데 주저하지 않는다.

코타르 베르뒤랭 살롱의 단골손님으로 의사의 표상이다. 발베크의 카지노에서 알베르틴이 앙드레와 춤추는 장면을 목격하고 쾌락의 가능성을 언급하여 화자에게 고통을 안겨 준다. 돌연사로 사망했다는 소식이 전해지나 다시 살롱에 등장한다.

사니에트 훌륭한 고문서 학자이나 소심하고 순진한 성격, 고풍 어린 말투 때문에 베르뒤랭 살롱의 놀림거리가 된다.

스키(비라도베츠키) 폴란드 출신의 조각가이다. 베르뒤랭 부인이 편리하다고 해서 붙여 준 이름이다. 화가 엘스티르와 피아니스트 드샹브르, 그리고 현재는 바이올리니스트 모렐과 함께 베르뒤랭 부인의 살롱을 장식하는 예술가 군단을 형성한다.

나폴리 여왕 바이에른 공 막시밀리안 요제프의 딸로 실재했던 인물이다. 나폴리 왕인 프란체스코 2세의 아내이자, 비극적인 최후를 맞이했던 오스트리아 황후인 언니 엘리자베스와 동생 알랑송 공작 부인과 자매지간이다. 샤를뤼스가 베르뒤랭 살롱에서 제명당하는 장면을 목격하고, 그의 명예로운 퇴장을 도와준다.

예술가와 그 분신들

베르고트 화자에게 일찍부터 문학에 대한 소명 의식을 불러일으킨 작가의 표상이다. 병으로 두문불출하다가 베르메르의 「델프트의 풍경」을 보기 위해 외출했다 미술관에서 쓰러진다. 그의 죽음은 예술의 불멸성과 단편적이고 세부적인 것의 중요성을 일깨우는 계기가 된다.

뱅퇴유 시골의 음악 교사로, 콩브레 근교의 몽주뱅에서 딸과 딸의 여자 친구와 함께 살면서 은둔 생활을 한다. 그의 사망 후 딸과 여자 친구가 미발표곡을 정리하여 세상에 내놓음으로써 빛을 보게 된다.

뱅퇴유 양과 여자 친구 아버지 뱅퇴유의 사진에 침을 뱉는 모독 장면으로 화자에게 깊은 충격을 주었던 인물들이다. 죄책감에서 뱅퇴유가 남긴 그 난해한 악보를 해독하는 데 많은 노력을 기울여 성공하고, 드디어는 뱅퇴유를 예술가의 반열에 오르게 한다.

엘스티르 「스완」에서는 베르뒤랭 살롱을 드나들던 비슈라는 이름의 속물로 그려졌으나, 발베크에서는 인상파의 대가로 나온다. 그의 모델로는 터너와 모네, 마네, 휘슬러가 거론되며 거기에 16세기의 카르파초와 르누아르 등이 녹아 있다.

포르투니 스페인의 화가이자 패션 디자이너이다. 어머니와 함께 베네치아로 이주하여 직물 공장을 설립하고, 그리스 의상이나 르네상스 시대의 그림에서 영감을 받은 의상을 제작했다. 사진과 연극 무대 장치에도 관심이 많아 바그너의 「파르시팔」에 나오는 '꽃의 소녀들' 무대 장치를 설계하기도 했다. 포르투니의 의상은 베네치아로 떠나고 싶은 화자의 열망과 더불어 「갇힌 여인」의 후반부를 장식하는 주요 모티프로 작용한다.

1부

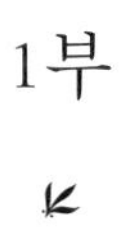

이른 아침, 벽 쪽으로 고개를 돌려 커다란 창문 커튼 위로 새어 드는 아침 햇살이 어떤 미묘한 빛깔로 반짝이는지를 보기도 전에 나는 이미 그날의 날씨를 알 수 있었다. 거리로 흘러나오는 첫 소리가, 대기의 습기로 굴절되어 약하게 들리는지, 아니면 차가우면서도 활짝 트인 순수한 아침의 텅 빈 공명의 공간 속에서 화살처럼 떨며 울리는지로 그날의 날씨를 가르쳐 주었기 때문이다. 첫 번째 전차 구르는 소리만 듣고도 나는 전차가 빗속에서 기다리다 지쳤으며, 또는 푸른 하늘을 향해 출발하려 한다는 것을 감지했다. 또 어쩌면 뭔가 더 빠르고 더 가슴을 파고드는 미세한 것의 방사가 이 소리들보다 먼저 내 수면 속으로 스며들어 눈이 올지도 모른다는 서글픈 전조를 퍼뜨리거나, 아니면 간헐적으로 나타나는 어느 작은 인물*에게 태양을 기리는 수많은 찬가를 부르게 하여, 잠이 덜

깬 채 미소 짓기 시작하는, 감긴 눈꺼풀이 곧 그 빛에 눈부셔할 준비가 된 내게, 드디어는 귀가 먹먹해지는 음악 속의 깨어남으로 인도했는지도 모른다. 더욱이 이 시기에 나는 밖의 삶을 주로 방에서 지각했다. 블로크가 저녁에 나를 보러 왔을 때 방에서 대화 소리를 들었다고 얘기한 것을 안다. 어머니는 콩브레에 계셨고, 내 방에서 어느 누구도 보지 못했으므로 그는 내가 혼잣말을 했다고 결론지었다. 그러다 나중에 알베르틴이 나와 함께 산다는 사실을 알고는 내가 모든 이들에게 그녀를 감추려 했다고 생각하고, 그 삶의 시기에 내가 결코 외출을 하려 하지 않은 이유를 드디어 알게 되었다고 단언했다. 틀린 생각이었다. 물론 그렇게 생각할 만도 했다. 왜냐하면 현실이란, 아무리 불가피하다 할지라도 완벽하게 예측할 수 있는 것이 아니며, 사람들은 흔히 타인의 삶에 관해 뭔가 정확한 세부 사항을 알면, 그로부터 정확하지 않은 결론을 도출하고, 또 새로이 발견한 이 사실에서 그것과는 전혀 상관없는 일들에 대한 설명을 찾기 때문이다.

발베크에서 돌아온 후, 내 여자 친구는 크루즈 여행을 떠나는 계획도 포기하고 파리에서 나와 같은 지붕 아래 살기 위해 왔고, 그래서 내 방에서 이십 보쯤 떨어진 복도 끝 벽걸이 장식 융단이 드리워진 아버지의 서재를 자기 방으로 썼으며, 또 밤마다 아주 늦은 시각 나를 떠나기 전에 내 입속으로 그녀의

---

* 이 내적인 작은 인물은 콩브레의 안경 가게 진열창에 놓인 기압계를 장식했던 수도사를 환기한다.(『잃어버린 시간을 찾아서』 1권 263쪽 참조.)

혀를 넣곤 했는데, 이는 마치 나날의 빵과도 같은, 또 거의 모든 육체의 성스러운 성격을 가진, 우리의 몸 때문에 견디는 온갖 고통에 일종의 정신적인 부드러움을 안겨 주는 자양분 많은 양식과도 같았다. 그리하여 내가 이 장면과 비교하여 이내 떠올린 장면은, 보로디노 중대장이 특별 배려로 병영에서의 숙박을 허락해 주었던 밤*이 아니라(일시적인 불편함만을 해소시켜 주었던), 아버지가 내 침대 옆 작은 침대에서 자라며 어머니를 보내 주었던 바로 그 밤이었다. 이처럼 피할 수 없다고 믿었던 고통으로부터 삶이 한 번 더 우리를 해방시켜 줄 때면, 그 일은 다른 조건, 때로는 완전히 상반된 조건에서 행해지는 탓에, 우리는 스스로에게 부여된 은총의 정체를 확인하는 일마저 거의 명백한 모독 행위로 여긴다!

아직 커튼이 드리워진 방의 어둠 속에서 내가 자지 않는다는 얘기를 프랑수아즈에게서 들은 알베르틴은, 화장실에서 목욕을 하며 소리가 나도 별로 신경 쓰지 않았다. 그럴 때면 나도 한 시간이 지나도록 그녀를 기다리는 대신, 그녀의 화장실과 붙어 있는 쾌적한 내 방 욕실로 들어가곤 했다.** 예전에 한 극장 지배인은 수십만 프랑을 들여 진짜 에메랄드가 별처

---

* 화자가 생루를 만나려고 동시에르에 갔을 때의 일이다.(『잃어버린 시간을 찾아서』 5권 124~126쪽 참조.)

** 화장실(cabinet de toilette)에는 샤워기만 있는 데 반해 욕실(salle de bain)에는 욕조가 있다는 점이 화장실과 욕실의 차이이다. 그러나 이 글에서는 화장실에도 욕조가 있는 것처럼 묘사되어 있다.

럼 장식된 옥좌를 만들고, 거기서 디바가 황후 역을 연기하곤 했다. 러시아 발레는 단순히 빛을 연출하는 것만으로도 필요한 곳을 호화롭고 다채로운 보석으로 넘쳐흐르게 할 수 있다는 점을 가르쳐 주었다. 이미 비물질적인 것이 된 이 장식도, 정오가 다 되어 잠자리에서 있어났을 때 우리가 습관적으로 보아 오던 장식을 대신하는 아침 8시의 햇살이라는 장식만큼은 아름답지 않았다. 두 욕실의 창문은 밖에서 보이지 않도록 단순히 매끄러운 유리가 아니라, 인공 서리로 뒤덮인 구식(舊式) 주름이 가득 잡힌 유리로 만들어져 있었다. 태양이 갑자기 이 모슬린 같은 유리를 금빛으로 노랗게 물들이면서, 오랫동안 습관으로 감추어진 예전의 젊은 남자를 내게서 서서히 노출시킬 때면, 나는 마치 황금빛 나뭇잎이 무성한 자연 한가운데 서 있는 듯 추억에 취했는데, 그곳에는 한 마리 새의 존재마저 빠지지 않았다. 알베르틴의 휘파람 소리가 쉴 새 없이 들렸기 때문이다.

> 고통은 미친 짓이야.
> 고통에 귀 기울이는 사람은 더 미친 사람이야.*

나는 그녀를 너무도 사랑했으므로 음악에 대한 그녀의 저

---

* 이폴리트 게랭(Hippolyte Guérin)이 가사를 쓰고 에밀 뒤랑(Emile Durand, 1830~1903)이 곡을 붙인 로망스 「비니우」(1856년 작)의 후렴구이다. 당시에 큰 성공을 거두었던 노래이다.(『갇힌 여인』, 플레이아드 III, 1701쪽 참조.) 비니우는 브르타뉴어로 공기주머니로 연주하는 백파이프 악기를 가리킨다.

속한 취향에도 즐겁게 웃을 수밖에 없었다. 사실 이 노래는 작년 여름 봉탕 부인을 매혹했는데, 사람들이 바보 같은 노래라고 말하는 소리를 들은 후부터는 이내 손님이 있을 때면 부인은 알베르틴에게 이 노래를 부르게 하는 대신 다음 노래를 주문했다.

작별의 노래가 불안한 샘에서 솟아오른다.*

그러다가 이것도 결국은 "저 아이가 우리 귀의 가치를 떨어뜨리게 하는 마스네의 오래된, 누구나 다 아는 곡"으로 바뀌었다.**

구름이 지나가면서 해를 가리자 잎으로 우거진 수줍은 유리 커튼이 빛을 잃고 다시 잿빛으로 변하는 모습이 보였다.

두 개의 화장실을 가르는 칸막이벽은(내 것과 비슷한 알베르틴의 화장실은 욕실도 겸했는데, 아파트 반대쪽에 또 다른 욕실이 있었으므로 어머니는 내가 시끄러워할까 봐 한 번도 사용하지 않았다.) 아주 얇았으므로, 우리는 각자의 욕실에서 몸을 씻으며 이야기를 나눌 수 있었다. 물소리에 의해서만 중단되는 우리

---

* 아르망 실베스트(Armand Sylvestre)의 시 「가을의 상념」에 나오는 구절로, 쥘 마스네(Jules Massenet, 1842~1912)가 곡을 붙였다. 마스네는 프루스트가 좋아했던 작곡가이다.

** 따옴표는 이 말이 봉탕 부인의 말을 그대로 인용했음을 말해 주는데, 부인은 '신물 나게 되풀이하다'라는 의미를 가진 rebattre 대신, '가치를 떨어뜨리다', '할인하다'라는 의미를 가진 rabattre로 잘못 표현했다.

의 담소는 작은 방들이 연달아 붙어 있는 호텔에서는 가끔 찾아볼 수 있지만, 파리에서는 지극히 드문, 그런 내밀한 분위기 속에서 계속되었다.

이따금 나는 원하는 만큼 오래도록 꿈을 꾸면서 침대에 누워 있었다. 왜냐하면 내가 벨을 누를 때까지 절대 방에 들어와서는 안 된다는 명령이 내려졌고, 또 침대 위에 설치된 전기 스위치가 벨을 누르기에 불편한 자리에 있어서 그걸 찾기까지 시간이 걸렸으므로, 나는 스위치를 찾으면서 자주 지치고 또 혼자 있는 데 만족해서 몇 초 동안 거의 잠든 상태로 누워 있었기 때문이다. 그렇다고 해서 알베르틴이 우리 집에 머문다는 사실에 내가 완전히 무관심했다는 의미는 아니다. 그녀가 자기 여자 친구들과 헤어진 일은 내 마음속에 또 다른 고뇌가 생기는 것을 피하게 해 주었다. 그녀는 그 고뇌를 치유하는 데 도움이 되는 휴식과 부동의 상태로 내 마음을 유지하게 해 주었다. 그러나 따지고 보면 내 여자 친구가 주는 이런 마음의 평온함도 기쁨이라기보다는 차라리 고뇌의 진정에 불과했다. 이런 평온함이 너무도 생생한 고뇌 탓에 지금까지 내게 닫혀 있던 그 수많은 기쁨을 음미하게 한 것은 사실이지만, 그러나 이 기쁨을 알베르틴 덕분이라고 여기기는 어려웠고, 게다가 나는 그녀를 아름답다고 생각하지 않았으며, 또 그녀와 함께 있으면 권태를 느끼기까지 했고, 그녀를 사랑하지 않는다는 분명한 느낌을 받았으며, 반대로 알베르틴이 내 옆에 없을 때면 오히려 기쁨을 맛보았다. 그래서 아침을 시작하기 위해 나는 그녀를 곧바로 부르지 않았는데, 특히 날씨가 좋을 때면 이미 앞에서 언급한 그 태양을 노래하며 인사하는 작은 내적 인물이 그녀보다 훨씬 나를 행복하게 해 준다는 사실을 알았으므로, 잠시 그와 둘만의 만남을 가졌다. 우리의 개별적 자아를 형성하는 많은 이들 가운데서 눈에 가장 잘 띄는 사람이 가장 본질적인 사람이라고 할 수는 없다. 내게서도 사람들이 하나둘 병으로 쓰러지면서 다른 이들보다 강인한 생명을 가진 두세 명이 살아남을 테고, 특히 두 편의 작품 또는 두 감각 사이에서 공통된 부분을 발견할 때라야 행복감을 느끼는 어느 철학자가 살아남을 것이다. 그러나 이 모든 이들 중에서도 가장 마지막으로 살아남을 사람은, 바로 콩브레의 안경 가게 진열창 뒤에 놓여 해가 비치면 수도복에 달린 후드를 벗고, 비가 오려고 하면 다시 후드를 쓰면서 그때의 날씨를 알려 주던 인물과 아주 닮은 그 작은 인물은 아닌지 때때로 자문해 보곤 했다.* 기압계를 장식하는 이 작은 인물이 얼마나 이기적인지 나는 잘 안다. 이를테면 호흡 곤란 증상이 심해져 비가 내리는 일만이 그 증상을 진정시켜 줄 것처럼 보이는데도, 이 작은 인물은 전혀 개의치 않고 그렇게 내가 초조하게 기다리던 비가 내리면 기분이 나쁜지 후드를 다시 쓴다. 반대로 내 모든 '자아'가 사멸되는 단말마의 고통이 시작될 때, 어쩌다 한 줄기 햇살이 비치기라도 하면, 내가 마지막 숨을 쉬려고 하는데도 이 기압계의 작은 인물은 기분이 좋은지 후드를 벗고 노래

* 1권에서는 capucin이란 단어를 수도사라고 간략하게 옮겼지만, 여기서는 텍스트의 이해를 위해 본래 의미에 충실하게(후드 달린 수도복을 입은 프란치스코파 계열의 카푸친 수도사) 옮겼다. 날씨를 알리는 은유로 사용되고 있다.

한다. "아! 드디어 날씨가 좋군요!"

나는 벨을 눌러 프랑수아즈를 불렀다. 《르 피가로》를 펼쳤다. 신문에서 내가 보낸 기고문을 찾아보았지만, 실리지 않은 걸 확인했다.* 내가 자칭 기고문이라고 부른 것은 사실 지난날 페르스피에 의사의 마차 안에서 마르탱빌 종탑을 바라본 인상을 적은 글로, 최근에 발견해서 조금 수정한 게 전부였다. 그리고 어머니의 편지를 읽었다. 어머니는 내가 젊은 아가씨와 단둘이 사는 것을 이상하게 여기며 충격을 받으신 모양이었다. 첫날, 우리가 발베크를 떠났을 때, 그토록 불행한 내 모습에 혼자 떠나보내는 걸 무척 염려하셨던 어머니는, 어쩌면 알베르틴이 나와 함께 떠난다는 말을 듣고, 또 우리의 짐 가방들(발베크 호텔에 있을 때 내가 그 옆에서 눈물을 흘리며 밤을 지새웠던)과 나란히 알베르틴의 가방들이 지방 열차에 실리는 광경을 보고는 기뻐했을지도 모른다. 알베르틴의 폭 좁은 검정 가방들이 내게는 관의 형태로 보였고, 나는 그것이 우리 집에 삶을 가져올지, 아니면 죽음을 가져올지 당시에는 알지 못했다. 하지만 그 찬란한 아침, 알베르틴을 발베크에 두고 떠나는 두려움 대신 그녀를 데리고 떠난다는 기쁨에 취한 나는 그 점에 대해 물어보지도 않았다. 처음 내 계획에 적대적이지 않던 어머니도(심한 상처를 입은 아들을 헌신적으로 보살펴 주는 젊은 애인에게 고마움을 표하는 어머니처럼, 내 여자 친구에게 상냥하

---

* 마르탱빌 종탑을 바라보면서 느낀 인상을 적은 글이다.(『잃어버린 시간을 찾아서』 1권 311쪽 주석 참조.)

게 말을 건네면서), 이 계획이 지나칠 정도로 완벽하게 실현되는 걸 보고, 또 젊은 여자의 체류가 우리 집에서, 그것도 부모님이 부재중인 집에서 길어지는 것을 본 후부터는 반대하셨다. 그러나 어머니가 이런 적대감을 내게 한 번이라도 표명한 적이 있었는지는 말할 수 없다. 예전에 나의 신경과민이나 게으름을 책망하는 일을 그만두었을 때처럼, 이제 어머니가 걱정하는 것은(그때 나는 그 사실을 어쩌면 전혀 짐작하지 못했고, 또 어쩌면 짐작하려고 하지도 않았는지 모르지만) 내가 약혼하겠다고 말한 아가씨에 대해 조금은 유보적인 태도를 보임으로써 내 삶을 어둡게 하고, 아내가 될 사람에게 훗날 나를 조금은 불충실한 남편으로 만들 수도 있다는 것, 또 어쩌면 어머니가 더 이상 이 세상 사람이 아닐 때 알베르틴과의 결혼으로 어머니의 마음을 아프게 했다는 죄책감을 내 마음에 심어 줄지도 모른다는 것이었다. 어머니는 돌이킬 수 없다고 생각되는 것에 대해 차라리 나의 선택을 인정하는 편이 낫다고 여기시는 모양이었다. 그 무렵 어머니를 만난 사람들은 모두 내게 당신의 어머니를 잃은 고통에 끊임없이 걱정하는 모습이 더해졌다고 말했다. 이런 정신적 긴장과 내면의 갈등 때문에 어머니는 관자놀이가 심하게 뜨거워지는 것을 느꼈고, 그래서 그 열기를 식히려고 끊임없이 창문을 열어 놓곤 하셨다. 그러나 내게 나쁜 방향에서 '영향을 미치게' 될까 봐, 또 어머니가 나의 행복이라고 믿었던 것을 망치게 될까 봐 걱정되어 쉽게 결정을 하지 못하셨다. 어머니는 내가 알베르틴을 임시로 집에 머무르게 하는 것까지 막을 결심은 하지 못하셨다. 누구보다도 관련이 있는 봉탕 부인이 부적절한 일로 여기지 않는 걸 보고 무척 놀라셨지만, 봉탕 부인보다 더 엄격한 사람으로 보이고 싶어 하지는 않으셨다. 마침 그 무렵 어머니는 우리 둘만 남겨 놓고 콩브레로 떠나게 된 것을 무척 안타깝게 생각하셨는데, 밤낮으로 끊임없이 어머니를 필요로 하는 고모할머니* 때문에 오랜 기간 콩브레에 머물러야 했기 때문이다.(실제로 어머니는 오래 머무르셨다.) 그곳에서는 르그랑댕의 친절과 헌신 덕분에 모든 일이 수월했다고 한다. 그는 나의 고모할머니와 친한 사이는 아니었지만, 고모할머니가 그의 어머니 친구였으며, 또 죽음의 선고를 받은 병자가 그의 보살핌을 받고, 또 자기 없이는 지낼 수 없다고 느끼는 듯하자 아무리 힘든 일이 닥쳐도 물러나지 않았으며 파리로의 귀가도 매주 연기했다. 속물근성이란 영혼의 중대한 병이지만, 부분적인 것이어서 영혼 전체를 완전히 망가뜨리지는 않는다. 하지만 나는 어머니와 달리, 어머니가 콩브레로 떠나게 된 일을 매우 기쁘게 여겼다. 만약 떠나지 않으셨다면 어머니는 알베르틴과 뱅퇴유 양의 우정을 알아차렸을지도 모른다.(알베르틴에게 그 일을 비밀로 해 달라고 할 수는 없었으니까.) 이는 결혼만이 아니라 — 게다가 어머니는 아직 알베르틴에게 결정적인 말은 하지 말라고 당부했고, 내게도 결혼을 생각하는 것은 점점 더 견디기 어려운 일이었다. — 알베르틴이 얼마 동안 집에 머무르는 데에

---

* 레오니 아주머니의 어머니로 콩브레 집의 주인이다.(『잃어버린 시간을 찾아서』 1권 25쪽 주석 참조.)

도 절대적으로 방해가 되었으리라. 이처럼 중대한 이유, 즉 알베르틴이 뱅퇴유 양의 친구였음을 알지 못한다는 이유를 제외하고는, 어머니는 조르주 상드의 찬미자이자 고결한 마음씨가 우리의 장점이라고 여겨 훈계를 하면서도 자유롭게 내버려 두는 할머니를 본받아, 또 내가 어머니에게 끼친 나쁜 영향이라는 그런 이중의 결과로 인해, 예전 같았으면 엄격하게 대했을지도 모르는, 아니 지금이라도 파리나 콩브레의 부르주아 친구들이라면 엄격하게 대했을 처신에 대해서도, 내가 그들의 고귀한 영혼을 칭찬하기만 하면, 그들이 날 사랑한다는 이유로 어머니는 그들을 기꺼이 용서하셨다. 그럼에도, 또 적절한 처신인가 하는 문제는 접어 두고라도, 콩브레와 레오니 아주머니, 모든 친척들로부터 질서에 대한 습관을 배우고 간직한 어머니로서는, 그런 개념이라곤 전혀 찾아볼 수 없는 내 여자 친구가 견디기 어려웠을 것이다. 그녀는 문도 닫지 않고, 반대로 문이 열린 방에는 개나 고양이처럼 일말의 망설임도 없이 들어갔을 테니까. 그녀의 조금은 귀찮은 매력도 이처럼 젊은 여자가 아닌 애완용 동물로 집에 있다는 점이었는데, 방에 들어왔나 싶으면 나가고, 아무 데나 예상하지 못한 곳에 나타나고, 또 침대 위 내 옆에 몸을 던져 — 내게는 커다란 휴식인 — 자리를 만들고 더 이상 꼼짝하지 않았는데, 응당 사람이 했으면 불편하게 느꼈을 이런 행동이 나는 전혀 불편하지 않았다. 그렇지만 이런 그녀도 마침내는 내 수면 시간에 적응해서 방에 들어오려 하지 않았고, 그뿐만 아니라 내가 벨을 울리기 전에는 소리도 내지 않으려고 조심했다. 이런 규칙을 부과한 사람은 프랑수아즈였다. 프랑수아즈는 주인의 중요성을 아는 콩브레의 하인들 중 한 사람으로, 그들이 할 수 있는 최소한의 일은 주인이 받아야 한다고 생각되는 것을 모두 주인에게 돌려주는 것이었다. 집을 방문한 손님이 부엌 하녀와 나누어 가지라고 프랑수아즈에게 팁이라도 주려고 하면, 그 손님이 돈을 주기도 전에 프랑수아즈는 똑같이 민첩하고도 신중하며 정력적으로 부엌 하녀에게 훈계를 했고, 그러면 하녀는 해야 할 바를 가르쳐 준 프랑수아즈를 본받아, 적당히 얼버무리지 않고 분명한 큰 소리로 손님에게 감사 인사를 했다. 콩브레의 주임 신부는 천재는 아니었지만, 그 역시 자신이 해야 할 바를 아는 사람이었다. 사즈라 부인의 프로테스탄트 사촌의 딸은 주임 신부의 지도로 가톨릭으로 개종하여 그 가족도 신부와 좋은 관계를 유지했다. 그런데 메제글리즈의 한 귀족과 결혼 문제가 제기되었다. 신랑 쪽 부모가 주임 신부에게 아가씨에 대해 알아보고자 아가씨가 프로테스탄트 출신임을 경멸하는 꽤 건방진 내용의 편지를 보냈다. 콩브레의 주임 신부가 어떤 어조로 대답했는지, 메제글리즈 귀족은 고개를 숙이고 엎드리면서, 아가씨와의 결혼이 자신에게는 가장 소중한 은혜라면서 혼인을 간청하는, 완전히 다른 어조의 편지를 보내왔다.*

프랑수아즈가 알베르틴에게 내 수면을 존중하도록 한 것

---

* 주인과 손님을 존중하는 일이 가톨릭교도가 프로테스탄트를 존중하는 일과 같은 선상에 놓여 있다.

은 칭찬을 받을 만큼 대단한 일은 아니었다. 프랑수아즈는 옛 관습에 젖어 있었다. 알베르틴이 내 방에 들어오겠다거나 뭔가 부탁할 게 있다고 틀림없이 순진하게 말했을 그런 제안에도, 프랑수아즈는 침묵을 지키거나 반박의 여지가 없는 단호한 어조로 대답했는데, 이런 모습을 보면서 알베르틴은 자신이 모르는 관습이 지배하는 이상한 세계, 감히 누구도 위반할 엄두를 내지 못하는 그런 생활 법칙이 지배하는 세계에 자신이 있다는 사실을 깨닫고 매우 놀라곤 했다. 알베르틴은 이미 발베크에서 이에 대한 첫 번째 전조를 감지했지만, 파리에 와서는 감히 저항할 생각도 하지 못하고, 매일 아침 인기척을 내기 위해 내 벨 소리만을 인내심 있게 기다렸다.

알베르틴을 가르치는 일은, 우리 나이 든 하녀에게도 발베크에서 돌아온 뒤부터 줄곧 지르던 신음 소리를 조금씩 가라앉게 해 주어서 유익했다. 열차에 오르려는 순간, 프랑수아즈는 각층을 감시하는 수염 난 여자인 호텔의 '객실 청소 담당 책임자'에게 깜빡 잊고 작별 인사를 하지 못했음을 깨달았는데, 청소 책임자를 잘 알지는 못했지만, 그 여자가 자신에게 비교적 공손하게 대했기 때문이다. 프랑수아즈는 무슨 일이 있어도 다시 돌아가기를, 기차에서 내려 호텔로 돌아가 작별 인사를 하고 다음 날 떠나기를 바랐다. 현명한 생각이, 특히 발베크에 대한 그 느닷없는 공포심이 나로 하여금 그런 은혜를 프랑수아즈에게 베풀지 못하게 했지만, 그녀는 병적인 불쾌감에 사로잡힌 듯 흥분했고, 그 기분은 대기의 변화에도 가라앉지 않고 파리까지 쭉 이어졌다. 생탕드레데샹 성당의 부조에 새겨진, 프랑수아즈의 법전에 따르면* 적의 죽음을 바라거나 적을 죽이는 일은 금지되지 않았지만, 해야 할 일을 하지 않고 답례 인사를 하지 않는 것, 떠나기 전에 객실 청소 책임자에게 교양 없는 사람처럼 작별 인사를 하지 않는 것은 정말로 끔찍한 일로 간주되었다. 여행하는 내내 청소 책임자에게 작별 인사를 하지 않았다는 기억이 매 순간 되살아나면서 프랑수아즈의 뺨을 벌겋게 물들였는데, 보기에도 소름 끼칠 정도였다. 파리에 도착할 때까지 그녀는 먹고 마시기를 거부했고, 이는 어쩌면 자신을 벌주려는 의도보다는, 이 기억이 '위(胃)'에 실제로 '부담'을 주었기 때문일 것이다.(각각의 사회 계층에는 나름의 병리학이 존재한다.)

어머니가 날마다 내게 편지를 보내고, 또 세비녜 부인의 몇 마디 말을 결코 빠뜨리지 않고 인용하는 이유 중의 하나는 할머니에 대한 추억 때문이었다. 어머니는 다음과 같은 편지를 써 보냈다. "사즈라 부인은 자신만의 비결을 가지고, 또 너의 가련한 할머니라면 세비녜 부인의 말을 인용하면서, 많은 손님들을 초대하지 않으면서도 외로움에서 벗어나게 해 주는 식사라고 말했을 그런 아침 식사에 우리를 초대했단다." 그래서 나는 어머니에게 보낸 첫 답장들에 이렇게 바보 같은 말을 썼다. "그 인용문만 봐도, 당신의 어머니는 당신이 보낸 편지임을 금방 알아보았을 거예요." 사흘 후에 나는 어머니로부터 이런 답장을 받았다. "내 가련한 아들아, 그것이 '내 어머니'

* 『잃어버린 시간을 찾아서』 1권 59쪽 참조.

얘기를 하는 거라면, 세비네 부인을 끌어들인 것은 적절치 않아 보이는구나. 세비네 부인이라면 딸인 그리냥 부인에게 했던 것처럼 이렇게 대답했을 거다. '그럼 그분이 네게는 아무것도 아니었단 말이냐? 나는 네가 한 가족인 줄 알았는데.'"

그사이 알베르틴이 자기 방을 드나드는 발소리가 들렸다. 나는 벨을 울렸다. 베르뒤랭 부부가 제공한 그 모렐의 친구인 운전사와 함께, 앙드레가 알베르틴을 데리러 올 시간이었기 때문이다. 나는 알베르틴에게 막연하게 결혼의 가능성을 얘기했지만, 정식으로 말한 적은 한 번도 없었다. "잘 모르겠지만 아마도 가능하겠죠."라고 내가 말하면, 그녀도 신중한 태도로 고개를 흔들고는 울적한 미소를 지으며 "아뇨, 가능하지 않을 거예요."라고 말했다. 이 말은 '내가 너무 가난해요'라는 의미였다. 그러면 나는 미래의 계획에 관한 한 "확실한 건 아무것도 없어요."라고 말하면서도, 지금만큼은 그녀의 기분을 전환시켜 주고 쾌적한 삶을 영위할 수 있도록 모든 노력을 다했는데, 어쩌면 그렇게 함으로써 무의식적으로 그녀가 나와의 결혼을 소망하게 만들고 싶었는지도 모른다. 그녀 자신도 이런 모든 사치에 웃음을 터뜨렸다. "앙드레 어머니는 아마도 내가 당신처럼 부유한 귀부인이 된 걸 보면 얼굴을 찌푸릴걸요. 그분이 '말과 마차와 그림'을 가진 귀부인이라고 지칭한 사람이 된 걸 보면요." "어떻게 앙드레의 어머니가 그런 말을 했다는 걸 한 번도 말하지 않았죠?" "오! 별난 분이에요! 내가 놀란 건, 그분이 그림을 말과 마차의 품격으로 높인다는 거죠."

훗날 알게 되겠지만, 그때까지 남아 있던 이런 어리석은 말투에도 불구하고 알베르틴은 놀랄 만큼 발전했는데, 나와는 전혀 상관없는 일이었다. 여인의 정신적인 탁월함은 언제나 나의 관심을 끌지 못해서, 내가 이런저런 여인에 대해 탁월하다고 말할 때에도 그것은 순전히 예의상 하는 말이었다. 나의 관심을 끈 것은 어쩌면 셀레스트*의 묘한 재치뿐이었는지도 모른다. 이를테면 알베르틴이 집에 없다는 말을 듣고 그 틈을 이용해서 "침대에 내려오신 천상의 신이여!"라고 말하면서 다가올 때면, 나도 모르게 잠시 웃음이 나왔다. "그런데 셀레스트, 왜 '천상의 신'이라고 하는 거죠?"라고 내가 물었다. "오! 우리처럼 속된 지상을 여행하는 사람들과 당신이 같다고 생각한다면 그건 잘못된 생각이에요!" "그렇다면 왜 침대에 '내려오신'이라고 하는 거죠? 보다시피 난 누워 있는데요." "당신은 결코 누워 있는 게 아니에요. 이렇게 누워 있는 사람을 본 적 있나요? 잠시 이곳에 내려앉으려고 온 거죠. 지금 입고 있는 새하얀 잠옷이며, 목의 움직임이며, 꼭 비둘기 같다니까요."

알베르틴은 바보 같은 말을 할 때도, 몇 해 전 발베크에서 보았던 소녀와는 아주 다른 방식으로 표현했다. 자신이 비난하는 정치 사건에 대해서는 "엄청난 사건이라고 생각해요."라고 선언하기까지 했으며, 또 그녀가 그 무렵 배웠는지는 확실치 않지만, 형편없는 책을 의미할 때는 "흥미로운데요. 하지만 뭐랄까 '돼지 같은 녀석'이 썼다고나 할까요."라고 말했다.

---

* 프루스트의 실제 가정부지만, 「소돔」에서는 허구의 인물로 등장했다.(『잃어버린 시간을 찾아서』 7권 431쪽 주석 참조.)

벨을 울리기 전에는 내 방에 들어오지 말라는 금지 조항이 그녀를 즐겁게 했다. 우리 가족의 인용 습관이 그녀에게도 배어들었는지, 자신이 여자 기숙사 학교에서 연기했던 연극 작품 중 내가 좋아한다고 말한 작품을 인용하면서 나를 줄곧 아쉬에뤼스* 왕에 비유했다.

〔그리고〕 부름을 받지 않고 그분 앞에 나타나는
대담한 자가 있다면 모두 죽음의 대가를 치러야 하나이다.

어떤 것도 이 치명적인 명령은 피할 수 없으며,
지위도 성(性)도 불문하고 죄는 동등하나이다.

저 자신도……
다른 이처럼 이 법에 복종하며,
미리 알리지 않고 말하기 위해서는,
그분께서 저를 찾으시든가 적어도 부르셔야 하나이다.**

---

* 앞에서는 가톨릭 출판사의 『성경』에 따라 크세르크세스 왕으로 표기했으나(『잃어버린 시간을 찾아서』 1권 113쪽) 에스테르와 마찬가지로 라신의 작품에 나오는 인물이므로 프랑스어 표기법에 따라 아쉬에뤼스(아하수에로)로 표기하고자 한다. 흔히 크세르크세스 왕과 혼동되는 이 인물은 에스테르의 청에 따라 유대 민족을 구한 페르시아 왕이다.

** 라신의 「에스테르」 1막 3장에 나오는 대사로, 에스테르가 양부인 마르도셰(모르도카이)에게 하는 대사이다. 「소돔」에서 「에스테르」의 인용이 다른 무엇보다도 성의 은폐나 가장이라는 동성애 주제와 연관된다면, 「갇힌 여인」에서는 감금, 포로, 억류라는 주제와 관계된다. 여기에 인용된 장면은 아망(하만)이 유대 민족을 멸살하려 한다는 소식을 들은 양부 마르도셰가, 에스테르 왕비에게 유

신체적으로 그녀는 많이 변했다. 그녀의 길고 푸른 눈은 — 옆으로 길게 찢어진 눈은 — 예전과 같은 형태가 아니었다. 눈의 빛깔은 같았지만 액체 상태가 된 듯했다. 그래서 그녀가 눈을 감는 것은 마치 커튼을 쳐서 바다를 보지 못하게 하는 일 같았다. 밤에 그녀와 헤어질 때마다 내 기억에 특별히 남은 점도, 어쩌면 그녀의 이런 부분인지 모른다. 왜냐하면 이와 반대로 그녀의 곱슬곱슬한 머리칼은 오랫동안 내가 한 번도 본 적 없는 새로운 대상처럼 아침마다 놀라움을 야기했기 때문이다. 그렇지만 소녀의 미소 띤 시선 위로 곱슬거리는 제비꽃 화관보다 아름다운 것이 또 어디 있단 말인가? 미소는 더 많은 우정을 제시한다. 그러나 살갗과 더 많이 닮은 꽃핀 머리카락의 윤나는 작은 곱슬거림은 작은 물결로 전환된 살갗인 듯, 우리의 욕망을 더 많이 포착한다.

그녀는 내 방에 들어오기 무섭게 침대로 뛰어들었고, 때로는 내가 가진 지성의 종류를 정의하다가 진심으로 열광한다는 듯 나와 헤어지느니 차라리 죽는 게 낫다고 맹세했다. 그런 날들은 내가 그녀를 부르기에 앞서 면도를 한 날이었다. 그녀는 자신이 느끼는 감정의 원인을 파악하지 못하는 여인들 가운데 하나였다. 상쾌한 안색에 기쁨을 느껴도, 그들은 그 기쁨을 훗날 자기에게 행복을 안겨 줄 사람의 정신적 장점으로 설

대 민족을 죽음에서 구해 달라고 왕에게 부탁하라고 하자, 왕비는 궁에 갇힌 자신이 왕의 부름을 받지 않고 왕 앞에 나아가는 것은 불가능하다고 역설하는 장면이다. 결국 에스테르는 마르도셰에게 설득당해 아망의 음모를 왕에게 고하고, 유대 민족을 구한다.

명하는데, 만일 수염을 그대로 자라게 두었다면 그 행복도 감소하고 덜 필연적인 듯 보였을 것이다.

나는 그녀가 가려고 하는 곳을 물어보았다. "앙드레가 뷔트 쇼몽* 공원에 데려가고 싶은가 봐요. 나는 모르는 곳이에요." 그녀가 한 숱한 말 중, 특히 이 말 아래 거짓이 감추어져 있음을 간파하기란 불가능했다. 더욱이 나는 알베르틴과 함께 간 장소를 내게 모두 말해 주는 앙드레를 신뢰했다. 발베크에서 알베르틴에게 지칠 때면, 나는 앙드레에게 거짓으로 다음과 같은 말을 할 생각도 했었다. "귀여운 앙드레, 내가 조금만 더 일찍 당신을 만났더라면! 난 틀림없이 당신을 사랑했을 거예요. 그런데 지금 내 마음은 다른 곳에 고정되어 있어요. 그래도 우린 자주 만날 수 있을 거예요. 그녀에 대한 사랑이 내게 큰 슬픔을 주고 있으니, 당신이 내 마음을 달래 줘요." 그런데 거짓으로 하려고 했던 이 말이, 삼 주일 간격을 두고 진실이 되고 말았다. 어쩌면 예전에 발베크에서 이 말을 했다면 앙드레는 내가 자기를 사랑한다고 믿었을 테지만, 파리에서는 이 말이 실제로는 거짓말이며, 내가 자기를 전혀 사랑하지 않는다고 생각했을 것이다. 진실이란 이처럼 우리 각자에게서 그토록 쉽게 변하는 법이라, 타인은 그것을 알아보기 힘들다. 여하튼 앙드레가 알베르틴과 함께 한 일들을 모두 얘기해 줄 것

---

* 조금은 음산한 지역인 파리 북동부 19구에 위치한 공원으로, 1867년 나폴레옹 3세 말기에 장사를 알팡(Jean-Charles Alphand)이 설계했다. 호수나 산책로, 넓은 언덕 등 자연과 기술의 합작품 성격이 강하며, 특히 상상력을 자극하는 지하 동굴이 유명하다.

임을 알고 있었으므로, 나는 앙드레에게 거의 매일 알베르틴을 데리러 와 달라고 부탁했고, 그녀도 내 부탁을 들어주었다. 이렇게 해서 나는 아무 걱정 없이 집에 남아 있을 수 있었다. 그리고 작은 그룹의 소녀 중 하나라는 앙드레의 특권적인 자리가, 내가 알베르틴에게서 원하는 것을 모두 얻게 해 주리라는 믿음을 주었다. 정말로 이제 나는 그녀에게 내 마음을 진정시켜 줄 힘이 있다고 솔직하게 말할 수 있었다.

한편 내 여자 친구의 안내자로 앙드레를(발베크에 돌아가려는 계획도 포기하고 파리에 남은) 택한 까닭은, 발베크에 있을 때 앙드레가 내게 애정을 갖고 있다고 알베르틴에게서 들었기 때문인데, 그 무렵 나는 반대로 앙드레를 권태롭게 하지나 않는지 걱정하고 있던 터라, 만일 그때 그 사실을 알았다면 아마 앙드레를 사랑했을지도 모른다. "뭐라고요? 몰랐다고요?" 하고 알베르틴이 말했다. "하지만 우리끼리는 그 일을 가지고 농담도 했는걸요. 더욱이 앙드레가 당신이 말하고 추론하는 태도를 흉내 낸다는 걸 알아차리지 못했나요? 당신과 금방 헤어졌을 때면 더욱 눈에 띄었어요. 당신을 만났다는 걸 말할 필요도 없을 정도였죠. 앙드레가 우리 옆에 왔을 때, 당신 옆에 있다가 오는 길이면 금방 알아차릴 수 있었어요. 우리는 서로 얼굴을 쳐다보며 웃곤 했죠. 마치 석탄 장수가 얼굴이 새까만데도 석탄 장수가 아니라고 우기는 것과 같았으니까요. 방앗간 주인은 방앗간 주인이라고 말할 필요도 없잖아요. 온몸에 묻은 밀가루만 봐도 알 수 있고, 또 그가 졌던 밀가루 포대 자국도 그대로 남아 있으니까요. 앙드레도 마찬가지였어요. 당신처럼 눈썹을 치켜뜨는 모양이나 그 긴 목이며, 여하튼 뭐라고 말할 수 없네요. 당신 방에 있던 책을 내가 밖에 가지고 나와서 읽으면, 사람들은 고약한 훈증 요법 냄새 때문에 그 책이 당신 방에서 나왔다는 걸 금방 알아차리죠. 말로 설명할 수는 없지만, 아무것도 아닌 것이 실은 친절하게도 뭔가를 말해 주는 법이잖아요. 누군가가 당신에 대해 호의적인 얘기를 하거나 높은 평가를 하면 앙드레는 황홀해했어요."

이 모든 얘기에도 불구하고, 나도 모르는 뭔가를 꾸미는 일을 피하기 위해, 나는 그날 뷔트쇼몽 공원을 포기하고, 차라리 생클루*나 다른 곳으로 가라고 권했다.

이는 물론 내가 알베르틴을 조금이라도 사랑해서가 아니라는 걸 잘 알고 있었다. 사랑이란 어쩌면 어떤 감정의 분출을 겪고 난 후, 영혼을 뒤흔드는 소용돌이가 확산되는 것인지도 모른다. 알베르틴이 발베크에서 뱅퇴유 양 얘기를 했을 때 내 마음을 온통 휘저었던 몇몇 소용돌이는 지금 멈추어 있었다. 나는 더 이상 알베르틴을 사랑하지 않았다. 발베크의 기차에서 알베르틴이 소녀 시절, 어쩌면 몽주뱅을 방문한 적이 있었는지도 모르겠다고 한 말을 들으면서 느꼈던 아픔은, 이제 거의 다 치유되어 더 이상 남아 있지 않았다. 이 모든 것에 대해 나는 지나치게 오래 생각했고 그래서 그 아픔도 사라졌다. 그러나 때로 알베르틴이 말하는 어떤 태도가 — 왠지 이유도 모르면서 — 그다지 길지 않은 삶에서 그녀가 많은 찬미와 사

* 『잃어버린 시간을 찾아서』 2권 147쪽 참조.

랑의 고백 같은 걸 받았으며, 또 그것을 어쩌면 기쁘게, 말하자면 관능적으로 받아들였을지도 모른다는 상상을 하게 했다. 이처럼 그녀는 아무것에 대해서나 "정말이에요? 정말 그래요?"라고 말했다. 물론 그녀가 오데트처럼 "그 지독한 거짓말이 정말 진짜예요?"라고 말했다면, 나는 불안해하지 않았을 것이다. 그런 우스꽝스러운 표현 자체가 여자들이 하는 어리석고도 진부한 재치로 설명될 수 있으니까. 그러나 알베르틴이 질문하는 듯한 표정으로 "정말이에요?"라고 물을 때면, 그녀 스스로는 사물을 제대로 파악하지 못하는 존재라는, 마치 당신과 같은 능력을 갖고 있지 않아서 당신의 증언에 도움을 청할 수밖에 없는 존재라는 인상을 주었다.(누군가가 "우리가 떠난 지 한 시간 됐어요." 또는 "비가 와요."라고 말하면 그녀는 "정말이에요?"라고 물었다.) 다른 한편 불행하게도 스스로 보기에 외부 현상을 파악하는 능력이 부족하다는 점이 "정말이에요? 정말 그래요?"라는 말의 진정한 단초는 될 수 없었다. 오히려 이런 말은 그녀가 일찍 결혼 적령기에 이른 후부터 "당신처럼 아름다운 분은 처음 봐요.", "제가 당신에게 큰 사랑을 느낀다는 걸, 끔찍한 흥분 상태에 빠진다는 걸 아세요."라는 말에 대하여 "정말이에요? 정말 그래요?" 하듯 조금은 겸손하게 애교를 떨며 긍정하는 대답이었다. 그런데 이제 이 말도 알베르틴에게는 "당신은 한 시간 이상이나 졸았어요."라는 나의 지적에 "정말이에요?"라는 의문형의 긍정으로만 사용되었다.

알베르틴에게 조금도 사랑을 느끼지 않고 우리가 함께 보낸 시간을 내가 맛본 쾌락의 수에 포함시키지 않으면서도 나는 여전히 알베르틴의 하루 일과에 몰두했다. 물론 나는 발베크를 서둘러 떠남으로써 그녀가 이런저런 사람들과 만날 수 없음을 확신하고, 그녀가 그런 사람들과 웃으면서 또는 어쩌면 나를 조롱하면서 나쁜 짓을 할까 봐 무척 겁이 났으므로 그녀의 좋지 못한 교우 관계를 우리의 출발을 통해 능숙하고 단번에 근절시키려고 했던 것이다. 그리고 알베르틴에게는 너무도 강력한 수동성의 힘이, 망각과 복종에 대한 커다란 능력이 있었으므로, 그녀의 교우 관계가 실제로 단절되자 나를 사로잡았던 병적인 공포감도 치유되었다. 그러나 공포의 대상인 불확실한 악(惡)이 다양한 형태를 띠는 만큼 공포도 여러 형태를 띠었다. 고뇌가 지나가고 내 질투가 새로운 존재로 다시 육화되지 않는 한, 나는 잠시 평온한 시간을 가질 수 있었다. 그러나 만성병은 사소한 구실만 있어도 다시 재발하는 법이다. 마치 이런 질투의 원인이 되는 사람의 악덕이, 작은 기회만 있어도 다른 이들과 함께 다시(잠시 순결의 휴식을 맛본 뒤에) 행해질 수 있는 것과 마찬가지로. 알베르틴에게서 그 공범을 분리할 수만 있다면, 내 환각도 떨쳐 버릴 수 있을 것이다. 그렇지만 그 사람들을 망각하게 하고, 그녀의 집착을 일시적인 것으로 만든다 해도, 쾌락의 취향 역시 만성적이어서, 어쩌면 그녀는 그것을 분출할 기회만을 기다릴지도 모른다. 그런데 파리는 발베크만큼이나 많은 기회를 제공한다.

어느 도시에 가도 그녀는 유혹할 대상을 찾을 필요가 없었다. 왜냐하면 악은 알베르틴에게만 있는 것이 아니라, 쾌락을 맛볼 기회라면 모두 좋다고 생각하는 다른 이들에게도 존재하기 때문이다. 한 여인의 시선이 금방 다른 여인의 시선에 의해 이해되어, 두 명의 굶주린 여인을 다가서게 한다. 그런 일에 능숙한 여인에게는 보지 못한 척하는 표정을 짓다가 시선의 의미를 파악하고, 오 분 후 지름길에서 기다리는 여인에게 다가가 몇 마디 말로 밀회를 약속하기란 너무도 쉬운 일이다. 누가 알 수 있으랴? 그리고 알베르틴에게도 그런 일을 계속하기 위해 자기 마음에 들었던 파리 근교의 마을을 다시 가 보고 싶다고 말하는 것이 무척 간단한 일이었으리라. 그러므로 그녀가 너무 늦게 귀가하거나, 그녀의 산책이 설명할 수 없는 이유로 — 어떤 성적인 이유도 개입하지 않고 쉽게 설명할 수 있는 일일 수도 있지만 — 길어지기라도 하면, 나의 병은 도졌고, 그러나 이번에는 더 이상 발베크의 것이 아닌 다른 표상들에 연결되면서, 마치 일시적인 원인을 제거하면 선천적인 병도 제거할 수 있다는 듯이, 나는 발베크의 표상들과 마찬가지로 그것을 파괴하려고 애쓰는 것이었다. 알베르틴의 변화 능력과, 최근까지도 사랑의 대상이었던 사람을 망각하고 거의 증오까지 하는 그녀의 힘을 공범으로 하는 나의 파괴 행위에서, 나는 그녀에게 차례로 쾌락을 맛보게 했던 이런저런 미지의 존재에게 때로 깊은 고통을 가했지만, 그렇게 해 봐야 소용이 없음을 깨닫지 못했는데, 왜냐하면 그들이 버려지면 다른 이들로 대체되고, 또 그녀가 경박하게 저지른 그 수많은 버려짐으로 점철된 길과 나란히, 내 마음속에는 짧은 순간의 휴식으로만 중단되는 또 다른 비정한 길이 이어졌기 때문이다. 따라서 내가 조금만 더 깊이 생각했다면, 나의 고뇌는 알베르틴의 삶 또는 나의 삶과 더불어서만 끝나리라는 걸 알 수 있었을 터다. 우리가 파리에 처음 도착했던 무렵에도, 앙드레와 운전사가, 내 여자 친구와 함께하는 산책에 관해 주는 정보에 만족하지 못한 나는, 파리 근교가 발베크 근교 못지않게 잔인하게 느껴졌고, 그래서 알베르틴을 데리고 며칠 여행을 떠난 적도 있었다. 그러나 그 어느 곳에서도 동일한 불확실성은 그녀가 하는 짓을 감돌았고, 그것이 나쁜 짓일 가능성은 더 많았으며, 그래서 감시하는 일이 그만큼 더 어려웠으므로, 결국은 함께 파리로 돌아오고 말았다. 사실 나는 발베크를 떠나면서 고모라의 세계와 결별했고, 알베르틴을 이런 고모라의 세계로부터 떼어 놓았다고 믿었다. 그러나 슬프게도! 고모라는 세상 곳곳에 산재했다. 그리고 반은 질투심에서, 반은 이런 쾌락에 대한(지극히 드문 것이지만) 무지에서, 나도 모르는 사이에 알베르틴은 늘 나에게서 빠져나가는 숨바꼭질 놀이를 준비하고 있었다.

나는 느닷없이 이런 질문을 했다. "아! 그런데 알베르틴, 내가 꿈을 꾸는 게 아닌지 모르겠지만, 혹시 당신이 질베르트 스완을 안다고 말하지 않았나요?" "맞아요. 그 애가 프랑스 역사 공책을 갖고 있어서 수업 시간에 얘기를 나눈 적이 있어요. 아주 상냥해서 내게 공책도 빌려주었어요. 그 애를 만나 금방 다시 공책을 돌려주긴 했지만요." "내가 좋아하지 않는 부류의 여자인가요?" "오! 천만에요. 정반대예요."

그러나 이런 심문하는 듯한 담소에 몰두하기보다는, 나는 자주 알베르틴의 산책을 상상하는 일에 산책할 때 사용하지 않은 온 힘을 쏟아부었고, 또 실행되지 않은 계획에 온전히 보존되어 있는 그런 열정과 더불어 내 여자 친구에게 말했다. 내가 얼마나 생트샤펠 성당의 이런저런 채색 유리를 보고 싶어 하는지, 또 그녀와 단둘이 보러 갈 수 없음을 얼마나 안타깝게 여기는지. 그럴 때면 그녀는 이런 말로 다정하게 대답하곤 했다. "하지만 내 사랑, 당신이 그토록 좋아하는 일이라면 조금만 노력해 봐요. 우리 함께 가요. 늦어도 좋으니 당신이 준비될 때까지 기다릴게요. 나와 단둘이 있는 게 더 좋다면 앙드레는 집으로 보내면 돼요. 또 올 테니까요." 그러나 함께 외출하자는 그녀의 간청 자체가 마음을 진정시켜서 나를 집 안에 남게 했다.

알베르틴에 대한 감시를 앙드레나 운전사에게 맡겨 내 마음의 동요를 진정시키는 수고를 타인에게 전가시킨 데서 오는 무력감이, 지성의 온갖 상상적 활동을, 누군가가 하려는 일을 간파하고 방해하는 데 필요한 의지의 온갖 영감을 마비시켜 나를 무기력하게 만들 줄은 꿈에도 몰랐다. 원래 우연성의 현실 세계보다 가능성의 세계에 더 많이 열려 있던 내게 이런 일은 그만큼 더 위험했다. 가능성의 세계는 인간의 영혼을 이해하도록 도와주지만, 개인에게 속을 위험이 있다. 내 질투는 가능성이 아닌 이미지에서, 내게 고통을 주기 위해 생겨난 것이었다. 그런데 개인과 민족의 삶에서(따라서 내 삶에서도 언젠가는 틀림없이 일어날) 어느 한순간 우리는, 동서남북으로 펼쳐진 공간 속에 숨겨진 가능성을 꿈꾸는 대신 다음과 같이 올바르게 성찰하고 생각하는 경찰청장이나 명철한 시각의 외교관 또는 수사반장을 필요로 하기 마련이다. "독일이 이 일을 공표한 것은 뭔가 다른 일을 하기 위함이다. 어떤 막연한 일이 아니라, 정확히 이 일 혹은 저 일, 어쩌면 벌써 시작되었을지도 모를 그런 일을 하기 위함이다." "이 인물이 도망쳤다면, 그것은 a, b, d라는 목표물이 아닌 c를 향한 것이다. 따라서 수사해야 할 장소는…… 등등." 애석하게도 타인에게 감시를 맡긴 뒤부터 나는 평온한 생활에 익숙해져 내게서 별로 발달되지 않은 이 능력이 둔해지고 힘을 잃고 사라지도록 내버려 두었다. 집에 있으려는 욕망의 이유를 알베르틴에게 말한다는 건 유쾌하지 않은 일이었다. 의사가 침대에 누워 있으라는 처방을 내렸다고 말했다. 사실이 아니었다. 설령 사실이라 해도 의사의 처방은 내가 애인과 동반하는 일을 막지 못했을 것이다. 나는 의사에게 알베르틴이나 앙드레와 같은 시각에 방문하지 말아 달라고 부탁했다. 그런 부탁을 한 데에는 여러 이유가 있었지만 그중 합리적인 이유만을 말하겠다. 알베르틴과 함께 외출할 때 잠시라도 그녀가 보이지 않으면 나는 불안한 마음이 들어, 어쩌면 그녀가 다른 사람과 얘기한다고, 또는 다만 쳐다본다고 상상했다. 그녀가 기분이 좋지 않으면 나는 그녀가 나 때문에 어떤 계획을 놓치거나 미루었다고 생각했다. 현실은 미지의 것을 향한 실마리에 지나지 않으며, 우리는 그 길에서 결코 멀리 갈 수 없다. 아무것도 모르는 편이, 될 수 있는 한 생각하지 말고, 어떤 구체적인 세부 사항도 질투에 제시하지 않는 편이 나을 것이다. 불행하게도 외부 생활을 하지 않은 탓에 사건은 내적인 삶에 의해서도 도래하곤 했다. 알베르틴과 산책하지 않을 때면, 혼자서 하는 명상 중에 마주치는 우연이 때로 현실의 작은 단편들을 제공했고, 그리하여 그 단편들이 자석과 같은 방식으로 미지의 것을 조금 끌어당기면서 나를 아프게 한다. 아무리 종 모양의 진공 용기* 같은 것 아래 살아도 소용없는 일로, 연상이나 추억은 계속 돌아가기 때문이다.

그러나 이런 내면의 충돌이 즉시 일어난 것은 아니다. 알베르틴이 산책을 나가자 비록 짧은 순간이었지만, 나는 내 마음을 열광케 하는 고독의 효능 덕분에 활기를 되찾았다. 지금 막 시작되는 하루의 즐거움에 동참했다. 그날의 특별한 날씨가 예전에 내가 느꼈던 즐거움의 이미지를 환기하고, 우연하고도 따라서 대수롭지 않은 사정 때문에 집에 남아 있지 못하는 사람들에게도 그것이 즉각적으로 접근할 수 있는 실제 현실임을 증명하지 못한다면, 즐거움을 음미하려는 나의 자의적인 욕망만으로는 — 순전히 나 혼자만의 변덕스러운 가벼운 욕망만으로는 — 그 즐거움에 다가갈 수 없었을 것이다. 어느 화창한 날, 그토록 날씨는 추웠지만, 나는 마치 집에서 벽이 떨어져 나간 듯 거리와 폭넓게 소통하고, 또 전차가 지나갈 때마다 은장도로 유리 집을 두드리는 음향이 울리는 듯한 느낌을 받았다. 그러나 나는 특히 마음속에서 이런 내면의 바이올린이 내는 새로운 음을 넋을 잃고 들었다. 바이올린의 현은 단순한 온도 차이나 바깥 빛의 차이에 따라 팽팽해지거나 느슨해진다. 단조로운 습관이 침묵하게 한 악기와도 같은 우리라

* 아래쪽은 열려 있고 위쪽은 닫혀 있는 종 모양의 시험 용기를 가리킨다.

는 존재 안에서, 노래는 모든 음악의 원천, 다시 말해 어떤 날의 날씨가 우리로 하여금 금방 하나의 음에서 다른 음으로 넘어가게 하는 이런 악기의 차이와 변화에서 생겨난다. 그리하여 우리는 수학적 필연성으로 예측할 수 있었지만, 처음 순간에는 그것이 무엇인지 모르면서 노래하는 그 망각했던 곡을 되찾는다. 밖에서 온 변화지만, 이런 내적 변화만이 외부 세계를 새롭게 했다. 오래전부터 닫혀 있던 사잇문이 내 머릿속에서 다시 열렸다. 몇몇 도시에서의 삶이, 몇몇 산책의 즐거움이 내 마음속에서 다시 그 자리를 되찾았다. 바이올린의 진동하는 현 주위에서 온몸을 떨면서, 나는 이런 특별한 상태를 유지하기 위해서라면, 습관이라는 지우개로 지워 버린 내 퇴색한 과거의 삶과 미래의 삶을 기꺼이 포기했을 것이다.

알베르틴의 긴 산책에 동행하지 않았다 해서 내 정신이 더 멀리 방황하지 않은 것은 아니었다. 또 내 감각을 가지고 그 특별한 아침을 체험하기를 거부했으므로, 나는 상상 속에서 이와 유사한 모든 종류의 아침을, 과거의 아침이나 가능한 아침을, 보다 정확히 말하면 동일한 종류의 아침은 모두 그 불연속적 출현에 지나지 않기에 내가 금방 알아보는, 그런 아침의 전형을 즐길 수 있었다. 마치 세차게 부는 바람이 필요한 부분에서 저절로 책의 페이지를 넘기듯, 나는 내 앞에서 침대에서도 쫓아갈 수 있도록 그날의 복음 말씀을 발견했기 때문이다. 이 관념적인 아침은 이와 유사한 모든 아침과 동일한 어떤 영속적인 실체로 내 정신을 가득 채웠고, 허약한 나의 몸 상태에도 줄어들지 않는 기쁨을 전했다. 다시 말해 행복감은 우리의 건강 상태보다는 사용되지 않은 에너지의 과잉에서 비롯하므로, 힘을 증가시키면서 동시에 활동을 억제한다면, 우리는 이런 행복감에 도달할 수 있다. 침대에서 쓰지 않은 채 간직한 이 넘치는 세찬 힘은, 마치 자리를 바꾸지 않고 제자리에서 빙빙 돌아가는 기계처럼, 나를 펄쩍 뛰게 하며 내적으로 도약하게 했다.

프랑수아즈가 벽난로에 불을 때러 와서 불을 지피려고 나뭇가지 몇 개를 던지자, 여름 내내 잊고 있던 냄새가 벽난로 주위에 마법의 원을 그렸고, 그러자 나는 때로 콩브레에서, 때로는 동시에르에서, 그 원에 둘러싸인 채 책을 읽던 나 자신을 보는 듯했으며, 그리하여 파리의 내 방에 있으면서도 메제글리즈 쪽으로 막 산보를 떠나려고 할 때처럼, 혹은 야전 근무를 하는 생루와 그의 친구들을 만나러 갈 때처럼 마냥 즐겁기만 했다. 누구나 자신의 기억 속에 수집된 추억을 회상하면서 느끼는 기쁨은, 이를테면 육체의 병이 주는 압박과 거기서 회복되고 싶은 나날의 기대로 인해, 한편으로는 이런 추억과 흡사한 장면을 자연 속으로 찾으러 가지 못하는 사람들에게서, 다른 한편으로는 그 추억에 대해 욕망이나 욕구의 상태에 머무르면서 그것을 단순한 회상이나 장면으로 간주하지 않기 위해 곧 자연 속으로 찾으러 갈 수 있다고 확신하는 사람들에게서 보다 강렬하게 느껴지는 법이다. 하지만 추억이 단순한 회상이나 장면에 지나지 않는다 해도, 또 내가 기억을 통해서만 그 추억을 다시 만날 수 있다 해도, 그것은 동일한 감각의 효능에 의해 내 마음속에서, 내 모든 자아를, 그 추억을 처음 체험했던 아이나 소년으로 돌아가게 했다. 밖의 날씨와 방 안의 냄새만 변한 것이 아니라, 내 마음속에서도 나이가 달라지고 사람이 바뀌었다. 차가운 공기 속 장작에 스며든 냄새는 과거의 일부인 듯했고, 고대의 겨울에서 떨어져 나온 눈에 보이지 않은 빙산은, 내 방을 거닐면서 여기저기 상이한 세월에서 온 듯한 향기나 빛의 줄무늬를 그려 넣었으며, 나는 이런 세월 속에 다시 잠기면서, 그것이 어느 해인지 알아보지 못한 채로 오래전에 포기했던 희망의 기쁨에 사로잡히곤 했다. 햇살이 침대까지 들어와 내 야윈 몸의 투명한 칸막이를 통과하며 나를 따뜻하게 덥혀 주고 크리스털처럼 타오르게 했다. 그때 굶주린 회복기 환자가 아직 허락되지 않은 온갖 음식을 미리 다 먹어 치우듯, 나는 알베르틴과의 결혼이 나를 다른 존재에게 바치는 지나치게 무거운 임무를 수행하게 하고, 또 그녀의 지속적인 현존 때문에 나 자신이 부재하는 삶을 살게 하여 영원히 나로부터 고독의 기쁨을 빼앗음으로써 내 삶을 망가뜨리지 않을지 자문해 보았다. 고독의 기쁨만이 아니다. 비록 내가 그런 날들에 바라는 것이 욕망뿐이라 할지라도 — 사물이 아닌 존재가 야기하는 욕망 — 그런 욕망 중에는 개인적인 성격의 것도 존재한다. 그러므로 내가 침대에서 빠져나와 창문의 커튼을 잠시 열러 갔다면, 그것은 음악가가 잠시 피아노 뚜껑을 열듯이, 발코니와 거리에 비치는 햇빛이 정확히 내 추억에서와 동일한 음역으로 비치는지 확인하기 위함이며, 그뿐만 아니라 세탁물 바구니를 들고 나오는 세탁소 아가씨, 푸른 앞치마를 두른 빵집 아가씨, 소매가 달린 하얀 면직물 작업복에 가슴받이를 두르고 우유병이 걸린 고리를 쥔 우유 배달 아가씨, 가정교사의 뒤를 따라가는 도도한 금발 아가씨, 간단히 말해 두 음의 차이가 악절을 달라지게 하듯, 어쩌면 양적으로 미미한 선의 차이가 완전히 다른 것으로 보이게 하는 이미지를 보기 위함이었다. 그 이미지를 보지 못한다면, 내 행복의 욕망에 제공할 수 있는 목표물을 빼앗겨 하루가 지나치게 초라하게 느껴졌을지도 몰랐다. 그러나 내가 '선험적으로' 상상하기 불가능했던 여인들의 모습을 실제로 접하면서 기쁨이 커지자, 거리나 도시와 세계가 더욱 욕망할 만한, 더욱 탐색할 만한 가치가 있는 것처럼 느껴졌고, 그리하여 그것은 나에게 병에서 회복하고, 외출하고, 또 알베르틴 없이 자유로워지고 싶다는 갈증을 느끼게 했다. 내가 몽상하고자 하는 미지의 여인이, 때로는 걸어서, 때로는 자동차를 타고 전속력으로 지나갈 때마다 나는 내 몸이 그녀를 좇는 시선을 따라갈 수 없음을, 또 창문의 구멍 사이로 발사하듯이 그녀에게 화승총*을 쏘아 도망가는 그 얼굴을, 집 안에 틀어박힌 나로서는 영원히 맛보지 못할 행복을 주기 위해 나를 기다리는 그 얼굴을 멈추게 할 수 없음을 얼마나 자주 괴로워했는지 모른다!

반대로 알베르틴에 관해서는 더 이상 알 만한 것이 아무것도 없었다. 나날이 그녀의 아름다움은 퇴색하는 듯 보였다. 단지 그녀가 다른 사람들에게 부추기는 욕망만이, 내가 그걸 알

* 불을 붙인 노끈을 점화구에 갖다 대면 탄환이 발사되는, 16세기에서 17세기 사이에 사용되던 소총이다.

게 되면 다시 괴롭게 하고, 그들과 겨루고 싶게 하면서 내 눈에 그녀를 높은 깃발 위로 끌어 올렸다. 그녀는 괴로움을 야기할 수 있었지만 기쁨은 전혀 주지 못했다. 그녀에 대한 나의 권태로운 집착은 오로지 고뇌에 의해서만 존속했다. 고뇌가 사라지면 그와 더불어 마치 끔찍한 오락거리처럼 나의 모든 주의를 요하던 그 고뇌를 진정시키고자 하는 욕구도 사라졌고, 아마도 내가 그녀에게 그렇겠지만, 그녀가 내게 얼마나 의미 없는 존재인지를 깨닫는 것이었다. 이런 상태가 지속되자 나는 불행했고, 그러자 때로 내가 거기서 치유될 때까지 뭔가 우리 사이를 갈라놓을 그런 끔찍한 일을 그녀가 저질렀다는 소식을 듣고 싶었는데, 그렇게 되면 그것이 우리를 다시 화해시키고 우리를 연결했던 사슬을 다른 형태로, 보다 유연한 형태로 다시 만들 수 있으리라고 생각했다. 그동안 나는 수많은 기회와 수많은 오락거리를 통해 내 힘으로는 줄 수 없다고 여겨지는 행복의 환상을 그녀가 내 곁에 있는 동안 마련해 주고 싶었다. 병이 나으면 바로 베네치아로 떠나고 싶었다. 그런데 그녀에 대해 그토록 질투하는 내가 파리에서도 움직일 결심을 한다면 그건 오로지 그녀와 외출하기 위해서만인데, 내가 만약 그녀와 결혼한다면 어떻게 떠날 수 있단 말인가? 오후 내내 집에 있는 동안에도, 내 상념은 산책하는 그녀를 뒤쫓으며 멀리 푸르스름한 지평선을 그렸고, 나라는 중심 주위에는 불확실하고도 어렴풋한 유동 지대가 생성되었다. "만일 알베르틴이" 하고 나는 혼잣말을 했다. "산책 도중에 내가 결혼 얘기를 하지 않는 걸 보고 다시 돌아오지 않기로 결심한다면, 그래서 내게 작별 인사를 할 틈도 주지 않고 아주머니 댁으로 떠난다면, 그녀는 얼마나 내게 작별의 괴로움을 면하게 해 줄 것인가!" 상처가 아문 후부터 내 마음은 더 이상 내 여자 친구의 마음에 집착하지 않았다. 나는 상상 속에서 별 고통 없이 그녀를 이동시키고 내게서 멀어지게 할 수 있었다. 물론 내가 없다면 다른 누군가가 그녀의 남편이 될 것이며, 또 자유로워진 그녀는 그토록 나를 소름 끼치게 하던 모험들을 다시 시작할지도 몰랐다. 그러나 날씨는 무척 화창했고, 그녀가 저녁에 돌아오리라 확신했으므로, 나는 그녀가 잘못을 저지를지 모른다는 생각이 머릿속에 떠올라도, 자유로운 행위로 그 생각을 머리 한 구석에 가둘 수 있었다. 거기서 그 생각은 상상 속 인간이 저지르는 악이 현실 생활에서 별 중요성을 갖지 못하는 것처럼 더 이상 중요성을 갖지 못했다. 내 상념을 매끄러운 경첩 위로 굴리면서, 머릿속에서 동시에 육체와 정신의 에너지를 근육 운동과 정신 추진력으로 느끼는 그런 에너지를 가지고, 나는 지금까지 몰두해 오던 습관적인 근심 상태에서 벗어나 자유로운 공기 쪽으로 이동하기 시작했는데, 그러자 알베르틴이 다른 남자와 결혼하는 것을, 그녀가 여성에게 관심 갖는 것을 방해하기 위해 모든 걸 희생하는 일이, 그녀를 알지 못하는 누군가의 눈에서와 마찬가지로 나 자신의 눈에도 무분별한 짓으로 보였다. 게다가 질투란 그 원인이 변화무쌍하고 절대적이며, 동일 환자에게서는 언제나 같은 증상으로 나타나지만, 이따금 다른 환자에게서는 완전히 다른 증상으로 나타나는 그런 간헐적인 질병이다. 천식 환자 중에는 창문을 열고 세찬 바람을 호흡하고 고지의 맑은 공기를 들이마셔야 발작이 진정되는 사람이 있는가 하면, 도시 한복판에서 증기로 자욱한 방 안으로 피신할 때라야 진정되는 사람도 있다. 아무리 질투에 사로잡힌 사람이라도 예외 조항을 허용하지 않는 경우는 거의 없다. 어떤 이는 배신을 당해도 진실을 말하기만 하면 용인하고, 어떤 이는 그걸 감추는 조건에서만 용인한다. 그러나 이것은 둘 다 이치에 맞지 않는 일로, 후자는 상대가 진실을 감춘다는 점에서 실제로는 더 속고 있으며, 전자는 상대가 말하는 진실에서 자신이 느끼는 고뇌의 연장과 재발을 위한 양식을 요구한다는 점에서 그러하다.

게다가 상대가 속내를 털어놓기를 바라든 거부하든, 이 상반된 질투의 두 괴벽은 흔히 말로는 표현할 수 없는 것이다. 질투하는 사람 중에는, 정부가 먼 곳에서 다른 남자와 관계를 맺는 경우에는 질투를 느끼지만, 동의 아래 자기 옆에서, 자기 눈앞이 아니라면 적어도 같은 지붕 아래서 다른 남자에게 몸을 맡기는 경우에는 묵인하는 이들도 있다. 이 경우는 젊은 여자를 좋아하는 나이 든 남자들에게서 흔히 발견된다. 그들은 젊은 여인의 환심을 사는 데 어려움을 느끼거나 때로 여인을 충족시킬 자신이 없어서, 배신당하기보다는 차라리 여인에게 나쁜 조언을 해 줄 수 없지만 쾌락은 줄 수 있다고 생각되는 남자들을 자기 집에, 옆방에 오게 하는 편을 선호한다. 정반대의 경우도 있다. 그들은 자신이 아는 도시에서는 애인을 단 일분도 혼자 나가지 못하게 하고 진짜 노예 상태로 가두면서도, 그들이 모르는 나라, 그녀가 무슨 짓을 할지 그려 볼 수도 없는 나라로 한 달 정도 떠나는 일이라면 허락한다. 나는 알베르틴에 대해 질투를 진정시키는 이 두 종류의 괴벽을 모두 갖고 있었다. 그녀가 만약 내 옆에서 내가 부추기는 쾌락을 향유하고, 내가 그 쾌락을 모두 나의 감시 아래 두어 그녀의 거짓말에 대한 걱정을 덜 수만 있었다면, 나는 질투를 느끼지 않았을 것이다. 내가 생각할 때 꽤 낯선 나라, 그녀가 누리는 삶의 유형을 상상할 수도, 그럴 가능성이나 유혹조차 가질 수 없는 먼 나라로 떠났더라도 나는 아마 질투를 느끼지 못했을 터다. 이 두 경우 다 의혹은 완전한 앎 또는 완전한 무지에 의해서만 제거되었을 것이다.

저무는 해가 추억을 통해 과거의 상쾌한 분위기 속으로 나를 다시 빠져들게 하면서 오르페우스가 이 지상에는 낯선, 그 미묘한 공기를 들이마셨을 때와 같은 감미로움을 느끼며, 나는 샹젤리제의 대기를 호흡했다.* 그러나 이미 하루가 끝날 무렵이어서인지 저녁의 적막함이 몰려왔다. 나는 기계적으로 벽시계를 바라보며 알베르틴이 돌아올 때까지 몇 시간이마 남았는지를 살펴보다가, 지금 옷을 갈아입고 내려가면 내가 선물하고 싶은, 내 여자 친구의 몸치장에 필요한 예쁜 물건에 대해 집주인인 게르망트 부인에게 물어볼 틈이 아직 있음을 알아차렸다. 날씨가 나쁠 때에도 납작한 모자를 쓰고 모피

* 유리디체를 찾아 지옥으로 내려가는 오르페우스의 환기는, 화자가 질베르트를 찾아 샹젤리제에 갔다가 "서늘한 곰팡이 냄새"가 나는 "초록색 철책이 쳐진 작은 건물"로 들어갔던 일화를 환기한다.(『잃어버린 시간을 찾아서』 3권 121쪽 참조.)

코트 차림으로 장을 보려고 걸어서 외출하는 공작 부인을, 안마당에서 마주칠 때가 가끔 있었다. 공작령도 공국도 없어진 지금 게르망트 공작 부인이라는 이름이 무의미해지면서, 이제 그녀가 많은 지식인들에게 그저 그런 여인에 불과해졌다는 사실을 알았지만, 나는 존재와 고장을 향유하는 방식에서 다른 관점을 택하고 있었다. 나쁜 날씨를 무릅쓰고 외출하는 이 모피 코트 차림의 부인이, 내게는 공작 부인과 대공 부인과 자작 부인으로서 소유하는 그 모든 영지의 성들을 그녀와 함께 가지고 다니는 듯 보였는데, 이는 마치 대성당 정문 상인방(上引枋)에 조각된 인물들이 그들이 건설한 대성당이나 수호하는 도시를 손에 들고 있는 것과도 같았다. 그러나 이런 성과 숲 들을, 나는 내 정신의 눈을 통해서만 왕의 사촌 누이인 그 모피 코트 입은 여인의 장갑 낀 손에서 볼 수 있었다. 비가 쏟아질 듯한 날씨에 내 육체의 눈이 식별해 내는 것은, 공작 부인이 들고 다니기를 꺼리지 않는 우산뿐이었다. "모를 일이죠. 이러는 편이 더 신중하니까요. 멀리 갔다가 자동차라도 타게 되면 운전사가 너무 비싼 값을 요구할 수도 있잖아요.", "너무 비싸요.", "내 재력을 넘어서는 일이에요."라는 말이 공작 부인의 대화에서 "난 가난해요."라는 말과 마찬가지로 줄곧 반복되었다. 그렇게나 돈이 많으면서도 가난하다고 말하는 것이 재미있다고 생각했는지, 아니면 귀족인 탓에, 다시 말해 시골 여자인 척하며 한낱 부자에 지나지 않고 가난한 사람들을 멸시하는 사람들처럼 돈에 중요성을 부여하지 않는 편이 우아하다고 생각했는지는 잘 분간할 수 없었다. 어쩌면 그것은 부인이 삶의 어느 시기에 취득한 습관으로, 이미 돈이 많지만 그렇게 많은 소유지를 유지하기 위해 필요한 돈에 비하면 충분치 않아서 얼마간 어려움을 겪고 있으며, 그렇지만 감춘다는 느낌을 주고 싶지 않아서 쓰는 말인지도 몰랐다. 우리가 흔히 농담으로 하는 말들은 대개는 그 농담과는 반대로, 우리가 어려움에 시달리며, 하지만 어려움에 시달리는 모습을 보이고 싶지 않으며, 더 나아가 우리와 얘기하는 사람이 그에 대해 농담하는 걸 들으면서, 그 말이 사실이 아니라고 믿어 주기를 바라는 은밀한 기대를 담고 있는지도 모른다.

그러나 그 시각에는 대개 공작 부인이 집에 있다는 사실을 알았고, 또 그편이 알베르틴이 원하는 정보를 부인에게 오랫동안 물어보기에 편리했으므로 나는 만족했다. 그렇게 해서 나는 유년 시절 신비로운 존재였던 게르망트 부인을 단순히 실질적인 편이를 위해 이용하는 것이 얼마나 놀라운 일인지를 미처 깨닫지도 못한 채 아래층으로 내려갔는데, 이는 마치 예전에는 전화라는 초자연적인 도구가 행하는 기적에 감탄을 금하지 못했지만, 지금은 아무 생각 없이 재봉사를 부르거나 아이스크림을 주문하려고 전화를 사용하는 것과도 같다.

알베르틴에게는 아무리 하찮은 장신구도 큰 기쁨을 주었다. 나는 날마다 그녀에게 새로운 기쁨을 주는 일을 마다할 수 없었다. 창문에서, 또는 안마당을 지나가다 우아함과 관계되는 것을 보면 뭐든지 그토록 재빨리 식별할 줄 아는 눈을 가진 알베르틴이, 게르망트 부인의 목이나 어깨, 손에서 보았던 스카프와 어깨에 걸치는 긴 스톨, 파라솔에 대해 황홀한 표정으로 얘기할 때면, 나는 젊은 여자가 가진 본래의 까다로운 안목(게다가 엘스티르와의 대화가 가르쳐 준 우아함의 교훈 덕분에 한층 세련된) 탓에 보통 사람의 눈에는 진품을 대체하는 예쁜 물건이지만, 그래도 진품과 완전히 다른 그런 유사품에는 그녀가 결코 만족하지 않으리라는 점을 알았다. 그래서 나는 공작 부인을 은밀히 찾아가서, 알베르틴이 마음에 들어 했던 옷이 어디서 어떻게 어떤 디자인으로 만들어졌는지, 그것과 정확히 똑같은 옷을 구입하려면 어떻게 해야 하는지, 옷을 만든 이의 비결과 그 기법의 매력은 무엇인지(알베르틴이 '멋'과 '스타일'이라고 부르는 것), 또 옷감의 정확한 이름과 — 소재의 아름다움은 매우 중요하므로 — 내가 사용해 달라고 요청해야 하는 옷감의 재질은 무엇인지 설명을 부탁하려 했다.

발베크에서 돌아온 후 게르망트 공작 부인이 우리와 같은 저택 맞은편에 살고 있다고 말하자, 알베르틴은 이 위대한 작위와 이름을 듣고 무관심이라기보다는 적대적이고 경멸하는 듯한 표정을 지었는데, 이는 자존심 세고 기질이 열정적인 사람에게서 흔히 나타나는 표정으로, 일종의 충족되지 못한 욕망의 기호라 할 수 있다. 알베르틴의 기질이 제아무리 당당하다 해도, 그 기질이 갖고 있는 장점은 우리의 개인적 취향이 만든 제약 아래서만, 아니, 우리가 포기해야 했던 취향을 아쉬워하는 마음을 통해서만 발전할 수 있는데 — 알베르틴이 포기해야 했던 것은 속물근성이었다. — 사람들은 이런 서운한 마음을 증오라고 부른다. 사교계 사람들에 대한 알베르틴의 증오는, 게다가 그녀에게서 아주 작은 자리를 차지했고, 또 혁명 정신이라는 측면에서 — 다시 말해 귀족에 대한 짝사랑에서 — 내 마음에 들었는데, 이는 프랑스인의 성격 중 게르망트 부인으로 표상되는 귀족 스타일의 반대편에 기재되는 것이다. 알베르틴이 귀족 스타일에 이르기란 불가능했으며, 어쩌면 그녀는 그런 것에 신경도 쓰지 않았을 테지만, 엘스티르가 공작 부인을 두고 파리에서 가장 옷 잘 입는 여인이라고 했던 말을 기억한 후부터, 공화주의자로서 공작 부인을 경멸하던 내 여자 친구의 시선은 우아한 여인에 대한 강렬한 호기심으로 바뀌었다. 그녀는 자주 게르망트 부인의 소식을 물었고, 자신의 옷차림에 관한 조언을 구하러 내가 공작 부인에게 가는 걸 좋아했다. 물론 스완 부인에게 조언을 구할 수도 있었고, 또 그런 목적에서 편지를 쓴 적도 한 번 있었다. 그러나 내가 보기에 옷 입는 기술에서는 게르망트 공작 부인이 훨씬 더 앞선 듯 보였다. 게르망트 부인이 외출하지 않은 걸 확인하고, 나는 알베르틴이 돌아오면 바로 알려 달라고 부탁한 다음 부인 댁으로 잠시 내려갔다. 그때 내 눈에 회색빛 크레이프드신* 드레스의 안개에 덮인 부인이 들어왔고, 여러 가지 복잡한 이유로 옷을 바꿔 입지 못했다고 느껴지는 이런 모습을 받아들

---

* '크레이프' 혹은 '크레이프드신(crêpe de Chine)'으로 알려진 이 천을, 앞 권에서는 관습에 따라 그냥 '크레이프'로 옮겼으나(『잃어버린 시간을 찾아서』 2권 67쪽 주석 참조.), 여기서는 '중국산 크레이프'를 의미하는 크레이프드신에서 연상되는 일련의 이미지가 중국풍 실내복으로 이어지고 있으므로 '크레이프드신'으로 옮겼다.

이면서, 나는 흐릿한 안개가 드리워진 진줏빛 회색*의 오후 끝자락처럼, 거기서 발산되는 분위기 속으로 빨려 들어갔다. 그런데 그녀가 입은 실내복이 노란색과 빨간색 불꽃이 그려진 중국식 가운이었을 경우, 나는 불붙은 석양을 감상하듯 그 옷을 바라보곤 했다. 이런 옷차림은 우리가 마음대로 바꿀 수 있는 평범한 장식이 아니라, 그날의 날씨나 어떤 시각에 고유한 빛처럼 주어진 시적 현실이었다.

게르망트 부인이 입었던 모든 드레스와 실내복 중에서 정해진 의도에 가장 잘 부합하고 특별한 의미를 가진 듯 보이는 의상이, 바로 포르투니**가 베네치아의 옛 그림에 의거하여 만든 것이었다. 당신을 기다리며 또 당신과 담소할 때 옷을 입은 여인의 자태가, 마치 그 옷이 오랜 성찰의 결실이며, 또 그 대화가 소설의 한 장면처럼 일상적인 삶에서 분리된 듯 예외적인 중요성을 가지는 것은 옷의 역사적 성격일까, 아니면 옷이 유일하다는 사실이 그토록 거기에 특별한 성격을 부여하는 것일까? 발자크의 소설에서 여자 주인공들이 이러저러한 방문객을 맞이하는 날이면 어떤 의도를 가지고 옷을 입었음을 알 수 있다.*** 오늘날의 의상에는 이런 성격이 부재하지

---

* 프랑스어의 gris perle는 우리말로 흔히 연회색으로 옮겨지나, 여기서는 원문의 표현을 존중하여 '진줏빛 회색'으로 옮겼다.

** 포르투니가 영감을 받았다는 옛 그림은 카르파초의 「성녀 우르술라의 전설」을 가리킨다.(『잃어버린 시간을 찾아서』 4권 422쪽) 포르투니에 대해서는 『잃어버린 시간을 찾아서』 4권 424쪽 주석 참조.

*** 발자크의 「카디냥 대공 부인의 비밀」에서 여자 주인공은 자신의 감정적 여건에 따라 옷을 입는다. 사실 이 대목은 샤를뤼스가 알베르틴 앞에서 했던 대

만, 포르투니의 드레스만은 예외였다. 그 옷이 실제로 존재하며, 지극히 미세한 무늬마저 예술 작품의 그것처럼 지극히 자연스럽게 정해지기 때문에, 소설가의 묘사에는 어떤 모호함도 있을 수 없다. 이러저러한 옷을 입기에 앞서 여인은 두 개의 거의 비슷한 옷 중에서 선택하지 않고, 각각의 옷이 지극히 개별적이며, 그래서 이름을 붙일 수 있는 옷 중에서 선택해야 했다.

그러나 이 드레스가 내게 여인에 대해 생각하는 것을 방해하지는 않았다. 게르망트 부인도 내가 부인을 연모했을 때보다 이 시기에 더 매력적으로 보였다. 예전보다 부인에게 기대하는 것이 많지 않았으므로(부인을 보기 위해 방문하지 않았으므로), 나는 마치 벽난로의 장작 받침쇠에 발을 올려놓고 옛 언어로 쓰인 책을 혼자 읽을 때처럼, 스스럼없이 편안한 마음으로 부인의 이야기에 귀를 기울였다. 부인의 말에서 오늘날의 화법이나 저술에서는 발견할 수 없는, 그토록 순수한 프랑스적인 우아함을 음미할 정도로 나의 정신은 자유로웠다. 부인의 이야기를 감미로운 프랑스 민요처럼 들으면서, 지난날 부인이 왜 메테를랭크*를 조롱했는지(뒤늦게야 작품의 광채를 발견하는 그런 문학적 유행에 민감한 여인의 빈곤한 정신을 가지고, 이제 그녀는 메테를랭크를 찬미했다.) 이해할 수 있었다. 왜 메리메가 보들레르를, 스탕달이 발자크를, 폴루이 쿠리에가 빅토르

화를 다시 반복하고 있다.(『잃어버린 시간을 찾아서』 8권 358~360쪽 참조.)

* 『잃어버린 시간을 찾아서』 5권 375쪽 주석 참조.

위고를, 메이야크가 말라르메를 조롱했는지를 이해했던 것처럼 말이다.* 조롱하는 자가 조롱당하는 자에 비해 편협한 사고를 하고 있으며, 또한 보다 순수한 어휘를 구사한다는 사실도 이해했다. 게르망트 부인이 쓰는 어휘는 생루 어머니가 쓰는 어휘만큼이나 순수하여 듣는 사람을 다 매료시킬 정도였다. 우리가 옛 언어나 단어의 진짜 발음을 발견하는 것은 '사실은'('실제로'라는 말 대신), '유난히'('특히'라는 말 대신), 혹은 '마음이 흔들리다'('대경실색'이라는 말 대신)라고 말하는 오늘날의 작가를 기계적으로 모방할 때가 아니라 게르망트 부인이나 프랑수아즈 같은 사람과 담소를 나눌 때이다. 특히 나는 프랑수아즈를 통해 다섯 살 때부터 Tarn이나 Béarn이 타른이나 베아른이 아닌, 타르나 베아르로 발음된다는 점을 배웠다.** 그래서 스무 살에 사교계에 진출했을 때, 봉탕 부인처럼 베아

---

* 프루스트는 한 번 더(『잃어버린 시간을 찾아서』 4권 121쪽 주석 참조.) 생트뵈브 식의 비평 방법을 풍자하고 있다. 생트뵈브는 자신의 논지를 전개하기 위해 가장 차이가 많은 경향의 작가를 두 명씩 대립시키는 방법을 택했지만, 실제로 그 차이는 그렇게 분명해 보이지 않는다고 지적된다. 편협한 정신의 소유자로 간주되는 메리메는 보들레르의 소송 때 보들레르를 위해 탄원했으며, 스탕달도 발자크에게 보낸 편지에서 "그의 찬미자이자 친구"라고 써 보냈다. 1825년에 사망한 풍자문 저자인 폴루이 쿠리에(Paul-Louis Courier)가 빅토르 위고의 초기 작품을 거부한 것도, 위고가 왕정복고의 반대파로서 샤를 10세의 공식 시인이었기 때문이며, 현대성의 표징인 말라르메도 메이야크와 알레비의 대중극 「순진한 처녀」에 대해 호의적인 평을 쓴 적이 있다.(『갇힌 여인』, 플레이아드 III, 1707쪽 참조.)

** 과거 프랑스 남쪽 지방에서는 주로 옥시탄어가 사용되었고 그래서 타르와 베아르로 발음되었지만, 현재는 타른과 베아른이라는 발음도 공용된다.

'른' 부인*이라고 발음해서는 안 된다는 사실을 별도로 배울 필요가 없었다.

만일 내가 공작 부인에게 남아 있는 지주(地主)로서의 모습과 거의 농부와도 같은 모습을 부인이 의식하지 못하며, 또 그런 점을 보여 주는 데 있어 뭔가 꾸민 점이 없다고 말한다면, 거짓말을 하는 셈이 될 것이다. 하지만 그것은 부인에게서 시골 여자인 척하는 귀부인의 거짓 소박함과, 자신들이 알지 못하는 농부를 깔보는 부자 귀부인들을 비웃는 공작 부인의 오만함이라기보다는, 오히려 자기가 가진 매력을 이해하고 그 매력을 현대적인 덧칠로 망치기를 원치 않는 여인이 지닌, 거의 예술적인 안목의 표시였다. 이와 마찬가지로 사람들은 디브에서 '기욤 르 콩케랑'의 소유주인 노르망디 출신의 식당 경영자를 알고 있었는데,** 그는 자신의 주막에 호텔 같은 현대적 사치를 부여하지 않으려고 주의했으며 — 지극히 드문 일이지만 — 또 백만장자이면서도 노르망디 농부의 말투를 쓰고 농부의 작업복을 입고는 시골에서처럼 손님을 주방으로 직접 데리고 가서 자신이 요리하는 모습을 보여 주었다. 그가 만든 음식은 초대형 고급 호텔에서 먹는 식사보다 훨씬 맛있

---

* 르네 드 베아르(René de Béarn,1870~1939) 백작 부인을 암시한다고 지적된다.(『갇힌 여인』, 플레이아드 III, 1707쪽 참조.)

** 디브는 노르망디주에 위치하는 마을로 원래 지명은 디브쉬르메르이다. 1066년 '정복자 윌리엄'이 영국 점령을 위해 군대를 모으고 수송선을 제작했던 곳이다.(『잃어버린 시간을 찾아서』 1권 189쪽 주석 참조.) 프루스트는 노르망디 체류 시, 이 디브에 위치하는 레스토랑 겸 농가인 '기욤 르 콩케랑(정복자 윌리엄)'에 자주 들렀다고 한다.(『갇힌 여인』, 플레이아드 III, 1707쪽 참조.)

고 값도 훨씬 비쌌다고 한다.

오래된 귀족 가문에 남아 있는 향토적인 향기만으로는 충분치 않으며, 그 향기를 무시하고 사교계의 덧칠로 지우지 않으려면 거기서 꽤 지적인 존재가 태어나야 한다. 내가 재기 발랄한 파리지엔인 게르망트 부인을 알았을 무렵, 불행하게도 부인에게는 적어도 소녀 시절의 삶을 묘사하기 위한 고장의 억양만이 남아 있었으며, 그래서 그 언어를 위해(본의 아니게 지나치게 사투리처럼 보이거나, 반대로 부자연스럽게 문학가처럼 보이려고 하는 것 사이에서), 조르주 상드의 『꼬마 파데트』나 샤토브리앙이 『무덤 너머의 회고록』에서 인용한 몇몇 전설을 감미롭게 하는 것과 같은 그런 절충을 하고 있었다.* 나는 특히 부인이 농부들과 함께 등장하는 장면의 이야기를 듣는 것이 즐거웠다. 옛 이름이나 오래된 관습이 이런 성관과 마을의 연결에 뭔가 정취를 부여했다. 어떤 귀족 가문은 그들이 영주였던 대지와의 접촉을 그대로 유지하는 데서 지역성을 띠었는데, 그리하여 가장 단순한 말이 우리 눈앞에서 프랑스 역사의 모든 역사적 지리적 지도를 펼쳐 보인다.

자신만의 고유한 언어를 제조하는 것에 대한 어떤 선호나 의지가 없었다면, 이런 발음법은 진짜 프랑스 역사 박물관이

---

* 화자의 어머니가 화자에게 읽어 준 조르주 상드의 작품은 『꼬마 파데트』(우리말로 『사랑의 요정』으로 소개되었다.)가 아니라 『프랑수아 르 샹피』이다.(『잃어버린 시간을 찾아서』 1권 76쪽 참조.) 샤토브리앙은 『무덤 너머의 회고록』에서 유년 시절을 보낸 콩부르의 전설들을 간략하게 서술하고 있다.(『갇힌 여인』, 폴리오, 418쪽 참조.)

대화를 통해 전개되는 듯한 인상을 주었을 것이다. "내 작은 할아버지 피트잠"이라는 말은 그 자체로는 전혀 놀랍지 않다. 알다시피 피츠제임스* 가문 사람들은 스스로를 프랑스의 대귀족이라고 주장하면서, 자기들의 이름이 영국식으로 발음되는 걸 싫어했기 때문이다. 게다가 지금까지 몇몇 이름을 문법대로 발음해야 한다고 믿었다가, 갑자기 게르망트 부인이 다르게 발음하는 걸 듣고 난 뒤부터는 상상도 하지 못했던 발음에 열중하는 사람들의 그런 감동적인 순종에 우리는 감탄할 수밖에 없다. 이렇게 자신의 증조부가 샹보르 백작의 측근이었던 공작 부인은, 오를레앙파로 변신한 남편을 조롱하기 위해 "우리 나이 든 프로슈도로프(Frochedorf) 사람들은"이라고 공표하기를 좋아했다. 그러자 그때까지 '프로스도르프(Frohsdorf)'가 정확한 발음이라고 믿고 발음했던 손님은 공작 부인을 따라 갑자기 의견을 바꾸고 줄곧 '프로슈도르프'라고 발음했다.**

---

* 루이 14세는 베리 공작의 영지를, 프랑스 박물학자이자 영국의 군사 지도자였던 제임스 피츠제임스(James Fitz-James, 1670~1734), 프랑스 이름으로 피트잠(Fitt-Jam)에게 수여하고 공작령으로 승격시켰다. 피츠제임스 또는 피트잠은 제임스 2세(요크공으로 알려진)의 사생아로 '제임스의 아들'이라는 뜻이다.

** 오스트리아의 빈 남쪽 비너노이슈타트에 위치하는 프로스도르프 성은, 오를레앙파인 루이필리프에 의해 추방당한 부르봉 왕족이 1844년부터 1883년까지 살았던 곳으로, 프랑스의 마지막 왕인 샤를 10세의 손자인 샹보르 백작(앙리 5세)이 1883년 이곳에서 사망했다. 프랑스인이나 독일인은 이곳을 프로스도르프로 발음하지만, 게르망트 부인이(부르봉 가문인 남편이 오를레앙파를 추종하자 이를 조롱하기 위해) 이곳을 프로슈도르프라고 발음하자, 다른 사교계 인사들도 이를 모방했다는 의미로, 프루스트는 고유 명사를 제멋대로 발음하는 사

한번은 내가 게르망트 부인에게 언젠가 부인의 조카라고 소개받았으나 이름을 잘 듣지 못한 그 멋진 젊은이가 누구인지 물어보았다. 부인이 목구멍 깊숙이에서 나오는 큰 소리로, 그러나 분절되지 않은 소리로 "리……에옹인데, 로베르의 동생이에요. 그는 자기 두개골 모양이 옛 웨일스 사람의 것과 같다고 주장하죠."라고 말했지만 나는 알아들을 수 없었다. 그때 나는 부인이 "레옹 녀석이죠."라고 말했다고 이해했다.(그는 레옹 대공으로, 사실 로베르 드 생루의 매제였다.)* "어쨌든 그가 그런 두개골을 가졌는지는 모르겠지만, 아주 우아하게 옷을 입은 모습이 전혀 그쪽 사람은 아니에요. 조슬랭**에 있는 로앙네 집에 머무를 때 성지 순례에 따라간 적이 있는데, 브르타뉴 도처에서 농부들이 몰려왔었죠. 그때 레옹의 마을에서 온, 키가 크고 괴상한 녀석이 로베르의 매제가 입은 베이지색 반바지를 보고는 깜짝 놀랐어요. '왜 날 쳐다보는가? 단언하건대 자넨 내가 누군지 모르는 모양이군.' 하고 레옹이 말했죠. 농부가 모른다고 하자 그는 '내가 자네의 영주일세.'라고 했어요. 그러자 농부는 '아!'라고 대답하며 모자를 벗고 이렇게 용

교계 인사들의 타락한 습관을 풍자하고 있다.

* 게르망트 부인의 조카인 레옹 대공은 생루의 매제이기도 한데, 레옹(Léon)은 영국식 노르만어로는 리윤(Liün)이라고 발음된다. 또한 브르타뉴 지방의 피니스테르 북서쪽 끝은 '레옹의 고장'으로 불린다.

** 브르타뉴 지방에 있는 모르비앙 소재의 조슬랭 마을을 가리킨다. 특히 이곳에 위치하는 조슬랭 성(城)은 로앙 가문이 건축한 것으로 중세 고딕 양식의 역사적 건물이다.

서를 빌었답니다. '저는 영쿡* 분인 줄 알았습니다.'" 그리고 만일 내가 이런 이야기를 실마리로 이용하여 게르망트 부인에게 로앙 가문에 관해(게르망트 가문과 여러 번 혼인으로 맺어진) 말해 달라고 조르기라도 하면, 부인의 이야기는 브르타뉴 '순례제'의 조금은 우수 어린 매력과 더불어, 우리의 진정한 시인 팡피유가 "아종 나무 장작불에 구운, 메밀로 만든 크레이프의 톡 쏘는 맛"이라고 표현한 것과 동일한 매력을 풍겼다.**

부인은 로 후작***(귀머거리가 된 그가, 눈이 먼 H 부인 댁으로 실려 간 슬픈 말년을 우리는 알고 있다.)에 대해 그가 지금보다 비참하지 않았던 시절의 얘기를 해 주었다. 후작은 게르망트 영지에서 사냥을 한 후 영국 왕과 차를 마시기 위해 슬리퍼를 신을 정도로, 왕보다 못할 게 없다고 생각했고, 또 거북해하지도 않았다고 한다. 부인은 그 이야기를 생생하게 묘사하면서, 조금은 자부심 강한 페리고르 귀족 출신의 근위 기병다운 위엄을 후작에게 덧붙여 주목을 끌었다.

---

* 영국인을 뜻하는 English를 Englische라고 잘못 발음했다.

** 브뤼타뉴의 명문가인 로앙이 브르타뉴를 상징하는 요소들(하느님께 용서를 비는 순례제인 파르동(pardon)과, 메밀로 만든 크레이프, 노란 꽃이 피는 가시양골담초인 아종 나무)이 함께 환기되고 있다. 또한 팡피유는 레옹 도데의 부인으로 요리 연구가였는데, 여기에 인용된 글은 그녀가 신문에 쓴 글들을 한데 모아 발간한 『프랑스의 진미, 향토 음식』(1913)에서 발췌한 것이다.(『잃어버린 시간을 찾아서』 6권 321쪽 주석 참조.)

*** 스완과 게르망트 부인의 친구인 로 후작(marquis du Lau d'Allemans)은 1919년에 사망했는데(『잃어버린 시간을 찾아서』 7권 260쪽 주석 참조.), 죽기 전에 미국 여인 하울랜드(Howland)와 관계를 맺었다는 소문이 자자했다. 프루스트는 이 여인을 1893년 생모리츠에서 만났다.

게다가 단순히 사람들의 특징을 말하는 데 있어 각각의 지역을 차별화하기 위해 기울이는 노력은 시골 사람으로 남아 있는 부인으로서는 아주 매력적인 일이었는데, 이는 토박이 파리지엔이었다면 결코 느끼지 못했을 매력이었다. 앙주나 푸아투, 페리고르 같은 이름을 대화에 인용하는 것만으로도 부인은 갖가지 풍경을 되살려 냈다.

게르망트 부인의 발음과 어휘 문제로 돌아가 보면, 귀족이 정말로 보수적임을 드러내는 것은, 귀족이라는 단어에 내포된 조금은 유치하고 위험하며, 또 변화에 저항하면서도 예술가에게는 흥미롭다고 할 수 있는 바로 이런 측면이다. 나는 예전에 장(Jean)이라는 단어를 어떤 식으로 썼는지 알고 싶었고, 또 그 사실을 빌파리지 부인의 조카로부터 문장학적으로는 불필요하지만 아름다운 h란 글자, 기도서나 채색 유리에 주홍색 또는 군청색으로 장식되어 사람들로부터 찬미를 자아내는 그런 글자를 넣어, 장 드 빌파리지(Jehan de Villeparisis)라고 서명한 — 그가 영세받았을 때처럼, 고타 연감에 기재된 대로 — 편지를 받으면서 알게 되었다.

애석하게도 나는 이 방문을 무한정 지속할 수 없었다. 가능하다면 내 여자 친구보다 늦게 돌아가고 싶지 않았기 때문이다. 그런데 젊은 여자가 같은 스타일의 옷을 입을 수 있는 범위 내에서, 나는 알베르틴의 의상을 만드는 데 유용한 정보를 게르망트 부인으로부터 얻고 싶었는데, 그것은 무척이나 힘들고 시간이 걸리는 일이었다.

"예를 들면 부인께서는 게르망트 대공 부인 댁에 가기 전,

생퇴베르트 부인 댁에서 만찬을 하기로 되어 있던 날, 빨간 드레스에 빨간 구두를 신으셨는데 정말 상상을 초월했어요. 일종의 커다란 핏빛 꽃이나 타오르는 루비 같았다고나 할까요. 그런 옷은 뭐라고 하나요? 젊은 여자가 입어도 될까요?"

공작 부인은 피곤한 얼굴에 과거 롬 대공 부인 시절 스완의 칭찬을 받을 때면 짓곤 하던 빛나는 표정을 지으면서 눈물이 나도록 웃었고, 그 시각이면 언제나 와 있는 브레오테 씨를 조소적이면서도 질문하는 듯한 황홀한 시선으로 바라보았다. 브레오테 씨는 이런 지식인의 횡설수설에, 뭔가 젊은이의 생리적인 흥분이 감춰져 있다고 생각하고는 외알 안경 뒤로 조금은 미온적이면서도 관대한 미소를 지었다. 이런 그의 모습에 공작 부인은 '무슨 일이지? 미쳤나 봐.'라고 말하는 것 같았다. 그러고는 내 쪽으로 몸을 돌리면서 교태 어린 표정으로, "제 모습이 타오르는 루비 같았는지, 아니면 핏빛 꽃 같았는지는 모르겠지만, 빨간 드레스를 입었던 건 확실히 기억나요. 그 무렵 많이들 입었던 옷으로, 빨간 새틴 드레스였어요. 물론 젊은 여자도 부득이한 경우에는 입을 수 있겠지만, 당신 친구는 저녁에 외출하지 않는다고 하지 않았나요. 그 옷은 대연회용 드레스여서, 방문용으로는 입을 수 없을 거예요."

그렇게 오래되지 않은 이 파티에 대해, 게르망트 부인이 자신이 입었던 옷은 기억하면서도 뭔가, 나중에 보면 알겠지만 틀림없이 부인의 마음을 사로잡았을 그런 일을 기억하지 못하는 것은 참으로 놀라운 일이었다. 행동하는 인간은, 또 사교계 인간은 행동하는 인간이므로(현미경으로 들여다보아야 알 수 있는 지극히 미세한 행동이지만, 그럼에도 행동하는 인간임에는 틀림없다.) 그들의 정신은 한 시간 후에 일어날 일에 지나치게 주의를 기울이느라 지극히 사소한 것만을 기억하곤 한다. 예를 들면 독일과의 동맹을 예측했던 노르푸아 씨에게 그 예측이 실현되지 않았다고 지적하면, 그는 남을 속이거나 자신이 틀리지 않은 것처럼 보이려는 의도는 아니지만, 그래도 자주 이렇게 대답했다. "잘못 생각하고 있소. 난 전혀 기억이 나지 않아요. 그건 나답지 않은 일이오. 그런 종류의 대화에서 난 항상 말을 간략하게 하고, 또 흔히 경솔한 행동에 지나지 않는, 그래서 대개는 폭력으로 변질되곤 하는 그런 커다란 반향을 일으키는 일의 성공 여부에 대해서는 결코 예측하지 않소. 먼 장래에 독일과 프랑스의 화해가 이루어질 테고, 그것이 두 나라에 매우 유익하리라는 건 부정할 수 없는 사실이며, 또 프랑스도 손해 보지 않으리라고 생각하오만, 나는 한 번도 그런 말을 입 밖에 낸 적이 없소. 아직 때가 무르익지 않았으니까. 내 의견을 묻는다면, 우리의 옛 원수에게 합법적인 결혼을 요청한다면, 우리는 무모하게도 큰 패배를 자초할 뿐만 아니라 심각한 타격을 입게 되리라 생각하오." 이런 말을 할 때의 노르푸아 씨는 거짓말을 하는 것이 아니라, 단순히 했던 말을 잊었을 뿐이었다. 게다가 사람들은 깊이 성찰하지 않거나, 모방 정신 또는 주변의 열광에 의해 구술된 생각은 금방 망각하는 법이다. 주변의 열광이 변하면 그와 함께 우리의 기억도 변한다. 외교관보다 정치가들이 특히 더 어떤 시기에 취했던 입장을 기억하지 못한다. 그리고 그들이 앞서 취했던 입장을 취소하는 이유 중 몇 가지는 지나친 야심보다는 기억의 결핍에서 연유한다. 사교계 인간들로 말하자면, 그들은 거의 아무것도 기억하지 못한다.

게르망트 부인은 자신이 빨간 드레스를 입었던 파티에 쇼스피에르 부인도 참석했다는 사실을 기억하지 못했으며,* 틀림없이 내가 착각한 거라고 주장했다. 그런데 실은, 그날 이후 공작뿐만 아니라 공작 부인도 쇼스피에르네 일로 온통 정신이 팔려 있었다. 그 이유는 다음과 같았다. 게르망트 씨는 조키 클럽 회장이 사망했을 때 최고참 부회장이었다. 회원 중 교우 관계가 많지 않고, 자신을 초대하지 않은 사람들에게 검은 공을 던지는 일이 유일한 기쁨인 회원들이 게르망트 공작에 맞서 반대 운동을 펼쳤다.** 공작은 자신이 선출될 것을 확신했고, 그리하여 그의 사교적 위치에 비하면 별로 대단치 않은 그런 회장 자리를 소홀히 했다. 그런데 반대편에서는 공작 부인이 드레퓌스파이며(드레퓌스 사건은 이미 오래전에 끝났지만, 사람들은 이십 년이 지난 후에도 계속 그 이야기를 했으며, 더욱이 그때는 사건이 끝난 지 이 년밖에 지나지 않았을 때였다.)*** 로

* 쇼스피에르 부인에 대해서는 『잃어버린 시간을 찾아서』 7권 140~141쪽 참조.

** 반대 의견을 표현하기 위해 검은 공을 던지는 것은 아마도 작가가 만들어 낸 은유처럼 보인다고 지적된다. 그렇지만 프루스트 자신은 1908년 폴로 클럽에 가입할 정도로 이런 클럽 생활에 익숙했다고 한다.(『갇힌 여인』, 플레이아드 III, 1709쪽 참조.)

*** 드레퓌스는 1899년 방면되고 1906년에 복권된다. 따라서 이 년이라는 표현은 이야기를 1901년이나 1908년에 위치하게 한다.(인물들의 내적 연대기에

칠드가의 사람들을 초대하며, 또 게르망트 공작이 절반은 독일인인 탓에 국제적인 세력가들을 지나치게 특별 대우한다고 주장했다. 클럽 회원들은 언제나 저명인사를 질투하며 대부호를 증오하는 법이므로, 이 운동은 매우 유리한 지반을 확보했다. 쇼스피에르의 재산도 적지 않았지만, 어느 누구도 그 일로 상처를 받지 않았다. 그는 한 푼도 허투루 쓰지 않았고, 부부가 사는 집도 검소했으며, 아내는 언제나 검은 모직 옷을 입었다. 음악을 매우 좋아하는 아내는 자주 작은 오후 모임을 개최했고, 게르망트네 집보다 더 많은 가수들을 초대했다. 하지만 아무도 그에 대해 말하지 않았고, 이 모든 것은 음료수도 제공되지 않고 남편도 자리에 없는 가운데, 라셰즈 거리의 알려지지 않은 장소에서 이루어졌다. 오페라좌에서도 쇼스피에르 부인은 사람들의 눈에 띄지 않았는데, 샤를 10세의 측근 중에서도 가장 '과격파' 그룹을 떠올리는 이름을 가진 사람들과 늘 자리를 함께했지만, 그들은 기억에서 지워진, 사교계와도 거리가 먼 사람들이었다. 선거 날 일반 예상과 달리, 무명의 인간이 놀랍게도 찬란한 인간을 물리쳤다. 제2 부회장인 쇼스피에르가 조키 클럽의 회장으로 선출되었고, 게르망트 공작은 치명적인 상처를 입은 채 제1 부회장으로 남게 되었다. 물론 조키 클럽의 회장이 되는 일은 게르망트 같은 일급 왕족에게는 대단한 의미도 아니었다. 그러나 자신의 차례인데 회

따르면 1901년, 역사적 맥락에 따르면 1908년으로 추정된다.) 전쟁 동안 교정 작업을 통해 엄청나게 불어난 작품의 양에서 그 설명을 찾을 수 있을 것이다.

장이 되지 못하고, 오리안은 이 년 전 그 아내의 인사에 답하지 않았을 뿐만 아니라, 그 낯선 박쥐* 같은 여자로부터 인사받는 것에 분개하기까지 한, 그런 쇼스피에르를 사람들이 선호한다는 사실이 공작으로서는 도저히 참기 어려웠다. 그는 이 실패가 스완과 오래도록 우정을 유지한 탓이라고 단언하면서 자신은 괘념치 않는다고 주장했다. 사실 그는 분노를 삭이지 못했다. 조금은 특이한 일이지만, 그때까지 사람들은 게르망트 공작이 '완전히(bel et bien)'라는 꽤 진부한 표현을 사용하는 것을 한 번도 듣지 못했는데, 조키 클럽 선거 이후부터는 드레퓌스 사건 이야기만 나오면, 그의 입에서 '완전히'라는 말이 튀어나왔다. "드레퓌스 사건, 드레퓌스 사건 하고 말하긴 쉽지만 적절치 못한 용어요. 그것은 종교적인 사건이 아니라 '완전히' 정치적인 사건이라오." 오 년이라는 세월은 그동안 사람들이 드레퓌스 사건 얘기를 꺼내지만 않는다면 '완전히'라는 말을 듣지 않고 지나갈 수 있는 시간이었지만, 오 년이 지나서도 다시 드레퓌스라는 이름이 나오면 '완전히'라는 말 또한 자동적으로 나왔다. 게다가 공작은 누구든 드레퓌스 사건만 언급하면 "그토록 많은 불행을 초래한" 사건이라고 말하며 참지 못했는데, 실제로 그가 민감하게 반응한 단 하나의 불행한 사건은 바로 조키 클럽 회장직에 실패한 일이었다.

따라서 게르망트 부인에게 그녀 사촌의 파티에서 빨간 드

---

* 쇼스피에르(Chaussepierre)라는 이름과 박쥐를 뜻하는 쇼브수리(chauve-souris) 사이에 존재하는 음성학적 유사성과 부인이 입은 검은 옷이, 박쥐라는 이미지로 재현되었다.

레스를 입었다고 환기한 그 문제의 오후로 돌아가 보면, 브레오테 씨가 뭔가 연상 작용으로만 모호하게 남아서 누설하지 못했던 것을 말하려고 입을 둥글게 내밀고 혀를 굴리다가 "드레퓌스 사건에 관해서인데"라는 말을 꺼냈을 때, 그는 별로 환영받지 못했다.(왜 드레퓌스 사건 얘기를 꺼냈을까? 빨간 드레스만이 문제였고, 상대를 기쁘게 해 줄 생각밖에 하지 않는 그 가련한 브레오테 씨에게 물론 악의 같은 것은 전혀 없었다.) 그러나 드레퓌스의 이름만 들어도 게르망트 공작의 제우스 같은 눈썹은 찌푸려졌다. "누군가가 우리의 친구 카르티에가 했다면서, 꽤 재치 넘치는 말을 전해 주더군요.(독자에게 미리 말해 두지만 빌프랑슈 부인의 동생인 이 카르티에라는 자는, 같은 이름의 보석상과는 아무 관계가 없다.)* 게다가 놀라운 일도 아니죠. 재치가 넘쳐서 다시 팔 만큼 남아도는 사람이니까요." "아!" 하고 오리안이 말을 중단시켰다. "나라면 그 재치를 사지 않을 거예요. 당신에게 말할 수는 없었지만, 당신의 그 카르티에는 늘 나를 '지겹게' 했어요. 왜 샤를 드 라 트레무이유와 아내가, 그 집에 갈 때마다 만나게 되는 그 지겨운 사람을 매력적이라고 하는지 도저히 이해할 수 없었어요." 브레오테 씨는 c 발음을 하지 못해 '마 예르 뒤예스'라고 대답했다.** "카르티에에 대해 지

---

* 현재 진행 중인 이야기에서 작가가 독자를 대상으로 직접 대화를 하기 위해 등장하는 장면이다. 여기서는 인물의 신분을 명확히 하기 위해 개입하지만, 77쪽에서는 텍스트의 올바른 이해를 위해 개입한다.

** '나의 친애하는 공작 부인'을 뜻하는 '마 셰르 뒤셰스(ma chère duchesse)'에서 c 발음을 하지 못해 '마예르 뒤예스'라고 말한다는 의미이다.

나치게 엄격하시군요. 하긴 그 사람이 라 트레무이유 댁에 과도하게 발붙이고 있는 건 사실이지만 '야를(샤를)'에게는 뭐라고 할까, 충실한 아카테스와도 같은 면이 있습니다.* 오늘날에는 보기 드문 희귀조라고나 할까요. 어쨌든 제가 전해 들은 바는 이렇습니다. 카르티에가 말하기를, 졸라 씨가 재판을 받고 선고를 받으려 했던 것은 그가 아직 몰랐던 감각, 즉 감옥에 있는 감각을 체험하기 위해서라고요."** "그래서 체포되기 전에 도망친 건가요?" 하고 오리안이 말을 가로막았다. "논리가 안 맞잖아요. 게다가 그럴듯한 일이라고 해도 완전히 바보 같은 말이라고 생각해요. 그런 걸 재치 있다고 생각하다니!" "저런, 마 예르 오리안." 하고 자기 말이 반박당하는 걸 본 브레오테 씨가 주춤하면서 대답했다. "제가 한 말이 아닙니다. 남이 전해 준 말을 반복했을 뿐입니다. 그럴 만한지 한번 들어 보세요. 어쨌든 그 일로 카르티에 씨는 그 훌륭한 라 트레무이유로부터 상당한 핀잔을 들었는데, 라 트레무이유 씨는 여러 타당한 이유로 살롱에서 뭐라고 할까, 제가 현재 진행 중이라

---

* 아카테스는 베르길리우스의 「아이네이스」에 나오는 인물로, 아이네이아스가 가장 믿고 신뢰하던 동반자이자 친구이다. '충실한'을 의미하는 라틴어 피두스(fidus)를 붙여 '피두스 아카테스(fidus Achates)'라고 불렀다. 그리고 야를, 즉 샤를은 라 트레무이유의 세례명이다.

** 에밀 졸라는 드레퓌스의 무죄를 주장하는 글 「나는 고발한다」를 발표한 후 1898년 징역 일 년을 선고받았다. 그러나 선고 당일 영국으로 망명하여(게르망트 부인의 '도망쳤다'라는 표현은 바로 여기서 연유한다.) 일 년 후 귀국했지만, 드레퓌스의 복권을 보지 못한 채 1902년 가스 중독으로 사망했다.(『잃어버린 시간을 찾아서』 5권 384쪽 주석 참조.)

고 부르는 사건을 얘기하고 싶어 하지 않았거든요. 그 자리에는 알퐁스 드 로칠드 부인이 있었으니 더 곤란했죠. 카르티에는 라 트레무이유로부터 심한 질책을 받아야 했어요." "물론," 하고 지극히 불쾌해진 공작이 말했다. "알퐁스 드 로칠드 사람들은 운 좋게도 그 끔찍한 사건에 대해 말하는 것을 피해 왔지만, 그래도 모든 유대인들처럼 영혼까지 드레퓌스파라네. 바로 이것이 '인신공격(ad hominum)'으로(공작은 이 '인신공격'이라는 표현을 조금은 되는대로 사용했다.) 유대인의 그릇된 신앙을 보여 주기 위해 사람들은 이 수단을 충분히 활용하지 못했네. 프랑스인이 도적질을 하고 살인을 했다면, 나처럼 프랑스인이라는 이유만으로 그를 무죄로 간주해야 한다고는 생각하지 않네. 그러나 유대인들은 자기들 동족 중 한 사람이 배신자임을 알면서도 그 사실을 인정하지 않으며, 또 동족의 범죄가 ……조차 야기할 정도로 그런 엄청난 반향에 대해서도 전혀 개의치 않네.(물론 공작은 쇼스피에르의 가증스러운 당선을 생각했다.) 그런데 오리안, 당신은 유대인 전체가 한 사람의 배신자를 지지한다는 사실이 유대인에게 수치스러운 일이 아니라고 주장하지는 않을 거요. 그들이 유대인이기 때문에 그렇지 않다고는 말하지 않을 거요." "어머나, 전 그렇게 할 텐데요."라고 오리안이(조금은 짜증이 난 그녀는 천둥처럼 소리 지르는 제우스에게 반항하고, 또 '지성'을 드레퓌스 사건보다 우선시하고 싶은 욕망을 느끼면서) 대답했다. "어쩌면 그들이 유대인이고 자신을 잘 알기 때문인지도 모르죠. 드뤼몽 씨의 주장처럼 유대인이라고 해서 반드시 배신자도 프랑스 반대파도 아니라는 걸요.* 물론 드레퓌스가 기독교 신자였다면 유대인들이 드레퓌스 사건에 그렇게 관심을 갖지 않았을 테지만, 유대인이 아니었다고 해도 내 조카 로베르가 말하듯이 '선험적으로(a priori)' 쉽게 배신자라고 믿을 수 없기 때문에 관심을 가졌던 거죠." "여자들이란 정치에 대해선 아무것도 이해하지 못해." 하고 공작이 공작 부인을 쏘아보면서 소리쳤다. "그 가증스러운 범죄는 단순한 유대인의 문제가 아니오. 프랑스에 '완전히' 무서운 결과를 초래할 수 있는, 따라서 모든 유대인을 추방해야 하는 그런 국가적 대사건이오. 물론 지금까지도 제재가 취해져 왔다는 건 인정하지만(비열한 방식으로 취해졌으므로 재검토해야만 하오.) 그 제재가 유대인이 아닌, 그들의 가장 훌륭한 적수에 대해, 우리의 가련한 조국에는 불행한 일이지만 따로 격리시켜 놓은 일류 인사들에 대해 취해져 왔단 말이오."

나는 대화가 잘못된 방향으로 흐르고 있음을 느껴 서둘러 다시 옷 이야기를 꺼냈다.

"기억하시나요, 부인?" 하고 나는 말했다. "부인이 처음 제게 다정하게 대했던 날을?" "처음 다정하게 대했던 날이라뇨?" 하고 부인은 내가 한 말을 반복하면서 브레오테 씨를 바라보고 미소를 지었다. 게르망트 부인에 대한 예의로 브레오

---

* 에두아르 드뤼몽(Edouard Drumont, 1844~1917)은 『유대인 프랑스』(1886)와 『유대인과 드레퓌스 사건』(1899)의 저자로 유대인 반대파이다. 여기서 게르망트 부인은 드뤼몽의 책을 읽은 적이 없다고 밝힘으로써, 그의 견해가 게르망트와 같은 사회에서 받아들여지지 않는다는 점을 분명히 하고 있다.(『갇힌 여인』, 플레이아드 III, 1710쪽 참조.)

테 씨는 코끝을 가늘게 하고 부드러운 미소를 띠면서, 칼 가는 목소리로 뭔가 어렴풋한 녹슨 소리를 냈다. "부인께서 커다란 검정 꽃이 달린 노란 드레스를 입으셨던 날을."* "하지만 젊은 친구, 그것도 같아요. 연회용 의상이랍니다." "그러면 제가 그렇게 좋아하던 그 수레국화 달린 모자는요? 어쨌든 이건 다 지나간 일이고. 제가 부인께 얘기한 그 젊은 여자에게, 어제 부인께서 입었던 것과 똑같은 모피 코트를 만들어 주고 싶어서요. 그 코트를 볼 수 없을까요?" "아뇨, 볼 수 있어요. 아니발**이 잠시 후면 나갈 거예요. 내 방으로 오시면 하녀가 다 보여드릴 거예요. 당신이 원하는 건 뭐든지 다 빌려드릴 수 있지만, 칼로와 두세, 파캥***이 만든 옷을 시시한 양재사에게 맡긴다면 결코 같은 옷이 되지 못할 거예요." "저도 시시한 양재사에게 갈 생각은 전혀 없습니다. 다른 옷이 되리라는 걸 잘 아니까요. 하지만 왜 그것이 다른 옷이 되는지를 아는 데는 관심이 있습니다." "하지만 당신은 제가 설명할 줄 모른다는 걸 잘 알잖아요. 난 어리석고 또 시골 여자처럼 말하니까요. 손재주나 옷 만드는 방식이 문제죠. 모피라면 적어도 내 단골 모피상에다 한마디 해 줄 수 있어요. 그렇게 하면 당신에게 바가지를 씌우지는 못할 거예요. 그래도 8000프랑에서 9000프랑은 들 거예요." "그리고 요전 날 저녁에 부인이 입으셨던 그 이상한

---

* 『잃어버린 시간을 찾아서』 6권 102쪽.

** 브레오테 씨의 세례명이다.

*** 칼로(Callot) 자매들과 두세(Doucet), 파캥(Paquin)은 파리 8구 오페라좌 근처에 의상실을 가지고 있었다.(『갇힌 여인』, 플레이아드 III, 1710쪽 참조.)

냄새가 나고, 또 어두운색에 보송보송하고 군데군데 반점이 있고 나비 날개처럼 금빛 줄무늬가 있는 실내복은요?" "아! 포르투니의 옷이에요. 그거라면 당신 아가씨가 집에서 입어도 괜찮죠. 그 옷은 많으니 보여 드릴 수 있어요. 당신 마음에 들면 드릴 수도 있고요. 하지만 내 사촌 탈레랑의 실내복을 당신이 꼭 보셨으면 해요. 빌려 달라고 편지를 써 보내야겠어요." "그런데 부인께서는 그날 아주 예쁜 구두도 신으셨던데요. 그것도 포르투니 제품인가요?" "아뇨. 당신이 어떤 구두를 말하는지 알겠네요. 염소 가죽으로 만든 금색 구두로, 런던에서 콘수엘로 데 맨체스터* 부인과 쇼핑을 하다 발견했죠. 아! 아주 멋진 구두였어요. 어떻게 그런 금빛이 나는지 이해할 수 없었어요. 마치 황금 가죽 같았다니까요. 한가운데 작은 다이아몬드가 박혔을 뿐인데. 그 가련한 맨체스터 공작 부인은 이제 죽었지만, 당신을 기쁘게 하는 일이라면 워위크 부인이나 말보르 부인에게 편지로 비슷한 것을 구해 달라고 부탁해 보죠. 그 가죽이 아직 나한테 있을지도 모르겠네요. 어쩌면 이곳에서 구두를 만들게 할 수도 있을 거예요. 오늘 저녁에 알아보고 말씀드리죠."

나는 되도록 알베르틴이 돌아오기 전에 공작 부인을 떠나려고 했지만, 이 시각에는 게르망트 부인 댁에서 나오는 길에

* 콘수엘로 데 맨체스터(Consuelo de Manchester) 부인은 쿠바 태생의 실제 인물로, 1858년에 태어나 1892년 남편이 사망하자 '남편의 재산을 상속받는 공작 부인'이 되었고, 1909년에 사망했다. 작품의 연대기 작성에 또 다른 기준점을 제시하는 요소로 간주된다.(『갇힌 여인』, 플레이아드 III, 1710쪽 참조.)

안마당에서 샤를뤼스 씨와 모렐과 마주치는 일이 종종 있었다. 그들은 쥐피앵네…… 집으로 차를 마시러 갔는데, 남작에게는 지극한 은총이었다! 내가 날마다 그들과 마주친 것은 아니나, 그들은 날마다 그곳에 갔다. 견고한 습관이란 보통 부조리한 측면과 관계된다는 점에 주목해야 한다. 찬란한 행동은 대개 간헐적으로 하는 법이다. 그런데 편집증적인 사람이 스스로에게 온갖 쾌락을 금하고 엄청난 고통을 가하는 미친 삶, 이런 삶은 가장 변하지 않는 법이다. 우리는 십 년마다, 만약 호기심이 있다면, 삶을 즐길 시각에는 잠을 자고, 거리에서 살해당할 일 말고는 아무것도 할 게 없는 시각에는 외출하고, 항상 감기에 걸릴까 봐 조심하면서도 더운 날 찬 음료를 마시는 불행한 자를 만나게 될 것이다. 이번에야말로 삶을 제대로 바꾸기 위해서는 단 하루 작은 에너지를 사용하는 운동을 하는 것만으로도 충분하다. 그런데 바로 이런 삶은 보통 에너지가 결핍된 인간들의 전유물이다. 악덕은 이 단조로운 삶의 또 다른 양상으로, 작은 의지만 있어도 우리의 삶은 덜 비참해질 것이다. 샤를뤼스 씨가 모렐과 함께 매일 쥐피앵네 집으로 차를 마시러 갈 때면, 이 두 가지 면이 똑같이 관측되었다. 이 일상적인 습관은 단 한 번 폭우로 중단되었다. 조끼 재봉사의 조카가 어느 날 모렐에게 "그래요, 내일 오세요. 차는 제가 쏠게요."라고 말했는데, 남작은 자신이 양녀를 삼을 뻔했던 사람으로부터 이런 표현을 듣자 당연히 너무 천박하다고 판단했다. 그러나 남을 화나게 하기를 좋아하고 스스로의 화난 모습에 취한 그는, 모렐에게 품위 있는 말을 쓰도록 아가씨를 훈계하라고 말하는 대신, 귀가하는 내내 격렬한 논쟁을 벌였다. 그는 지극히 무례하고도 오만한 어조로 말했다. "'촉각'이라는 것과 아무런 관계도 없는 듯 보이는 자네의 '접촉'이, 후각의 정상적 발전을 방해했나 보군. 왜냐하면 자네는 '차를 쏜다'와 같이 악취 나는 표현을 묵인했고, 아마도 내 짐작에는 15상팀짜리 싸구려 차를 사는 게 고작이겠지만, 그래서 그 오물 냄새를 나라는 왕족의 코까지 올라오게 했으니 말일세. 우리 집에서 자네가 바이올린 독주를 마쳤을 때, 열광하는 박수 소리나 보다 웅변적인 침묵 대신 한 번이라도 방귀 소리로 보답을 받은 적이 있는가? 보다 웅변적인 침묵이라고 말한 것은, 자네의 약혼녀가 돈을 헤프게 쓰기 때문이 아니라, 자네가 내 입술 끝에서 터져 나오게 한 오열을 참지 못할까 봐 하는 말일세."

한 공무원이 상사로부터 이런 비난을 받는다면, 그는 다음 날로 반드시 해고될 것이다. 그런데 반대로 모렐을 내쫓는 것은 샤를뤼스 씨에게 무엇보다 잔인한 일이었고, 그래서 그는 자기가 너무 멀리 나가지 않았는지 걱정하면서, 소녀에게 자상하고 세련되며 자기도 모르게 무례한 어조가 군데군데 뿌려진 찬사를 읊기 시작했다. "매력적인 아가씨야. 자네가 음악가여서 자네의 올림 나조(B#) 반주를 기다리는 듯한, 그 고음을 내는 아름다운 목소리가 자네 마음을 사로잡았나 보군. 낮은 음역대의 목소리는 마음에 들지 않지만 말일세. 끝났다 싶으면 세 번이나 다시 이어지면서 계속 더 올라가는, 그녀의 가늘고 이상한 목과 연관이 있는 듯하네. 세부적인 건 평범하지만, 그 아이의 실루엣은 마음에 들더군. 양재사고 가위를 만질 줄 아는 아이니, 자신의 아름다운 실루엣을 종이로 오려서 내게 주었으면 좋겠네."

샤를리는 사람들이 칭찬하는 자기 약혼녀의 매력을 늘 대수롭지 않게 여겼으므로, 그 찬사에 별로 귀를 기울이지 않았다. 하지만 샤를뤼스 씨에게는 "그래 알았어, 내 아이. 앞으로는 그렇게 말하지 못하도록 꾸짖을게."라고 대답했다. 샤를뤼스 씨에게 '내 아이'라고 말한 것은, 이 아름다운 바이올리니스트가 남작의 삼 분의 일밖에 되지 않는 자신의 나이를 몰라서가 아니었다. 또 쥐피앵의 말하는 방식을 따른 것도 아니었다. 그저 어떤 종류의 관계에서는 애정을 표현하기에 앞서 나이 차이를 지울 필요가 있다고 가정해서 한 말이었다. 모렐에게서 이 애정은 꾸민 것이었지만, 다른 이들에게서는 진실했다. 이를테면 이 시기에 샤를뤼스 씨는 다음과 같이 쓴 편지를 받았다. "사랑하는 팔라메드, 언제 널 볼 수 있을까? 네가 몹시 그립고 자주 네 생각을 해……. 내 모든 것을 바치며, 피에르." 샤를뤼스 씨는 자기 친척 중에 이토록 친밀하게 편지를 쓸 수 있는 사람이 누구인지, 따라서 자기를 그토록 잘 알고 있는 사람이 누구인지 알려고 머리를 쥐어짰지만 편지의 필체를 식별할 수 없었다. 고타 연감에 몇 줄 실린 왕족들의 온갖 이름이 며칠 동안 샤를뤼스 씨의 머릿속에서 펼쳐졌다. 그러다 마침내 돌연 봉투 뒷면에 쓰인 주소가 가르쳐 주었다. 편지를 쓴 사람은 샤를뤼스 씨가 가끔 가던 도박장의 제복 입은 종업원이었다. 그는 샤를뤼스 씨에게 이런 어조로 편지를 쓰는 것이 예의에 어긋난다고 생각하지 않았고, 오히려 샤를뤼스 씨를 매우 명망 높은 인사로 보았다. 그러나 상대에게 여러 번 키스하고, 그래서 자신의 애정을 주었다고 생각되는 사람에게 — 그는 순진하게도 자신을 그렇게 상상했다. — 말을 놓지 않는 건 상냥하지 않은 일이라고 생각했다. 사실 샤를뤼스 씨는 이런 친근함을 매우 기쁘게 생각했다. 그는 보구베르 씨에게 편지를 보여 주려고 어느 오후 모임에서 그를 집으로 데려다주기까지 했다. 하지만 하느님은 샤를뤼스 씨가 보구베르 씨와 외출하기를 싫어한다는 걸 아신다. 외알 안경을 낀 보구베르 씨가 지나가는 젊은이들을 사방으로 쳐다보았기 때문이다. 더욱이 그는 샤를뤼스와 함께 있을 때면 마치 해방이라도 된 듯 남작이 싫어하는 언어를 구사했다. 그는 모든 남성 명사를 여성형으로 말했고, 또 매우 어리석은 탓에 그런 농담을 무척 재치 있다고 생각하면서 계속 요란한 웃음을 터뜨렸다. 동시에 자신의 외교관 직위에 대단한 애착을 가지고 있었으므로, 거리를 걷다가도 같은 순간에 사교계 인사나 특히 공무원이 지나가는 모습을 보면 갑자기 겁을 내며 그 한심하고도 히죽거리는 태도를 중단했다. "저 작은 전보 배달부 년하고," 하고 그는 팔꿈치로 눈살을 찌푸리는 남작을 치면서 말했다. "사귄 적이 있는데, 이제는 착실해졌어. 저 더러운 년이! 오! 저기 '갈르리 라파예트' 백화점 배달부 녀석 말이야, 얼마나 근사해! 저런, 상무부 국장이 지나가는군. 내 동작을 알아보지 말았어야 할 텐데! 그가 장관에게 말이라도 하는 날에는 정직(停職) 처분을 당할지도 몰라. 더욱이 장관도 그런 부류의 사람으로 보이니까 말이야." 샤를뤼스 씨는 분노를 참지 못했다. 마침내 그는 자기를 분노케 하는 산책을 단축하려고 받은 편지를 꺼내서 대사에게 읽어 주기로 결심했고, 하지만 샤를리가 자신을 사랑하는 것처럼 믿게 하려고, 그가 알면 질투할지도 모르니까 비밀을 지켜 달라고 당부했다. "그런데" 하고 후작은 우스꽝스러울 정도로 착한 표정을 지으면서 덧붙였다. "할 수 있는 한 남을 아프게 하지 말아야 해."

쥐피앵의 가게로 돌아가기 전에 작가는 만일 독자가 이런 기이한 묘사를 불쾌하게 생각한다면, 마음이 매우 아프리라는 말을 전하고 싶다.* 한편(그리고 이것은 중요한 문제가 아니다.) 이 책에서는 귀족 계급의 타락상이 다른 사회 계급에 비해 더 강조되었다고 생각할 수 있다. 비록 이것이 사실이라고 해도 그렇게 놀랄 필요는 없다. 지극히 유서 깊은 가문의 사람들도 울퉁불퉁한 붉은 코나 비뚤어진 턱 같은 특징적인 표시를 '혈통'이라고 찬미하면서 털어놓기 마련이다. 그러나 이렇게 끊임없이 심화되어 가는 지속적인 모습 가운데 눈에 보이지 않는 것이 바로 기질과 취향이다.

그러나 보다 중요한 반론은 이 모든 것이 우리와 무관하고, 또 우리 옆에 있는 가장 가까운 진실로부터 시(詩)를 끌어내야 하며, 또 이런 주장이 타당한 근거로 뒷받침되는 경우이다. 우리와 가장 친근한 현실로부터 도출된 예술은 실제로 존재하며, 또 그 영역은 어쩌면 예술에서 가장 큰 부분을 차지하는지도 모른다. 그럼에도 우리가 늘 느끼고 믿는 것과는 너무도 거

---

* 작가의 개입에 대해서는 67쪽 주석 참조.

리가 먼 정신 형태로부터 나와 우리가 이해할 수조차 없는 행동이, 까닭 모를 광경처럼 우리 앞에 펼쳐지면서 커다란 관심과 때로는 아름다움마저 유발할 수 있는 것 역시 사실이다. 다리우스 왕의 아들 크세르크세스가, 자기 편 함대를 집어삼킨 바다를 회초리로 때렸다는 일화보다 시적인 이야기가 또 어디 있을까?*

자신의 매력이 소녀에게 주는 영향력을 이용하여, 모렐이 남작의 지적을 자기 생각인 듯 전한 것은 확실해 보인다. 왜냐하면 '차를 쏜다'라는 표현이, 매일 초대를 할 정도로 내밀하게 지내다가 이러저러한 이유로 사이가 틀어졌거나, 우리가 감추고 싶기에 밖에서 남몰래 만나던 사람이 어느 날 영원히 살롱에서 사라지는 것처럼, 조끼 재봉사의 가게에서도 완전히 사라졌기 때문이다. 샤를뤼스 씨는 '차를 쏜다'라는 표현이 사라진 사실에 만족했는데, 그는 거기서 모렐에 대한 자신의 영향력을 입증해 주는 증거와, 소녀의 완벽함에 생긴 유일한 작은 얼룩이 지워지는 것을 보았다. 요컨대 그와 같은 부류의 사람들이 모두 그렇듯이, 샤를뤼스 씨는 진심으로 모렐과 또 모렐의 약혼자나 다름없는 아가씨를 친구로 대했고, 그들의 결합을 열렬하게 지지했으므로, 자기가 그 두 사람 사이에

* 페르시아 다리우스 왕의 아들 크세르크세스 1세(기원전 510~465. 성경에서 아하수에로 왕.(라신의 작품에서는 아쉬에뤼스 왕으로 칭해진다.))는 기원전 480년에 그리스를 정복하기 위해 다르다넬스 해협에 다리를 설치하나 폭풍우로 파괴되고 함대도 침몰하자 격노하여 바다를 때렸다고 한다.(『갇힌 여인』, 플레이아드 IV, 1710쪽 참조.)

그렇게 해롭지 않은 작은 불화를 마음대로 일으킬 수 있는 힘을 가졌다는 사실이 몹시 기뻤으며, 그래서 그들의 불화 바깥에, 그들의 불화 위에, 마치 그의 형처럼 그렇게 올림포스 신으로서 머물렀다.

모렐은 샤를뤼스 씨에게 쥐피앵의 조카딸을 사랑하며, 그녀와 결혼하고 싶다고 말했다. 남작으로서는 그의 젊은 친구가 약혼녀를 방문할 때 함께 동행해서 관대하고도 신중한 미래의 시아버지 노릇을 하는 게 그다지 싫지 않았다. 아니, 그 어떤 일보다 즐거웠다.

내 개인적인 의견으로 '차를 쏜다'라는 표현은 모렐에게서 나온 것으로, 사랑에 눈먼 어린 양재사가 연인의 표현을 그대로 받아들였고, 이 저속한 말은 소녀의 아름다운 화법 사이에서 불협화음을 일으켰다. 그녀의 화법과 그에 어울리는 매력적인 태도, 샤를뤼스 씨의 보호 덕분에 그녀에게 일을 맡긴 많은 고객들은 그녀를 친구로 받아들여서 저녁 식사에 초대하고, 지인들 사이에 끼게 했지만, 그녀는 남작의 허가가 있을 때에만, 또 남작에게 편한 저녁 시간에만 초대에 응했다. '젊은 양재사가 사교계를! 얼마나 믿기 어려운 일인가!'라고 사람들은 생각할지 모른다. 그러나 예전에 알베르틴이 자정 무렵 내 방으로 나를 보러 온 일이나 지금 나와 함께 살고 있음을 생각해 보면 그렇게 믿기 어려운 일도 아니다. 아마 다른 사람은 몰라도 알베르틴에 대해서는 믿기 어려운 일이 아니었을 것이다. 아버지도 어머니도 없이 자유로운 삶을 살았으므로, 발베크에서 처음 만났을 때 나는 그녀를 자전거 선수의 정부로 착각했고, 또 그녀의 가장 가까운 친척인 봉탕 부인만 해도 스완 부인의 집에서 조카의 무례한 태도에 감탄했으며, 또 지금은 얼마의 돈을 받고 조카를 부잣집에 결혼시켜 치워 버릴 수만 있다면 모든 걸 눈감았으리라.*(최상류 사회에서도 매우 고귀하지만 가난한 어머니들은, 아들을 부유한 집안의 딸과 결혼시키는 데 성공하면 젊은 부부의 부양을 받고, 또 며느리로부터 모피와 자동차와 돈을 받으면서, 좋아하지도 않는 며느리를 사교계에 초대받게 한다.)

언젠가 양재사들이 사교계에 드나드는 날이 올 것이며, 그렇다고 해도 나는 전혀 놀라운 일이 아니라고 생각했을 터다. 그러나 아직 쥐피앵의 조카딸은 예외에 속해서 그런 일이 가능하다고는 예측할 수 없었으며, 이는 마치 제비 한 마리가 왔다고 해서 봄이라고 예측할 수 없는 것과도 같다. 어쨌든 쥐피앵의 조카딸의 초라한 처지에 몇몇 사람들은 무척 놀랐지만, 모렐은 그렇지 않았다. 왜냐하면 그는 자기보다 천배나 똑똑한 아가씨를 '오히려 어리석다'고 생각했으며 — 어쩌면 다만 그녀가 그를 사랑한 탓에 그랬는지 모르지만 — 그녀를 초대한 사람들, 그렇다고 그녀가 뽐내지도 않은 사람들에 대해서도 귀부인으로 변장한 바람둥이 여자나 양재사 조수라고 상상할 정도로 매우 어리석었기 때문이다. 물론 그녀를 초대한 사람들은 게르망트네 사람들이나 게르망트네 지인이 아닌,

---

* 알베르틴을 자전거 선수의 정부로 착각하는 장면과, 알베르틴에 대한 봉탕 부인의 생각에 대해서는 『잃어버린 시간을 찾아서』 4권 258쪽과 3권 299쪽 참조.

부유하고도 우아한 부르주아들이었으며, 그들은 양재사 아가씨를 초대하는 일로 자신들의 명예가 실추된다고는 생각하지 않을 만큼 자유로운 정신의 소유자였고, 또한 샤를뤼스 남작 각하께서 매일처럼 나쁜 의도 없이 찾아가는 아가씨를 보호한다는 데 뭔가 만족감을 느낄 정도의 노예근성도 갖고 있었다.

남작은 이 결혼을 무엇보다 기쁘게 생각했는데, 그렇게 되면 모렐을 빼앗기지 않아도 된다고 여겼기 때문이다. 그런데 쥐피앵의 조카딸은 거의 어린애였을 무렵 한 번 '실수'를 했던 것으로 보인다. 그리고 샤를뤼스 씨는 모렐에게 그녀에 대한 찬사를 늘어놓으면서도 그 일을 털어놓아 자기 남자 친구를 화나게 하고, 그렇게 해서 불화의 씨앗을 심는 것도 그리 나쁘지 않다고 생각했을지 모른다. 왜냐하면 샤를뤼스 씨는 지독히 심술궂은 사람이긴 했으나, 자신의 선함을 입증하기 위해 이런저런 사람을 칭찬하는 대다수의 착한 사람들과 흡사했으며, 하지만 평화를 유지하는 데 필요한 자비로운 말은 불을 피하듯 거의 입 밖에 내지 않으려고 조심했기 때문이다. 그럼에도 남작은 이 일을 말하지 않으려고 조심했는데, 다음과 같은 두 가지 이유에서였다. "내가 만약 약혼녀에게 흠이 있다고 말한다면," 하고 남작은 중얼거렸다. "자존심에 큰 상처를 입은 그 녀석이 나를 원망할지도 몰라. 그렇게 되면 녀석이 그녀를 사랑하게 될지 어떻게 알아? 내가 아무 말도 하지 않으면 이 짚불은 금방 꺼질 테고, 나는 뜻대로 그들의 관계를 지배할 수 있으며, 그뿐만 아니라 녀석은 내가 원하는 범위 내에서만 그녀를 사랑하게 될 거야. 약혼녀의 예전 실수를 말했다가 나의 샤를리가 질투를 할 정도로 사랑에 빠지면 어쩌지? 나 자신의 잘못으로 인해, 그가 마음대로 조절할 수 있는 시시한 일시적 연정이, 통제하기 힘든 대단한 사랑으로 변할지도 몰라." 이런 두 가지 이유에서 샤를뤼스 씨는 침묵을 지켰고, 이 침묵은 외관상으로 그저 신중한 처신에 지나지 않았지만, 다른 측면에서 보면 칭찬받을 일이었다. 샤를뤼스 씨 같은 사람이 침묵을 지키기란 거의 불가능했기 때문이다.

게다가 아가씨는 매력적이었고, 또 여성에 대한 그의 미학적 취향을 만족시켜 주었으므로, 샤를뤼스 씨는 그녀의 사진을 수백 장이나 갖고 싶어 할 정도였다. 모렐만큼 어리석지 않은 그는, 품위 있는 부인들이 그녀를 초대한다는 사실을 알고 기뻐했으며, 또 그의 사회적 감각으로 그들의 지위를 쉽게 파악했다. 그러나 그는 그런 사실을 샤를리에게 말하지 않으려고 조심했고(자신의 영향력을 유지하고 싶어서), 이 방면에 정말로 무지한 샤를리는 콩세르바투아르에서의 그의 '바이올린 동급생들'과 베르뒤랭네 사람들 외에는, 게르망트 사람들과 남작이 열거하는 거의 왕족이라고 할 수 있는 몇몇 가문들만 존재할 뿐, 나머지는 모두 '하층민'이나 '천민 무리'에 지나지 않는다고 계속해서 믿고 있었다. 샤를리는 샤를뤼스 씨가 쓰는 이런 표현을 문자 그대로 받아들였다.

그토록 많은 대사 부인들과 공작 부인들이 일 년 동안 매일같이 헛되이 기다리고, 또 크루아 대공에게 우선권을 양보하는 게 싫어서 그와의 만찬도 피하는 샤를뤼스 씨가, 왜 대귀족들이나 대귀족 부인들을 피하고 조끼 재봉사의 조카딸 집에서 대부분의 시간을 보냈을까? 우선 가장 중요한 이유는 모렐이 그곳에 있었기 때문이다. 설령 모렐이 없었다 해도, 나는 그 일이 불가능했으리라고 생각하지 않는다. 아니면 당신은 에메의 보조 요리사처럼 판단할 수도 있다. 엄청나게 돈이 많은 사람들은 늘 화려한 새 옷을 입으며, 가장 멋진 신사는 60명이나 되는 손님을 초대하는 만찬을 베풀고, 외출할 때는 꼭 자동차를 탄다고 믿는 사람은 아마도 레스토랑 종업원들밖에 없을 테니까. 그들의 생각은 틀렸다. 엄청나게 돈이 많은 사람은 대개 다 떨어진 똑같은 재킷만을 입으며, 가장 멋진 신사는 레스토랑에서 종업원들하고만 어울리며, 집에 돌아가서도 하인들하고 카드놀이를 한다. 그렇다고 해서 그가 뮈라 공*에게 우선권 양보를 거절하는 일을 막지는 못한다.

젊은이들의 결혼이 샤를뤼스 씨를 행복하게 만든 이유 중 하나는, 쥐피앵의 조카딸이 어떻게 보면 모렐이라는 인간의 연장이며, 그렇게 해서 모렐에 대한 남작의 힘과 인식이 연장되었기 때문이다. 바이올리니스트의 아내가 될 사람을, 부부관계의 의미에서 '배신한다'는 생각은 샤를뤼스 씨에게 단 일초도 양심의 가책을 느끼게 하지 않았다. 하지만 '젊은 부부'를 인도하고, 자신이 모렐의 아내에게 전능하고도 두려운 보호자라고 느끼는 일은 — 그녀는 남작을 신처럼 존경하고, 따라서 사랑하는 모렐이 그녀에게 불어넣은 그 생각을 증명해

* 나폴레옹이 몰락한 후 1808년부터 1815년까지 나폴리 왕을 지낸 뮈라(Murat) 원수의 손자이다.

보이고, 그녀 안에 뭔가 모렐의 것을 함유하면서 — 모렐에 대한 샤를뤼스 씨의 지배 형태를 다양화하고, 모렐이라는 그의 '피조물'에 또 하나의 존재인 남편을 태어나게 하여, 말하자면 모렐에게서 또 다른 새로운 뭔가를, 사랑하기에 흥미로운 뭔가를 줄 것이었다. 어쩌면 이런 지배는 지금껏 해 오던 것보다 훨씬 강력한 지배가 될지도 몰랐다. 홀로 있을 때, 말하자면 벌거벗은 모습일 때는 남작을 다시 정복할 수 있다는 확신에 모렐은 남작에게 자주 반항했는데, 일단 결혼하고 나면, 가정이나 집과 장래에 대한 생각 때문에 금방 겁을 먹고 샤를뤼스 씨의 소망에 보다 넓은 지면과 장악력을 제공하게 될 터였다. 권태롭다고 느껴지는 밤이면 이 모든 것이, 또 필요한 경우 부부 싸움을 일으킨다는 생각조차(남작은 한 번도 전쟁을 묘사한 그림을 싫어한 적이 없었다.) 샤를뤼스 씨를 기쁘게 했다. 하지만 젊은 부부가 그에게 의존해서 살 거라는 생각은 그를 한층 더 기쁘게 했다. 모렐에 대한 샤를뤼스 씨의 사랑은 그가 이렇게 혼잣말을 할 때면 감미로운 새로움을 띠었다. "모렐이 내게 속해 있는 한은 그의 아내도 내게 속할 것이다. 그들은 나를 귀찮게 하지 않는 방식으로만 행동할 테고, 나의 일시적 기분에도 순종하겠지. 이렇게 해서 그의 아내는 내가 거의 망각했고, 또 내 마음에 그토록 민감한 것(나 자신도 지금까지 모르고 있었던)의 지표가 되겠지. 즉 모든 사람들, 내가 그들을 보호하고 거처를 마련해 주는 것을 보는 사람들에 대해, 또 나 자신에 대해서도 모렐이 내게 속한다는 지표가 될 거야." 샤를뤼스 씨는 타인의 눈과, 또 자신의 눈에 이처럼 자명하게 비친다는 사실이 나머지 다른 것보다 훨씬 더 기뻤다. 사랑한다는 사실의 소유는 사랑 자체보다 더 큰 기쁨이기 때문이다. 모든 이에게 자신이 소유한 것을 감추는 자들은, 대개는 그 소중한 대상을 빼앗길지도 모른다는 두려움을 갖고 있다. 그리고 그들이 느끼는 행복은 이렇게 침묵을 지키려는 조심성으로 인해 감소한다.

독자는 아마도 이전에 모렐이 남작에게, 자신의 소망은 한 소녀, 특히 양재사 아가씨를 유혹하는 것이며, 그 일을 성공하기 위해서라면 결혼도 약속하고, 그러나 겁탈한 후에는 멀리 "꺼져 버리죠, 뭐."라고 말했던 일을 기억할 것이다.* 그러나 샤를뤼스 씨는 모렐이 찾아와 자기 앞에서 했던 말, 쥐피앵의 조카딸을 사랑하게 되었다고 고백했던 것을 완전히 잊고 있었다. 게다가 모렐 자신도 마찬가지였을 터다. 어쩌면 모렐의 본성에는, 냉소적으로 고백할 때와 — 어쩌면 능란하게 과장까지 해 가면서 — 그 본성이 다시 활기를 찾는 순간 사이에 커다란 차이가 있었는지 모른다. 소녀와의 관계가 점점 깊어지면서 더욱 그녀가 좋아졌고, 또 그녀를 사랑하게 되었다. 그는 자신을 잘 알지 못했으므로 소녀를 사랑하며, 어쩌면 영원히 사랑하리라고 상상했을 것이다. 물론 그의 초기 욕망, 그 범죄와도 같은 계획은 여전히 존재했지만, 겹겹이 쌓인 다른 수많은 감정들에 뒤덮여, 이제는 바이올리니스트가 그 사악한 욕망이 자기 행동의 진짜 동기가 아니라고 말한다 해도, 그

* 『잃어버린 시간을 찾아서』 8권 278쪽 참조.

것이 진심이 아니라고 입증할 만한 것은 아무것도 없었다. 게다가 분명히 고백하지는 않았지만, 짧은 기간 동안 이 결혼이 불가피한 일로 보이기도 했다. 당시 모렐은 손에 심한 경련이 일어났고, 그래서 어쩔 수 없이 바이올린을 그만둘지도 모를 가능성을 생각해야 했다. 바이올린 연주를 제외하고, 그는 이상하리만큼 게을렀으므로, 타인으로부터 부양받아야 할 필요가 제기되었고, 이 경우 샤를뤼스 씨보다는 쥐피앵의 조카딸에게 부양받는 편이 더 낫다고 생각했다. 이 결합이 그에게 보다 많은 자유와, 또한 쥐피앵의 조카딸을 통해 타락하게 한 새로 들어온 견습생들부터, 그가 조카딸을 팔아넘긴 아름답고 부유한 귀부인들에 이르기까지, 다양한 종류의 여자들을 폭넓게 선택할 기회를 제공해 줄 것이었다. 미래의 아내가 이런 호의를 거절할 만큼 그렇게까지 무분별하리라는 생각은 모렐의 계산에 전혀 들어 있지 않았다. 게다가 손의 경련이 멈추자 이런 계산도 뒤로 물러나면서 순수한 사랑에 자리를 넘겨주었다. 바이올린과 샤를뤼스 씨가 주는 보수만으로도 충분할 테고, 샤를뤼스 씨의 요구도 모렐이 소녀와 결혼하면 틀림없이 덜 까다로워질 터였다. 소녀에 대한 사랑과 자신의 자유를 위해서라도 모렐에게 결혼은 시급한 일이었다. 그는 쥐피앵을 통해 조카딸에게 청혼했고, 쥐피앵은 조카딸과 의논했다. 그것은 불필요한 일이었다. 바이올리니스트에 대한 소녀의 열정은 그녀의 늘어뜨린 머리칼이나 기쁨을 퍼뜨리는 눈길처럼 그녀 주위에 넘쳐흘렀다. 한편 모렐에게서는 그에게 유쾌한 일이나 이득이 되는 일이라면 거의 모든 것이 정신적인 감동과, 같은 유의 말들을 깨어나게 했고, 때로는 눈물까지 흘리게 했다. 그러므로 예전에 유혹과 처녀성 겁탈에 대한 천박한 이론을 솔직하게 샤를뤼스 씨에게 전개했던 것처럼, 이번에는 진심으로 — 이런 말이 그에게도 적용될 수 있다면 — 쥐피앵의 조카딸을 대상으로 지극히 감상적인 연설을 했다.(무위도식을 열망하는 많은 젊은 귀족들이, 부유한 부르주아 출신의 매력적인 소녀에게 하는 연설 역시 감상적이다.) 다만 자신에게 기쁨을 주는 사람에 대한 고결한 열광과, 그 사람과 맺은 엄숙한 약속은 모렐에게서 서로 대척점에 있었다. 그 사람이 더 이상 기쁨을 주지 못하거나, 또는 자신이 한 약속을 이행해야 한다는 의무가 불쾌감을 줄 때면, 그 사람은 금방 모렐에게 혐오의 대상이 되었고, 그러면 그는 그 사실을 자기 눈에 정당화하려고 애썼으며, 그래서 얼마 동안은 신경 쇠약 증세에 시달리다가 다시 신경이 안정되면 이 혐오감은 순전히 도덕적 관점에서 고찰해 보아도, 그가 모든 의무로부터 벗어나 있음을 스스로에게 증명하게 해 주었다.

이렇게 해서 발베크에서의 체류가 끝날 무렵, 어떤 일로 그렇게 되었는지는 잘 모르겠지만, 그는 가지고 있던 돈을 모두 잃었고, 감히 샤를뤼스 씨에게는 말도 꺼내지 못한 채 돈을 빌려줄 사람을 찾았다. 자기 아버지로부터 그런 경우에는(그래도 아버지는 무슨 일이 있어도 '돈을 꾸는 사람'이 되는 것을 금했지만) 부탁하고 싶은 사람에게 "업무상 말씀드릴 게 있어서" 혹은 "업무 관련 약속을 청하고자"라는 편지를 써 보내는 일이 예의 바른 행동임을 배웠다. 이 마술적인 표현이 모렐을 얼마나 황홀하게 했는지, 내 생각에는 단순히 업무 관련 약속을 청하는 즐거움 때문이라도 돈을 잃고 싶었을 것이다. 그는 살아가면서 그런 표현이 생각만큼 효력이 없다는 것을, 그런 일이 없다면 결코 편지를 보내지 않았을 사람은 "업무상 말씀드릴 게 있어서"라는 편지를 받고 오 분이 지나도 답장을 보내지 않는다는 사실을 알게 되었다. 모렐은 답장을 받지 못한 채 오후 나절이 지나가도, 만일 모든 것을 좋은 쪽으로 생각해서 편지를 받은 사람이 정말로 여행 중이거나 병에 걸린 게 아니라고 해도, 아직 귀가하지 않았거나 다른 편지를 써야 할지도 모른다는 생각은 결코 하지 못했다. 모렐은 다음 날 아침 지극히 운 좋게도 만나자는 약속을 받았고, 그래서 부탁하려는 사람에게 다음과 같은 말을 하며 다가갔다. "마침 답장을 받지 못해 놀라던 참이었습니다. 무슨 일이 있는 게 아닌지 생각하고 있었습니다. 그런데 이렇게 뵈니 여전히 건강하신 것 같군요, 등등." 그러므로 그는 발베크에서 내게 업무상 할 말이 있다는 얘기는 하지 않고, 블로크를 소개해 달라고 부탁했는데, 블로크로 말하자면 바로 일주일 전 기차에서 그에게 매우 불쾌하게 굴었던 사람이었다. 블로크는 5000프랑을 망설이지 않고 빌려주었다. 아니, 보다 정확히 말하면 니심 베르나르 씨*에게 부탁해서 빌려주었다. 그날부터 모렐은 블로크를 찬미했다. 그는 눈물이 그렁그렁해서 목숨을 구해 준 자에게 어떻게 하면 보답할 수 있을지 자문했다. 결국 내가 샤를뤼스 씨에

* 블로크의 아저씨로 『잃어버린 시간을 찾아서』 4권 226~230쪽 참조.

게 모렐을 위해 매달 1000프랑을 주도록 부탁하는 일을 맡았고, 모렐은 돈을 받는 즉시 블로크에게 돌려주어, 블로크는 아주 짧은 기간 내에 빌려준 돈을 돌려받을 수 있었다. 첫째 달, 아직 블로크의 선의를 느끼던 모렐은 돈을 받은 즉시 블로크에게 1000프랑을 보냈다. 그러나 그 후부터는 나머지 4000프랑을 다른 용도로 쓰는 데 더 마음이 끌렸는지, 블로크를 험담하기 시작했다. 블로크의 얼굴만 봐도 울적한 생각에 빠졌고, 또 블로크 자신이 모렐에게 빌려준 금액이 정확히 얼마인지 잊어버렸으므로, 4000프랑 대신 500프랑이나 이득을 남기는 3500프랑을 청구했고, 이런 틀린 금액에 대해 바이올리니스트는 1상팀도 더 지불하려고 하지 않았을 뿐만 아니라, 돈을 빌려준 사람에게 자기가 소송을 제기하지 않는 것만으로도 다행이라 생각해야 한다고 대답하고 싶어 했다. 이 말을 하는 그의 눈은 활활 타올랐다. 게다가 그는 블로크와 니심 베르나르 씨에게 자신을 원망해서는 안 된다고 말하는 데에 만족하지 않고, 이내 자기가 그들을 원망하지 않는 걸 다행으로 여겨야 한다고 말했다. 끝으로 니심 베르나르 씨가 티보*도 모렐만큼이나 연주를 잘한다고 단언했던지, 모렐은 이런 말이 그의 직업에 해가 되므로 법정에서 그를 공격하지 않으면 안 된다고 생각했고, 프랑스에는 더 이상 정의가 존재하지 않으며, 특히 유대인에 대한 정의는 존재하지 않으므로(모렐의 반유대

---

* 자크 티보(Jacques Thibaud, 1880~1953). 프랑스의 유명한 바이올리니스트. 프루스트는 티보가 1899년 포레의 곡을 연주했던 음악회에 대해 언급할 정도로 그의 명성을 익히 알고 있었다.(『갇힌 여인』, 플레이아드 III, 1712쪽 참조.)

주의는 이스라엘 사람에게 5000프랑의 채무가 있다는 사실에서 비롯된 자연스러운 결과였다.) 장전한 권총 없이는 더 이상 외출도 하지 않았다. 격렬한 애정을 뒤잇는 이런 신경 상태가, 조끼 재봉사의 조카딸과 관련해서도 곧 일어나려고 했다. 의도하지는 않았지만 샤를뤼스 씨가 어쩌면 이런 변화에 조금은 책임이 있는지도 모른다. 왜냐하면 그는 자기가 하는 말을 단 한마디도 깊이 생각해 보지 않고 그저 그들을 놀리려는 의도로, 그들이 결혼하면 더 이상 그들을 보지 않을 것이며, 또 그들이 자신의 날개로 날도록 내버려 두겠다고 자주 공언했기 때문이다. 이런 생각은 그 자체로서는 모렐을 소녀로부터 떼어 놓기에 절대적으로 부족했지만, 모렐의 정신 속에 남아 있다 때가 오면 이와 유사한 다른 생각들과 결합할 준비를 했고, 한번 그 결합이 실현되면 강력한 결별의 요인이 되고 만다.

게다가 나는 샤를뤼스 씨와 모렐을 그렇게 자주 만나지는 못했다. 내가 공작 부인을 떠날 무렵, 그들은 이미 쥐피앵의 가게 안에 들어가 있는 적이 많았는데, 공작 부인 옆에서 느끼는 기쁨이 얼마나 컸던지, 알베르틴의 귀가에 앞선 그 불안한 기다림뿐 아니라, 그녀의 귀가 시간마저도 잊곤 했던 것이다. 이렇게 게르망트 부인 댁에서 지체하던 나날 중 어떤 작은 사건이 일어난 날, 당시에는 나에게서 그 잔인한 의미가 완전히 빠져나갔으나 오랜 시간이 지난 뒤 깨닫게 된 날만은 따로 다루고 싶다. 그날 오후 끝자락에 게르망트 부인은 내가 남쪽 지방에서 온 고광나무 꽃*을 좋아한다는 사실을 알고 나에게 주었다. 공작 부인을 떠나 집에 올라갔을 때 알베르틴은 귀가해 있었고, 나는 계단에서 앙드레와 마주쳤다. 그녀는 내가 들고 온 꽃의 진한 향기를 불편하게 여기는 듯했다.

"어떻게 벌써 돌아왔어요?" 하고 내가 말했다. "얼마 안 됐어요. 하지만 알베르틴이 편지를 써야 한다면서 나를 내쫓았어요." "뭔가 비난받을 만한 계획을 꾸미는 건 아닐까요?" "아뇨. 내 생각에는 아주머니에게 편지를 쓰는 것 같은데요. 알베르틴은 진한 향기를 좋아하지 않으니 당신이 가져온 고광나무 꽃을 그리 좋아하지 않을 거예요." "그래요. 내가 잘못 생각했네요! 프랑수아즈에게 뒷 계단 층계참에 갖다 두라고 해야겠어요." "당신에게서도 알베르틴이 고광나무 꽃 냄새를 맡지 못할 거라고는 생각하지 않겠죠. 월하향** 향기와 더불어 아마도 가장 머리 아프게 하는 향일걸요. 게다가 프랑수아즈는 장을 보러 간 것 같은데요." "그럼 어떡하지? 오늘따라 열쇠가 없는데 어떻게 들어가죠?" "오! 벨을 누르면 되죠, 뭐. 알베르틴이 열어 줄 텐데요. 그리고 그사이에 프랑수아즈도 다시 올라와 있을지 모르고요."

나는 앙드레에게 작별 인사를 했다. 첫 번째 벨을 누르자마자 알베르틴이 문을 열러 나왔는데, 일이 조금 복잡했다. 프랑수아즈는 아래층에 내려가 있었고, 알베르틴은 불을 켜는 스

---

* 수국과에 속하는 낙엽 관목으로 하얀 꽃이 피며 향기가 진하다. '시인들의 재스민'이라고 불리는 기억의 꽃이다.

** 수선화과의 다년생 식물로 꽃향기가 진하다.

위치가 어디 있는지 알지 못했다. 드디어는 나를 집 안으로 들일 수 있었지만, 이번에는 고광나무 꽃향기가 그녀를 도망치게 했다. 나는 꽃을 부엌에 두었고, 그러자 그녀는 편지 쓰기를 중단하고(왜 그랬는지 나는 이해할 수 없었다.) 내 방에 가서, 침대에 드러누울 틈은 있었는지 거기로 나를 불렀다. 그때만 해도 나는 한 번 더 이 모든 일을 지극히 자연스럽게 받아들였으며, 기껏해야 조금은 뭔가 모호한 인상을 받았지만 별 의미를 두지 않았다. 그녀는 앙드레와 함께 있었던 흔적을 들킬 뻔했고, 그녀의 흐트러진 침대를 보이지 않으려고 순식간에 전기를 모두 끄고 내 방으로 갔으며, 또 편지를 쓰는 중인 척했던 것이다. 우리는 이 모든 일을 나중에 다시 보게 될 테지만, 나는 사실이 정말 그랬는지는 결코 알지 못했다.*

이 유일한 사건을 제외하고, 내가 공작 부인 댁을 나와 집으로 올라갈 때면 모든 것은 정상적으로 흘러갔고, 알베르틴은 저녁 식사 전에 내가 그녀와 외출할 의사가 있는지 어떤지 알지 못했으므로, 내가 응접실에 들어갈 때면 대개는 만일의 경우를 위해 그곳에 모자와 코트와 파라솔을 두곤 했다. 응접실에 들어가면서 이런 물건들이 보일 때면, 집 안의 공기는 숨

---

* 이 장면은 「사라진 알베르틴」에서 다시 다루어진다. 미이 교수에 따르면 이 장면은 프루스트의 작품에서 주인공과 화자의 불일치를 재현하는 대표적인 장면으로, 화자는 주인공에 비해 사건에 대한 총체적 지식을 가지고 있지만, 통상적 의미에서의 전지적 화자와 달리 주인공에 대해 지극히 제한된 지식만을 제공하며, 따라서 사건의 의미는 여전히 모호한 채로 남아 있다고 지적된다.(『갇힌 여인』, GF-플라마리옹, 530쪽 참조.)

쉴 만한 것으로 변했다. 희박한 공기 대신 행복이 집을 가득 채운다고 느꼈다. 나는 슬픔에서 구원받았고, 이런 사소한 것들이 알베르틴을 소유한다는 느낌을 주었으므로 그녀를 향해 달려갔다.

게르망트 부인 댁으로 내려가지 않는 날들이면, 나는 내 여자 친구의 귀가에 앞선 그 시간이 길게 느껴지지 않도록 엘스티르의 화첩과 베르고트의 책을 뒤적였다.

그때 — 오로지 시각과 청각에만 호소하는 듯한 작품들도, 그것을 음미하기 위해서는 우리의 깨어난 지성이 이 두 감각과 밀접하게 협력해야 하는 것처럼 — 나는 지난날 알베르틴을 잘 알지 못했을 때 그녀가 내 마음속에 불러일으켰던 꿈들을, 또 우리의 일상생활이 사라지게 했던 꿈들을 나도 모르게 꺼내곤 했다. 나는 그 꿈들을 마치 도가니에 던지듯 음악가의 악절이나 화가의 그림 속으로 던졌고, 내가 읽고 있는 작품에 그 꿈들로 양분을 주었다. 그러자 확실히 작품은 보다 살아 있는 듯 보였다. 하지만 알베르틴도 이에 못지않게 두 세계 중 하나에서 다른 하나로, 즉 우리가 매일 접하고 동일한 물건을 번갈아 배치할 수 있는 세계에서, 질료의 중압감으로부터 벗어나 유연한 사유의 공간에서 뛰어놀 수 있는 세계로 이동한다는 이점을 가지게 되었다. 나는 돌연, 그리고 짧은 순간이나마 그 견디기 힘든 소녀에게서 격렬한 감정을 느낄 수 있었다. 그 순간 그녀는 엘스티르나 베르고트의 작품처럼 보였고, 나는 상상력과 예술을 관조할 때의 거리감을 두고 그녀를 바라보면서 순간적으로 흥분감을 느꼈다.

금방 그녀가 집에 들어왔다는 소식을 알려 왔다. 내가 혼자 있지 않고, 이를테면 블로크와 같이 있을 때면 이름을 말하지 말라고 일러 두었으므로, 나는 블로크가 내 여자 친구를 만나지 못하도록 그를 억지로 더 붙잡아 두기도 했다. 그녀가 내 집에 산다는 사실, 그녀를 집에서 만난다는 사실조차 숨기고 있었는데, 내 친구 중 하나가 그녀에게 반해서 밖에서 기다리거나, 아니면 복도나 응접실에서 짧은 순간의 마주침을 통해 그녀가 신호를 보내고 밀회의 약속을 잡지나 않을까 겁이 났기 때문이다. 그리고 이어서 그녀가 스커트를 스치며 방으로 가는 소리가 들렸는데, 그녀는 신중함에서, 또 어쩌면 예전에 라 라스플리에르에서 만찬이 있을 때 내가 질투심을 느끼지 않도록 애썼던 그런 배려심에서, 내가 혼자 있지 않다는 걸 알면 내 방으로 들어오지 않았다. 그러나 이런 이유만 있는 건 아니라는 점을 나는 돌연 깨달았다. 기억을 떠올렸고, 그러자 내가 알았던 첫 번째 알베르틴이 갑자기 다른 소녀, 현재의 소녀로 변했다. 이 변화의 책임은 나 자신이 질 수밖에 없었다. 우리가 좋은 친구였을 때 그녀가 쉽게, 다음에는 기쁘게 고백했던 온갖 것들이, 나에게서 사랑을 받는다고 믿자마자, 혹은 어쩌면 '사랑'이라는 단어는 쓰지 않았지만, 내가 알고 싶어하고, 알면 괴로워하고 그러면서도 더 많은 것을 알려고 애쓰는 그런 캐묻기 좋아하는 성향이라는 걸 간파한 후부터는 더 이상 그녀의 입에서 흘러나오지 않았다. 그날부터 그녀는 내게 모든 것을 감추었다. 그녀는 내가 여자 친구뿐 아니라, 이런 일은 흔치 않았지만, 남자 친구와 있을 때조차 내 방을 피해서 갔는데, 예전에는 내가 젊은 여자 얘기만 해도 얼마나 눈을 생생히 빛내며 관심을 가졌는지 모른다. "그 여자를 오게 해야 해요. 그녀를 알게 되면 저도 즐거울 거예요." "그 여잔, 당신이 품행 나쁜 여자라고 부르는 그런 여잔데요." "바로 그러니 더 재미있겠죠." 어쩌면 그 순간에 나는 모든 걸 알았을 것이다. 그리고 작은 카지노에서 그녀가 앙드레의 가슴에서 자기 가슴을 뗀 것도 내가 있어서가 아니라, 코타르가 거기 있었고, 그래서 나쁜 소문을 퍼뜨릴 거라고 생각해서였을 터다. 그렇지만 그때 이미 알베르틴은 경직되기 시작했고, 더 이상 입술에서 신뢰의 말이 나오지 않았으며, 몸짓도 신중해졌다. 나를 흥분시킬 수 있는 것은 모두 그녀로부터 배제되었다. 내가 알지 못하는 그녀의 삶 중 어느 부분에 관해서는, 나의 무지를 공범으로 하여 그녀는 그것의 무해한 성격을 더욱 강조했다. 이렇게 해서 완전한 변화가 이루어졌고, 그녀는 내가 혼자 있지 않으면 나를 방해하지 않을 목적이 아니라, 다른 사람들에게 관심이 없음을 보여 주기 위해 곧바로 자기 방으로 갔다. 그녀가 이제는 결코 하지 않을 단 하나의 일이 — 내가 그 일에 무관심했던 시절, 어쩌면 바로 그런 이유로 그녀가 쉽게 털어놓았는지도 모르지만 — 바로 내게 고백하는 것이었다. 그래서 나는, 마치 재판관처럼 죄가 있다는 사실에 호소하지 않고 그냥 쉽게 설명할 수 있는 경솔한 언사에 대해서도 모호한 판결을 내릴 수밖에 없었다. 그리하여 그녀는 나를 언제나 질투하는 자이자 심판하는 자라고 느꼈을 것이다.

우리의 약혼은 마치 재판의 소송과 같은 양상을 띠었고, 또 알베르틴에게는 죄인의 소심함을 부여했다. 이제 그녀는 나이 든 사람만 빼고, 남자건 여자건 사람들 얘기만 나오면 다른 곳으로 화제를 돌렸다. 내가 그녀를 질투한다고 의심하기 전에 알고 싶은 것을 물었어야 했다. 그런 시기를 이용해야 했다. 그때라면 우리의 여자 친구는 자신이 느끼는 쾌락에 대해 말하고, 또 남들에게 그런 쾌락을 감추는 방법도 말해 주었으리라. 이제 그녀는 더 이상 발베크에서처럼 고백하지 않을 것이다. 발베크에서도 그것이 진실이었기에 절반만 고백했고, 그 절반도 나에 대한 애정을 더 많이 보여 주지 못함을 사과하기 위해서였다. 왜냐하면 그때 이미 나는 그녀를 힘들게 했으며, 그녀 자신도 나의 상냥한 몸짓을 보고 남들에게 하는 것만큼 상냥하게 하지 않아도 그들로부터 얻는 것보다 더 많은 걸 얻을 수 있다는 점을 알아차렸기 때문이다. 이제 그녀는 그때처럼 이런 고백도 하지 않았다. "누군가를 사랑하는 모습을 보여 주는 것은 정말 어리석은 일이라고 생각해요. 나는 정반대예요. 마음에 드는 사람이 생기면, 그때부터 그를 알아보지도 못하는 것처럼 행동해요. 그러면 아무도 눈치채지 못하니까요." 어떻게! 그런 사람이 자신이 솔직하다고 주장하며, 또 그런 말을 내게 했던 모든 사람들에게도 관심 없다고 주장하는 현재의 알베르틴과 같은 인물이라는 말인가! 그녀는 더 이상 그런 원칙 따위는 말하지도 않을 것이다! 나하고 얘기할 때 나를 불안하게 하는 이런저런 사람에 대해서도 "아! 몰라요. 쳐다보지도 않았어요. 별 의미 없는 여자였던 모양이죠."라고 말하면서 그 원칙을 적용하는 것으로 만족했다. 이따금 그녀는 내가 알게 될 것에 대비하여 미리 고백하기도 했는데, 그 고백의 억양이 그것이 어떤 현실을 왜곡하고 결백하게 하려고 계획되었는지 말하기도 전에, 이미 거짓임을 폭로한다.

그날 저녁 알베르틴이 더 이상 외출하지 않으리라는 생각에 편안하고 기쁜 마음으로 그녀의 발소리에 귀를 기울이면서, 나는 지난날 내가 알게 되리라고는 결코 생각하지 못했던 소녀가 매일 저녁 귀가하는 곳이 바로 내 집이라는 사실에 감탄했을 뿐이다. 발베크에서 그녀가 호텔로 자러 왔던 밤, 내가 단편적이고 덧없는 형태로 체험했던 그 신비로운 관능의 기쁨이 이제 완성되고 안정되면서, 예전에 텅 비었던 집을 가정의, 거의 가족 같은 편안함의 지속적인 양식으로 가득 채워 복도까지 환하게 비추었고, 그 안에서 나의 감각은 어느 때는 실제로, 혼자 있을 때는 상상 속에서 그녀의 귀가를 기다리며 평화롭게 양분을 취하는 것이었다. 만일 친구와 함께 있을 때 알베르틴의 방문이 닫히는 소리가 들리면, 나는 서둘러 그 친구를 나가게 하고 친구가 계단에 있음을 확인한 후에야, 필요하다면 나 자신이 계단 몇 개를 내려간 후에야 친구를 놔주었다.

복도에서 알베르틴이 나를 맞으러 나왔다. "저기, 이 물건들을 치울 동안 당신에게 앙드레를 보낼게요. 당신에게 저녁 인사를 하려고 잠시 들렀어요." 그녀는 내가 발베크에서 선물한 친칠라 토크 모자에 내려뜨린 커다란 회색 베일로 아직 얼굴을 감싸고 있었는데, 나를 떠나 자기 방으로 들어가는 모습이, 마치 이제부터는 내게 그녀의 감시를 부탁받았던 앙드레가 자세한 얘기를 많이 하면서, 두 사람이 만났던 지인을 언급하고, 하루 종일 그들이 산책했던 그 어렴풋한 지대, 내가 상상할 수도 없었던 지대에 대해 조금은 명료함을 줄 것임을 짐작한다는 것 같았다.

앙드레의 결점이 부각되면서 나는 그녀를 처음 만났을 때 느꼈던 호감을 더 이상 느낄 수 없었다. 이제 그녀에게는 나와 알베르틴에게서 뭔가 즐거운 일을 말하기만 하면, 민감하게 반응하는 어떤 날카로운 불안감이, 마치 바다에 부는 '돌풍'처럼 쌓일 준비가 되어 있었다. 하지만 그것이 지금까지 내게 다정했던 그 어떤 사람들보다 더 다정하게 대하며, 나를 더 많이 사랑하는 일을 — 또 나는 여러 번 그 증거를 보았다. — 가로막지는 못했다. 그러나 지극히 작은 행복의 표시도 자기로 인해 생긴 것이 아니라면, 마치 지나치게 세게 닫히는 문소리처럼 뭔가 그녀에게 신경을 곤두세우게 하는 불쾌한 인상을 야기했다. 자신이 전혀 관여하지 않은 고통은 인정했지만, 기쁨은 인정하지 않았다. 나의 아픈 모습을 보았다면 그녀는 나를 슬퍼하고 동정하고 보살펴 주었을 것이다. 그러나 내가 별 의미 없는 만족감만 보여도, 이를테면 행복한 표정으로 기지개를 켜고 책을 덮으면서 "흥미로운 책을 읽으면서 정말 보람 있는 두 시간을 보냈어!"라고만 말해도, 나의 어머니나 알베르틴, 생루를 기쁘게 해 주었을 이런 말들이 앙드레에게는 어떤 비난을, 어쩌면 신경질적인 거북함에 지나지 않는 것을 유발했다. 나의 만족한 모습을 보면 그녀는 기분이 언짢아졌고, 그것을 감추지 못했다. 그리고 이 결점은 보다 심각한 결점으로 보충되었다. 어느 날 내가 발베크에서 작은 그룹의 소녀들과 함께 만난 적 있는, 경마나 도박과 골프에는 박식하지만, 그 밖의 다른 것에 대해서는 무식하기 짝이 없는 젊은이 얘기를 꺼내자 앙드레는 코웃음을 치기 시작했다. "내가 알기로 그 사람 아버지는 절도죄로 법원에서 심리를 받을 뻔했어요. 더욱이 그들은 허세를 부리고 싶어 했고, 나는 그 사실을 모든 사람들에게 얘기하는 게 즐거웠어요. 그들이 날 무고죄로 고소했으면 했거든요. 그랬다면 아주 멋진 진술을 했을 텐데!" 그녀의 눈은 반짝거렸다. 나는 젊은이의 아버지가 결코 나쁜 짓은 하지 않았고, 앙드레도 다른 사람들처럼 그 사실을 모르지 않는다는 사실을 알았다. 그녀는 그저 그 사람의 아들이 자기를 멸시한다고 생각해 그를 난처하게 하고 수치심을 줄 뭔가를 찾다가, 상상 속에서 자신이 소환당해 진술하는 모습을 묘사한 소설을 지어냈고, 그 세부적인 요소들을 반복해서 말하다 보니, 어느새 자신도 그것이 진실이 아님을 인지하지 못했는지도 모른다.

이렇게 변한 앙드레였기에(짧은 순간 격하게 터뜨리는 증오의 발작은 제외하고라도), 나는 따뜻하고 친절한 그녀의 진짜 본성을 날카롭고 차디찬 띠로 둘러싸고 있는 그 심술궂은 신경과민 때문에라도 그녀를 보고 싶어 하지 않았을 것이다. 그러나 나는 내 여자 친구에 관해 앙드레만이 줄 수 있는 정보에 매우 관심이 많았고, 그래서 그런 정보를 얻을 수 있는 드문 기회를 묵살할 수 없었다. 앙드레가 방에 들어와 등 뒤로 문을 닫았다. 그들은 여자 친구 하나를 만났는데, 알베르틴이 내게 한 번도 얘기한 적이 없는 친구였다. "무슨 말을 했어요?" "몰라요. 난 알베르틴이 혼자 있지 않은 틈을 이용해서 털실을 사러 갔거든요." "털실을 사러 갔다고요?" "그래요. 알베르틴이 부탁해서요." "털실을 사러 가면 안 되는 또 다른 이유군요. 어쩌면 당신을 멀리 보내려고 한 짓일 테니까요." "하지만 그 친구를 만나기 전에 부탁한 건데요." "아!" 하고 나는 다시 숨을 쉬며 대답했다. 하지만 이내 다시 의혹에 사로잡혔다. '하지만 알베르틴이 여자 친구와 미리 만나기로 약속을 하고 자신이 원할 때 혼자 있으려고 핑계를 댔는지 누가 알아?' 게다가 나의 오래된 가정이(앙드레가 진실을 전부 말하지 않는다는 가정이) 옳다는 걸 내가 확신할 수 있을까? 앙드레는 어쩌면 알베르틴과 미리 합의했는지도 모른다. 우리는 특히 질투를 부추기는 행동을 하는 사람을 사랑하는 법이라고 나는 발베크에서 여러 번 말했다. 그러므로 사랑하는 사람이 자신의 행동에 대해 모두 말해 준다면, 우리는 어쩌면 쉽게 사랑에서 치유되리라고 생각할지도 모른다. 질투에 사로잡힌 남자가 제아무리 질투의 감정을 교묘하게 감추려 해도, 그 사실은 질투를 불러일으킨 여인에 의해 재빨리 발각되기 마련이며, 이번에는 여인이 교묘한 술책을 쓴다. 여인은 우리를 불행하게 만들고자 속임수를 쓰고 또 성공한다. 그 일에 정통하지 않은 사람에게는 별 의미 없는 말 한마디가, 어떻게 그녀가 감추고 있는 거짓을 폭로할 수 있단 말인가? 우리는 이 한마디를 다른 말들과 구별하지 못한다. 겁에 질려 한 말도 별다른 주의를 기울이지 않고 듣는다. 나중에 혼자 있을 때 다시 떠올려 보면, 그 말은 완전히 현실에 부합되지 않는 것처럼 보인다. 하지만 그 말을 정확하게 기억하기는 하는 걸까? 그 점에 관해, 또 우리 기억의 정확성에 관해, 우리가 신경과민 상태에서 문에 빗장을 걸었는지, 또 쉰 번이나 닫아도 첫 번째 문을 닫을 때처럼 전혀 기억나지 않는 그런 종류의 의문이 우리 마음속에서 본능적으로 생겨나는 듯하다. 아무리 같은 행동을 끝없이 되풀이해도, 그 행동은 우리를 해방시켜 주는 정확한 기억은 동반하지 않는 듯 보인다. 적어도 우리는 쉰한 번째로 다시 문을 닫을 수 있다. 그렇지만 우리의 마음을 불안하게 하는 말 한마디는 과거에 속하며, 또 불확실한 형태로 들었으므로, 그 말을 되살리는 일은 우리 소관이 아니다. 그렇게 해서 우리는 아무것도 숨기지 않는 다른 말에 유의하고, 또 우리가 원치 않는 유일한 처방은 더 많은 것을 알려는 마음을 갖지 못하도록 모든 걸 모르는 것이다. 질투가 간파되자마자 질투의 대상이 되는 여인은, 그 행위가 자신에 대한 불신을 나타내므로 상대를 속여도 된다고 생각한다. 더욱이 뭔가를 알기 위해 우리가 먼저 주도권을 가지고 거짓말하고 속였다. 앙드레나 에메는 아무 말도 하지 않겠다고 약속했지만, 정말 그들은 그렇게 할까? 그리고 블로크는 알지 못하니까 아무 약속도 할 수 없었고, 그러나 알베르틴이 이 세 사람 중 어느 하나와 얘기만 해도, 그녀는 생루가 '다각화'*라고 불렀을 그런 조사 방법의 도움을 받아, 우리가 그녀의 행동에 무관심하고, 또 정신적으로 그녀

* 여기서 '다각화'라고 옮긴 recoupement은 한 가지 사실에 대해 다양한 증언이나 의견을 교차하며 분석하는 조사 방법을 의미한다.

를 감시할 수 없다는 주장이 거짓말임을 알 것이다. 이렇게 해서 — 알베르틴의 행동과 관련하여 — 나의 끊임없는 일상적인 의혹, 너무도 불분명해서 내 마음을 아프게 할 수밖에 없는 의혹이 이어졌는데, 의혹과 질투의 관계는 마치 희미해져 가는 추억에서 마음의 안정을 찾으며 슬픔을 느끼는, 망각의 초기와 슬픔과의 관계와도 흡사했다. 이런 의혹에 이어 앙드레가 가져다준 대답의 작은 조각이 곧 내게 새로운 물음을 야기했다. 내 주위에 펼쳐진 광대한 지대에서 하나의 작은 부분을 탐색하고, 실제로 그 부분을 스스로에게 재현해 보이려 할 때면, 우리에게 미지의 존재로 남아 있는 타인의 실제 삶은 한층 더 멀어질 뿐이다. 내가 앙드레에게 계속 질문하는 동안 알베르틴은 신중함에서, 또 앙드레에게 질문할 시간을 충분히 주려고 그랬는지(그녀는 그 일을 짐작했을까?) 자기 방에서 옷을 벗으며 시간을 끌었다.

"알베르틴의 아저씨와 아주머니가 나를 좋아하는 것 같아요." 하고 나는 앙드레의 성격은 생각하지도 않고 경솔하게 말했다. 그 즉시 그녀의 끈끈한 얼굴이 상한 시럽처럼 변질되고 영원히 흐려진 듯했다. 그녀의 입술은 씁쓸했다. 내가 발베크에 체류했던 첫해, 앙드레가 자신의 병약한 기질에도 불구하고 작은 그룹의 모든 소녀들처럼 펼쳐 보였던 그 젊은 쾌활함이 너무도 빨리 퇴색하여(그 후 몇 살 더 나이를 먹은 것도 사실이지만) 이제는 아무것도 남아 있지 않았다. 그러나 그녀가 나를 떠나 저녁 식사를 하러 귀가하기 전에, 나는 나도 모르게 그녀의 쾌활한 모습을 되살아나게 했다. "누군가가 오늘 당신을 굉

장히 칭찬하던데요."라고 말한 것이다. 그러자 한 줄기 기쁜 빛이 금방 그녀의 시선을 반짝이게 했고, 그녀는 정말로 나를 사랑하는 것처럼 보였다. 나를 쳐다보는 건 피했지만, 갑자기 동그랗게 뜬 두 눈동자가 허공에서 웃고 있었다. "누가요?" 하고 그녀는 순진하면서도 탐욕스러운 관심을 담아 물었다. 나는 그녀에게 이름을 말했고, 그러자 그 사람이 누구든 그녀는 행복해했다.

그러다 출발 시간이 되었고 곧 앙드레가 떠났다. 알베르틴이 내 곁으로 돌아왔다. 그녀는 외출복을 벗고 크레프드신으로 만든 아름다운 실내복이나, 내가 게르망트 부인에게 설명을 부탁하고, 그중 몇 개는 스완 부인이 편지로 자세하게 추가 설명해 준, 그런 일본 옷 가운데 하나를 걸치고 있었다. 스완 부인의 편지는 이런 말로 시작되었다. "당신의 긴 부재 후, 나의 '티타임 가운'에 관한 당신의 편지를 읽으면서 마치 유령으로부터 소식을 받는 기분이었어요." 알베르틴은 브릴리언트 다이아몬드로 장식된 검은 신을 신고 있었는데, 프랑수아즈가 홧김에 나막신이라고 불렀던 그 신은, 내가 거실 창문 너머로 게르망트 부인이 저녁에 집에서 신은 모습을 보았던 것과 같은 것이었다. 알베르틴이 잠시 후면 신을 금빛 염소 가죽이나 친칠라 가죽으로 만들어진 실내화도 마찬가지였는데, 그 모양이 모두 그녀가 내 집에서 살고 있는 징표처럼 보여(다른 신발은 그렇지 않았지만) 나는 감미롭기만 했다. 그녀는 또한 내가 주지 않은, 이를테면 예쁜 금반지 같은 것도 갖고 있었다. 나는 반지에 새겨진 날개 펼친 독수리 문양에 감탄했다. "아주머니가 주셨어요." 하고 그녀가 말했다. "어쨌든 아주머니는 이따금 친절해요. 반지를 보면 나이가 든 것 같아요. 스무 살 기념으로 주신 거니까요."

이 모든 아름다운 물건에 대한 알베르틴의 안목은 공작 부인보다 훨씬 예리했는데, 우리의 소유를 방해하는 모든 것들이 그렇듯이(이를테면 내게서 병이 여행을 그토록 어렵게 만들면서 동시에 갈망하게 했던 것처럼), 가난은 부유함보다 관대한 탓에 여인들에게 그들이 살 수 없는 옷 이상의 것, 즉 옷에 대한 욕망을 선사하며, 바로 이것이 옷에 대한 구체적이고 깊이 있는 진정한 인식에 이르게 한다. 그녀 스스로는 이 옷들을 마련하지 못했고, 나는 그녀를 기쁘게 하려고 그 옷들을 제공했으므로, 우리의 이런 모습은 먼저 그림을 연구한 뒤 드레스덴이나 빈으로 보러 가기를 열망하는 대학생들과도 흡사했다. 반면 수많은 모자와 옷에 둘러싸인 부유한 여인들은, 미리 욕망을 느끼지 못하고 미술관을 산책하는, 그래서 현기증과 피로와 권태만을 느끼는 방문객들과도 같다. 특별한 토크 모자나 검정 담비 코트, 분홍색 안감을 소매에 댄 두세의 실내복은, 욕망의 특징인 배타성과 세밀함 덕분에 그것을 알아보고 갈망하고 나머지 다른 것과 분리하여 안감이나 스카프를 멋지게 밖으로 드러낼 정도로 그 모든 부분에 정통한 알베르틴에게는 — 그리고 옷의 특징과 장점과 멋, 그리고 도저히 모방할 수 없는 명장의 솜씨에 대해 설명을 듣기 위해 게르망트 부인을 찾아갔던 내게도 — 옷을 탐내는 상태가 되기도 전에 이미 신물을 내는 공작 부인에게서는 찾아볼 수 없는 그런 중요성과 매력을 지니고 있었다. 또는 몇 해 전 이런저런 우아한 여인을 동반하고 그 지겨운 의상실 순회를 했을 때 그 옷들을 보았다면 나 역시 마찬가지였을 것이다. 확실히 알베르틴은 점점 우아한 여인이 되어 갔다. 왜냐하면 내가 그녀에게 마련해 준 물건들은, 게르망트 부인이나 스완 부인의 가장 세련된 취향이 깃든, 각각의 스타일에서 가장 아름다운 것들로, 그녀는 이제 그런 물건들을 많이 갖게 되었기 때문이다. 그러나 그녀가 그 물건들을 먼저 따로따로 좋아한 이상 그것은 별로 중요하지 않았다. 우리는 한 화가에 심취했다가 다음으로 다른 화가에 심취하고, 드디어는 미술관의 모든 화가를 찬미할 수 있으며, 그렇다 해도 그 찬미가 무감동한 것은 아니다. 왜냐하면 우리의 찬미는 연속적인 사랑으로 이루어진, 당시에는 배타적이던 각각의 찬미가 마침내는 다른 찬미에 더해진 것이기 때문이다.

그녀는 경박하지 않았고 더욱이 혼자 있을 때면 책을 많이 읽었으며, 또 나와 함께 있을 때면 내게 책을 읽어 주기도 했다. 그녀는 지극히 지적인 여성이 되었다. 게다가 잘못된 생각이긴 했지만 때로 이런 말도 했다. "생각만 해도 끔찍한 일이지만, 당신이 없었다면 난 여전히 바보였을 거예요. 부인하지 말아요. 당신은 내가 생각하지도 못했던 관념의 세계를 열어 주었어요. 내가 조금이라도 변한 게 있다면 그건 전적으로 당신 덕분이에요."

나는 그녀가 앙드레에 대한 나의 영향력을 이와 유사한 방식으로 얘기했음을 이미 앞에서 언급했다. 그렇다면 그들 중 누가 내게 감정을 느꼈던 것일까? 그들 자신에게 알베르틴과 앙드레는 각각 어떤 존재였을까? 그 답을 알려면 그대를 부동의 상태로 만들고, 도착할 때면 항상 다른 사람으로 변한 그대를 끊임없이 기다리며 사는 삶을 멈춰야 하고, 그대의 모습을 고정하기 위해 더 이상 그대를 사랑하지 말고, 끝없이 언제나 예기치 않은 순간에 나타나는 그대를 모른 척해야 할 것이다. 오! 소녀들이여, 연이은 빛의 소용돌이 속에서 그대가 다시 나타나는 모습을 보며 우리의 가슴은 고동치지만, 현기증 나는 빛의 속도 때문에 그대의 모습은 거의 알아보기 힘들다. 어쩌면 어떤 성적 매력이 우리의 눈에 언제나 다르게 보이고 언제나 우리의 기대를 넘어서는 금빛 방울과도 같은 그대를 향해 달려가게 하지 않았다면, 우리는 어쩌면 이런 속도를 의식하지 못한 채로 모든 것이 정지되었다고 생각했을 것이다. 매번 한 소녀의 모습이 그토록 예전의 모습과 닮지 않을 때면 (그녀를 보자마자 우리 마음속에 간직했던 추억과 스스로에게 보였던 욕망을 산산조각 내면서), 우리가 그녀에게 부여하는 그 안정된 성격은 한낱 허구나 언어적 편의에 지나지 않는다. 누군가가 한 아름다운 소녀를 가리켜, 다정하고 사랑스러우며 지극히 섬세하고 풍부한 감성을 지녔다고 말한다. 우리의 상상력은 곧 그 말을 믿고, 그리하여 곱슬곱슬한 금발 띠 아래로 동그란 장밋빛 얼굴이 처음 우리 앞에 나타날 때면, 너무도 정숙한 누이 같은 소녀가 바로 이런 미덕으로 인해 우리의 열정을 냉각시켜 결코 우리가 원하는 연인이 되지 못할까 봐 겁을 낸다. 적어도 만남의 첫 순간부터 우리는 그녀의 고결한 마음씨를 믿고 얼마나 많은 속내를 털어놓고 얼마나 많은 계획을 함께 세웠던가! 그러나 며칠이 지난 뒤 두 번째로 만난 장밋빛 소녀가 그렇게 많은 '격정적인' 음란한 말들을 늘어놓는 모습을 보면서는 그토록 속내를 많이 털어놓았던 일을 후회한다. 며칠간의 흔들림 후에, 장밋빛이 차단된 채로 제시되는 그 연속적인 모습들을 보면서 어쩌면 소녀들과는 무관한 '움직임(movimentum)'*이 그들의 모습을 변하게 한 것은 아닌지 생각해 보지만, 그마저도 확실치 않다. 또 이것은 이미 발베크의 소녀들에게도 일어났던 일이다. 누군가가 우리에게 숫처녀의 감미로움과 순결을 칭찬한다. 그러나 다음에는 우리가 뭔가 보다 자극적인 것을 좋아하리라고 생각하여, 처녀에게 좀 더 대담하게 행동하라고 권한다. 그때 그 둘 중 어느 쪽이 진짜 그녀였을까? 어쩌면 이것도 저것도 아닌, 오히려 삶의 현기증 나는 흐름 속에서 그녀는 수없이 다양한 모습에 이르렀는지도 모른다. 뭔가 냉혹한 매력을 지녔던 또 다른 소녀에게(우리 식으로 굴복시키기를 기대했던), 이를테면 발베크에서 겁에 질린 노인의 머리를 껑충 뛰면서 넘어갔던 그 무시무시한 뜀뛰기 소녀처럼,** 다른 이들에게 그토록 잔인하게 굴던 장면의 기억에 열광해서 다정하게 말을 걸면, 그녀는 대뜸 자신은 수줍음을 많이 타는 성격이며, 처음 만난 사람에게는 지각 있는 말 같은 건 한마디도 못 할 정도로 겁이 많고, 이 주가 지난

* '움직임'을 의미하는 라틴어로, '모멘텀(momentum)'의 이중어이다.
** 『잃어버린 시간을 찾아서』 4권 256쪽 참조.

뒤에야 겨우 편한 마음으로 얘기할 수 있다고 말하는데, 우리는 이런 말을 들으면서 그녀의 모습에서 지금까지와는 너무도 다른 새로운 면을 보는 듯하여 얼마나 환멸을 느끼는가! 강철이 솜으로 변하고, 그녀 스스로 온갖 단단한 모습을 상실했으므로, 더 이상 부수려고 애쓸 필요도 없다. 그녀의 잘못이지만, 어쩌면 거기에는 우리의 잘못도 있는지 모른다. 우리가 그 '잔인한 대상'에게 했던 다정한 말이, 어쩌면 그 대상으로 하여금 별다른 타산적인 생각 없이 우리에게 그냥 상냥하게 대하도록 암시했는지도 모른다.(이 사실은 우리의 마음을 매우 아프게 하지만, 그녀 쪽에서 보면 절반만 서투른 행동이라고 할 수 있는데, 그녀의 온순한 모습에서 느껴지는 고마움이 그녀의 잔인함을 꺾으면서 얻는 기쁨보다 더 많은 헌신을 우리에게 요구할 수 있기 때문이다.) 어느 날인가 이 빛나는 소녀들에게 보다 선명한 성격을 부여할 날이 오지 않으리라고 말할 수는 없지만, 그때가 오면 그들은 더 이상 우리의 관심을 끌지 못할 테고, 그들의 나타남도 우리 마음속에서 다른 모습으로 기다리던, 그래서 새롭게 육화된 모습이 매번 우리 마음을 뒤흔들어 놓기를 기다리는 그런 나타남은 되지 못할 것이다. 그들의 부동성은 그들을 정신의 판단에 맡기는 우리의 무관심이 만들어 낸 결과이다. 그렇지만 이 정신도 보다 단정적인 방식으로 결론짓지는 못한다. 왜냐하면 다행히 다른 소녀에게서는 찾아볼 수 없었던 결점이 한 소녀에게서 뚜렷이 드러나도, 곧 이 결점이 다른 소중한 장점으로 보완되는 걸 보게 될 테니까. 그러므로 우리가 더 이상 관심을 두지 않을 때 비로소 활동을 개시하는 지성의 잘못된 판단으로부터, 비록 소녀들의 성격에 관해 비교적 안정적인 정의를 끌어낼 수 있다고 해도, 그 성격은 곧 현기증이 날 만큼 빠른 속도로 펼쳐지는 우리의 기대 속에서 우리의 여자 친구가 매주 그토록 상이한 얼굴을 보여 주면서 달려가기를 멈추지 않는 탓에 분류하거나 등급을 매길 수도 없는 놀라운 얼굴처럼, 우리에게 아무것도 가르쳐 주지 않는다. 우리의 감정에 대해서는 이미 앞에서 여러 번 지나치게 반복했으므로 다시 언급할 필요가 없지만, 사랑이란 자주 소녀의 한 이미지와(그것 없이는 금방 견디기 힘든 존재가 되었을), 그 소녀가 우리에게 부과하는 그 끝없는 공허한 기다림과, 그리고 우리를 '바람맞힐 때' 느끼는 심장 고동 소리의 떼어 놓을 수 없는 결합이다. 이 모든 것은 변하기 쉬운 소녀들과 마주한 어느 상상력 풍부한 젊은 남자만의 이야기는 아니다. 이 이야기가 도달한 시점에 비춰 보면, 물론 나는 그 후에 알았지만, 쥐피앵의 조카딸은 모렐과 샤를뤼스 씨에 관한 의견을 바꾼 것처럼 보인다. 운전사가 모렐에 대한 그녀의 사랑을 지원하기 위해 나타나서는 바이올리니스트에게 지극히 섬세한 마음씨가 존재한다는 듯 칭찬해 댔고, 그녀도 이 말을 쉽게 믿을 수밖에 없었다. 한편 모렐은 샤를뤼스 씨가 자신에게 가해자 역할을 한다고 계속 떠들고 다녔으므로, 샤를뤼스 씨의 사랑을 짐작하지 못한 조카딸은 그것이 그의 사악함 때문이라고 생각했다. 더욱이 그녀는 샤를뤼스 씨가 그들과의 모든 만남에 강압적으로 끼어든다는 사실을 인정하지 않을 수 없었다. 또 이런 사실을 보강하기라도 하듯, 그녀는 사교계 여인들로부터 남작의 잔인하고도 사악한 성격에 관한 얘기를 들었다. 그런데 얼마 전부터 그녀의 의견이 송두리째 바뀌었다. 그녀는 모렐에게 지극히 심술궂고 불성실한 면이 있으며, 게다가 그걸 보충하려고 자주 다정하게 굴면서 진짜로 감수성이 있는 양 행동한다는 것을 알게 되었으며, 반면 샤를뤼스 씨에게는 예상할 수 없을 만큼 무한히 선한 마음이 그녀가 모르는 잔인함 속에 섞여 있다는 것도 알게 되었다. 이렇게 그녀가 바이올리니스트와 후원자를 그들 자체로서 어떤 인간인지 정확히 판단하지 못한 것처럼, 나 역시 앙드레와 매일 만나고 알베르틴과 함께 살면서도 그들을 판단할 수 없었다.

내게 큰 소리로 책을 읽어 주지 않는 저녁이면 알베르틴은 음악을 연주하고, 또는 체커 게임이나 이야기를 시작했으며, 나는 그녀에게 키스를 하려고 이런 게임이나 이야기를 중단시키곤 했다. 우리의 관계는 지극히 단순했으므로 휴식을 취하는 듯했다. 그녀만의 삶이 부재하는 탓인지, 무언가를 요구하기만 하면 알베르틴은 어떤 서두름으로 내 말에 복종했다. 이 소녀 뒤로, 예전에 발베크에서 음악가들의 연주가 터져 나올 때 내 방 커튼 자락에 떨어지던 진홍빛 햇살 뒤에서처럼, 푸르스름한 바다의 물결이 진주 빛으로 반짝였다. 어쨌든 그녀는(그녀의 마음속에 나에 대한 친숙한 생각이 그토록 습관적으로 머물렀으므로, 어쩌면 그녀에게서 나라는 존재는 그녀의 아주머니 다음으로 자신과 구별하기 힘든 존재였을 것이다.) 내가 발베크에서 처음 만났던 소녀, 납작한 폴로 모자 아래 웃음기를 머금은 채 끈질긴 눈길을 하고, 파도 위로 뚜렷이 드러나는 실루엣처럼 가느다랗지만 아직 내게는 미지의 존재였던 바로 그 소녀가 아니었을까? 기억 속에 온전하게 간직된 이런 초상화를 다시 보면서, 우리는 지금 아는 것과 너무 다른 모습에 놀라움을 금치 못한다. 그리하여 습관이 날마다 어떤 조소 작업을 완성했는지 깨닫게 된다. 파리의 내 집 벽난로 구석에 투사된 알베르틴의 매력 속에는, 해변을 따라 펼쳐지던 꽃핀 소녀들의 도발적인 행렬이 내게 불러일으켰던 욕망이 아직 살아 있었다. 라셸을 무대에서 떠나게 했으면서도 생루에게는 여전히 라셸이라는 존재가 무대 생활의 매력으로 남아 있던 것처럼, 발베크로부터 먼 곳으로 서둘러 데리고 와서는 급히 내 집에 가둔 알베르틴에게도, 해수욕장의 삶에서 연유하는 흥분과 사회적 동요, 불안한 허영심과 방황하는 욕망이 있었다. 어떤 저녁에는 그녀가 그렇게도 새장에 갇혀 있어, 그 방을 떠나 내 방에 와 달라고 부탁하지도 않았다. 예전 같으면 모든 사람들이 그녀 뒤를 쫓아다녀 자전거를 타고 달리는 그녀를 따라잡기가 그토록 힘들었고, 또 엘리베이터 보이조차 그녀를 호텔로 데리고 올 수 없어,* 그녀가 온다는 어떤 희망도 없이 밤새 기다려야 하기도 했다. 호텔 앞에서의 알베르틴은 마치 불타는 해변에서의 유명 여배우처럼 많은 이들에게 질투심을 유발했고, 그녀는 이런 자연의 극장에서 앞으로 걸어가며 어느 누구에게도 말을 걸지 않고 자기를 쫓아다니는 사람들을 밀치면서 친구들 위에 군림했다. 그런데 모든 사람들이 탐내던 이 여

---

* 『잃어버린 시간을 찾아서』 7권 340~349쪽.

배우는, 이제 나 때문에 무대에서 물러나 내 집에 갇힌 채로 모든 이들의 욕망을 피해 안전한 곳에 있으니 아무리 그녀를 찾으려 해도 소용없는 일로, 때로는 내 방에서, 때로는 자기 방에서 뭔가 데생이나 세공하는 일에 몰두하고 있지 않은가?

물론 발베크 체류 초기에 알베르틴은 내 삶과 평행면을 이루는 듯했지만, 이 평행면은 점차 가까워졌고(내가 엘스티르를 방문하러 갔을 때), 그러다 그녀와의 관계가 발베크와 파리, 그리고 다시 발베크에서 발전함에 따라 마침내는 하나로 합쳐졌다. 게다가 같은 소녀들이 같은 별장에서 나와 같은 바다 앞에 서 있는 모습으로 구성된, 발베크에서의 첫 번째와 두 번째 체류의 정경 사이에는 얼마나 큰 차이가 있는가! 두 번째 체류 때에는 그들의 장점과 단점이 그토록 선명하게 얼굴에 새겨져서 내게 너무도 친숙했던 알베르틴의 친구들로부터, 나는 어떻게 예전에 모래밭 위로 별장 문을 삐걱거리게 하고, 지나는 길에 타마레스크 나무를 흔들면서 그토록 내 가슴을 뛰게 했던 그 상쾌하고도 신비로운 미지의 소녀들을 다시 발견할 수 있단 말인가? 그들의 커다란 눈망울은 그 후 움츠러들었고, 아마도 그들이 더 이상 어린 소녀이기를 멈추었으며, 또 소설 같은 첫해의 등장인물인 미지의 매력적인 소녀들이, 내가 끊임없이 소식을 캐고 다니던 소녀들이 더 이상 신비롭게 느껴지지 않은 탓이었을까? 그들은 나의 일시적 기분에 복종하는 꽃핀 소녀들에 불과했으며, 나는 그 꽃들 중 가장 아름다운 장미꽃을 꺾어, 다른 모든 이들로부터 숨긴 것을 조금은 자랑스럽게 여겼다.

발베크의 이토록 다른 두 배경 사이에 파리에서 보낸 몇 년의 간격이 있었고, 그 긴 행로를 따라 알베르틴의 많은 방문이 자리했다. 나는 내 삶의 여러 다른 해에, 나와 관련하여 갖가지 상이한 자리를 차지했던 알베르틴을 보았으며, 그 자리는 그녀를 만나지 않고 보낸, 이제는 지나간 그 긴 시간 동안 서로 얽혀 있던 공간의 아름다움을 느끼게 했으며, 또 그 투명한 시간의 깊이 위로 내 눈앞의 장밋빛 인간이 신비스러운 음영과 더불어 힘차게 부조로 빚어졌던 것이다. 게다가 이 부조는 알베르틴이 구현했던 연속적인 이미지의 누적뿐 아니라, 내가 짐작도 하지 못했던 지성이나 감성의 커다란 장점과 성격적 결함의 누적으로 빚어졌으며, 그리하여 수많은 자아로의 증식과 어두운 빛깔*의 풍만한 개화인, 발아(發芽) 중의 알베르틴이 그 장점과 단점을 예전에 거의 무에 가까웠던 성격에 덧붙이면서, 그에 대해 보다 깊이 아는 것을 어렵게 했다. 우리가 그토록 여러 번 몽상한 존재들조차 그저 하나의 이미지, 초록색 배경 위로 드러나는 베네초 고촐리**의 인물로만 보였으며, 우리는 이 변화가 단순히 그들을 바라보는 우리의 위치나 그들로부터 떨어진 거리, 조명 때문이라고 믿기 쉽지만, 그 존재들은 우리와의 관계로 인해 변한 것이며, 또 그들 내면에서 변한 것이다. 이처럼 예전에는 그저 바다 위로 윤곽을 드러냈던 형상이, 이제는 풍요롭고 단단해지면서 부피도

---

* 여기서 '어두운 빛깔'이란 알베르틴의 성격적인 특징을 표현하는 은유이다.

** 아마도 베네초 고촐리의 「베들레헴으로 가는 동방박사들」을 암시하는 것처럼 보인다.(『잃어버린 시간을 찾아서』 3권 194쪽 참조.)

증가했다. 게다가 알베르틴에게는 해 질 무렵의 바다뿐 아니라, 때로 달빛 비치는 모래사장에서 조는 바다도 살고 있었다. 이따금 아버지의 서재에서 책을 한 권 찾으려고 자리에서 일어나면, 내 친구는 그동안 누워 있어도 되느냐고 묻고는 아침부터 오후까지 야외에서 한 그 긴 산책에 지쳐 내가 방을 비운 아주 짧은 사이에도 돌아와서 보면 알베르틴은 잠들어 있었고, 나는 그녀를 깨우지 않았다. 꾸민 것 같지 않은 자연스러운 자태로 머리부터 발끝까지 내 침대 위에 길게 누워 있는 그녀는, 꼭 누군가가 거기 놓아둔 긴 꽃핀 줄기 같았다. 정말 그러했다. 마치 그녀가 잠을 자면서 식물로 변한 듯, 그녀가 부재할 때라야 가질 수 있었던 꿈꾸는 힘을, 나는 그 순간 그녀 곁에서 되찾을 수 있었다. 이렇게 해서 그녀의 잠은 어느 정도 사랑의 가능성을 실현했다. 혼자 있을 때면 그녀를 생각할 수 있지만 그녀는 내 곁에 없었고 나는 그녀를 소유할 수 없었다. 그녀가 내 곁에 있을 때면 나는 그녀에게 말할 수 있지만, 나 자신의 부재로 인해 그녀를 생각할 수 없었다. 그녀가 잠이 들면 더 이상 말하지 않아도 되었고, 그녀가 나를 쳐다보지 않는다는 것도 알았으므로, 나는 더 이상 자아의 표면에 살 필요가 없었다. 눈을 감고 의식을 잃어 가면서 알베르틴은 내가 그녀를 안 날부터 그토록 나를 실망시켰던 갖가지 상이한 성격들을 하나씩 벗어 나갔다. 이제 그녀는 식물이나 나무의 무의식적인 삶, 내 것과는 아주 다른 낯선 삶, 그렇지만 내게 더 많이 속한 것처럼 보이는 삶으로 인해 활기를 띠는 것 같았다. 그녀의 자아는 둘이서 얘기할 때처럼, 내게 고백하지 않은 생각이나 시선이라는 통로를 통해 끊임없이 빠져나가지 않았다. 그녀는 그녀 밖에 있는 모든 것을 자기 안으로 불러들이고 피신시키고 가두고 요약했다. 내 시선 아래, 내 손안에 그녀를 붙잡으면서, 나는 그녀가 깨어 있을 때는 갖지 못했던, 그녀를 완전히 소유한다는 느낌을 가졌다. 그녀의 삶은 내게 순종했고, 나를 향해 가벼운 숨결을 내뿜었다. 바다에 부는 미풍처럼 부드럽고 달빛처럼 몽환적인 그 신비로운 숨결의 속삭임인 그녀의 잠자는 소리에 나는 귀 기울였다. 그녀의 잠이 계속되는 한 나는 그녀를 꿈꾸면서도 바라볼 수 있었고, 잠이 더 깊어지면 그녀를 만지고 키스할 수 있었다. 그때 나는, 자연의 아름다움인 무생물 앞에 서 있을 때처럼, 그렇게도 순수하고 비물질적이며 신비스러운 사랑을 체험했다. 사실 더 깊은 잠에 빠지면, 그녀는 그동안 침대 가장자리에서 그 잠자는 모습을 바라보며 결코 싫증 나지 않는 상쾌한 기쁨을 무한히 맛보게 했던 그런 식물이기를 멈추고, 하나의 풍경이 되었다. 그녀의 잠든 모습은 마치 호수처럼 잔잔하고 나뭇가지가 거의 움직일 듯 말 듯한 달 밝은 밤의 발베크 만처럼, 그렇게도 고요하고 관능적으로 감미로운 뭔가를 내 옆에 놓았으며, 그리하여 우리는 모래밭 위에 드러누워 끝없이 물결이 부서지는 소리를 듣는 듯했다.

그녀 방에 들어가면서 소리를 낼까 봐 겁이 난 나는 문지방에 섰고, 그러자 내 귀에는 그녀의 입술에서 내뿜는 숨결 소리, 썰물처럼 간헐적이고 규칙적이지만 더 잔잔하고 부드러운 소리만이 들렸다. 내 귀가 이런 성스러운 소리를 거두어들이는 순간, 매력적인 수인(囚人)의 온 생애가, 온 인간이 그 소리에 요약된 채로 내 눈 아래 누워 있는 듯했다. 자동차들이 요란한 소리를 내며 거리를 지나가도, 그녀의 이마는 여전히 움직이지 않은 채로 투명했으며, 그녀의 숨결도 공기가 필요할 때만 가볍게 드러났다. 그녀의 잠을 방해하지 않음을 확인하고 나는 조심스럽게 걸어가 침대 옆에 놓인 의자에 앉았으나, 이내 침대로 자리를 옮겼다. 알베르틴과 얘기하거나 카드놀이를 하면서 멋진 밤을 보낼 때도 그녀의 잠든 모습을 바라보는 것만큼 감미롭지는 않았다. 수다를 떨거나 카드놀이를 할 때면 그녀는 어느 여배우도 흉내 낼 수 없는 자연스러움을 보여 주었는데, 그러나 그녀의 잠든 모습이 보여 주는 것은 그보다 더 심오한 자연스러움, 제2단계의 자연스러움이었다. 장밋빛 얼굴을 따라 드리워진 머리칼이 침대 위 그녀 옆에 놓였고, 이따금 곧게 뻗은 머리칼에서 삐져나온 한 줌 머리칼이, 엘스티르가 그린 라파엘로풍의 그림 배경에서 똑바로 서 있는, 그 창백하고도 가냘픈 달빛 속의 나무와도 같은 원근 효과를 자아냈다.* 입술은 다물리고, 반대로 눈꺼풀은 내가 앉은 자세 때문인지 거의 감기지 않은 듯 보여, 정말 그녀가 자고 있는지 의문이 들 정도였다. 그래도 아래로 내려간 눈꺼풀은 열린 눈에 의해 중단되었을지도 모르는 그런 완벽한 연속성을 얼굴에 더하고 있었다. 시선이 사라지면 평소와는 다른 아

* 라파엘로의 그림에서 나무는 초상화 혹은 장면의 배경으로만 등장한다고 지적된다.(『갇힌 여인』, 플레이아드 III, 1717쪽 참조.)

름다움과 당당함을 얼굴에 나타내는 존재들이 있다. 나는 내 발밑에 누워 있는 알베르틴의 눈을 헤아려 보았다. 때로 뜻하지 않은 미풍에 잠시 파르르 떨리는 나뭇잎처럼 뭔가 설명할 수 없는 가벼운 흔들림이 그녀를 스쳐 가는 것 같았다. 그녀는 손으로 머리칼을 만졌고, 원하는 대로 되지 않았는지 다시 연이은 자발적인 손길로 머리를 만졌으므로, 나는 곧 그녀가 잠에서 깨어나리라고 확신했다. 그러나 그녀는 깨지 않고 다시 잠 속으로 고요히 빠져들었다. 그때부터 그녀는 꼼짝하지 않았다. 가슴에 한 손을 얹고 팔을 늘어뜨린 그녀의 모습이 얼마나 아이처럼 순진했는지, 나는 이런 그녀를 바라보면서 마치 아이들의 진지함과 결백함과 우아함을 볼 때처럼 웃음을 참아야 했다. 단 하나의 알베르틴에게서 여러 명의 알베르틴을 알고 있던 나는, 더 많은 알베르틴이 내 곁에 누워 있는 모습을 보는 듯했다. 지금까지 한 번도 보지 못했던 아치 모양의 눈썹이, 전설 속의 바닷새가 짓는 아늑한 둥지처럼* 눈꺼풀의 둥근 형체를 에워쌌다. 인종, 유전, 악덕이 그녀의 얼굴에서 쉬고 있었다. 그녀의 머리가 움직일 때마다 매번 내가 생각조차 해 보지 못한 새로운 여인이 창조되었다. 나는 단 한 명의 소녀가 아니라 무한한 소녀를 소유하는 것 같았다. 조금씩 더 깊어져 가는 숨결이 이제 그녀의 가슴을 규칙적으로 들어 올렸고, 그러자 그 위에 포개진 손과 진주 목걸이가, 마치 물결치는 대

* 고대 그리스인들은 백조나 갈매기 같은 바닷새들이 잔잔한 바다 위에서만 둥지를 짓는다 하여 길조로 여겼다.

로 흔들리는 쪽배나 닻줄과 같은 움직임으로, 그러나 가슴과는 다른 방식으로 움직였다. 그때 그녀의 수면이 절정에 달했고, 이제 깊은 잠이라는 난바다에 뒤덮인 의식의 암초에 부딪칠 위험이 없다고 느꼈으므로, 나는 결연하게 침대 위로 살며시 올라가 그녀를 따라 누웠고, 한쪽 팔로 그녀의 허리를 잡고 뺨과 가슴에 입술을 대면서, 유일하게 자유로운 다른 손을 그녀의 온몸에 올려놓으면, 그 손 역시 잠든 알베르틴의 숨결에 따라 진주 목걸이처럼 들어 올려졌다. 나 자신도 그녀의 규칙적인 움직임에 따라 가볍게 움직였다. 나는 알베르틴의 잠이라는 배에 승선했다.

때로 그녀의 잠은 내게 조금은 불순한 기쁨을 맛보게 하기도 했다. 이런 기쁨을 맛보기 위해서는 어떤 동작도 필요 없이 그저 물결에 끌리는 노처럼, 이따금 공중에서 조는 새가 간헐적으로 날개를 치듯 가벼운 흔들림을 가하면서 그녀 다리에 내 다리를 걸치기만 하면 되었다. 나는 그녀를 바라보기 위해 지금까지 한 번도 본 적 없는, 또 그렇게 아름다운 얼굴 앞면을 택했다. 부득이한 경우, 우리는 누군가가 당신에게 써 보내는 편지들이 서로 비슷하면서도, 우리가 아는 사람의 두 번째 인격을 형성할 만큼 완연히 다른 이미지를 그린다는 사실을 이해한다. 그러나 로지타와 도디카*처럼, 한 여인의 얼굴이 다른 성격을 추정케 하는 다른 유형의 아름다움을 가진 여인

* 라디카(프루스트가 쓴 것처럼 '로지타'가 아닌)와 도디카(Radica et Doodica)는 1901년에서 1902년까지 바넘의 서커스단에 전시되었던 샴쌍둥이 자매로 몸이 붙어 있었다.(『갇힌 여인』, 플레이아드 III, 1717쪽)

에게 붙어 있어서, 그중 하나를 보려면 옆얼굴을, 다른 하나를 보려면 앞 얼굴을 봐야 한다면 얼마나 이상한 느낌이 들까! 그녀의 숨결 소리가 점점 거칠어지면서 쾌락의 헐떡임인 양 착각하게 했고, 또 내가 느끼는 쾌락이 절정에 달할 때면, 나는 그녀의 잠을 중단하지 않고도 그녀에게 키스할 수 있었다. 이런 순간이면 나는 그녀를, 마치 말 없는 자연의 무의식적이고 저항하지 않는 사물처럼 완전히 소유하는 듯했다. 그녀가 잠을 자면서 이따금 입 밖에 내는 말에도 나는 전혀 신경 쓰지 않았다. 그 말들의 의미는 나에게서 빠져나갔고, 그 말이 어느 미지의 인간을 가리키든, 가벼운 전율로 활기를 띤 그녀의 손이 한순간 움켜쥔 것은 바로 내 손, 내 뺨이었기 때문이다. 몇 시간이고 물결이 부서지는 소리를 들으며 꼼짝하지 않을 때처럼, 나는 그녀의 잠을 비타산적이며, 마음을 진정시켜 주는 사랑으로 체험했다. 어쩌면 존재들은 사면의 시간에 자연이 주는 것과도 같은 평온함을 주기 위해 당신을 그토록 괴롭혔는지 모른다. 나는 이야기를 나눌 때처럼 그녀에게 대답할 필요가 없었고, 또 그녀가 말할 때 내가 자주 그랬듯이 침묵을 지켰지만, 그래도 그녀의 얘기를 듣는 동안은 그 마음속으로 그렇게 깊이 내려갈 수 없었다. 계속해서 그녀의 순결한 숨결이 마치 가벼운 미풍처럼 내 마음을 달래주는 속삭임을 매 순간 받아들으며 거두어들이자, 생리적인 존재 전체가 내 앞에 있는 듯, 내게 속한 듯 느껴졌다. 지난날 달 밝은 밤 해변에 드러누웠을 때처럼, 나는 그녀를 바라보며, 그녀의 숨소리를 들으며 그냥 그렇게 있고 싶었다. 때로 바다가 거칠어지면 사람들은 폭풍우가 만(灣)까지 느껴진다고 말하는데, 나도 그녀의 숨소리가 코고는 소리로 변했다는 듯 그 으르렁거림에 귀를 기울이기 시작했다.

때로 너무 덥게 느껴지면 그녀는 거의 잠든 상태에서 기모노를 벗어 의자에 던지곤 했다. 그녀가 잠든 동안, 나는 그녀의 편지가 모두 기모노 안주머니에 들어 있으리라고 생각했는데, 그녀가 자신이 받은 편지를 항상 거기에 두었기 때문이다. 어떤 서명이나 만남을 약속한 것만 보아도 그녀의 거짓말을 증명하거나 의혹을 사라지게 할 수 있다고 생각했다. 알베르틴이 깊이 잠들었다고 느꼈으므로, 오래전부터 부동의 자세로 그녀를 관조하던 침대 끝부분을 떠나, 그녀 삶의 모든 비밀이 안락의자 위에 느슨하게 풀린 채 무방비 상태로 놓여 있다고 느끼면서, 나는 강한 호기심에 이끌려 위험을 무릅쓰고 한 발짝 걸음을 내디뎠다. 어쩌면 움직이지 않고 자는 모습만 바라보는 데 지친 나머지 발걸음을 옮긴 것인지도 모른다. 소리를 내지 않고 가만가만 알베르틴이 깨지 않았는지 여러 번 뒤를 돌아다보면서 의자까지 갔다. 거기서 걸음을 멈추고 마치 오랜 시간 알베르틴을 바라보며 서 있었다는 듯, 기모노를 오래 바라보았다. 하지만(어쩌면 잘못 생각한 건지도 모르지만) 나는 기모노를 만지거나, 기모노 주머니에 손을 넣고 편지를 읽는 짓은 하지 않았다. 결국 나 자신이 결정을 내리지 못한 걸 알고, 다시 가만히 그곳을 떠나 알베르틴의 침대 옆으로 돌아가서는 그녀의 잠든 모습을 다시 바라보기 시작했는데, 안락의자 팔걸이의 기모노는 내게 많은 걸 말해 주었을 테지만,

그녀는 내게 아무것도 말해 주지 않았다. 바다 공기를 마시려고 하루 100프랑을 내고 발베크의 호텔 방을 빌리듯이 그녀를 위한 일이라면 나는 더 많은 돈을 써도 지극히 당연하다고 생각했다. 내 뺨 가까이에서, 내 입술로 열린 그녀 입술에서 그녀의 숨결을 느꼈고, 내 혀에 그녀의 생명이 전해졌기 때문이다.

그러나 그녀가 살아 있음을 느끼는 것만큼이나 감미로운 그녀의 잠든 모습을 보는 기쁨에, 그녀가 잠에서 깨어나는 모습을 보는 또 다른 기쁨이 내도하면서 마침표를 찍었다. 이 기쁨은 그녀가 내 집에 사는 기쁨과 동일했지만, 보다 심오하고 신비스러운 단계의 기쁨이었다. 물론 그녀가 오후에 자동차에서 내려 들어서는 곳이 바로 내 집이라는 점을 생각하는 것만도 무척 감미로운 일이었다. 그러나 그녀가 수면의 밑바닥으로부터 꿈의 계단 중 가장 마지막 계단을 올라가 의식과 삶을 되찾은 곳이 바로 내 방이며, 또 한순간 "여기가 어디예요?"라고 물으면서, 그녀를 둘러싼 물건들과 눈을 깜박거리게 할까 말까 하는 빛을 보면서, 내 집에서 깨어났음을 확인하고 드디어는 자기 집에 있다고 대답할 수 있다는 사실은 더욱 감미로웠다. 이런 불확실성이 감도는 감미로운 첫 순간이면, 나는 다시금 그녀를 보다 완전히 소유하는 듯한 기분을 느꼈는데, 왜냐하면 알베르틴이 외출에서 돌아와 자기 방으로 가는 대신, 그녀 자신이 인정하듯이 자기를 에워싸 가두려고 하는 곳이 내 방이며, 그럼에도 내 여자 친구의 시선은 어떤 당황한 기색도 없이, 마치 결코 잠을 잔 적 없다는 듯 평온하기만 했기 때문이다. 깨어날 때의 망설임을 그녀는 침묵으로 드러냈으나, 그녀의 시선에서는 전혀 찾아볼 수 없었다.

그녀는 말을 되찾자 "나의" 혹은 "내 사랑"이라고 말했으며, 그 말 뒤에는 내 세례명이 따랐는데, 만약 우리가 이 책의 저자와 같은 이름을 화자에게 부여한다면, 그것은 "나의 마르셀" 혹은 "내 사랑 마르셀"이 될 것이다.* 그때부터 나는 가족 중 어느 누구에게도 나를 "내 사랑"이라고 부르는 것을 허용하지 않았다. 알베르틴이 내게 한 그 감미로운 말에서 유일함이라는 매력을 빼앗고 싶지 않았기 때문이다. 그녀는 이 말을 하면서 조금 입을 삐죽했지만 이내 스스로 그것을 입맞춤으로 바꾸었다. 그리고 조금 전에 잠들었던 때만큼이나 그렇게 빨리 잠에서 깨어났다.

시간 속에서의 나의 이동과 마찬가지로 태양 빛을 받으며 바다를 똑바로 걸어가는 모습이 아닌 전깃불 아래서 내 옆에 앉은 소녀를 바라보는 일이나, 알베르틴의 실제 풍요로움과 알베르틴의 독자적인 발전도, 내가 지금 알베르틴을 보는 태도와 처음 발베크에서 보던 태도 사이에 존재하는 차이의 주요 원인은 아니었다. 보다 많은 세월이 이 두 이미지를 갈라놓았다고 해도 이렇게 완벽한 변화는 가져오지 못했을 것이다. 이 변화, 갑작스럽고 본질적인 변화는 내 여자 친구가 뱅

---

* 257쪽에 나오는 문단과 더불어 주인공 화자가 마르셀이라고 불리는 유일한 부분이다. 그럼에도 이 호칭에 '만약'이라는 조건이 붙었다는 점에서, 작품의 자전적 성격을 확인하는 것으로 보기는 어렵다고 지적된다.(『갇힌 여인』, GF-플라마리옹, 531쪽 참조.)

퇴유 양의 친구에 의해 거의 키워지다시피 했다는 말을 들은 후에 일어났다. 예전에는 알베르틴의 눈에서 뭔가 신비로운 것을 목격했다는 생각만으로도 흥분했지만, 지금은 그 눈에서, 또는 때로 눈처럼 그토록 따사롭다가도 재빨리 퉁명스러워지는 모습을 반사하는 뺨에서도 이 모든 비밀을 쫓아낼 수 있을 때라야 만족했다. 내가 찾고, 휴식을 취하고, 그에 기대어 죽고 싶은 이미지는 더 이상 미지의 삶을 사는 알베르틴이 아니라, 가능하다면 내게 그 실체가 완전히 알려진 알베르틴이었다.(바로 그런 이유로 이 사랑은, 내가 불행하지 않고는 지속될 수 없었다. 그것이 본래 가지는 신비로움에의 욕구를 충족시키지 못했기 때문이다.) 먼 세계를 투영하지 않고, 다른 것은 아무것도 욕망하지 않으며 — 사실 그렇게 여겨지는 순간들도 있었다. — 오로지 나와 함께 있으며, 나와 비슷해지기를 바라는 알베르틴, 미지의 것이 아닌 바로 내 것으로서의 이미지인 알베르틴이었다. 이렇게 해서 한 존재와 관련된 고뇌의 시간으로부터, 그 존재를 붙잡는 일이 가능한지, 혹은 그 존재가 우리로부터 빠져나가지 않을지 하는 불확실성으로부터 사랑이 생기는 경우, 그 사랑은 그것을 초래한 커다란 변화의 흔적을 간직하기 마련이며, 따라서 동일한 존재를 생각할 때마다 우리가 지금까지 보아 왔던 것을 거의 기억하지 못한다. 바닷가에 서 있던 알베르틴 앞에서 내가 느꼈던 첫인상은 그녀에 대한 내 사랑 속에 조금은 남아 있었는지 모른다. 사실 과거의 인상은 이런 종류의 사랑 속에, 그 힘과 고뇌 속에, 다정함에 대한 욕구와 우리의 마음을 진정시켜 주는 평온한 추억 속에,

비록 사랑하는 사람에 대해 우리가 알아야 할 추악한 진실이 있다 할지라도 아무것도 알고 싶지 않은 상태로 남아 있기를 바라는 그런 추억으로의 도피 속에서는 작은 자리를 차지할 뿐이다. 게다가 과거의 인상만을 고려한다 해도 이런 종류의 사랑은 다른 물질로 만들어져 있다! 때로 나는 그녀가 들어오기 전에 전등을 껐다. 어둠 속에서 그녀는 타다 남은 장작불의 안내를 받으며 내 곁에 드러누웠다. 그녀의 변한 모습을 보게 될까 봐 그토록 두려워하는 내 눈이 보지 않아도, 손과 뺨만으로도 나는 그녀를 알아보았다. 그리하여 이런 눈먼 사랑 덕분에 어쩌면 그녀는 평소보다 더 많은 다정함으로 자신이 적셔져 있다고 느꼈는지도 모른다.

나는 옷을 벗고 드러눕고 알베르틴은 침대 모서리에 앉은 채로, 우리는 키스로 중단되었던 대화나 게임을 다시 이어 갔다. 한 인간의 삶과 성격에 관심을 갖게 하는 유일한 요소인 욕망은 본성에 지극히 충실한 법이므로, 비록 다른 존재들을 번갈아 사랑하다가 버리는 경우가 있다 해도, 한번은 내가 "내 귀여운 소녀"라고 부르면서 알베르틴을 포옹하던 순간, 나는 거울에 비친 내 모습을 보면서 그 쓸쓸하고도 열정적인 표정이, 이제는 기억도 나지 않는 질베르트 곁에서 내가 예전에 짓던 표정과 너무도 흡사해 보여, 만일 내가 알베르틴을 망각하는 날이 오면 언젠가 다른 여인 곁에서 이런 표정을 다시 짓게 될지도 모른다는 생각을 했다. 그러자 인간에 대한 다양한 견해를 넘어서서(우리의 본능은 현재 여인을 유일하고도 진실한 존재로 여기는 법이므로), 마치 여성의 젊음과 아름다움에 봉헌

물을 바친다는 듯, 나는 열렬하고도 고통스러운 헌신의 임무를 수행했다. 그렇지만 이렇게 '봉헌물(ex-voto)'로 젊음을 찬미하려는 욕망이나 발베크의 여러 추억에는 알베르틴을 매일 밤 내 곁에 두고 싶어 하는 욕구가 섞여 있었지만, 거기에는 또한 뭔가 지금까지의 내 삶에서는 낯선, 내 삶을 통해 완전히 새로운 것은 아니어도 적어도 내 애정의 삶에서는 낯선 그 무엇이 섞여 있었다. 그것은 어머니가 내 침대에 몸을 기울이고 키스하면서 안도감을 주었던 콩브레의 그 머나먼 저녁 이후 내가 한 번도 그와 유사한 것이라곤 체험하지 못한, 바로 우리 마음을 달래 주는 힘이었다. 만약 당시 누군가로부터 내가 완전히 선한 사람은 아니며, 특히 타인의 기쁨을 빼앗으려 한다는 말을 들었다면 나는 무척 놀랐으리라. 아마도 그때 나는 스스로를 잘 몰랐던 것 같다. 왜냐하면 알베르틴을 내 집에 머무르게 하는 기쁨은, 꽃핀 소녀로부터 번갈아 기쁨을 맛볼 수 있는 세상 사람들로부터 그녀를 멀어지게 하여, 비록 그녀가 내게 큰 기쁨은 주지 못할지라도 적어도 타인에게 그 기쁨을 맛보지 못하게 한다는 점에서 긍정적인 기쁨과는 거리가 멀었기 때문이다. 야심이나 명예는 내 관심을 끌지 못했을 것이다. 증오의 감정 같은 것은 더욱이 불가능했다. 그렇지만 내 집에서의 관능적인 사랑은, 내가 많은 경쟁자들에 대해 승리를 누린다는 것을 의미했다. 그리고 이것이 다른 무엇보다도 내 마음을 진정시켜 주었음은 아무리 말해도 충분치 않으리라.

알베르틴의 귀가에 앞서 아무리 그녀를 의심하고 몽주뱅의 방에 있는 그녀의 모습을 상상해 보아도 별 소용없는 일로,

그녀가 실내복을 입고 내 안락의자 맞은편에 앉거나, 보다 흔하게는 내가 누워 있는 침대 끝에 앉기라도 하면, 마치 신자가 기도할 때 자신을 포기하는 것처럼, 그녀가 내 의혹의 짐을 덜어 주도록 그녀에게 내 의혹을 내려놓고 맡기는 것이었다. 저녁 내내 그녀는 내 침대에서 마치 살찐 암코양이가 장난치듯 몸을 동그랗게 옹크리고는 나와 함께 놀면서 저녁을 보냈다. 그녀는 조금은 통통한 사람의 특권이라 할 만한 그런 섬세함이 주는 교태 어린 눈길로 작은 분홍빛 코끝을 약간 좁혔는데, 그 때문에 조금은 반항기 어린 격정적인 표정을 띠었다. 그녀는 분홍빛 밀랍초를 바른 듯한 뺨에 길고 검은 머리칼을 늘어뜨리고 눈을 반쯤 감고는 팔짱을 풀면서 "당신이 하고 싶은 대로 해요."라고 말하는 듯했다. 그녀가 떠나면서 밤 인사를 하려고 다가온 순간 내가 그녀의 단단한 목 양쪽에 키스한 것은, 거의 가족처럼 느껴지는 부드러움이었으며, 그럴 때면 목이 조금 더 검거나 결이 조금 더 거칠어도 상관없다고 생각했다. 단단함이라는 이 특징이 알베르틴을 뭔가 충실한 선의와 연결하는 듯 느껴졌기 때문이다.

"고약한 사람, 내일 우리와 함께 갈래요?" 하고 그녀는 헤어지기 전에 내게 물었다. "어디로 가는데요?" "그건 날씨와 당신에게 달렸어요. 조금 전에 뭘 좀 썼나요, 내 사랑? 아니라고요? 그렇다면 같이 산책하러 갈걸 그랬네요. 그런데 내가 조금 전에 들어왔을 때, 당신은 내 발걸음 소리만 듣고도 나라는 걸 짐작한 거예요?" "물론이죠. 어떻게 혼동할 수 있겠어요? 어떻게 수많은 발걸음 사이에서 자신의 귀여운 바보 아가씨

걸음을 구별하지 못하겠어요? 잠자리에 가기 전에 내가 신발을 벗기도록 해 줘요. 정말 기쁠 거예요. 당신은 아주 상냥하고, 이 새하얀 레이스 속에서 온통 분홍빛이네요."

이것이 나의 대답이었다. 내가 사용하는 관능적인 표현들 중 사람들은 나의 어머니나 할머니 고유의 다른 표현들도 알아보았을 것이다. 그 이유는 내가 점점 가족들과, 아버지와도 닮아 갔기 때문인데, 아버지는 — 비록 같은 일을 되풀이한다 해도, 거기에는 커다란 변화가 있기 마련이므로 나와는 매우 다른 방식이긴 했지만 — 날씨에 관심이 많았다. 아버지뿐만 아니라 나는 점점 더 레오니 아주머니와도 닮아 갔다. 아주머니의 영향이 없었다면, 나는 알베르틴을 나의 감시 없이 혼자 내버려 두지 않겠다는 이유만으로 그녀와 외출했을 것이다. 레오니 아주머니는 신앙심이 돈독한 분으로, 쾌락에 열광하는 나와는 겉모습에서도 아주 달라 공통점이라곤 단 하나도 없다고 맹세할 수 있었다. 이 편집증적인 아주머니는 쾌락이라곤 전혀 알지 못하는 채로 하루 종일 묵주 신공을 하면서 보냈는데, 문학적 삶을 실현하지 못해서 괴로워하던 나와는 달리, 가족 중 유일하게 책을 읽는 것이 단순한 시간 보내기나 '노는' 것과 다르다는 사실을 이해하지 못했다. 바로 그런 이유로 부활절 시기에도, 오로지 기도만을 하면서 성스러운 날을 보내기 위해 온갖 중요한 일이 금지되던 일요일에도 내게는 독서가 허용되었던 것이다. 그런데 비록 내가 이런저런 불편함을 핑계 대긴 했으나, 그렇게 나를 자주 자리에 누워 있게 한 것은 한 존재, 알베르틴도 내가 사랑했던 존재도 아닌, 사랑하는 이보다 더 강력하며, 내 몸속에 이주하여 질투 섞인 의혹을 때로는 침묵하게 하고, 또는 적어도 그 의혹이 타당한 근거가 있는지 검토하는 일도 방해할 만큼 포악한 존재인, 바로 레오니 아주머니였다. 또 아버지와 과도하게 닮은 모습이 기압계에 문의하는 일로 충분치 않았는지 나 자신이 살아 있는 기압계가 되었으며, 또 레오니 아주머니의 지배를 받는 것도 단지 집에 남아서 날씨를 관찰하는 일로 충분치 않았는지, 이제는 내 방 내 침대에서까지 관찰하지 않는가? 마찬가지로 나는 이제 알베르틴에게, 때로는 어머니에게 말했던 콩브레 시절의 아이처럼, 때로는 할머니가 내게 말했듯이 얘기했다. 어느 정도의 나이를 넘어서면, 어린 시절의 영혼과 우리를 태어나게 한 망자의 영혼이, 우리가 현재 느끼는 새로운 감정에 참여하기를 요구하면서 재물이나 저주를 한 줌 가득 뿌리러 오며, 또 우리는 이런 감정 속에서 그들의 옛 모습을 지우고, 그들을 완전히 새로운 창조물로 재구성한다. 이처럼 나의 가장 오래된 시절의 모든 과거가, 또 그 너머로 우리 부모님의 과거가, 알베르틴에 대한 나의 불순한 사랑에 자식으로서, 또 어머니로서의 따사로운 애정을 섞고 있었다. 어느 시기에 이르면 우리는 그토록 먼 곳으로부터 와서 우리 주위에 모여드는 가족들을 맞이해야 한다.

알베르틴이 내 말에 따라 신발을 벗기 전 나는 그녀의 슈미즈를 살짝 들춰 보았다. 위로 솟아오른 두 개의 작은 젖가슴이 얼마나 동그란지, 몸의 일부라기보다는 두 개의 과일인 양 그 자리에서 무르익어 있었다. 그녀의 아랫배는(떨어진 조각품에

박힌 꺾쇠처럼 남성에게서 보기 흉한 부분을 가려 주는) 넓적다리와 만나는 부분에서 두 개의 곡선을 그리는 조가비로 닫혀 있었는데, 일몰 뒤의 지평선처럼 그렇게 조는 듯 아늑한 수도원을 떠올렸다.* 그녀는 신발을 벗고 내 옆에 누웠다.

오! 태초의 순결함 속에, 또 진흙의 비천함과 더불어 '천지창조'가 분리한 것을 하나로 결합하려는 '남성'과 '여성'의 위대한 자태여, 그때 '남성' 옆에서 깨어난 하와는 자신을 만든 하느님 앞에서 아직 혼자 몸으로 눈을 뜬 남성과 마찬가지로 깜짝 놀라 복종한다. 알베르틴은 검은 머리칼과 볼록한 엉덩이 뒤로 양팔을 비틀었고, 늘어뜨린 다리는 쭉 뻗어 나가다 다시 제자리에 돌아오기 위해 휘어지는 백조의 목처럼 구부러져 있었다. 그녀가 완전히 옆으로 고개를 돌리자, 내가 참지 못하는 그녀 얼굴의 어떤 한 면이 나타났는데(앞에서 보면 그토록 선하고 아름다운 모습이), 레오나르도 다빈치가 그린 몇몇 인물 풍자화에서처럼** 매부리코의 옆모습이 심술궂고 돈벌이에 악착스럽고 스파이 같은 음흉한 면을 드러내는 듯하여, 내 집에 이런 스파이가 존재한다면 소름이 끼칠 것 같았고, 또 그 스파이는 이런 옆얼굴로 자신을 폭로할 것 같았다. 나는 알베

---

* '판' '틀' 또는 '조가비'를 의미하는 valve라는 표현은 「스완」에서 마들렌을 묘사한("조가비 모양의, 가느다란 홈이 팬 틀에 넣어 만든") 부분에서도 나온다.(『잃어버린 시간을 찾아서』 1권 85쪽 참조.)

** 프루스트가 암시하는 다빈치의 인물 풍자화는 아마도 윈저궁의 왕립 도서관, 피렌체의 우피치 미술관, 파리의 루브르 박물관에 보존된 데생을 가리키는 듯하다고 지적된다.(『갇힌 여인』, 플레이아드 III, 1720쪽 참조.)

르틴의 얼굴을 손으로 잡아 앞쪽으로 돌렸다.

"당신은 착하죠. 내일 우리와 산책하러 가지 않는다면 꼭 일을 하겠다고 약속해 줘요." 하고 내 여자 친구가 다시 슈미즈를 입으면서 말했다. "그래요. 하지만 아직 가운은 입지 말아요." 때로 나는 그녀 옆에서 잠들기도 했다. 방 안이 차가워져 장작이 필요했다. 나는 등 뒤에서 초인종을 찾으려 했다. 종을 맨 줄이 걸려 있지 않은 침대의 구리 창살만 만지작거렸으므로 찾을 수 없었고, 그래서 프랑수아즈에게 함께 있는 모습을 들키지 않으려고 침대에서 뛰어내리는 알베르틴에게 말했다. "그러지 말고 잠시 올라와요. 초인종을 찾을 수가 없네요."

겉보기에는 평온하고 즐거우며, 순결하지만 파국의 가능성이 쌓여 가는 순간들. 그리하여 우리의 모든 삶 중에서도 가장 극심한 대조를 보이는 사랑의 삶은, 지극히 즐거운 순간을 보낸 후 예기치 않은 유황불과 역청의 비가 내리고,* 그러면 우리는 그 불행에서 교훈을 꺼낼 용기도 없이 즉시 분화구 사면에 다시 집을 짓지만, 거기에서 나오는 건 재앙뿐이다. 나는 자신이 누리는 행복이 지속된다고 믿는 사람들처럼 마음이 태평했다. 고통을 잉태하기 위해서는 바로 이런 평온함이 필요했으며 — 게다가 고통을 진정시키기 위해 간헐적으로 다시 돌아올 수 있는 — , 그리고 한 여성이 그들에게 보여 준 호

** 유황불과 역청은 구약 성경의 「이사야서」 34장 9~10절에 나온다.("에돔의 강들은 역청으로, 그 흙은 유황으로 변하고 땅은 불타는 역청이 되어 밤에도 낮에도 꺼지지 않아 그 연기가 끊임없이 치솟는다.")

의를 자랑할 때면 남성들은 타인에 대해 또 그들 자신에 대해서도 진실하지만, 그럼에도 모든 것을 고려해 보면 그들 관계의 내부에는 은밀한 방식으로, 남에게 고백하지 않거나 질문 또는 조사를 통해 자신도 모르게 폭로하는 어떤 고통스러운 불안이 지속적으로 떠돈다. 그러나 이런 불안은 먼저 평온함을 느끼지 않는다면 생겨날 수 없다. 게다가 고통을 견디고 이별을 피하려면 간헐적으로 평온함이 필요하다. 그러므로 여인과의 동거 생활에 대한 지옥 같은 비밀을 감추고, 그 생활이 평온하다고 주장하며 내밀함을 과시하는 일마저 진실의 한 시각, 일반적인 인과관계, 고통의 생산을 가능케 하는 방법 중의 하나를 표현한다.

나는 알베르틴이 저기 있으며, 또 내일 나와 함께, 혹은 앙드레의 보호 아래서만 외출한다는 사실에도 그리 놀라지 않았다. 이런 동거 생활의 습관이나, 나의 삶을 한정하고 또 그 안에서 알베르틴을 제외한 어느 누구도 들어갈 수 없는 이런 삶의 주요 노선, 또한(건축가가 나중에 세워질 건물을 그린 도면처럼, 아직은 내가 알지 못하는 먼 훗날의 삶이 그려진 미래의 도면에서) 현재의 노선과 병행하여 더 광대하고 더 멀리 있는 노선은, 그로 인해 외딴 은둔자의 처소처럼 내 미래의 사랑에 대한 조금은 엄격하고 단조로운 형상이 마음속에 그려졌던 노선은, 실제로 알베르틴이 작은 열차에서 그녀를 키워 준 사람을 고백하고 난 후 내가 어떤 대가를 치르고라도 몇몇 사람들의 영향력으로부터 그녀를 벗어나게 하고, 며칠 동안 내 존재 밖으로 빠져나가지 못하게 하고 싶었던 바로 그날 밤 발베크에서 그려졌다. 그러다 날들이 이어지면서 이 습관들은 기계적인 것이 되었는데, 그러나 '역사'가 의미를 발견하려고 시도하는 어떤 의식(儀式)들처럼, 극장에도 가지 않을 정도로 칩거하는 내 은둔 생활의 의미를 묻는 사람이 있다면, 나는 그 사람에게 이런 삶의 기원에는 어느 날 밤 내가 느꼈던 고뇌와, 또 그 후에 이어지는 날들에서 그 좋지 못한 유년 시절을 알게 된 여인이, 설령 그녀가 원한다 해도 앞으로는 같은 종류의 유혹에 몸을 맡길 가능성이 없다는 점을 나 자신에게 증명해 보이고 싶은 욕구가 있었다고 말할 수 있으리라.(그리고 말하고 싶지 않았으리라.) 나는 이런 가능성을 거의 생각하지 않았으며, 그럼에도 그것은 여전히 어렴풋하게나마 나의 의식 속에 존재했는지 모른다. 그 가능성을 나날이 파괴한다는 — 혹은 그렇게 하려고 노력한다는 — 사실이 그녀의 뺨에, 다른 많은 이들의 뺨보다 별로 아름답지도 않은 뺨에 키스하는 일을 그토록 감미롭게 느끼게 했는지도 모른다. 조금은 강렬한 온갖 관능적인 감미로움 아래에는 위험이 지속적으로 도사리고 있다.

*

나는 알베르틴에게 그녀와 함께 외출하지 않을 때는 일을 시작하겠다고 약속했다. 그러나 다음 날이 되자 마치 잠든 사이를 이용하여 우리 집이 기적적으로 여행이라도 온 듯, 나는 다른 날씨, 다른 기후 아래서 깨어났다. 새로운 고장에 상륙할 때면, 우리는 그곳 환경에 적응하기 위해 일을 하지 않는다. 그런데 하루하루가 내게는 새로운 고장이었다. 나의 게으름조차 새로운 형태를 띠는데 어떻게 알아볼 수 있단 말인가? 때로는 사람들이 말하듯이 돌이킬 수 없을 정도로 나쁜 날씨에도, 한결같이 계속해서 내리는 비 한가운데 위치한 집에 거주한다는 사실만으로도, 우리는 바다 위를 미끄러져 가는 감미로움과 마음을 진정시켜 주는 정적, 항해하는 재미를 느낄 수 있었다. 날씨가 맑은 다른 날이면, 침대에서 꼼짝하지 않은 채로 나무줄기처럼 내 주위에 그림자를 굴리기도 했다. 또 어떤 날에는 가까운 수도원에서 울리는 첫 번째 종소리에, 아침 일찍 예배를 보는 사람들처럼 드물기만 한 종소리에, 어두운 하늘이 불안정한 소나기로 희뿌예졌다가 뜨거운 바람이 불어 소나기를 녹이고 흩어지게 할 때면, 나는 폭풍우 부는 하루를, 혼란스럽지만 감미로운 하루를 인지했다. 그때 간헐적으로 쏟아지는 소나기에 젖었다가 한 줄기 바람이나 햇살이 마르게 하는 지붕은, 마치 비둘기가 구구 소리를 내듯 빗방울을 구르게 하고 또 바람이 다시 불기를 기다리며 잠시 비치는 햇빛에 비둘기 목털처럼 자주 변하는 슬레이트 지붕은 무지갯빛으로 아롱거린다. 이런 날들은 많은 날씨 변화나 대기 속의 작은 사건들과 폭풍우로 채워지므로, 게으른 사람은 자기편에서 하지 않아 어떻게 보면 대기가 자기 대신 행동하면서 펼쳐 보이는 온갖 활동에 관심을 가지기 때문에 그날들을 낭비했다고 생각하지 않는다. 이런 날들은 폭동이나 전쟁의 시기처럼 텅 빈 듯 보이지 않아, 학생은 수업을 빼먹고 법정 주변을 서성이거나 신문을 읽으면서 자신이 행하지 못한 의무 대신, 일어난 사건들을 통해 뭔가 지성에 유익한 점과 나태함에 대한 변명거리를 찾는 듯한 환상에 빠진다. 마지막으로 이런 날들은 우리의 삶에서 어떤 예외적인 위기가 닥치는 날, 지금까지 아무것도 하지 않던 사람이 그 위기가 다행스럽게 해결되면, 새로 근면한 습관을 갖게 될 거라고 생각하는 날들에 비유될 수 있다. 이를테면 특별히 위험한 상황에서 벌어지는 결투에 나가는 아침이 그러하다. 어쩌면 목숨을 빼앗길지도 모르는 그 순간 그의 머릿속에는 갑자기 삶의 가치가, 작품을 시작하기 위해, 또는 조금도 즐길 줄 몰랐던 쾌락을 향유하기 위해, 삶을 이용할 수도 있다는 생각이 떠오른다. "내가 만약 죽지 않는다면," 하고 그는 말한다. "바로 그 순간 나는 일을 시작하고 즐길 것이다!" 실제로 삶이 갑자기 그의 눈에 보다 가치 있는 것으로 보인다. 그 이유는 그가 통상 삶에서 구하던 적은 것이 아니라, 삶이 그에게 줄 수 있다고 생각되는 모든 것을 그 안에 집어넣기 때문이다. 그는 삶을 자신의 욕망에 따라 보며, 다시 말해 그가 그토록 평범하게 만들 줄 안다는 걸 보여 준 경험에 따라 보지 않는다. 그 순간 삶은 일과 여행과 등산과 온갖 아름다운 것들로 채워지며, 결투의 치명적인 결과로 인해 이런 삶을 더 이상 누릴 수 없다고 생각한다. 그러나 결투 문제가 생기기 전에, 결투 없이도 지속되었을 그의 나쁜 습관으로 인해, 그 삶이 이미 불가능했음은 생각하지 못한다. 그는 부상 없이 귀가한다. 그러나 쾌락이나 소풍, 여행을 방해하는 온갖 장애물을, 한순간 죽음에 의해 영원히 빼앗길지도 모른다고 두려워했던 온갖 장애물을 계속해서 발견한다. 그런 장애물을 차단하려면 사는 것만으로도 충분하다. 일로 말하자면, 그것은 원래 인간에게 존재하던, 즉 근면한 자에게는 노동을, 나태한 자에게는 게으름을 부추기는 그런 예외적 상황의 결과에 지나지 않으므로, 그는 스스로에게 휴가를 부여한다.

나는 이런 사람처럼 행동했으며, 또 글을 쓰기 시작하기로 결심한 이래 줄곧 그렇게 해 왔다. 글을 쓰기로 결심한 것은 오래전이지만, 내게는 어제 일만 같았다. 하루하루를 아직 다가오지 않은 날들로 간주했기 때문이다. 그날도 마찬가지로 아무것도 하지 않은 채 소나기와 잠시 갠 하늘을 흘러가게 내버려 두고, 다음 날부터 일을 시작하기로 맹세하면서 하루를 보냈다. 그러나 구름 한 점 없는 하늘 아래서 나는 더 이상 같은 사람이 아니었다. 금빛 종소리는 꿀처럼 빛뿐 아니라 빛의 감각도 함유했다.(또한 과일 잼의 김빠진 맛도 포함했는데, 콩브레의 식기 치운 식탁에는 종소리가 말벌처럼 자주 늑장을 부렸다.) 이처럼 햇빛이 찬란히 비치는 날, 더위를 피해 덧문을 닫듯이 하루 종일 눈을 감고 누워 있는 것은 허락되고 자주 하는 일이며, 건강에도 좋고 상쾌하고 계절에도 어울렸다. 바로 이런 날씨에서 발베크의 두 번째 체류 초기 때 푸른 밀물의 흐름 사이로 오케스트라의 바이올린 소리를 듣곤 했다. 오늘 나는 알베르틴을 그때보다 얼마나 많이 소유하는가! 시간을 알리는 종소리가 그 음향의 영역에 물기나 빛의 상쾌한 금속판을 그토록 힘차게 펼쳐 놓아, 마치 눈먼 사람을 위해 비 또는 햇살의 매력을 음악으로 옮겨 놓은 것 같았다. 그리하여 그 순간 눈을 감고 침대에 누운 나는 이 모든 것이 소리로 전환될 수 있으며, 오로지 귀에만 들리는 세계도 눈에 보이는 세계 못지않게 다양하리라고 생각했다. 작은 배를 탄 듯 게으르게 나날을 거슬러 올라가면서, 내가 선택하지 않고, 조금 전까지만 해도 눈에 보이지 않다가 고를 틈도 없이 기억이 하나둘 내 앞에 제시한 그 마술적인 새로운 추억들이 나타나는 것을 보면서, 나는 그 매끄러운 공간 위로 햇빛 아래의 산책을 한가롭게 이어 나갔다.

발베크에서의 아침 음악회는 그렇게 오래전 일이 아니었다. 그렇지만 비교적 가까운 그 시기에 나는 알베르틴에게 별로 관심이 없었다. 우리가 도착한 처음 며칠 동안 나는 그녀가 발베크에 있다는 것도 알지 못했다. 누구를 통해 알았을까? 아! 그래, 에메를 통해서 알았어. 그날도 오늘처럼 아름다운 햇볕이 내리쬐었지. 충직한 에메! 에메는 나를 다시 만나게 되어 무척 기뻐했어. 하지만 알베르틴을 좋아하지는 않았어. 누구나 좋아할 만한 여자는 아니니까. 그래, 알베르틴이 발베크에 있다고 알려 준 사람은 바로 에메였어. 그런데 어떻게 알았을까? 아! 그녀를 만났고 그래서 나쁜 취향을 가진 여자로 생각했겠지. 그때 에메가 그녀 이야기를 했을 때 소개하던 것과 다른 측면에서 그 이야기에 접근하자, 지금까지 행복한 바다 위로 미소를 지으며 항해하는 것 같던 나의 상념은, 갑자기 눈에 보이지 않은 위험한 지뢰, 내 기억의 바로 그 지점에 남몰래 설치한 지뢰에 부딪힌 듯 갑자기 폭발했다. 에메는 그녀를 만났고, 나쁜 취향을 가진 여자로 생각했다고 내게 말했다. 나쁜 취향이라니, 무슨 의미일까? 나는 천박한 취향으로 이해했어. 그의 말에 미리 반박하기 위해 알베르틴이 품위 있는 여자라고 단언했으니까. 아니 그는 어쩌면 그녀가 고모라적인 취향을 가졌다고 말하려 했는지도 몰라. 그녀는 여자 친구와 함께 있었고, 어쩌면 서로의 허리를 껴안고 다른 여자들을 쳐다보았으며, 알베르틴이 내 앞에서는 한 번도 보인 적 없는 그런 '타입'이 그들 사이에는 실제로 있다는 걸 말하려 했을지도 몰라. 알베르틴의 여자 친구는 누구였을까? 에메는 그런 추악한 알베르틴을 어디서 만났을까? 나는 에메가 내게 했던 말을 정확하게 기억해 내고 그것이 내가 상상하는 것과 연관이 있는지, 아니면 그가 그저 평범한 태도만을 얘기하려고 했는지 알아내고자 했다. 그러나 내가 아무리 물어도 소용없었다. 왜냐하면 질문을 하고 추억을 제공할 수 있는 사람은 애석하게도 단 한 명, 바로 나 자신뿐이었으며, 아무리 자신을 일시적으로 이중화해 보아도 거기에 아무것도 덧붙일 수 없었기 때문이다. 아무리 질문을 해 보아도 대답하는 것은 여전히 나였고, 더 이상 아무것도 알아낼 수 없었다. 나는 이제 뱅퇴유 양도 생각하지 않았다. 새로운 의혹에서 태어나 나를 괴롭히는 질투의 폭발 역시 새로운 현상이었으며, 아니 차라리 그 의혹의 연장이자 확대에 지나지 않았다. 그것은 동일한 무대였으나 더 이상 몽주뱅이 아닌 에메가 알베르틴을 만났던 길이었다. 그리고 그 대상은 알베르틴의 몇몇 여자 친구로, 그날 알베르틴과 함께 있었던 이런저런 소녀였다. 어쩌면 엘리자베스라는 여인, 아니면 카지노에서 알베르틴이 보지 않은 척하면서 거울을 통해 바라보던 두 소녀였는지도 모른다. 알베르틴은 아마도 그들과, 또 블로크의 사촌 누이인 에스테르와도 관계를 가졌을 것이다. 이런 관계를 만약 제삼자가 폭로했다면, 그것만으로도 나는 거의 반쯤 죽은 상태였을 테지만, 그 관계를 상상한 것은 바로 나 자신이었으므로, 나는 고통을 덜기 위해 조심스럽게 불확실성을 추가했다. 배신을 당했다는 생각도 의혹의 형태로는 날마다 막대한 양을 들이마실 수 있지만, 가슴을 찢는 말 한마디라는 아주 적은 양의 주사만으로도 우리는 죽을 수 있다. 아마도 그런 이유로, 또 자기 보존 본능에서 파생된 형태에 따라, 질투하는 남자는 무고한 사건에 관해서도, 그에게 처음 제시된 증거 앞에서 그 명백한 사실을 부정할 수만 있다면, 주저하지 않고 끔찍한 의혹을 품는다. 게다가 사랑은, 류머티즘이 간질성 두통으로 대체될 때라야 잠시 멈추는 그런 특이 체질처럼 고칠 수 없는 병이다. 이런 질투 섞인 의혹이 진정되자 나는 알베르틴이 나에게 다정하지 않으며, 또 어쩌면 앙드레와 함께 나를 비웃었을지도 모른다고 생각하면서 원망했다. 앙드레가 나하고 나누었던 대화를 모두 알베르틴에게 말해서, 알베르틴이 나에 대해 가졌을지도 모를 생각에 겁이 났고, 앞날이 끔찍해 보였다. 이 슬픔은, 질투 섞인 새로운 의혹이 나를 다른 탐색으로 내몰거나, 아니면 반대로 알베르틴이 나에 대한 애정을 발산하여 내가 느끼는 행복을 무의미하게 만들 때에만 나로부터 멀어질 것 같았다. 그 소녀는 어떤 여자였을까? 에메에게 편지를 써서 만나보고, 다음에 그가 한 말을 알베르틴과의 대화를 통해 확인하면서 그녀가 고백하게 만들어야 한다. 그동안 그 소녀가 블로크의 사촌 누이일지도 모른다고 생각한 나는, 블로크에게 그녀의 사진만 보여 달라고, 더 나아가 필요한 경우 그녀를 만나게 해 달라고 부탁했는데, 그는 내가 어떤 목적에서 그런 부탁을 하는지 전혀 이해하지 못했다.

얼마나 많은 사람과 도시와 길을 우리는 질투 때문에 알고 싶어 하는가! 질투는 앎에 대한 갈증이며, 그런 갈증 덕분에 우리는 일련의 고립된 요소들에 대해서는 온갖 지식을 차례로 취득하지만, 정작 원하는 것은 얻지 못하고, 언제 의혹이 나타날지도 결코 알지 못한다. 분명하지 않은 문장 하나가, 의도적인 목적으로 주어진 게 틀림없는 알리바이 하나가 갑자기 떠오르기 때문이다. 그렇지만 우리는 그 사람을 다시 만나지 않았다. 사후의 질투, 일이 일어난 후에야 생기는 질투, 문제의 인간과 헤어진 후에야 깨닫는 둔한 질투가 있다. 어쩌면 내 마음 깊은 곳에는 몇몇 욕망을 간직해 두는 습관이 있었는지도 모른다. 내 집 창문 너머로 지나가는 모습을 보았던 그 가정 교사가 뒤따르던 상류 사회 소녀들과, 특히 생루가 말했던 사창가를 출입한다는 소녀에 대한 욕망, 아름다운 하녀들과 특히 퓌트뷔스 부인의 시녀에 대한 욕망, 봄이 시작하려고 할 때 전원으로 나가 산사나무와 꽃핀 사과나무와 폭풍우를 다시 보고 싶은 욕망, 베네치아를 향한 욕망, 일을 시작하고 싶은 욕망, 모든 사람과 같은 삶을 살고 싶은 욕망, 어쩌면 이 모든 욕망들을 충족시키지 못한 채 내 안에 간직하면서 어느 날인가 그것을 잊지 않고 충족시키겠다는 약속으로 만족하는 습관, 또 어쩌면 많은 세월 동안 하루하루 그것을 지속적으로 연기하는 오랜 습관이 있었는지 모른다. 그리하여 샤를뤼스가 질질 끈다는 말로 비난하던, 내게는 그토록 일반화된 습관이 나의 질투 섞인 의혹도 사로잡아, 알베르틴과 함께 있는 모습을 에메가 보았다는 그 소녀에 대해(어쩌면 소녀들인지, 이 이야기 부분은 그토록 내 기억 속에서 흐릿하게 지워져 있어 거의 해독할 수 없었다.) — 또는 소녀들에 대해 — 언젠가는 알베르틴의 설명을 틀림없이 듣겠다고 마음속으로 다짐하면서도, 그 설명을 연기했는지 모른다. 어쨌든 오늘 저녁은 내가 질투하는 것처럼 보여 그녀를 화나게 할지도 모르므로 말하지 않기로 했다. 그렇지만 다음 날 블로크가 그의 사촌누이 에스테르의 사진을 보내왔을 때, 나는 서둘러 그 사진을 에메에게 보냈다. 그리고 같은 순간 나는 알베르틴이 그날 아침 피곤할 것 같다며 쾌락을 거부했던 일을 떠올렸다. 그렇다면 그 쾌락은 그날 오후 다른 사람을 위해 마련되었던 것일까? 누구를 위해서였을까? 이렇게 질투는 끝이 없다. 왜냐하면 사랑하는 이가, 이를테면 죽음을 맞이해서 다시는 행동으로 질투를 일으킬 수 없는 처지에 있다고 해도, 모든 사건이 끝난 후에 도래하는 추억이 우리의 기억 속에서 돌연 사건 자체로 작동하면서, 그때까지 규명되지 않아서 하찮게 보였던 추억에, 어떤 외적인 사실의 추가 없이 그냥 우리가 깊이 성찰했다는 이유만으로 끔찍한 의미를 새로이 부여하기 때문이다. 두 사람이 있을 필요도 없다. 그저 방 안에 혼자 남아 이것저것 생각만 해도, 설령 애인이 죽었다고 해도, 애인의 새로운 배신행위가 나타난다. 그러므로 우리의 일상생활과 마찬가지로 사랑에서도 미래를 두려워하는 것만으로는 충분치 않으며, 자주 우리에게서 미래가 끝난 뒤에야 실현되는 과거까지 두려워해야 한다. 사건이 일어난 뒤에 알게 되는 과거뿐 아니라, 오래전부터 우리의 마음속에 간직해 온 과거, 그리고 갑자기 우리가 읽는 법을 배운 과거마저 두려워해야 한다.

어쨌든 그때는 오후 끝자락이었고, 내가 필요로 하는 마음의 위로를 알베르틴 앞에서 찾을 수 있는 시간이 다가왔다는 생각에 나는 무척 행복했다. 그러나 불행히도 그날 저녁은 내가 위로받지 못하는 저녁 중의 하나로, 알베르틴이 나와 헤어지면서 한 키스가 평소와 달라, 예전에 어머니가 기분이 언짢을 때 했던 키스처럼 내 마음을 달래 주지 못했는데, 그런 저녁이면 나는 감히 어머니를 다시 부르지 못했으며, 하지만 잠도 이룰 수 없다고 느꼈다. 그런 저녁이란, 이제는 알베르틴이 다음 날을 위해 내가 알기를 원치 않는 계획을 세우는 저녁을 의미했다. 만일 그녀가 그 계획을 털어놓았다면, 나는 그 계획을 확실히 실현시키려고 알베르틴이 아닌 다른 사람은 불러일으키지 못했을 그런 열정을 쏟았을 것이다. 그러나 그녀는 아무 말도 하지 않았고, 게다가 말할 필요도 없었다. 집에 돌아오자마자 챙 달린 모자나 챙 없는 토크 모자를 쓴 채로 내 방문 앞에 서 있기만 해도, 나는 이미 완강하고 격렬하며 제어할 수 없는 낯선 욕망을 보았다. 그런데 흔히 그런 저녁은 내가 가장 다정한 생각을 가지고 그녀의 귀가를 기다리면서 깊은 애정의 몸짓으로 그녀의 목에 달려들려고 했던 저녁이었다. 슬프게도 내가 부모님에게서 자주 느꼈던 불화의 감정은, 애정 넘치는 마음으로 달려갔는데도 자주 냉정하고 귀찮아하시는 듯 생각되었던 그 감정은, 연인 사이에 생기는 불화에 비하면 아무것도 아니었다. 연인 사이의 괴로움은 보다 심오하면서 보다 견디기 어려운 것으로, 그 자리는 우리 마음의 가장 깊은 곳에 위치한다. 그렇지만 그날 저녁 알베르틴은 자신이 세운 계획에 대해서 내게 말을 할 수밖에 없었다. 나는 금방 그녀가 다음 날 베르뒤랭 부인을 방문하고 싶어 한다는 사실을 알아차렸는데, 방문 자체만으로는 나를 불쾌하게 할 요소가 전혀 없었다. 하지만 이 방문은 어떤 만남을 위한, 뭔가 쾌락을 준비하기 위한 방편이 틀림없었다. 그렇지 않다면 그녀가 이 방문에 그렇게 집착할 리 없었다. 내 말은 그녀가 그 방문을 그렇게까지는 바라지 않는다고 계속해서 말하지 않았다는 의미이다. 나는 문자를 일련의 상징으로 간주한 후에야 표음 문자를 사용한 민족들과는 반대되는 움직임을 내 삶에서 따르고 있었다. 여러 해 동안 사람들이 내게 자발적으로 제공해 온 직접적인 표현을 통해서만 그들의 실제 삶과 생각을 모색해 온 내가, 지금은 그들의 잘못으로 인해 진리의 합리적이고 분석적인 표현과는 다른 증언에만 중요성을 부여하게 된 것이다. 말 자체도 당황한 사람의 얼굴에서 피가 치솟거나 갑자기 침묵하는 식으로 해석되는 경우에만 뭔가를 가르쳐 주었다. 이런저런 부사(副詞)가 불쑥 솟아 나오는 경우(이를테면 캉브르메르 씨가 나를 '작가'로 여겼던 시절, 아직 나와 말을 하지 않고 있던 그가 갑자기 베르뒤랭네를 방문했던 얘기를 하면서 나를 향해 고개를 돌리더니 "그곳에는 '마침' 보렐리*가 와 있었거든요."라고 말했을 때처럼), 대화 상대자가 명시적으로 말하지 않아도 두 관념이 비의도적이고 때로는 위험한 접근으로 충돌하면서 분출되는 경우, 그 부사는 담화 전체보다 내게 더 많은 것을 가르쳐 주었으므로, 나는 그 관념들을 그에 적합한 분석 방법이나 전기 분해술로 도출할 수 있었다. 알베르틴은 때로 자기 말 속에 이런저런 관념의 소중한 혼합물을 섞어 질질 끌었으며, 나는 그 혼합물을 보다 명확한 관념으로 바꾸기 위해 서둘러 '처리했다.'

게다가 연인에게서 가장 끔찍한 일 중의 하나는 특정 사실을 — 많은 가능한 실현 방법 가운데 경험과 염탐을 통해서만 알 수 있는 — 발견하기란 매우 어렵지만, 진실을 간파하기는 쉬우며, 또는 단지 예감할 수 있다는 점이다. 발베크에서 나는 자주 그녀가 지나가는 소녀들을 느닷없이 긴 눈초리로 마치 손으로 만지듯 응시하는 모습을 본 적이 있었다. 그런 뒤 내가 만약 그들을 알고 있다면, 그녀는 "저 애들을 오게 할까요? 욕을 해 주고 싶어서요."라고 말했다. 그런데 얼마 전부터, 내 마음을 꿰뚫고 있었는지 그녀는 누군가를 초대하자는 부탁이나 말을 하지 않았고, 이제는 초점 잃은 고요한 시선도 돌리지 않았는데, 그에 동반된 방심하고 멍한 표정은, 하지만 예전에 그녀가 짓던 자기(磁氣) 띤 표정과 마찬가지로 어떤 비밀을 드러내는 듯했다. 그런데 그토록 시시하고 하찮으며 "사사건건 트

* 당시 인기 극작가로 『잃어버린 시간을 찾아서』 2권 98쪽, 5권 415쪽 참조.

집 잡으려는" 재미로 내가 매달린다고 그녀가 단언하는 일에 관해, 그녀를 비난하고 질문하기란 불가능했다. "왜 그 사람을 그렇게 쳐다보았어요?"라고 묻기는 어려웠고, "왜 그 사람을 쳐다보지 않았어요?"라고 묻기는 더욱 어려웠다. 그렇지만 나는 알베르틴의 시선에 담긴, 그 시선에 의해 증명된 지극히 미세한 표현들과 또 그녀가 하는 말의 모순을 알아차렸다. 아니, 적어도 그녀의 주장을 곧이곧대로 믿지 않았다면 알 수 있었을 것이다. 이 모순된 말의 의미는 흔히 그녀와 헤어지고 나서 오랜 시간이 지난 후에야 깨달을 수 있었고, 그 때문에 밤새 괴로워하면서도 감히 얘기를 꺼내지조차 못하고, 그럼에도 그것은 내 기억을 찬미하면서 이따금 주기적으로 방문했다. 발베크의 바닷가나 파리의 거리에서 나는 남몰래 훔쳐보는 이런 눈길 또는 뒤돌아보는 눈길을 도발한 사람이, 단순히 그녀가 길을 가던 순간에 주목한 욕망의 대상이 아니라 오래전부터 알고 지내던 사이였거나, 아니면 누군가가 그녀에게 얘기했던 소녀라고 생각했다. 누군가가 소녀 얘기를 알베르틴에게 했다는 사실을 알고 나는 무척 놀랐는데, 그만큼 그 소녀는 알베르틴의 판단에 따르면 도저히 사귈 수 없는 여자로 보였기 때문이다. 그러나 현대의 고모라는 가장 기대하지 않았던 곳에서 나온 조각들로 만들어진 퍼즐이다. 이렇게 하여 나는 리브벨에서 어느 날인가 아주 성대한 만찬을 본 적이 있었고, 초대받은 손님들 가운데는 내가 우연히, 적어도 이름만이라도 아는 부인들이 열 명 있었으며, 그들은 사회적으로 신분이 다르면서도 완벽한 일치를 이루었으므로 나는 그렇게 복합적이면서도 동질적인 만찬을 다시는 보지 못했다.

지나가는 젊은 여자들 이야기로 돌아가 보면, 알베르틴은 만일 그 사람들이 나이 든 부인이나 늙은 남자였다면 그토록 뚫어지게 보거나 반대로 그토록 조심스럽게, 마치 쳐다보지 않는다는 듯 보지 않았을 것이다. 배신당한 남편은 아무것도 알지 못하지만, 그래도 모든 것을 알기 마련이다. 그러나 질투의 장면을 만들려면 보다 구체적인 사실이 뒷받침된 자료가 필요하다. 더욱이 질투심이 사랑하는 여인의 거짓말에 대한 어떤 성향을 발견하게 해 준다면, 우리가 질투하는 걸 알았을 때 여인은 이 성향을 백배나 확대한다. 여인은 동정심이나 두려움에서 거짓말을 하며(예전에는 결코 하지 않았던 비율로 거짓말을 한다.) 또는 우리의 조사와 대칭을 이루는 도주를 통해 본능적으로 몸을 숨긴다. 물론 품행이 가벼운 여인이 처음부터 자신을 사랑하는 남성에게 정숙한 여인으로 행세하는 경우도 있다. 그러나 얼마나 많은 다른 사랑이 이처럼 완벽하게 대조적인 두 시기를 포함한단 말인가? 처음 시기에 여인은 쾌락에 대한 자신의 기호나 그 기호가 그녀에게 누리게 해 준 방탕한 삶에 관해 그저 표현을 조금 완화시킬 뿐 쉽게 얘기한다. 그러고 나서 남성이 그녀를 질투하고 염탐하는 것을 느끼면, 있는 힘을 다해 모든 사실을 부인한다. 그러면 남성은 그녀가 속내를 털어놓던 첫 번째 시기를 그리워하는데, 그러면서도 그 추억 때문에 괴로워한다. 만약 여인이 지금이라도 속내를 털어놓는다면, 그가 매일같이 헛되이 추적하는 잘못에 관한 비밀을 그녀 스스로 대부분 제시하게 될 것이다. 이런 속내는 얼마나 많은 포기와 신뢰와 우정을 증명하게 될 것인가! 만일 그녀가 그를 배신하지 않고 살아갈 수 없다면, 차라리 자신의 쾌락을 고백하고 그 쾌락을 공유하게 한다면, 배신을 해도 적어도 친구로서 배신하는 셈이 될 터다. 그래서 그는 그들 초기의 사랑이 어렴풋이 그려 보였던 삶을 아쉬워하고, 그러나 이후의 삶이 그 사랑을 뭔가 끔찍하고 고통스럽게, 따라서 불가능하게 만들었으므로, 이제 결별은 경우에 따라 불가피하거나 불가능해질 것이다.

내가 알베르틴의 거짓말을 판독하는 문자는 표의 문자가 아니었지만, 때로 거꾸로 읽을 필요가 있었다. 이를테면 그날 저녁 그녀는 거의 눈에 띄지 않게 지나갈 수 있도록 의도된 메시지를 무심코 던졌다. "어쩌면 내일 베르뒤랭 댁에 갈지도 몰라요. 아직은 확실치 않지만요. 별로 가고 싶지 않거든요." 이것은 다음과 같은 고백의 유치한 애너그램*이었다. '내일 베르뒤랭 댁에 갈 거예요. 틀림없는 사실이에요. 거기에 많은 중요성을 부여하고 있으니까요.' 표면적인 망설임은 이미 그녀의 의사가 결정되었고, 단지 내게 알리면서 방문의 중요성을 감소시키는 데 목적이 있었다. 알베르틴은 돌이킬 수 없는 결심을 말할 때면 늘 모호한 말투를 사용했다. 나의 결심도 그녀 못지않게 완강했다. 나는 베르뒤랭네를 방문하지 못하도록 조치할 생각이었다. 질투란 대개의 경우 강한 지배력에 대한

* anagramme. 문장을 이루는 글자의 순서를 바꾸어 다른 문장을 만들어 내는 글자 수수께끼 또는 철자 바꾸기를 말한다. 소쉬르는 이런 애너그램 연구를 위해 무의식에 대한 연구의 필요성을 인식했다.

불안한 욕구가 사랑의 영역에 적용된 것에 지나지 않는다. 내가 가장 사랑하는 사람들이 헛된 희망을 품고 안도할 때, 그들이 착각하고 있음을 보여 주며 협박하려는 그 갑작스러운 독단적인 욕망을 나는 아버지로부터 물려받은 게 틀림없었다. 알베르틴이 나도 모르게, 내게 감추면서 외출 계획을 세우는 모습을 보자, 만일 그녀가 털어놓았다면 그 외출을 쉽고 즐겁게 만들기 위해서라면 무슨 일이든 했을 내가 지금은 그녀를 불안에 떨게 하려고, 그날은 나도 외출할 생각이라고 아무렇게나 말한 것이다.

나는 알베르틴에게 베르뒤랭네 방문을 불가능하게 하는 다른 산책 목적들을 넌지시 말하면서, 무관심을 가장한 말투로 나의 흥분 상태를 숨기려고 애썼다. 하지만 그녀는 그것을 간파했다. 나의 흥분 상태는 그녀에게서 그것을 세차게 밀어내려는 강력한 반대 의사에 부딪쳤다. 알베르틴의 눈길에서 불꽃이 튀는 것이 보였다. 게다가 지금 그녀의 눈동자가 하는 말에 매달린들 무슨 소용이 있단 말인가? 나는 왜 알베르틴의 눈이, 그날 가고 싶어 하는 — 또 가고 싶은 장소를 숨기고 싶어 하는 — 장소들 때문에, 여러 개의 조각들로 이루어진 듯 보이는 눈들과 같은 과(科)에 속한다는 사실을(평범한 사람인 경우에도) 오래전에 주목하지 못했단 말인가? 언제나 거짓말을 하며 꼼짝하지 않는 수동적인 눈, 그러나 그녀가 소망하는 밀회, 집요하게 소망하는 밀회에 가기 위해서라면 통과해야 할 거리가 몇 미터인지 몇 킬로미터인지도 측정할 수 있는 역동적인 눈, 쾌락의 유혹에 미소 짓기보다는, 약속 장소에 가는

데 어려움이 있으리라는 생각에 슬픔과 절망의 후광으로 둘러싸인 눈. 이런 눈을 가진 자는 비록 당신의 손안에 있어도 도망치는 존재이다. 그들이 주는 감동, 또 그들보다 더 아름다운 존재라 할지라도 주지 못하는 이런 감동을 이해하려면, 그들이 부동의 존재가 아닌 움직이는 존재라는 사실을 고려해야 하며, 그리하여 이들 인간에게 물리학에서 속도 표시 기호에 상응하는 기호를 첨가해야 한다.

당신이 그들의 일과를 방해하면, 그들은 숨기고 있던 쾌락을 고백한다. "내가 좋아하는 이런저런 사람과 5시에 차를 마시러 무척 가고 싶었어요." 그러다 만약 여섯 달 후 문제의 인간을 알게 되면, 당신이 계획을 방해한 소녀가, 함정에 빠져 자유로운 몸이 되고 싶은 생각에서 당신과 만나지 않을 때면 매일같이 좋아하는 사람과 차를 마신다고 고백했으며, 또 문제의 인간이 한 번도 소녀를 초대한 적이 없으며, 소녀가 당신 때문에 늘 시간이 없다고 말한 탓에 그들이 함께 차를 마신 적이 없다는 사실도 알게 될 것이다.

이렇게 그녀가 함께 차를 마신다고 고백했고, 함께 차를 마시러 가게 해 달라고 간청했으며, 필요 때문에 그 구실로 털어놓았던 사람은 전혀 그 사람이 아닌 다른 사람, 더 나아가 다른 것이었다! 다른 것이라니 무엇이라는 말인가? 다른 사람이라니 누구라는 말인가? 유감스럽게도 먼 곳을 바라보는 그 조각난 슬픈 눈은, 어쩌면 거리는 측정하게 해 줄지 몰라도 방향은 가리켜 주지 않는다. 무한한 가능성의 영역이 펼쳐지며, 그러다 우연히 실재가 우리 앞에 나타나면, 그것은 그토록 가능성의 세계 밖에 위치하여, 갑자기 멍하니 정신을 잃은 우리는 느닷없이 솟아오른 벽에 부딪쳐 뒤로 나가떨어진다. 그녀의 움직임과 도주를 확인하는 일조차 불필요하며, 우리는 귀납적으로 추론하기만 하면 된다. 그녀는 편지를 약속했으며, 그래서 우리의 마음은 평온을 얻어 더 이상 그녀를 사랑하지 않는다. 그런데 편지는 오지 않고, 어떤 배달부도 편지를 가져다주지 않는다. "무슨 일이 일어난 걸까?" 불안이, 사랑이 되살아난다. 마음 아프게도 사랑을 불러일으키는 것은 특히 이런 존재들이다. 그들에 관해 느끼는 새로운 불안이 우리 눈에 뭔가 그들의 인격을 제거하는 듯 보이기 때문이다. 우리는 자아 밖에서 사랑한다고 믿으면서 고통을 감수했지만, 이 사랑은 우리의 슬픔에서 왔으며, 어쩌면 우리의 사랑은 이 슬픔일 뿐이며, 검은 머리 소녀라는 대상은 거기서 아주 작은 부분에 불과하다는 것을 깨닫는다. 결국 사랑을 불러일으키는 것은 다른 무엇보다도 이런 존재들이다. 대체로 사랑은 우리 몸을 대상으로 하는데, 다만 어떤 감동이, 사랑의 대상을 잃을지도 모른다는 두려움이, 그것을 되찾을 수 있을지 어떨지에 대한 불확실성이 그 몸 안에 녹아 있는 조건에서만 그러하다. 그런데 이런 종류의 불안은 우리의 몸과 매우 큰 유사성을 가진다. 불안은 아름다움마저 무시하는 자질을 우리 몸에 첨가하며, 바로 그런 이유로 가장 아름다운 여인들에게 무관심한 남자들이, 우리 눈에 가장 추해 보이는 여인들을 열정적으로 사랑하는 것이다. 그런 존재들, 그런 도주하는 존재들에게, 그들 자신의 기질과 우리의 불안한 마음이 날개를 달아 준다. 우리 옆에 있을 때에도 그들의 시선은 그들이 날아간다고 말하는 것 같다. 아름다움을 뛰어넘는, 날개가 덧붙여 주는 이런 아름다움의 증거로, 우리는 동일한 여인이 자주 우리에게서 번갈아 날개를 갖기도 하고 가지지 않기도 하는 점을 들 수 있다. 그 존재를 잃어버릴까 봐 두려워할 때면 나머지 다른 이들은 모두 망각한다. 그 존재를 붙잡고 있다고 확신할 때면 우리는 그 존재를 다른 이들과 비교하고, 그 존재보다 다른 이들을 더 좋아한다. 이런 동요와 확신은 매주 번갈아 나타날 수 있다. 한 사람은 한 주 내내 사랑하는 여인을 위해 자신의 마음에 드는 걸 모두 희생하는 모습을 보며, 다음 주에는 그 자신이 희생되는 모습을 보며, 이 일은 그렇게 오랫동안 계속된다. 적어도 자신의 삶에서 단 한 번이라도 사랑하기를 멈추고 여인을 망각한 경험이 없는 사람은, 한 존재가 우리의 감정에 스며들기를 멈추거나 아직 스며들지 않는 경우, 그 자체만으로는 얼마나 보잘것없는 존재인지 이해하지 못한다. 그리고 물론 우리가 여기서 사용한 '도망치는 사람들'이라는 말은 감옥에 있는 사람이나, 결코 우리 것이 될 수 없는 듯 보이는 갇힌 여인들에게도 똑같이 적용된다. 그래서 남성은 여인의 도주를 용이하게 하고 유혹의 손길을 반짝이는 뚜쟁이들을 증오하지만, 반대로 수도원 같은 곳에 격리된 여인을 사랑하는 경우에는, 수도원이라는 감옥으로부터 여인을 빼내어 우리 곁에 데려오게 하려고 제 발로 뚜쟁이들을 찾아가기도 한다. 만일 우리가 유괴한 여인들과의 관계가 다른 관계에 비해 오래 지속되지 않는다면, 그 이유는 그들을 쟁취하지 못할지 모른다는 두려움, 그들이 도망치는 모습을 보게 되지나 않을까 하는 불안이 우리가 가진 사랑의 전부이기 때문에, 그들을 남편의 손에서 빼앗거나 극장에서 끌어내어 우리를 떠나려는 유혹을 치유하면, 한마디로 말해 우리의 감정이 무엇이든 그 감정에서 그들을 분리하면, 그들은 단순히 그들 자신이 되어, 다시 말해 아무것도 아닌 것이 되어, 그들을 오랫동안 탐내던 사람이, 그들이 떠날까 봐 그토록 겁을 내던 사람이 이번에는 그들을 버리고 떠난다.

"어떻게 짐작하지 못했을까?"라고 나는 말했다. 하지만 사실은 발베크에 도착한 첫날부터 짐작했던 게 아닐까? 나는 알베르틴에게서 몸이라는 관능적인 덮개 아래 더 많이 감추어진 존재들이 꿈틀거리는, 아직 상자 안에 들어 있는 카드 게임 세트나 문 닫힌 대성당, 또는 입장하기 전의 극장이 아니라, 끊임없이 새로운 사람으로 교체되는 거대한 군중 속에서 꿈틀거리는 소녀들 중의 하나임을 이미 짐작했던 게 아닐까? 그렇게 많은 존재들뿐만 아니라, 욕망이나 관능적인 추억, 다른 수많은 존재에 대한 불안한 탐색도 꿈틀거린다는 것을. 발베크에서 나는, 비록 틀린 길이라 할지라도 언젠가 그녀의 뒤를 추적하게 되리라고는 꿈에도 생각하지 못했으므로 별로 동요하지 않았다. 어쨌든 그것은 알베르틴에게 수많은 존재와 수많은 욕망과 관능적 추억이 그 언저리까지 겹겹이 포개지면서 채워진 존재의 충만감을 부여했다. 그리하여 이제 그녀가 어느 날 '뱅퇴유 양'이라고 말한 후부터는 그녀의 몸을 보기 위해 옷을 벗기고 싶지는 않았지만, 그러나 그 몸을 통해 그녀의 추억들과, 그녀의 임박한 열정적 밀회가 적힌 비망록 전체를 보고 싶었다.

아무리 하찮은 일이라고 해도 사랑하는 사람이 그 일을 감춘다면(또는 우리가 사랑하기에는 이런 이중성만을 결핍한 사람이 그 일을 감춘다면), 그것은 얼마나 예외적인 가치를 가지게 되는가! 고통 자체는 고통을 초래한 사람에게 반드시 사랑이나 증오의 감정을 불러일으키지 않는다. 다시 말해 우리는 우리를 아프게 하는 외과 의사에게는 별로 관심을 두지 않는다. 그러나 얼마 동안 우리의 전부라고 말해 왔던 여인이, 그러나 실은 그녀에게서 우리가 전부이지 않았던 여인이, 그저 만나서 키스하고 무릎에 올려놓으면 즐거운 여인이 느닷없이 저항하고, 그래서 마음대로 할 수 없는 여인임을 깨달으면, 그 자체만으로도 우리는 소스라치게 놀란다. 그러면 때로 환멸의 감정이 우리 마음속에서 오래전에 망각했던 고뇌의 추억을 깨어나게 하는데, 그렇지만 우리는 그것이 그 여인으로 인해 야기된 것이 아니라, 배신의 추억이 우리의 과거 위에 일정한 간격을 두고 나열된 다른 여인들로 인해 야기된 것임을 안다. 그뿐만 아니라 사랑이 거짓에 의해서만 야기되며, 또 우리를 괴롭히는 존재에 의해 고통이 진정되기를 바라는 욕구 속에서만 성립되는 세계에서, 우리가 어떻게 살고자 하는 용기를 가질 수 있으며, 또 어떻게 죽음으로부터 자신을 보존하려는 행동을 할 수 있단 말인가? 이런 거짓과 저항을 보면서 느끼는 실의에서 벗어나기 위해, 우리보다 더 깊이 그녀의 삶에 연루되었다고 생각되는 이들의 도움을 받아, 우리에게 저항하고 거짓말하는 여인에 대해 그녀 뜻에 반해 행동하려 하고, 우리 자신을 속이려 하고, 우리를 증오하게 하려는 슬픈 처방도 존재한다. 그러나 이런 사랑의 고통은 환자가 통증을 완화시키기 위해 집요하게 몸의 위치를 바꾸는 데서 헛된 안정을 찾는 것과도 같은 고통이다. 그렇지만 슬프게도 이런 행동 수단은 얼마든지 있다. 그리고 우리의 불안한 마음이 잉태한 이 끔찍한 사랑은, 단지 우리 마음의 새장 속에서 의미 없는 말들을 이리저리 끊임없이 뒤집어 보는 데서 비롯한다. 게다가 사랑을 느끼는 여인들이 육체적으로 완벽하게 우리 마음에 드는 경우는 매우 드물다. 왜냐하면 그 여인을 택한 것이 우리의 확실한 취향이 아닌, 어느 한순간의 우연한 고뇌이기 때문이며, 또 이 순간은 밤마다 고뇌의 경험을 되풀이하면서 진통제에 도움을 청할 정도로 실추한 우리의 나약한 성격 탓에 무한히 연장될 수 있기 때문이다. 물론 알베르틴에 대한 나의 사랑은 의지의 결핍으로 실추한 상태에서 할 수 있는 사랑 중 가장 헐벗은 사랑이 아니었으며, 이는 그것이 완전히 정신적인 사랑은 아니었기 때문이다. 그녀는 나를 육체적으로 충족시켰고, 더 나아가 총명했다. 그러나 이것은 모두 부차적인 문제였다. 나의 정신을 사로잡은 것은, 그녀가 할 수 있었던 어떤 지적인 말이 아니라, 그녀의 행동에 대해 의혹을 불러일으키는 이런 저런 말이었다. 나는 그녀가 어떤 표정으로 어떤 순간에, 어떤 말에 대한 대답으로 그 말을 했는지 기억하려고 애썼으며, 또 어느 순간 그녀가 베르뒤랭 집에 가고 싶어 했는지, 나의 어떤 말에 화난 표정이 되었는지, 그녀와의 대화 장면 전부를 재구성하려고 애썼다. 그 어떤 중요한 사건에 대해서도 진실을 밝히고, 또 그 분위기와 적합한 빛깔을 재현하기 위해 그렇게까지는 노력하지 않았을 것이다. 물론 견딜 수 없을 만큼 격렬한 단계에 이르고 나면 때로는 하룻저녁 동안 이런 불안이 완전히 진정되는 경우도 있다. 예를 들면 사랑하는 여자 친구가 참석할 예정인 연회에, 그 진짜 성격을 생각하느라 며칠 전부터 온정신을 몰두했던 그런 연회에, 우리 또한 초대받아서 그녀가 오로지 우리에게만 주의를 기울이고 대화를 하여, 그래서 귀가할 때면 어느덧 불안이 가시고, 오래 걷고 난 뒤 깊은 잠에 빠질 때 겪는 것과 같은 완전하고도 기력을 회복시켜 주는 휴식을 맛보는 경우도 있다. 그러나 대개의 경우 우리는 하나의 불안을 다른 불안으로 교체할 뿐이다. 마음을 진정시켜 줄 말 한마디가 우리의 의혹을 다른 길에서 추적하게 한다. 물론 이런 휴식은 비싼 대가를 치를 만큼의 가치가 있다. 그러나 우리 자신이 자발적으로, 더구나 더 비싼 값에 그 불안을 사들이지 않는 편이 오히려 더 간단하지 않을까? 게다가 이런 일시적인 휴식이 아무리 완전하다 해도, 불안이 가장 강력한 존재가 될 것임을 우리는 잘 알고 있다. 흔히 이 불안은 우리에게 안도감을 가져다주려는 목적에서 한 말로 되살아나는 법이다. 질투의 까다로운 요구와 맹목적인 신뢰는 사랑하는 여인이 상상할 수 있는 것보다 훨씬 크다. 그녀가 자발적으로 이러저러한 남자가 그녀에게 단지 친구에 지나지 않는다고 단언하면서 그 남자가 친구였음을 알려 줄 때면 — 결코 짐작도 하지 못했던 — 우리 마음은 혼란에 휩싸인다. 자신의 진지함을 보여 주려고 그들이 그날 오후 어떻게 함께 차를 마셨는지 얘기할 때면, 그녀가 말하는 단어마다 눈에 보이지 않는, 짐작도 해 보지 못한 것이 우리 앞에서 형태를 취한다. 그녀는 그가 자기 애인이 되어 달라고 청했다고 고백하고, 그러면 우리는 그녀가 그의 제안에 귀 기울였을지도 모른다고 생각하면서 죽을 만큼 괴로워한다. 그녀는 그 제안을 거절했다고 말한다. 그러나 나중에 그녀의 얘기를 떠올리면서 그 거절이 사실이었는지 자문해 본다. 그녀가 우리에게 말한 갖가지 일들 사이에는 그녀가 얘기하는 사실보다 더 진실의 표시라고 할 수 있는 논리적이고 필연적인 연관 관계가 부재하기 때문이다. 게다가 그녀는 다음과 같이 끔찍스럽게도 건방진 어조로 말했다. "나는 안 된다고 단호하게 말했어요." 이는 모든 사회 계층의 여자가 거짓말을 할 때 사용하는 말투다. 그렇지만 그녀가 거절한 것에 대해 우리는 고마움을 표해야 하며, 앞으로도 이런 가혹한 속내를 말해 달라고 성심껏 격려해야 한다. 그러나 우리는 기껏해야 "그런데 그 사람이 당신에게 그런 계획을 제안했다면, 왜 함께 차를 마시기로 했나요?"라는 지적을 할 뿐이다. "절 원망하지 않게 하고, 또 친절하게 대하지 않았다는 말을 듣고 싶지 않아서요." 그러나 그것을 거절하는 편이 우리에게는 보다 친절한 일이었을 거라고는 감히 대꾸하지 못한다.

게다가 알베르틴은 그녀에게 폐가 되지 않도록 내가 그녀의 연인이 아니라고 말한 것이 옳았다고 해서 나를 불안하게 했다. "당신이 내 애인이 아닌 것은 사실이니까요."라는 말 또

한 덧붙였기 때문이다. 사실 내가 완전히 그녀의 애인은 아닐지 모르지만, 그렇다면 우리가 함께한 그 모든 일들을, 그녀가 결코 애인이 아니라고 맹세했던 그 모든 남자들과도 똑같이 했다고 생각해야 한단 말인가? 무슨 대가를 치르고라도 알베르틴이 생각하고 만나고 사랑하는 사람을 알고 싶어 하면서도 이런 욕구에 모든 것을 희생하는 일이 얼마나 이상하게 느껴졌는지 모른다. 예전에도 질베르트와 관련해서 고유 명사들이나 여러 일들에 대해 동일한 앎의 욕구를 느꼈지만, 지금은 거기에 그토록 무관심해졌으니 말이다! 나는 알베르틴의 행동이 그 자체로는 더 이상 나의 관심을 끌지 못한다는 점을 알고 있었다. 첫 번째 사랑이 우리 마음에 남기는 그 덧없음으로 인해, 앞으로 다가올 사랑을 위해 길을 열면서도, 적어도 동일한 증상이나 고뇌로부터 치유되는 방법을 가르쳐 주지 않는다는 건 정말 신기한 일이다. 게다가 사실을 알 필요가 있을까? 우리는 대개 처음부터 뭔가 감출 것이 있는 여인들에게서 똑같이 거짓말과 신중함의 습관을 인지하지 않는가? 그렇다면 오류의 가능성이 있단 말인가? 우리는 그 여인들이 입을 열기를 간절히 바라지만, 그들은 침묵을 지키는 것을 미덕으로 여긴다. 그리고 우리는 그들이 공범에게 이렇게 단언한다고 느낀다. "나는 아무것도 말하지 않아요. 나를 통해서는 결코 아무것도 알아내지 못할 거예요. 나는 절대 아무것도 말하지 않을 거니까요."

우리는 한 존재를 위해 재산과 생명을 바치려 하나, 머지않아 십 년 안에는 그에게 재산을 주기를 거부하고 자기 목숨을 보존하는 쪽을 선호하리라는 것도 안다. 왜냐하면 그때 그 존재는 우리로부터 떨어져 홀로 있는, 다시 말해 아무 가치도 없는 존재가 되기 때문이다. 우리를 다른 인간들에게 엮는 것은 어젯밤의 파티 추억과 다음 날 오후 모임의 기대 같은 수많은 뿌리나 무한한 끈으로, 우리는 이런 연속적인 습관의 실타래에서 결코 벗어날 수 없다. 후하게 인심을 베풀 목적으로 부를 축적하는 수전노가 있듯이, 우리는 인색함 때문에 재물을 탕진하는 탕아이며, 또 한 존재를 위해 우리 삶을 희생하기보다는 그 존재가 우리의 시간과 날들에서 자기 주위에 엮을 수 있었던 온갖 것 때문에 희생하며, 그것에 비해 아직 우리가 살지 않은 삶, 비교적 미래의 삶은 보다 멀리 있어, 우리로부터 벗어나 있고 내밀함도 덜해서 우리의 것처럼 보이지 않는다. 그러므로 존재 자체보다 훨씬 중요한 이런 인연의 고리로부터 벗어나는 일이 무엇보다도 필요하며, 그러나 그것은 우리 마음속에 일시적으로 그 존재에 대한 의무감을 만드는 결과를 초래하고, 이 의무감이 그에게서 잘못 판단될까 두려워 감히 그를 떠나게 하지 못하지만, 시간이 지나면서 우리로부터 떨어져 나간 존재는 이미 우리 자신이 아니며, 또 사실 우리는 스스로에 대해서만 의무감을 만들기 때문에(비록 그 의무가 어떤 명백한 모순에 의해 우리를 자살로 몰고 간다 할지라도) 감히 그를 떠나려는 용기를 내게 된다.

만일 내가 알베르틴을 사랑하지 않는다고 해도(확신할 수는 없었지만), 그녀가 내 곁에서 차지하고 있는 이런 자리는 놀라운 것이 아니었다. 다시 말해 우리는 좋아하지 않는 것하고만 살며, 그것이 여인이든 고장이든, 또는 고장을 자기 안에 가두고 있는 여인이든, 바로 그 견디기 힘든 사랑을 죽이기 위해서 우리와 함께 살도록 한 것하고만 살기 때문이다. 그래서 만약 사랑하는 사람이 다시 부재하는 상황이 오면, 다시 그 사람을 사랑하게 되지나 않을까 두려워한다. 알베르틴에 관해서는 아직 그 지점까지는 가지 않았다. 그녀의 거짓말들이며, 그녀의 고백들이 내게 진실을 규명하는 임무를 완성하도록 남겨 놓았다. 그토록 많은 거짓말들, 사랑을 받는다고 생각하는 이라면 항용 그렇듯이, 그녀는 단순히 거짓말을 하는 데에 그치지 않았으며, 또 천성이 거짓말쟁이에다 변하기 쉬운 성격이어서, 이를테면 그녀가 사람들을 어떻게 생각하는지에 관해 진실을 말할 때에도 매번 다른 말을 했을 것이다. 그녀의 고백, 그토록 드물고 그렇게 짧게 끝나는 고백은, 과거에 관한 고백에서도 사이사이에 대단히 큰 여백을 남겨 놓아 그 긴 기간 동안의 삶을 다시 추적해야 했고, 그렇게 하려면 우선 그녀의 삶을 알아야 했다. 현재 상황에서 프랑수아즈의 수수께끼 같은 말을 내 능력껏 해석해 보면, 알베르틴은 특정 지점뿐 아니라 모든 부분에 걸쳐 거짓말을 하는 듯 보였다. '언젠가는 모든 것'을 내가 알게 되리라고, 프랑수아즈는 모든 걸 아는 척하면서도 내게 말하고 싶어 하지 않았고, 나도 감히 물어볼 용기를 내지 못했다. 게다가 프랑수아즈는 예전에 욀랄리에 대해 품었던 것과 동일한 질투심을 알베르틴에 대해 느끼고 있었는지, 전혀 사실 같지 않은 얘기를 너무도 모호하게 했으므로, 나는 기껏해야 거기서 그 가련한 수인이(여성을 사랑하는 여인이) 전적으로 나처럼 보이지 않는 누군가와 결혼하기를 바란다는, 매우 믿기 어려운 암시만을 받았을 뿐이다. 만일 그것이 사실이라면, 아무리 전파 텔레파시에 뛰어난 프랑수아즈라도 그것을 어떻게 알 수 있었을까? 물론 알베르틴의 얘기도 그 점에 관해서는 정확히 가르쳐 주지 않았는데, 거의 멈춘 팽이의 색깔처럼 날마다 달랐기 때문이다. 게다가 프랑수아즈의 입을 열게 하는 것은 특히 증오심인 듯했다. 어머니가 집에 안 계신 동안 그녀는 하루도 빠지지 않고 다음과 같은 말을 했고, 또 나는 그 말을 들어야만 했다. "도련님은 물론 친절하신 분이에요. 도련님에 대한 고마움을 결코 잊지 않을 거예요.(이 말은 아마도 그녀의 감사 인사에 대한 표시로 새로운 직책을 달라는 의미였을 것이다.) 그러나 친절하신 도련님께서 저 간교한 아이를 이 집에 머무르게 하신 후부터는 악취가 풍겨요. 그렇게 총명하신 분이 지금까지 한 번도 본 적 없는 저런 바보 같은 아이를 보호하고, 만사에 섬세함과 예의범절과 재치와 품위를 보여 주시던 분이, 겉과 속이 진짜 왕자 같으신 분이 저런 악덕에 물든 아이를, 가장 천박하고도 비열한 아이를 제멋대로 행동하고 속이게끔 내버려 두고, 또 이 집에서 사십 년이나 살아온 저를 모욕하게 내버려 두시다니."

프랑수아즈는 우리 가족이 아닌 다른 사람으로부터 명령을 받는다는 사실 때문에 특히 알베르틴을 원망했는데, 우리 늙은 하녀의 건강을 해치는 추가 업무와 집안일과 과로만으로도(프랑수아즈는 그럼에도 '아무것도 할 줄 모르는' 사람이 아니었으므로 자기 일을 하는 데 남의 도움을 받고 싶어 하지 않았다.) 이런 흥분 상태와 증오 섞인 분노는 충분히 설명 가능했을 것이다. 물론 그녀는 알베르틴-에스테르*가 우리 집에서 추방되기를 바랐을 터다. 이는 프랑수아즈의 소망이었다. 이렇게 소망하는 것만으로도 늙은 하녀의 마음은 위로와 안식을 얻었으리라. 하지만 내 견해로는 그것만이 아니었다. 이런 증오심은 지나치게 과로한 몸에서만 나타날 수 있었다. 프랑수아즈에게는 존경의 표시보다 수면이 더 필요했다.

알베르틴이 옷을 벗으러 가는 동안, 나는 되도록 빨리 알아보려고 전화기를 들어 그 냉혹한 '여신들'을 소환했지만, 내가 그들의 분노를 자극했는지 "통화 중입니다."라는 말로 번역된 분노의 소리만이 들렸다.** 사실 앙드레는 누군가와 통화 중이었다. 통화가 끝나기를 기다리는 동안 나는 잠시 생각했다. 많은 화가들이 18세기 여인의 초상화가 기다림과 불만, 호기심과 몽상을 표현한다는 이유로 멋진 무대 연출을 통해 초상화를 쇄신하려고 노력해 왔는데, 어떻게 해서 현대판 부셰나 프라고나르라고 할 수 있는 화가들이 「편지」나 「클라브생」 같은 그림을 그리는 대신, 전화를 받는 여인의 입술에 떠오르는, 남이 보지 않는 탓에 더욱 진실해 보이는 미소가 자발적으로 떠오르는 그런 「전화 앞에서」라고 부를 만한 장면은

---

* 알베르틴은 에스테르 왕비, 화자는 아쉬에뤼스(아하수에로) 왕, 프랑수아즈는 에스테르와 유대 민족을 멸망시키는 아망(하만)에 비유되고 있다.

** 『잃어버린 시간을 찾아서』 5권 215쪽에서 전화국 아가씨들은 "냉소적인 복수의 여신들"로 지칭된다.

그리지 않는지 자문해 보았다.* 마침내 앙드레는 "내일 알베르틴을 데리러 올 거죠?"라고 말하는 내 목소리를 들었다. 나는 알베르틴이라는 이름을 발음하면서, 게르망트 대공 부인 댁에서의 연회일에, 스완이 "오데트를 보러 오게."라고 말했을 때 내게 불러일으켰던 그 선망의 감정을 떠올렸으며, 또 어쨌든 모든 사람들의 눈에, 오데트 자신의 눈에도 스완의 입을 통해서만 절대적 소유의 의미를 갖는 세례명의 강력한 힘에 대해 생각해 보았다. 이렇게 한 존재의 삶에 대한 완전한 지배는 — 한 이름으로 요약된 — 사랑에 빠질 때마다 나를 한없이 감미롭게 할 것 같았다! 그러나 사실은 그 이름을 말할 수 있을 때면, 우리는 이미 그 이름에 무관심해졌거나, 습관이 우리의 애정을 무디게 하지 않았다면, 감미로움을 고통으로 변하게 했을 터다. 거짓말은 하찮은 것이다. 우리는 거짓말 한가운데 살면서 미소를 지으며, 다른 사람을 아프게 한다는 생각 없이 그저 거짓말을 할 뿐이지만, 질투는 이런 거짓말 때문에 괴로워하고, 진실이 감추는 것은 대체로 보지 못한 듯, 거짓말 뒤에 감추어진 것을 더 잘 보는 법이다.(한 여자 친구가 자주 우리와 함께 저녁 시간을 보내기를 거절하고 극장에만 가는 것도, 실은

---

* 부셰와 장오노레 프라고나르(Jean-Honoré Fragonard, 1732~1806)는 사제지간이다. 여기서 프루스트가 환기하는 그림은 아마도 프라고나르가 1772년에 뒤 바리 부인을 위해 그리기 시작했다는 「사랑의 편지」나 「음악 교습」 또는 「음악」을 가리키는 듯 보인다고 지적된다. '현대판 부셰'는 엘리(사니에트가 '증기선의 와토'라고 지칭한)의 또 다른 별칭이다.(『잃어버린 시간을 찾아서』 8권 156쪽 주석; 『갇힌 여인』, 플레이아드 III, 1723쪽 참조.)

자신의 나쁜 안색을 보이지 않기 위함이다.) 그러나 질투로는 아무것도 얻을 수 없다. 왜냐하면 거짓말하지 않겠다고 맹세하는 여인들도, 그들의 성격을 고백하라고 강요당하면 거절하는 법이니까. 나는 내가 앙드레에게 이런 특별한 방식으로 '알베르틴'이라고 말할 수 있는 유일한 사람임을 알고 있었다. 그렇지만 내가 알베르틴이나 앙드레, 그리고 스스로에게 아무것도 아닌 존재라는 사실도 인지했다. 또 사랑이 직면한 불가능성도 이해했다. 우리는 사랑의 대상이 육체 안에 갇혀 우리 눈앞에 누워 있는 존재일 거라고 상상한다. 그러나 슬프게도! 사랑은 이 존재가 과거에 차지했던, 또 앞으로 차지할 공간과 시간 속의 모든 지점으로의 확대이다. 그러므로 만일 이 존재가 접촉했던 장소나 시간을 알지 못한다면, 존재를 소유하지 못한 것과 다름없다. 그런데 이 모든 지점에 이를 수는 없다. 그 지점이 어디인지 지적되기만 해도, 어쩌면 그곳까지 손을 뻗을 수 있을 텐데. 그러나 우리는 그것을 찾지 못하고 그저 더듬을 뿐이다. 거기서 불신과 질투와 박해가 연유한다. 우리는 엉뚱한 길에서 찾느라 소중한 시간을 낭비하고, 곁에 있는 줄도 모르고 진실을 지나친다.

그러나 현기증 날 만큼 민첩한 시녀들을 거느리고 걸핏하면 화를 내는 '여신들' 가운데 한 여신이, 내가 말해서가 아니라 말을 하지 않는다며 화를 냈다. "여보세요. 통화가 가능해요. 얼마 전부터 전화선이 연결돼 있는데, 통화를 원치 않으면 끊겠어요." 그러나 그녀는 아무 짓도 하지 않은 채 앙드레의 존재를 소환했고, 위대한 시인으로서 — 전화국 아가씨는 항상 위대한 시인이다. — 알베르틴의 여자 친구가 사는 처소와 동네와 삶에 특유한 분위기로 그 존재를 감쌌다. "당신이에요?" 하고 앙드레의 목소리가 섬광보다 빠른 속도로 소리를 전파하는 특권을 가진 여신에 의해 순식간에 내게로 투사되었다. "내 말 들어 봐요." 하고 내가 대답했다. "당신들이 원하는 곳은 어디든 가요. 베르뒤랭 부인 댁은 제외하고요. 내일 무슨 일이 일어도 알베르틴이 그곳에 가지 않게 해야 해요." "마침 내일 그곳에 알베르틴이 가기로 되어 있는데요." "아!"

그러나 나는 한순간 통화를 멈추고 협박하는 몸짓을 해야 했다. 왜냐하면 프랑수아즈가 전화 거는 법을 계속해서 배우려 하지 않았기 때문인데 — 예방 주사를 맞는 것만큼이나 불쾌하고, 비행기 타는 것만큼이나 위험하다면서 — 만약 그녀가 전화 거는 법을 배웠다면 우리에게 전화 거는 수고를 면하게 해 주었을 테고, 그녀 자신도 아무 방해 없이 전화 내용을 알 수 있었을 텐데, 그렇지만 그녀는 이와 반대로 내가 특히 감추고 싶은 은밀한 내용의 전화를 할 때면 바로 내 방에 들어왔다. 마침내 그녀가 방에서 나갈 때에도, 어제부터 방 안에 있어서 한 시간 그대로 더 두어도 아무 지장 없을 갖가지 물건들을 천천히 옮기거나, 이런 불청객의 모습과 전화국 아가씨가 수시로 전화를 '끊지 않을까' 염려하는 열기로 몸이 뜨거워진 내게 전혀 필요하지 않은 장작불을 다시 지피면서 늑장을 부렸다. "미안해요."라고 나는 앙드레에게 말했다. "방해를 받아서요. 알베르틴이 내일 베르뒤랭 댁에 간다는 게 정말 확실한가요?" "정말이에요. 하지만 당신이 난처해한다고 말할 수 있어요." "아니에요. 그러지 말아요. 내가 함께 갈 수도 있으니까." "아!" 하고 앙드레가 나의 대담함에 겁을 먹은 듯 불편한 목소리로 말했고, 그러자 나의 대담함은 더욱 확고해졌다. "그럼 그만 끊을게요. 아무것도 아닌 일로 방해해서 미안해요." "아니에요."라고 앙드레는 말했고(지금은 전화 사용이 일상사가 되었으므로, 예전에는 '차〔茶〕'를 두고 그랬듯이, 지금은 전화를 두고 특별한 문장의 장식들이 발전했다.) "당신의 목소리를 들을 수 있어 정말 기뻤어요."라고 그녀는 덧붙였다.

나도 그렇게 말할 수 있었고, 또 어쩌면 앙드레보다 더 진지하게 그 말을 할 수 있었을지 모른다. 왜냐하면 지금껏 그녀의 목소리가 얼마나 남들의 목소리와 다른지 주목하지 못했으므로, 이제 막 들은 그녀의 목소리에 특별히 마음이 끌렸기 때문이다. 그러자 다른 목소리들이, 특히 여인들의 목소리가, 보다 정확한 질문을 하려고 정신을 집중하며 말하는 느린 목소리나, 아니면 목소리가 얘기하는 서정적 흐름에 숨이 가빠 끊기기도 하는 목소리들이 떠올랐고, 발베크에서 알았던 소녀들 하나하나의 목소리가, 연이어 질베르트의 목소리와 할머니의 목소리가, 그리고 게르망트 부인의 목소리가 떠올랐으며, 나는 이 모든 목소리가 저마다 특유한 언어의 틀 속에서 주조되어 다른 악기를 연주하듯 모두 상이하다고 생각했다. 그리하여 이 모든 '목소리들'의 조화로운 다중 음향으로 구성된 인사말이 수십 수백 개 또는 수천 개씩 하느님에게 올라가는 모습을 보았을 때, 옛 화가가 그린 서너 명의 음악 천사가 '천국'에서 하는 연주회는, 이에 비하면 얼마나 초라할까 하는 생각이

들었다. 전화기를 내려놓기 전에 음의 속도를 지배하는 '여신'에게, 나의 하찮은 말을 위해 천둥 번개보다 백배나 빠른 힘을 사용하도록 허락해 주신 일에 대해, 신의 자비를 비는 몇 마디 말로 감사 인사를 했다. 그러나 나의 감사 기도는 그 대답으로 전화가 끊어지는 소리만을 들었을 뿐이다.

알베르틴이 내 방에 돌아왔을 때, 그녀가 입은 검정 새틴 드레스가 평소보다 그녀를 더 핏기 없게 만들어, 창백하고 열정적이며 공기 부족과 군중의 분위기, 어쩌면 악의 습관에 퇴색한 파리지엔으로 만드는 데 일조했고, 또 그녀의 눈은 뺨의 홍조로도 밝아지지 않은 듯 더 불안한 기색을 띠고 있었다. "내가 누구에게 전화했는지 짐작해 봐요. 앙드레에게 했어요." 하고 내가 말했다. "앙드레라고요?" 이렇게 간단한 소식만으로는 야기할 수 없는 부산하고 놀란, 흥분한 어조로 그녀가 소리쳤다. "요전 날 우리가 베르뒤랭 부인을 만난 일을 앙드레가 말했을 거라고 생각해요." "베르뒤랭 부인을? 기억나지 않는데요." 하고 나는 이 만남에 무관심한 척하고, 동시에 알베르틴이 내일 가는 곳을 말해 준 앙드레를 배신하지 않으려고 다른 걸 생각하는 척하면서 대답했다. 그러나 앙드레 자신이 나를 배신하지 않을지, 또 내일 알베르틴이 베르뒤랭 댁에 가지 못하도록 반드시 막아 달라고 부탁한 나의 말을 알베르틴에게 얘기하지 않을지, 또 내가 이와 유사한 부탁을 여러 번 했다고 이미 알베르틴에게 폭로하지 않았을지, 누가 알 수 있겠는가? 앙드레는 한 번도 그런 말을 전한 적이 없다고 맹세했지만, 이런 주장의 가치도 얼마 전부터 알베르틴의 얼굴에서 그토록 오랫동안 나에 대해 간직해 왔던 신뢰가 물러나는 듯한 인상을 받으면서 내 정신 속에서 흔들리고 있었다.

사랑의 고뇌는 때때로 멈추었다가 다른 형태로 돌아온다. 우리는 사랑하는 여인이 더 이상 공감의 열정을 갖지 못하고, 초기의 애정 어린 은근한 접근도 하지 않음을 보고 슬퍼하며, 어쩌면 그녀가 우리에 대해 잃어버린 열정이나 그 접근을 다른 이와 더불어 할지도 모른다는 생각에 더욱 괴로워한다. 이런 고뇌로부터 보다 잔인한 새로운 아픔, 어젯밤 파티에 대해 그녀가 거짓말을 했고, 그 파티에서 필시 우리를 배신했으리라는 의혹에 사로잡히면 우리의 정신은 멍해진다. 그러다 이런 의혹 역시 사라지고 여자 친구가 보여 주는 상냥함이 우리의 마음을 진정시킨다. 그러나 그때 잊고 있던 말 한마디가, 그녀가 열정적으로 쾌락을 추구한다던 누군가의 말이 돌연 머리에 떠오른다. 그런데 우리가 아는 것은 그녀의 조용한 모습뿐이다. 그때 그녀가 다른 사람하고 벌이는 그 광란의 몸짓이 어떤 것인지 상상하려고 애쓰며, 그녀에게 우리가 얼마나 미미한 존재인지 깨닫고, 우리가 얘기하는 동안 그녀가 보여 주는 권태와 향수 어린 슬픈 표정에 주목하고, 초기에 우리를 유혹하려고 입었던 옷들을 이제는 다른 이들을 위해 간직하면서, 우리와 함께 있을 때면 그저 시커먼 하늘처럼 아무렇게나 옷을 입는다는 점도 깨닫는다. 반대로 그녀의 다정한 모습은 한순간 우리에게 얼마나 큰 기쁨을 주는가! 그러나 누군가의 눈을 끌려는 신호인 양 작은 혀를 내미는 모습을 볼 때면, 알베르틴이 그토록 자주 그런 신호를 보냈던 여인들을 떠올린다. 어쩌면 알베르틴이 내 곁에 있을 때조차, 그들을 생각하지 않고 보냈던 신호가 이제 오랜 습관 때문에 기계적인 것이 되어 버렸는지도 모른다. 그러면 우리가 그녀를 권태롭게 하고 있다는 느낌이 다시 돌아온다. 하지만 갑자기 그녀의 삶을 해롭게 하는 그 미지의 삶을, 우리가 도저히 알 수 없는 그녀가 과거에 머물렀던 장소들, 어쩌면 그녀가 결정적으로 가서 살려고 계획하지는 않지만, 우리가 그녀 곁에 없을 때 어쩌면 아직도 가 있을지 모르는 장소들을 생각하면, 이 고뇌는 의미 없는 것이 되어 버린다. 이런 장소들은 그녀가 멀리 떨어져 있어 우리에게 속하지 않는 장소이며, 우리와 함께 있을 때보다 더 행복한 장소이다. 바로 이것이 질투의 회전 불빛이다.

질투는 또한 우리가 쫓아 버릴 수 없는, 그리고 언제나 새로운 형태로 육화되어 다시 나타나는 마귀이다. 우리가 그 모든 것을 쫓아 버리고 사랑하는 모습만 지속적으로 간직한다 해도, '악의 정신'은 보다 비장한 다른 형태를, 다시 말해 힘에 의해서만 여인의 정절을 쟁취했다는 절망감, 사랑받지 못한다는 절망감을 취할 것이다.

알베르틴과 나 사이에는 아마도 나에 대한 불만에서 연유했을 장애물이 자주 놓였고, 그녀는 그것을 돌이킬 수 없다고 판단했는지 입을 다물었다. 내게 상냥하게 대하던 몇몇 저녁에도 알베르틴은 더 이상 발베크에서 "당신은 그래도 내게 참 친절해요."라고 말했을 때 내가 경험했던, 또 그녀의 마음이 어떤 불만으로도 억제되지 않고 내게로 오는 듯했던 그런 자발적인 동작은 하지 않았으며, 이제는 불만이 있어도 돌이킬 수 없다고, 잊어버리거나 고백할 수 없다고 판단했는지 침묵을 지켰으며, 그럼에도 이런 불만은 그녀와 나 사이에 그녀 말의 의미 있는 신중함이나 극복할 수 없는 침묵의 간극을 놓이게 했다.

"당신이 왜 앙드레에게 전화했는지 알 수 있나요?" "내가 내일 당신들과 함께 가도 좋은지, 라 라스플리에르를 방문한 뒤부터 베르뒤랭 부부에게 약속했던 방문을 해도 좋은지 물어보려고요." "좋을 대로 하세요. 당신에게 미리 말해 두지만 오늘 밤에는 지독하게 짙은 안개가 꼈고, 틀림없이 내일까지 계속될 거예요. 이런 말을 하는 건 안개 때문에 당신이 건강을 해치지 않았으면 해서예요. 내가, 당신이 우리와 함께 오는 편을 더 좋아한다는 건 당신도 잘 알 거예요." 하고 그녀는 뭔가 생각에 몰두하는 표정으로 덧붙였다. "베르뒤랭 댁에 가게 될지 어떨지는 전혀 모르겠어요. 그분들이 내게 베풀어 주신 친절을 생각하면 사실 가야 하죠. 어쨌든 내가 아는 분들 중에는 그래도 가장 훌륭한 분들이니까요. 하지만 그분들에게는 뭔가 마음에 들지 않은 작은 부분들이 있어요. 게다가 봉 마르셰나 트루아 카르티에 백화점에는 꼭 가야 해요.* 이 드레스가 너무 까매서 하얀 갱프**를 사야 하거든요."

---

* 파리 좌안에 위치하는 봉 마르셰는 파리 최초의 백화점(1838)으로 졸라의 소설 『여인들의 행복 백화점』의 모델이 되었으며, 파리 우안의 트루아 카르티에(『잃어버린 시간을 찾아서』 2권 383~384쪽)는 당시 고급 백화점의 대명사였다.

** 예전에는 수녀복에 붙이던 것으로, 목이나 가슴에 댄 레이스나 얇은 천으로 만든 주름 장식 혹은 가슴받이를 가리킨다.

그렇게 많은 사람들이 몸을 스치면서 지나가는 백화점에, 출구가 너무 많아서 좀 멀리서 기다리는 자동차를 찾기 어렵다고 말할 수 있는 곳에, 알베르틴을 혼자 가게 하지 않겠다고 결심했고, 그러나 다른 무엇보다도 나는 불행했다. 그럼에도 오래전에 알베르틴과의 만남을 멈췄어야 했음을 깨닫지 못했다. 왜냐하면 내게서 그녀는, 시간과 공간 속에 흩어진 존재가 더 이상 여성이 아닌 일련의 규명할 수 없는 사건들이나 해결할 수 없는 문제들로 제시되는, 또는 크세르크세스 왕처럼 바다가 집어삼킨 것을 벌하기 위해 우스꽝스럽게도 바다를 회초리로 때리려고 시도하는 그런 비참한 시기에 들어섰기 때문이다.* 일단 이런 시기가 시작되면 우리는 싸움에 패할 수밖에 없다. 우리를 기진맥진하게 하는 무익한 싸움을, 상상력의 한계로 사방에서 조여 오는 싸움을 연장하지 않기 위해 일찍부터 그 사실을 이해한 자는 행복하도다. 또 이런 싸움에서 질투는 그렇게도 수치스러운 모습으로 몸부림치기 때문에, 예전에 늘 자기 옆에 있던 여인이 잠시라도 다른 남자에게 시선이라도 던지면 뭔가 밀회를 꾸미는 게 아닐까 상상하며 괴로워했던 인간은, 나중에는 체념하고 그녀를 혼자 내버려 두든가, 아니면 때로는 그녀의 정부임을 아는 자와 외출하도록 내버려 두면서, 알 수 없는 것보다는 적어도 알려진 것을 아는 형벌을 택한다. 우리가 선택해야 하는 것은 리듬의 문제로서, 선택을 한 후에는 습관에 따라 그냥 좇아갈 뿐이다. 신경질적

* 78쪽 주석 참조.

인 사람들은 단 한 번의 저녁 식사도 놓치지 않으려는 습관 때문에 아무리 해도 길지 않은 요양 생활을 해야 하며, 최근까지도 품행이 가벼웠던 여인들은 속죄의 삶을 산다. 질투하는 사람들은 사랑하는 여인을 염탐하기 위해 수면과 휴식을 희생하지만, 이제 그녀의 욕망이, 그 광대하고도 은밀한 세계와 시간이 그들보다 더 강력하다는 사실을 깨닫고는 여인이 혼자 외출하도록 내버려 두며, 다음에는 여행을 떠나고 드디어는 헤어진다. 이처럼 질투는 양분이 모자라면 끝나기 마련이며, 그것이 지속될 수 있었던 것은 끊임없이 필요한 양분을 구해 왔기 때문이다. 나는 아직 이런 상태와는 거리가 멀었다.

물론 내게 속한 알베르틴의 시간은 발베크에 있을 때보다 양적으로 더 많았다. 이제 나는 원하는 만큼 그녀와 자주 자유롭게 산책할 수 있었다. 파리 주위에는 선박에 대해 항구와 같은 역할을 하는 비행기 격납고가 빠른 속도로 설치되었고, 또 라 라스플리에르 근처에서 내가 탄 마차의 말을 뒷발로 일어서게 했던 그 비행사와의 신화적 만남이 마치 자유의 이미지인 양 각인되었던 날부터,* 나는 하루가 끝날 무렵이면 이런 비행장 중의 하나를 — 게다가 모든 종류의 스포츠에 열광하는 알베르틴의 기분도 즐겁게 했으므로 — 우리의 외출 목적지로 삼곤 했다. 알베르틴과 나는 끊임없이 비행기가 출발하고 도착하는 삶에 매료되어 자주 그곳에 갔는데, 바다를 사랑하는 사람들은 선창가나 모래톱을 거니는 일만으로

* 『잃어버린 시간을 찾아서』 8권 313쪽 참조.

도, 또 하늘을 사랑하는 사람들은 공항 주위를 배회하는 일만으로도 매력을 느낀다. 매 순간 닻을 내린 배처럼 꼼짝하지 않은 채 휴식을 취하는 몇 대의 기체 사이로, 여러 명의 정비사들이 비행기 한 대를 힘들게 끌어내는 모습이 보였는데, 마치 바다를 한 바퀴 돌기 원하는 관광객의 요청으로 모래사장 위에 배 한 척이 끌려나오는 것 같았다. 그때 엔진이 돌아갔고, 비행기가 달리면서 속도를 내더니, 돌연 수평 속도가 힘찬 수직 상승으로 변하면서 가파른 상승에 황홀한 듯 꼼짝하지 않다가 서서히 직각으로 올라갔다. 알베르틴은 기쁨을 억제하지 못했고, 이제 비행기가 하늘로 이륙해서 일을 마치고 돌아오는 정비사들에게 이런저런 설명을 요구했다. 그동안 비행기에 탄 사람은 지체하지 않고 몇 킬로미터를 통과했으며, 또 우리가 계속해서 응시하던 그 큰 배는 창공에서 거의 식별하기 힘든 흐릿한 점에 지나지 않았는데, 항구에 돌아갈 시간이 다 되었는지, 하늘을 도는 산책이 끝날 무렵에는 점차 구체적인 형체를 되찾으면서 크기와 부피도 되찾았다.* 그래서 알베르틴과 나는 먼바다로, 고독한 수평선에서 저녁의 투명한 고요를 음미하러 떠났던 산책자가 땅에 뛰어내리는 순간, 부러운 눈길로 그를 바라보곤 했다. 그런 후 우리는 함께 비행장이나 방문하러 갔던 미술관 혹은 성당에서 저녁 식사 시간에 맞춰 집으로 돌아왔다. 그렇지만 나는 발베크에서처럼 그렇게 편안한 기분으로 귀가할 수 없었다. 발베크에서는 산책하

* 이 문단에서 비행기의 묘사는 바다를 항해하는 배의 은유로 표현되고 있다.

는 날이 드물었으나 그래도 그 산책이 오후 내내 지속되는 것을 보면서 의기양양했고, 또 그 후에는 마치 텅 빈 하늘 앞에서 아무 생각 없이 감미로운 꿈을 꾸듯, 그 산책이 알베르틴의 나머지 삶으로부터 아름다운 꽃 더미로 뚜렷이 드러나는 모습을 관조했다. 당시에 내게 속한 알베르틴의 시간은 오늘날처럼 그렇게 많은 양이 아니었다. 그렇지만 그 시간은 보다 내 것인 듯 느껴졌는데, 그때는 내가 그녀가 나와 함께 보낸 시간만을 — 내 사랑이 마치 특혜를 받은 듯 그 시간을 즐기면서 — 계산했고, 그러나 지금은 그녀가 나 없이 보낸 시간만을 — 내 질투가 불안한 마음으로 그 시간에서 배신의 가능성을 찾으면서 — 계산했기 때문이다. 그런데 내일, 그녀는 틀림없이 그런 시간을 원하고 있었다. 나는 고뇌를 멈추든가 사랑을 멈추든가 선택해야만 했다. 처음에는 욕망으로 형성된 사랑이, 나중에는 고통스러운 불안에 의해서만 유지되었기 때문이다. 나는 알베르틴의 삶의 일부가 나로부터 빠져나가는 듯 느꼈다. 사랑은 행복한 욕망과 마찬가지로, 고통스러운 불안 속에서도 모든 것을 요구한다. 정복할 부분이 남아 있을 때라야 사랑은 태어나며 존속한다. 우리는 우리가 완전히 소유하지 못한 것만을 사랑한다. 알베르틴은 내게 아마도 베르뒤랭네 부부를 보러 가지 못할 것 같다고 거짓말했고, 나는 그들의 집에 가고 싶다고 거짓말했다. 그녀는 다만 내가 그녀와 함께 외출하는 것을 막으려 했고, 또 나는 실행할 생각이 전혀 없는 계획을 갑자기 그녀에게 통보함으로써 내가 그녀에게서 가장 민감한 부분이라고 간파한 지점을 건드리고, 그녀가 감추는 욕망을 추적하고, 내일 그녀 옆에서의 내 존재가 그 욕망을 충족시키는 데 방해가 된다는 걸 강제로 고백하게 하려 했다. 어쨌든 그녀는 돌연 베르뒤랭 집에 가기 싫다고 말함으로써 고백을 한 셈이었다.

"베르뒤랭 집에 가고 싶지 않다면," 하고 내가 말했다. "내일 트로카데로*에서 아주 멋진 자선 공연이 있어요." 그곳에 가라는 나의 권고를 그녀는 불편한 얼굴로 들었다. 발베크에서 처음 질투를 느꼈을 때처럼, 나는 그녀에 대해 다시 냉담하게 굴기 시작했다. 그녀의 얼굴은 실망의 빛을 반사했고, 한편 나는 어린 시절 부모님이 반대하실 때 종종 하던 것과 똑같은 이유를 대면서, 나의 이해받지 못한 어린 시절에 어리석고 잔인하게만 보였던 이유를 대면서 그녀를 비난했다. "아뇨, 당신이 아무리 슬픈 표정을 지어도," 하고 나는 알베르틴에게 말했다. "나는 당신을 가엾게 여길 수 없어요. 몸이 아프거나 당신에게 불행한 일이 일어났거나 부모님 중 어느 한 분을 잃었다면 동정하겠지만요. 당신이 아무것도 아닌 일로 거짓 감정을 소모하는 모습을 보니, 그런 일도 어쩌면 당신의 마음을 전혀 아프게 하지 않을 것 같네요. 게다가 나는 우리를 그토록 사랑하는 척하면서 아주 작은 도움도 베풀려 하지 않고, 또 우리에 대한 그들의 생각이, 우리가 부탁한 편지를, 우리의 미래가 달린 편지를 가져가는 일조차 잊어버릴 정도로 그렇게 정신이 산만

* 파리 16구, 에펠 탑이 내려다보이는 샤이요 언덕과 트로카데로 광장, 트로카데로 공원 사이에 위치한 이곳에서는 기념행사와 음악회, 연극 공연이 자주 열렸는데, 1937년 만국 박람회를 기해 샤이요 궁으로 바뀌었다.

한 사람들의 감정은 별로 높이 평가하지 않아요."

이 말들은 모두, 우리가 하는 말의 대부분은 남의 말을 암송하는 데 지나지 않으므로 어머니로부터 들은 말들이었다. 어머니는(독일 국가에 대한 아버지의 혐오에도 불구하고 그 언어를 무척이나 사랑하는 어머니께서는 참된 감수성을 의미하는 '엠핀둥(Empfindung)'과 감상적인 것을 의미하는 '엠핀들라이(Empfindelei)'를 혼동해서는 안 된다고 일부러 설명해 주기까지 하셨다.) 언젠가 내가 울음을 터뜨리자, 네로가 신경이 예민한 사람이었을 수는 있겠지만, 그렇다고 해서 훌륭한 사람이었던 것은 아니라는 말까지 했다. 자라면서 두 개로 나뉘는 식물처럼, 사실 처음에는 오로지 감수성만 풍부한 아이였던 나와, 지금은 그와 정반대되는 인간이, 타인의 병적인 감수성에 대해서도 상식과 엄격함으로 가득한 인간이, 예전에 부모님께서 나를 대했던 것과 흡사한 인간이 마주했다. 물론 각각의 인간은 자기 안에서 부모의 삶을 이어 가는 법이므로, 처음 내 안에 존재하지 않았던 균형 잡힌 냉소적인 인간이 감수성 풍부한 자와 합쳐졌고, 그래서 이번에는 내 차례로 부모님이 보여 주었던 그런 인간이 된 것은 지극히 자연스러운 일이었는지도 모른다. 게다가 새로운 자아가 형성되었을 때, 이 자아는 냉소적이고 비난하는 언어의 추억 속에서 완전히 준비된 자신의 언어, 부모님이 내게 사용했고 지금은 내가 타인에게 사용하는 언어를 발견했으며, 그래서 그 언어가 지극히 자연스럽게 입에서 튀어나왔다. 내가 그 언어를 모방이나 추억의 연상을 통해 환기했는지, 아니면 섬세하고 신비로운 생식력이

나도 모르는 사이에 조상과 똑같은 말투와 몸짓과 태도를, 마치 식물 잎에 그리듯 내 몸 안에 그려 넣고 상감(象嵌)했는지 알 수 없다. 때로 나 자신이 알베르틴에게 현자(賢者)인 척 말할 때면, 마치 할머니가 얘기하는 소리를 듣는 기분이었다. 그런데 어머니는(많은 무의식적인 어렴풋한 흐름이 내 몸의 지극히 사소한 손가락 동작까지 방향을 바꾸게 하여, 나를 부모님과 동일한 순환 주기로 이끌면서) 내가 문을 두드리는 방식이 아버지와 너무도 흡사하여, 아버지가 들어오는 걸로 착각하지 않았던가. 다른 한편으로 상반된 요소의 결합은 생명의 법칙이자 수태의 원칙이며, 훗날 알게 되겠지만 수많은 불행의 씨앗이 되기도 한다. 보통 우리는 자신과 비슷한 사람을 싫어하며, 또 밖으로 드러나는 자신의 결점에 화를 내는 법이다. 그래서 이런 결점을 순진하게 말로 표현할 줄 아는 나이가 지난, 그래서 이를테면 가장 신중을 요하는 순간에 얼음 같은 표정을 지을 줄 아는 사람은, 자기보다 젊고 순진하고 바보 같은 사람이 똑같은 결점을 표현하면 얼마나 싫어하는지 모른다. 자신이 억제하는 눈물을 타인의 눈에서 보면 화를 내는 민감한 자들도 있다. 이처럼 지나치게 닮은 유사성이, 가족들 상호 간의 애정에도 불구하고, 아니 때로는 애정이 깊을수록 가족의 분열을 자초한다. 어쩌면 내게서, 또 많은 사람들에게서 내가 오늘 보는 이 두 번째 인간은, 자신에 대해서는 열정적이고 예민하며, 타인에 대해서는 현자 멘토르*를 자처하는 첫 번째 인간의 다른

---

* 오디세우스의 아들 텔레마코스의 가정 교사였던 이 인물에 대한 두 번째 언

모습인지도 몰랐다. 그리고 어쩌면 나와의 관계에서 보느냐, 아니면 그들 자체로 보느냐에 따라 내 부모님도 이와 마찬가지였을 것이다. 나의 할머니와 어머니로 말하자면, 그분들은 비록 마음이 아프더라도 내게 의도적으로 엄격하게 대했음은 명백한 사실이었지만, 아버지 역시 어쩌면 자신의 감정을 포장하려고 일부러 냉정하게 굴었던 것은 아닐까? 왜냐하면 예전에 누군가가 아버지에 대해 "차디찬 냉정함 아래 지극히 놀라운 감성을 감춘 분이지. 다른 무엇보다도 순수한 감성을 가진 분이라고 할 수 있네."라고 말한 적이 있는데, 내가 듣기에는 내용도 틀리고 형식도 진부함으로 가득해 보였던 이 말이 의미하는 바는, 어쩌면 내면의 삶과 사회적 관계라는 이중적 양상이 인간의 진리라는 말이 아니었을까? 서투른 감성의 표현에 대해서는 필요한 경우 점잖은 지적과 냉소적인 말을 가끔 뿌리는 차분함이, 마음속에서 끊임없는 은밀한 감정의 분출을 감추고 있었던 것은 아닐까? 지금은 나 또한 모든 이들과의 관계에서 아버지의 이런 차분함을 가장했으며, 몇몇 상황에서 특히 알베르틴에 대해 그런 태도를 포기하지 않았던 것이 아닐까?

정말 나는 그날 결별을 결정하고 베네치아로 떠나려 했다. 그러나 나를 그 관계에 다시 묶어 놓은 것은 노르망디였다. 그녀를 질투했던 곳에 그녀가 다시 가고 싶다는 의사를 표명해서가 아니라(운 좋게도 그녀의 계획은 내 추억의 가장 고통스러운

급이다.(『잃어버린 시간을 찾아서』 3권 51쪽 참조.)

점은 건드리지 않았다.) "마치 내가 앵프르빌에 사는 당신 아주머니 친구분 얘기를 하는 것 같군요."라는 내 말에, 그녀가 화를 내면서, 동시에 마치 우리가 토론할 때 가능한 한 많은 근거를 대고 싶어 하는 사람처럼 만족스러워하면서 이런 대답을 했기 때문이다. "하지만 아주머니는 앵프르빌에 아는 사람이 아무도 없어요. 나도 거기 가 본 적이 없고요." 그녀는 어느 날 저녁 그 예민한 귀부인을 보러 가는 일 탓에 나와의 우정을 잃고 자살하게 되더라도 꼭 부인 댁으로 차를 마시러 가야 한다고 거짓말했던 일을 잊고 있었다.* 나는 이 거짓말을 그녀에게 환기시키지 않았다. 하지만 그 말은 나를 괴롭게 했다. 그래서 또다시 결별을 다음으로 미루었다. 사랑을 받으려면 솔직할 필요도, 거짓말에 능숙할 필요도 없다. 나는 여기서 사랑을 상호적 형벌이라고 부른다. 그날 저녁 그토록 완벽한 할머니가 내게 말했듯이, 또는 결정 자체와는 불균형을 이루는, 최대한 소란스러운 방식으로 자신의 결정을 알리는 아버지의 느닷없는 방식을 택하여 그녀와 함께 베르뒤랭 집에 가겠다고 말한 것이, 그렇게 비난받을 만한 일은 아니라고 생각했다. 그렇게 아무것도 아닌 일 때문에 슬퍼하는 것이 어리석음을 보여 주는 데에는 아버지가 유리한 입장에 있었는지 모르지만, 실은 이런 슬픔은 아버지가 준 충격에 대한 대답이었다. 그리고 — 할머니의 그 강직한 지혜와 마찬가지로 — 아버지의 독단적인 의지가 오랫동안 감수성이 예민한 내 성격

* 『잃어버린 시간을 찾아서』 7권 350쪽 주석 참조.

과는 무관했으므로, 유년 시절 그토록 나를 괴롭혔으나 이제는 나의 예민한 성격을 보완하러 왔으므로, 그것이 어떤 지점을 겨누면 효과적으로 작동할 수 있는지 내 예민한 성격이 정확히 가르쳐 주었다. 과거에 도둑이었던 자나, 우리와 전쟁을 하는 국가의 인물은 누구보다 훌륭한 제보자다. 어느 거짓말쟁이 집안에서 동생이 뚜렷한 목적 없이 형을 찾아왔다 나가면서 문지방에서 뭔가를 물어보고 대답도 듣지 않는 척한다면, 형은 이 문의 사항이 동생의 방문 목적임을 금방 알아차린다. 왜냐하면 그것은 형도 자주 사용했던 방법으로서, 초연한 표정이나 마지막 순간에 가서야 여담인 듯 던지는 말의 의미를 잘 알기 때문이다. 마찬가지로 침묵의 언어에 입문한 병적인 가족, 유사한 감수성과 형제 같은 기질을 가진 사람들이 있는데, 그들은 굳이 말을 하지 않아도 가족으로서 서로를 잘 이해한다. 어쨌든 신경이 예민한 사람들보다 더 짜증 나는 사람이 어디 있겠는가? 그리고 이 경우 나의 행동에는 어쩌면 보다 일반적이고 깊은 원인이 있었는지 모른다. 사랑하는 누군가를 증오하는 짧은 순간, 그러나 피할 수 없는 그 순간 — 그런 순간은 사랑하지 않는 사람들과는 때로 평생 지속될 수 있다. — 우리는 동정심을 유발하지 않기 위해 착한 사람이 아니라, 차라리 가능한 한 동시에 가장 고약하고 가장 행복한 사람으로 보이고 싶어 하며, 이는 우리의 행복이 정말로 끔찍해 보여 일시적 혹은 지속적인 적(敵)의 영혼에 깊은 상처를 입히기를 바라기 때문이다. 얼마나 많은 사람들 앞에서 나는 나의 '성공'이 그들 눈에 부도덕해 보이고, 그래서 그들의 분노를 더 많이 살 수 있도록 스스로를 비난하는 척했던가! 그러므로 이제 이와 반대되는 길을 따라야 하며, 우리가 선의의 감정을 가지고 있다는 걸 깊이 감추는 대신 자랑하지 말고 있는 그대로 보여 주어야 한다. 만약 우리가 결코 미워하는 일 없이 언제나 사랑할 줄 안다면, 이 일은 보다 용이할 것이다. 그때 우리는 타인을 행복하게 하고, 그들의 마음을 감동시키고, 우리를 사랑하게 하는 것만을 말할 수 있는 행복을 누리리라.

물론 알베르틴에게 그토록 화를 낸 것이 조금은 후회가 되었고, 그래서 이런 생각을 했다. "어쩌면 그녀는 내가 자기를 사랑하지 않는 걸 더 고마워할지도 몰라. 그렇다면 내가 가혹하게 굴지 않을 테니까. 아니야, 결국은 마찬가지일 거야. 내가 상냥하게 굴지 않을 테니까." 나는 스스로를 정당화하기 위해 그녀를 사랑한다고 주장할 수도 있었다. 그러나 이런 사랑의 고백은, 알베르틴에게 아무것도 가르쳐 주지 않을 뿐만 아니라, 잔인함이나 교활함에 대한 유일한 핑계가 사랑인 탓에, 오히려 나에 대한 그녀의 태도를 더 냉담하게 할지도 몰랐다. 사랑하는 사람에게 잔인하고 교활하게 구는 것은 지극히 자연스러운 일이 아닌가! 우리가 남들에게 표명하는 관심이 여전히 그들에게 상냥하게 대하고, 또 그들의 뜻에 따르는 일을 막지 못한다면, 이런 관심은 거짓이기 때문이다. 타인은 우리의 관심을 끌지 않으며, 또 무관심은 심술궂은 언행을 유발하지 않는다.

그렇게 밤이 흘러갔다. 알베르틴이 자러 가기 전에 화해를, 다시 키스하기를 바란다면 시간을 허비하지 말아야 했다. 그런데 우리 중 누구도 먼저 나서려 하지 않았다.

어쨌든 그녀가 화가 났다고 느꼈으므로, 나는 그 점을 이용하여 에스테르 레비 이야기를 꺼냈다. "블로크가 말하기를(거짓말이었다.) 그의 사촌 에스테르와 당신이 아주 가까운 사이라고 하던데요." "그녀를 알아보지도 못할 텐데요." 하고 알베르틴이 모호한 표정으로 말했다. "에스테르의 사진을 보았어요." 하고 내가 화를 내며 말했다. 나는 그 말을 하면서 알베르틴을 쳐다보지 않았고, 그녀가 아무 말도 하지 않았기 때문에 유일한 답변이었을 그녀의 표정은 보지 못했다.

이런 밤이면 내가 알베르틴 곁에서 느끼는 것은, 콩브레에서 어머니의 키스가 주었던 안도감이 아니라, 반대로 어머니가 화를 내거나 집에 온 손님 때문에 저녁 인사도 제대로 해 주지 않거나 혹은 내 방으로 올라오려고 하지 않았던 밤에 느꼈던 고뇌였다. 사랑으로 전환되지 않은 이 고뇌는 고뇌 그 자체로서, 정념의 분배와 분리가 이루어졌을 때는 사랑으로 특화되어 단 하나의 사랑에만 배정되었으나, 지금은 어린 시절과 마찬가지로 다시 분리되지 않은 상태가 되어 온갖 정념 위로 펼쳐지는 듯했는데, 마치 알베르틴을 애인으로 누이로 딸로, 그리고 매일 밤마다 저녁 인사를 하러 오던 어머니로 내 침대 옆에 간직하지 못할까 봐 불안에 떠는 내 모든 감정이, 흡사 겨울날처럼 그토록 짧게 끝날 것 같은 내 삶의 이른 저녁 속에 한데 모이고 결합되기 시작하는 듯했다. 그러나 만일 내가 유년 시절의 고뇌를 다시 느낀다 해도, 지금 그 고뇌를 느끼게 한 존재의 변화와, 그 존재가 내게 불러일으킨 다양한 감정과 내 성격의 변화조차, 지난날 어머니에게 했던 것처럼 알베르틴에게 그 고뇌를 진정시켜 달라고 요구하기란 불가능했다. 나는 이제 "슬퍼요."라는 말도 할 수 없었다. 큰 슬픔 속에서 행복한 해결책을 향해 나아가는 데 전혀 도움이 되지 않는, 그와는 무관한 얘기를 하는 걸로 그쳤다. 나는 고통스럽기만 한 상투적인 말을 지껄이며 자리에서 발만 굴렀다. 그리하여 어떤 하찮은 진실이라도 우리의 사랑에 조금이라도 연결되면, 그 진실을 우연히 발견한 이에게 커다란 경의를 표하는 지적 호기심과 더불어, 마치 카드 점을 치는 여인이 예언한 어떤 하찮은 일이 훗날 실현될 때면 그러하듯이, 베르고트나 엘스티르보다 프랑수아즈를 훨씬 뛰어난 인물로 여겼는데, 발베크에서 그녀가 이렇게 말했기 때문이다. "저 아가씨는 도련님에게 슬픔만 안겨 줄 거예요."

알베르틴이 밤 인사를 할 시각이 순간순간 다가왔고, 마침내 그녀가 인사를 했다. 그러나 그날 밤 그녀가 하는 키스에는 그녀가 부재했으며, 또 나와의 교감도 없었으므로 얼마나 마음이 불안했던지, 나는 떨리는 가슴으로 그녀가 걸어가는 모습을 문까지 지켜보면서 이렇게 혼잣말을 했다. "뭔가 구실을 찾아 그녀를 다시 불러 붙잡고 화해를 청하려면 서둘러야 한다. 몇 걸음이면 그녀는 방 밖으로 나갈 테고, 이제 두 걸음, 한 걸음만 남았다. 손잡이를 돌리고 문을 연다. 너무 늦었다. 그녀가 문을 닫았다!" 어쩌면 아직 늦지 않았을지도 모른다. 예전에 콩브레에서 어머니가 키스로 내 마음을 달래 주지 않고 떠났을 때처럼, 나는 알베르틴의 뒤를 따라가 몸을 던지고 싶었다. 그녀를 다시 보기 전에는 마음의 평정을 찾지 못할 것 같았고, 그녀를 다시 보는 일이 지금까지 한 번도 없었던 엄청난 일이 될 것처럼 느껴졌다. 또 이 슬픔에서 혼자 벗어나지 못한다면, 어쩌면 알베르틴에게 구걸하러 가는 부끄러운 습관을 갖게 될 것만 같았다. 침대에서 일어났을 때, 그녀는 이미 자기 방에 들어가 있었다. 나는 그녀가 방 밖에 나와 나를 불러 주기를 기대하면서 문 앞을 왔다 갔다 했다. 나를 부르는 어떤 어렴풋한 소리도 놓치지 않으려고 방문 앞에서 꼼짝하지 않다가 잠시 내 방으로 돌아가, 혹시 내 여자 친구가 다행스럽게도 손수건이나 핸드백 같은 것을 두고 가지 않았는지 살펴보았다. 그것이 내게, 그녀에게 없어진 것을 걱정하는 듯 보이게 하고, 또 그녀 방에 들어갈 구실이 되어 줄 것 같았다. 그러나 아무것도 없었다. 나는 다시 그녀의 방문 앞으로 돌아가서 살폈다. 이제는 문틈 사이로 불빛도 보이지 않았다. 알베르틴은 전등을 끄고 잠자리에 들었고, 나는 행운이 찾아오지 않을지 기대하면서 그 자리에 꼼짝 않고 서 있었다. 오랜 시간이 지난 후 나는 차가워진 몸으로 방에 돌아와 담요 속에 들어가서 밤새 울었다.

그래서 때로는 이런 저녁에 뭔가 술수를 써서 알베르틴의 키스를 얻기도 했다. 그녀가 잠자리에 들자마자 빨리 잠이 든다는 사실을 알았고(그녀도 알고 있었다. 왜냐하면 그녀는 침대에 눕자마자 본능적으로 내가 선물한 슬리퍼를 벗고, 꼈던 반지를 빼어 자기 방에서 잠자리에 들기 전에 하듯이 옆에 놓았기 때문이다.) 또 그녀가 얼마나 깊이 잠드는지, 그녀의 깨어남이 얼마나 감미로운지도 잘 알고 있었으므로, 나는 뭔가 찾으러 잠시 밖에 나간다는 핑계로 그녀를 내 침대에 눕혔다. 내가 돌아왔을 때 그녀는 잠이 들어 있었고, 그녀가 완전히 정면으로 돌아누울 때면, 나는 눈앞에서 다른 여인을 보는 듯한 느낌을 받았다. 그러나 그녀의 성격은, 내가 그녀 옆에 누워 다시 옆얼굴을 볼 때 바로 변했다. 나는 그녀의 손과 어깨와 뺨에 손을 댈 수 있었으며, 알베르틴은 계속해서 잠을 잤다. 그녀의 머리를 들어 뒤로 젖히고 내 입술에 대고 그녀의 팔로 내 목을 감쌌지만, 그녀는 마치 멈추지 않는 시계처럼, 사람들이 가르쳐 주는 어떤 자세로 계속 살아가는 동물처럼, 또는 설치된 받침대 위로 계속 가지를 뻗어 나가는 덩굴 식물이나 나팔꽃처럼 계속 잠을 잤다. 그녀의 숨결만이 내 애무의 손길에 따라 달라졌는데, 마치 내가 연주하는 악기인 듯, 또 그 각각의 현으로부터 내가 다른 음을 꺼내면서 조바꿈을 실행하는 악기인 듯 보였다. 나의 질투는 가라앉았다. 왜냐하면 알베르틴이 숨을 쉬는 존재, 그녀의 고른 숨결이 의미하듯, 완전히 액체 같은, 말의 단단함도 침묵의 단단함도 없이 단순한 생리적 기능 외에는 아무것도 아닌 존재처럼 느껴졌기 때문이다. 그리고 온갖 악에 무지하며, 인간이라기보다는 속이 텅 빈 갈대에서 나온 듯한 그 입김은, 내게는 진정한 천국의 숨결처럼, 이런 순간이면 알베르틴이 육체적으로뿐만 아니라 정신적으로도 모든 것에서 물러난 듯 보였으므로 '천사들'의 순수한 노래처럼 보였다. 그렇지만 이런 숨결 속에서 나는 갑자기, 어쩌면 기억의 잔재인 인간의 이름들이 연주되고 있는지도 모른다고 생각했다.

때로는 이 음악에 인간의 목소리가 덧붙여지기도 했다. 알베르틴이 몇 단어를 발음했다. 내가 얼마나 그 말의 의미를 포착하고 싶었는지! 우리가 얘기한 적 있으며, 또 내게 질투를 불러일으켰던 사람의 이름이 그녀의 입술에 떠오를 때도 있었지만, 그 이름은 그렇게 나를 불행하게 하지 않았다. 그녀가 나와 함께 그 주제에 관해 나눈 대화의 추억이 그 이름을 떠오르게 한 것에 지나지 않은 듯 보였기 때문이다. 그렇지만 어느 날 그녀는 두 눈을 감고 반쯤 잠에서 깬 채로 내게 "앙드레."라고 다정하게 말을 걸었다. 나는 마음의 동요를 감추었다. "꿈을 꿨나 봐요. 난 앙드레가 아니에요." 하고 나는 웃으면서 말했다. 그녀도 미소를 지었다. "그게 아니에요. 조금 전에 앙드레가 당신에게 무슨 말을 했는지 물어보고 싶었어요." "나는 오히려 당신이 이렇게 앙드레 곁에서 잔 적이 있다고 생각했는데요." "아뇨. 그런 적은 결코 없었어요."라고 그녀가 말했다. 다만 그녀는 그렇게 대답하기 전에 잠시 손으로 얼굴을 가렸다. 그러므로 그녀의 침묵은 베일에 지나지 않았고, 그녀의 표면적인 다정함도 마음속에서는 내 가슴을 찢어 놓는 수많은 추억들을 간직한 데 불과했다. 그녀의 삶은 우리가 타인들이나 별 관심 없는 사람들에게 하는 조롱조의 이야기나, 우리의 일상적 수다를 이루는 그런 재미있는 소문들로 가득했다. 그러나 그것은 우리 마음속에 길을 잘못 들어선 존재의 삶을 밝혀 주는, 그 감추어진 세계를 알기 위해서라면 기꺼이 목숨이라도 바쳤을 소중한 설명처럼 보였다. 그때 그녀의 잠은 내게, 거의 반투명 원소로 이루어진, 밑바닥으로부터 이해하기 힘든 비밀의 고백이 이따금씩 솟아오르는 초자연적인 마법의 세계처럼 나타났다. 그러나 보통 알베르틴이 잠들 때면, 다시 순결함을 찾은 듯했다. 내가 그녀에게 부여한 자세 그대로, 그러나 잠을 자면서 금방 자기 것으로 만든 그런 자세로 그녀는 내게 몸을 맡겼다. 그녀의 얼굴에서는 온갖 교활함이나 천박함이 사라졌으며, 그리하여 그녀가 나를 향해 팔을 들고 손을 내 위에 놓을 때면, 그녀와 나 사이에는 상대에게 완전히 자신을 맡기는, 떼어 놓을 수 없는 애정이 존재하는 것 같았다. 더욱이 그녀의 잠은 그녀를 나로부터 분리하지 않으면서 우리 애정의 관념을 그 몸속에도 존속하게 했다. 아니 차라리 나머지 모든 것을 파기하는 효과를 자아냈다. 내가 키스를 하면서 잠시 밖에서 걷고 오겠다고 말하면, 그녀는 눈을 살짝 뜨고 놀란 표정으로 말했다.(사실 그때는 이미 밤이었다.) "그러고 어딜 가요? 내 사랑." 그러고는 내 세례명을 부르더니 이내 다시 잠이 들었다. 그녀의 잠은 삶의 잔재를 지우는, 이따금 애정에 넘치는 친근한 말들이 날아다니는 단조로운 침묵 같은 것에 지나지 않았다. 그 말들을 연결하면서 우리는 타자의 흔적이 없는 대화, 순수한 사랑의 숨겨진 내밀함을 구성할 수 있었다. 마치 깊이 잠든 아이의 모습을 장점으로 여기는 어머니처럼 나는 그녀의 고요히 잠든 모습을 보며 황홀함을 느꼈다. 사실 그녀의 잠은 어린아이의 잠 같았다. 그 깨어남도 마찬가지였다. 그녀는 자신이 어디 있는지 의식하기도 전에 얼마나 자연스럽고 다정했는지, 나는 때로 그녀가 우리 집에 살러 오기 전에 혼자 자지 않고 눈을 뜨면 옆에 누군가가 있는 습관을 가졌던 게 아닐까 하고 자문하면서 두려움을 느꼈다. 그러나 그녀의 아이 같은 매력은 보다 강렬했다. 나는 다시 어머니처럼 그녀가 늘 상쾌한 기분으로 깨어난다는 사실에 감탄했다. 잠시 후 그녀는 의식을 되찾았고, 단순히 새의 지저귐 같은, 서로 연결되지 않은 멋진 말들을 재잘거렸다. 일종의 교차 운동에 의해, 보통 때는 그다지 눈에 띄지 않았던 그녀의 목이 지금은 너무도 아름답게 보여서 잠으로 감긴 눈 때문에 상실했던 막대한 비중을 차지했으며, 그녀의 눈, 그녀가 눈꺼풀을 떨군 후부터는 평소에 나의 대화 상대자였던 그 눈을 향해 나는 더 이상 말을 걸 수 없었다. 시선이 너무 과하게 표현한 것을 감긴 눈이 모두 지우면서, 얼굴에 일종의 순수하고도 엄숙한 아름다움이 부여되는 것처럼, 알베르틴이 잠에서 깨어나면서 하는, 의미가 없지는 않으나 침묵으로 끊긴 말에는, 평소의 대화처럼 말버릇이나 상투적인 언사, 오류의 흔적으로 오염되지 않은 순수한 아름다움이 배어 있었다. 게다가 깨우기로 결심만 하면 나는 별 두려움 없이 알베르틴을 깨울 수 있었는데, 이는 그녀의 깨어남이 우리가 보낸 저녁과 무관하게, 마치 밤에서 아침이 나오듯 그녀의 잠에서 나오리라는 걸 알았기 때문이다. 그녀가 미소를 지으면서 눈을 살짝 뜨더니 내게 입술을 내밀었고, 또 나는 거기서 그녀가 아직 아무것도 말하기 전에, 해 뜨기 전 고요한 정원의 상쾌함 같은, 우리 마음을 달래 주는 입술의 싱그러움을 맛보았다.

알베르틴이 어쩌면 베르뒤랭 집에 갈지도 모르며, 또 나중에는 가지 않을지도 모르겠다고 말했던 저녁의 다음 날, 나는 일찍 잠에서 깨어났는데, 아직 잠에서 완전히 깨어나지 않은 상태에서 느끼는 기쁨이 겨울 한가운데 끼워 넣은 봄날의 존재를 알려 주는 듯했다. 밖에서는 도자기 수선공의 뿔피리 소리, 의자에 짚 갈아 넣는 사람의 나팔 소리, 화창한 날씨면 시칠리아의 목동처럼 보이는 염소지기의 피리 소리에 이르기까지, 다양한 악기를 위해 정교하게 쓴 일련의 대중적인 주제의 음악이, 아침의 노래를 경쾌하게 「어느 축제일 서곡」이라는 관현악곡으로 편곡하여 들려주고 있었다. 청각이라는 감미로운 감각이 우리에게 이 모든 거리의 동반자들을 데려다주면서 온갖 선을 다시 긋고, 또 지나가는 행인들의 빛깔을 보여 주면서 다양한 모양을 그린다. 어제 여성적인 매력을 맛볼 수 있는 모든 기회를 차단하며 내려졌던 빵 가게와 유제품 가게의 철제 셔터가, 지금 출항 준비를 하며 투명한 바다를 건너면서 여자 종업원의 꿈 위를 달려갈 배의 도르래처럼 가볍게 들어 올려졌다. 사람들이 들어 올리는 이 철제 셔터는, 아마도 내가 다른 거리에 살았다면 유일하게 기쁨을 주는 소리였을 것이다. 내가 사는 거리에는 수많은 다른 소리들이 나를 기쁘게 했고, 나는 그중 어느 하나도 늦잠 때문에 놓치고 싶지 않았다. 바로 이것이 귀족들의 거리이면서 바로 옆에 서민들이 사는 오래된 거리의 매력이었다. 때로 대성당 정문에서 그리 멀지 않은 곳에 다양한 물건을 파는 사람들이 모여서 장사했던 시절처럼(이를테면 대성당 정문에는 가게 이름이 남아 있는 경우도 있었는데, 루앙 대성당의 정문은 바로 옆의 노점상이 책을 거리에 늘어놓았다 하여 '책방'으로 불렸다고 한다.), 게르망트의 고귀한 저택 앞에는 다양한 길거리 행상들이 지나갔고, 또 그것은 이따금 예전에 교회가 권력을 쥐고 있던 시절의 프랑스를 연상시켰다. 왜냐하면 그들이 옆에 있는 작은 집들을 향해 부르는 소리가, 지극히 드문 경우를 제외하고는 전혀 노래 같지 않았기 때문이다. 그 소리는 「보리스 고두노프」와 「펠레아스와 멜리장드」에서의 대사 낭독처럼* — 거의 눈에 띄지 않은 변화로 채색되긴 했으나 — 노래와는 완연히 다른, 오히려 사제가 미사 중에 읊는 「시편」 송독을 환기했는데, 이런 사제의 「시편」 송독에 비해 거리 풍경은 사람 좋은 노점상이 읊는, 그러나 반쯤은 전례에 따르는 대성부(對聲部)에 지나지 않았다. 알베르틴이 나와 함께 살기 전에는 한 번도 이렇게 거리 풍경에 기쁨을 느껴 본 적이 없었다. 그 풍경은 그녀의 깨어남을 알리는 즐거운 신호 같았고, 또 밖의 생활에 보다 관심을 가지게 하여, 사랑하는 이의 현존이 주는 진정 효과를 더 많이 느끼게 했다. 거리에서 외치는 음식 몇 가지를 나는 개인적으로 싫어했지만 알베르틴은 썩 입맛에 맞아 했으므로, 프랑수아

---

* 「보리스 고두노프」는 모데스토 페트로비치 무소륵스키(Modest Petrovich Mussorgsky, 1839~1881)가 1869년에 작곡한 오페라로, 19세기 초에 재위했던 보리스 고두노프 황제(Boris Godunov, 1551?~1605)의 광기 어린 삶을 다룬 푸시킨의 희곡에 의거해서, 노래보다는 가사에 치중한 작품이다. 1908년 파리에서 초연되었고, 프루스트도 1913년 샹젤리제 극장에서 이 공연을 관람했다.(『갇힌 여인』, 플레이아드 III, 1724쪽 참조.) 또한 드뷔시의 「펠레아스와 멜리장드」(『잃어버린 시간을 찾아서』 7권 371쪽 주석 참조.)는 연극적인 요소를 중시했으므로, 기존의 오페라에 나오는 순수 의미에서의 노래는 존재하지 않는 작품으로 평가된다.

즈는 어린 하인을 보내 사 오게 했는데, 하인은 아마도 평민들 무리에 섞이는 것을 조금은 수치스럽게 여기는 듯했다. 이렇게 조용한 동네에서(이제는 거리에서 들리는 소리마저 프랑수아즈에게 슬픔을 불러일으키는 주제가 되지 못했고, 또 내게는 감미로움을 주는 주제가 되었지만) 서민들이 큰 소리로 낭송하는 레치타티보*가 각각의 상이한 조바꿈과 더불어 똑똑히 내 귀에 들려왔다. 마치 「보리스 고두노프」의 지극히 서민적인 음악에서처럼, 음조 변화에 의해 하나의 음이 다른 음으로 기울어도, 처음 음조가 거의 변화를 보이지 않는 군중의 음악, 음악이라고 하기에는 언어에 가까운 음악이 들려왔다. "아! 경단고둥**이요, 경단고둥이 2수요."라는 외침이, 그 끔찍한 작은 조가비를 넣어서 파는 봉지 쪽으로 사람들을 몰리게 했는데, 만일 알베르틴이 없었다면 같은 시각에 팔러 오는 달팽이만큼이나 나를 역겹게 했으리라. 달팽이 장사꾼은 무소륵스키의 서정적 낭독은 거의 연상시키지 못했으며, 또 그것이 전부가 아니었다. "달팽이가 싱싱하고 예뻐요."라고 달팽이 장수는 거의 '말하듯이' 얘기한 뒤에, 드뷔시에 의해 음악으로 옮겨진 메테를랭크의 슬픔과 아련함을 가지고 "열두 개를 6수에 팔아요."라고 노래하듯 우수 어린 멜로디를 덧붙였는데, 마치 「펠레아스와 멜리장드」의 작곡가가 라모를 연상시키는 그 가슴 아픈 피

* 우리말로 서창(敍唱)이라고 불리는 이 음악 용어는 오페라나 오라토리오 등에서 노래보다는 대사에 중점을 두면서 말하듯이 노래하는 형식을 가리킨다.
** 노르망디에서 많이 나는 총알고둥과의 일종으로 검고 매끄러워 달팽이와도 흡사하다.

날레 중의 하나를("만일 내가 패배한다면 승자는 바로 그대라는 말인가?") 부르는 듯했다.*

이렇게 정확한 말이 왜 거기에 어울리지 않는 그토록 신비스러운 어조로 — 멜리장드도 기쁨을 가져다주지 못했던 그 오래된 궁전에서 모든 사람으로 하여금 슬픈 표정을 짓게 한 비밀처럼 — 또 그렇게 단순한 말로 온갖 지혜와 운명을 외치려고 노력하는 아르켈 노인의 사상처럼 심오한 어조로 속삭여졌는지, 나는 언제나 이해하기 힘들었다.** 알몽드의 늙은 왕 또는 골로의 목소리가 말할 때면("무슨 일인지 모르겠군. 이상하다고 여길 테지. 어쩌면 대수롭지 않은 사건이란 없는 모양이지." 또는 "두려워할 필요 없어……. 그저 다른 사람들처럼 작고 가련하며 신비로운 존재에 불과하니까.") 점점 부드럽게 높아져 가는 음조 자체가, 바로 달팽이 장수가 끝없이 칸틸레나***로 "열두 개를 6수에 팔아요."를 반복하면서 사용했던 그 음조였다. 그

---

* 드뷔시의 「펠레아스와 멜리장드」는 메테를랭크의 희곡을 오페라로 만든 작품이며, 드뷔시는 또한 1906년 피아노 곡집 「영상」에서 「라모를 찬양하여」라는 곡을 발표하여 바로크 시대의 작곡가 라모에게 경의를 표한 적이 있다. 그러나 여기에 인용된 대사는 글루크의 오페라 「아르미드」(1777)에 나오는 것으로, 그 정확한 인용은 "내가 자유를 빼앗긴다면 승자는 바로 그대라는 말인가?"이다.(「갇힌 여인」, GF-플라마리옹, 532쪽 참조.)

** 이 문단의 이해를 위해 「펠레아스와 멜리장드」의 줄거리를 다시 살펴보면, 어느 날 우연히 멜리장드가 알몽드라는 나라에 나타나고, 늙은 왕 아르켈의 두 아들인 형 골로와 이복동생인 펠레아스가 멜리장드를 사랑하게 된다. 지혜와 운명의 상징인 아르켈 왕도 앞으로 일어날 일을 예측하지 못한 채 결국 사랑하는 펠레아스와 멜리장드는 죽음에 이른다.

*** 성악이나 기악에서 서정적인 선율이나 소곡을 가리킨다.

러나 이런 형이상학적인 탄식이 무한의 기슭에서 사라질 틈도 없이, 힘찬 나팔 소리가 그 탄식을 중단시켰다. 이번에는 먹는 음식이 아니라, "개털 깎아요. 고양이, 꼬리와 귀를 잘라요."라는 대사였다.

내가 침대에서 듣는 이 모든 음악의 말에 변화를 주는 것은, 물론 대개는 남자 혹은 여자 장사꾼들의 기발한 생각이나 재치였다. 그렇지만 단어 한가운데서, 특히 그 단어가 두 번 되풀이될 때 침묵을 부과하며 의례적으로 멈추는 것은 옛 성당에 대한 추억을 지속적으로 환기시켰다. 당나귀가 끄는 작은 수레를 타고 가다 집 앞에서 수레를 세우고 안마당으로 들어간 헌옷 장수는, 채찍을 든 채로 "헌 옷 장수요, 헌 옷 장수요, 헌……옷."이라고 시편을 낭송하듯 읊었는데, 이 '헌……옷(ha……bits)'이라는 마지막 두 음절 사이의 멈춤은, '세세에 영원히'를 뜻하는 라틴어 표현인 "페르 옴니아 세쿨라 세쿨로……룸(Per omnia saecula saeculo……rum)"이나, '편안히 잠드소서'를 뜻하는 "레퀴에스캇 인 파……체(Requiescat in pa……ce)"를 단선율 성가로 노래하는 것 같았다.* 물론 그는 헌 옷의

* "페르 옴니아 세쿨라 세쿨로……룸(Per omnia saecula saeculo……rum)"이라는 라틴어 표현에서 '세클로'와 '룸'을 떼어서 부르거나 "레퀴에스캇 인 파……체(Requiescat in pa……ce)"에서 '인 파'와 '체'를 떼어서 부르는 것을 가리키는데, 이런 방식은 그레고리오 성가의 단선율 방식에 의거한 것이라는 의미이다. 중세 유럽의 교회 음악인 그레고리오 성가는 단선율, 무반주, 음성에만 의존하는 극도로 절제된 음악 형식으로, 지금까지 흩어진 성가를 한데 모아 최초의 교송 성가집을 편찬한 그레고리우스 1세(St. Gregorius I Magnus, 540~604) 교황에서 그 이름이 연유한다.

'영원함'을 믿지 않았고, '최후의 평안한 휴식'을 위해 헌 옷을 수의(壽衣)로 제공할 리도 만무했다. 마찬가지로 이런 아침 시간이 되면 많은 모티프가 뒤섞이기 시작했으므로, 채소 장수 여자는 작은 수레를 밀면서 그녀의 호칭 기도를 노래하기 위해 그레고리오 성가의 분리 방식을 사용했다.

푸르고 연해요.
싱싱하고 연한 아티초크*예요.
아티-초크예요.

그녀는 아마 교송(交誦) 성가집이나 일곱 음조도 몰랐을 것이며, 그중 네 음조가 네 학문을 뜻하는 카드리비움(quadrivium)을, 세 음조가 세 학문을 뜻하는 트리비움(trivium)을 상징한다는 점도 몰랐을 것이다.**

화창한 날씨에 어울리는 빛이 비치는 날이면, 작업복을 입은 남자가 손에는 소의 힘줄로 만든 채찍을 들고, 머리에는 바스크 베레모***를 쓴 채로, 자기 고향의 남쪽 지방 곡조를 작

---

* 아티초크는 엉겅퀴과의 식용 식물이다.

** 교송 성가집은 가톨릭에서 미사 전례나 성무 일과를 교송으로 노래하는 부분을 수록한 책을 가리킨다. 그레고리오 성가의 일곱 음조에 대해서는, 프루스트가 에밀 말의 『프랑스 13세기 종교 예술』(1958)을 참조했다고 설명된다. 일곱 개의 자유 학예로 이루어진 중세의 교육 제도에서 네 학문, 즉 카드리비움은 산술·기하학·천문학·음악을 가리키며 세 학문, 즉 트리비움은 문법·수사학·변증법을 가리킨다.(『갇힌 여인』, 폴리오, 423쪽 참조.)

*** 프랑스 남서부 바스크 지방의 농부들이 쓰는 부드러운 모직물 베레모이다.

은 피리나 백파이프로 불면서 집집마다 걸음을 멈추곤 했다. 개 두 마리와 염소 떼를 앞에 거느린 염소지기였다. 멀리서 오기 때문에 꽤 늦게야 우리 동네를 지나갔다. 여인들은 자식에게 힘을 줄 염소젖을 받으려고 그릇을 들고 달려갔다. 그러나 이 자비로운 목동이 부는 피레네 지방의 곡조에는 이미 "칼이요. 가위요. 면도칼이요."라고 외치는 칼 가는 사람이 흔드는 종소리가 섞여 있었다. 톱날 가는 사람은 악기가 없었으므로, 칼 가는 사람과 경쟁의 대상이 되지 못한 채 그저 "톱날 갈아요. 여기 톱날 가는 사람이 있어요."라는 외침으로 만족했다. 한편 보다 쾌활한 땜장이는 솥이며 냄비며 그가 땜질하는 것을 모두 열거한 후에 이런 후렴구를 노래했다.

탐, 탐, 탐.
내가 땜질해요.
마카담도 때워요.*
아무 데나 바닥을 대 줘요.
구멍이라면 모두 막아 줘요.
구멍, 구멍, 구멍.

그리고 키 작은 이탈리아 사람들은 번호가 — 진 사람과 이긴 사람의 — 표시된, 커다란 붉은색 철제 상자를 들고 크레

* '탐(tam)'이라는 의성어는 '땜질해요'의 프랑스어 표현인 '레탐(rétame)'을 강조하기 위해 사용된 것으로 보인다. 그리고 마카담은 자갈을 덮어 만든 포장도로를 가리킨다.

셀*을 흔들면서 "재미있게 노세요, 부인들. 즐거울 겁니다." 라고 권했다.

프랑수아즈가 《르 피가로》를 가져왔다. 신문을 한번 훑어보는 것만으로도 여전히 내 기고문이 실리지 않았음을 알 수 있었다. 프랑수아즈가 말하기를, 알베르틴이 내 방에 들어와도 좋은지 물어보면서, 또 어쨌든 베르뒤랭 집 방문을 포기하고 앙드레와 둘이서 잠시 말을 타고 산책한 후에, 내가 제안한 대로 트로카데로의 낮 특별 공연에 — 조금 규모가 작긴 하지만 오늘날에는 '낮 갈라 공연'이라고 부를 만한 — 가기로 했다는 말을 전해 달라고 했다는 것이다. 이제 그녀가 베르뒤랭 부인을 만나러 가는, 어쩌면 나쁜 욕망일지도 모르는 것을 포기하기로 했음을 알았으므로 나는 "오라고 해요!"라고 웃으면서 말했고, 또 그녀가 원하는 곳이라면 어디든 갈 수 있으며, 내게는 아무래도 상관없다고 중얼거렸다. 오후가 끝나 황혼이 가까워질 때면 나는 아주 다른 인간이, 아마도 알베르틴의 지극히 사소한 출입에도 중요성을 부여하는 서글픈 인간이 될 것임을 알았지만, 이처럼 이른 아침 시간, 더욱이 화창한 날씨에는 그런 것이 별로 중요하지 않았다. 나의 평온한 마음은 이내 그 원인을 뚜렷이 의식했으나 그렇다고 해서 바뀌지는 않았다. "당신이 깨어났으니 내가 방해가 되지는 않을 거라고 프랑수아즈가 장담했어요."라고 알베르틴이 방으로 들어

* 따르륵거리는 소리를 내는 악기의 일종으로 부활절의 목요일과 금요일에 종 대신 울렸다.

오면서 말했다. 그녀는 적절하지 않을 때 그녀 방 창문을 열어서 내가 추워할까 봐 걱정했는데, 사실 더 큰 걱정은 내가 잠잘 때 들어오는 것이었다. "내가 잘못 생각한 게 아니기를 바라요."라고 그녀가 덧붙였다. "나는 당신이 이렇게 말할까 두려웠어요."

"어느 무례한 인간이 감히 죽음을 찾으러 온단 말인가?"

그리고 내 마음을 흔드는 웃음을 터뜨렸다. 나도 똑같이 농담하는 어조로 대답했다.

"이토록 엄한 명령이 내려진 것은 그대 때문인가?"

그리고 그녀가 이 명령을 언젠가 어기게 될까 봐 겁이 나서 덧붙였다. "그래도 그대가 나를 깨웠다면 격노했을 거요." "알아요. 알아요. 걱정하지 말아요." 하고 알베르틴이 말했다. 그래서 나는 내 엄격함을 완화시키려고 계속 그녀와 함께 「에스테르」의 장면을 연기하면서 대사를 덧붙였다. 한편 거리에서는 계속 소리가 났지만 우리의 대화로 완전히 희미해졌다.

"무엇인지 모르는 이 매력을 나는 그대에게서만 발견하오.
나를 영원히 사로잡아 결코 싫증 나게 하지 않는 그 매력을."*

---

* 「에스테르」 2막 7장에서 아쉬에르스 왕이 에스테르에게 하는 대사이다.

(마음속에서는 따로 '아냐, 여러 번 싫증 났어.'라고 생각했다.) 그리고 어젯밤에 그녀가 했던 말을 떠올리면서, 또 다음번에도 그녀가 이런저런 일에서 나에게 복종하도록, 베르뒤랭네 방문을 포기한 사실에 대해 과장해서 감사 인사를 하며 "알베르틴, 당신은 당신을 사랑하는 나는 경계하고, 당신을 사랑하지 않는 이들은 신뢰하나 봐요."라고 말했다.(마치 당신을 사랑하는 이들을 경계하는 것이, 또 뭔가를 알고 방해하기 위해서만 거짓말하는 데 관심 있는 사람들을 경계하는 것이 자연스럽지 않다는 듯이.) 또 다음과 같은 거짓된 말을 덧붙였다. "당신은 내가 당신을 사랑한다는 걸 실제로는 믿지 않나 봐요. 이상하군요. 사실 당신을 '숭배하는' 건 아니지만." 그러자 이번에는 그녀가 그 말을 받아 자신이 신뢰하는 사람은 나뿐이라고 거짓말을 했고, 다음으로 내가 그녀를 사랑한다는 사실을 안다고 단언하면서는 진실을 말했다. 그러나 이런 단언은 나를 거짓말쟁이이자 염탐꾼으로 생각하지 않는다는 의미는 내포하지 않은 듯했다. 그녀는 마치 거기서 커다란 사랑 때문에 생기는 견디기 어려운 결과를 보았다고 생각했는지, 아니면 자신이 그렇게 착한 여자가 아니라고 생각했는지 나를 용서하는 것 같았다.

"제발 내 사랑, 요전 날 했던 것처럼 고공 곡예*만은 하지 말

* 「사라진 알베르틴」에서의 알베르틴의 운명을 암시한다. 그러나 '고공 곡예'라는 표현은 말(馬)에만 해당되지 않고 비행기에도 적용될 수 있으므로, 이런 점에서 이 표현은 1913년 아고스티넬리의 죽음을 야기한 비행기 사고를 환기한다고도 볼 수 있다. 화자는 자신의 끈질긴 질투에 종지부를 찍기 위해 알베르틴의

아요. 생각해 봐요, 알베르틴. 만일 당신에게 무슨 사고라도 나면." 물론 나는 그녀에게 어떤 불행한 일도 일어나기를 원치 않았다. 그러나 그녀가 말을 타고 내가 모르는 곳, 자기 마음에 드는 곳으로 떠나고, 그래서 결코 다시는 집에 돌아오지 못하는 그런 근사한 생각을 한다면 얼마나 즐거울까! 그녀가 다른 곳에서 행복하게 살고, 내가 그곳이 어딘지 알고 싶어 하지 않게 된다면 모든 게 얼마나 간단할까! "오! 당신은 마흔여덟 시간도 살아남지 못하고 자살하리라는 걸 나는 잘 알아요."

이렇게 우리는 거짓된 말들을 나누었다. 그러나 우리가 진심에서 했을 말보다 더 심오한 진리가, 진심의 길과는 다른 길을 통해 표현되거나 예언될 수 있다.

"밖에서 들리는 저 모든 소리가 방해되지 않나요?"라고 그녀가 물었다. "나는 저런 소리들을 아주 좋아하지만요. 하지만 얕은 잠만 자는 당신에게는." 반대로 나는 이따금 아주 깊은 잠에 빠졌으며(이미 앞에서도 말했지만, 금방 언급하게 될 사건 때문에 다시 한 번 환기한다.) 특히 새벽녘에 잠들었을 때 더욱 그러했다. 이런 잠은 — 평균해서 — 보통보다 네 배나 더 피로를 풀어 주기 때문에 방금 잠이 들었던 사람에게는 네 배나 길게 생각되지만, 실은 네 배나 짧은 것이었다. 잠에서 깨어날 때 이토록 많은 아름다움을 주고, 우리 삶에 진정한 새로움을 끌어들이는 이런 열여섯 배나 되는 찬란한 오류는, 음악

죽음을 열망하고, 이런 열망은 알베르틴의 "당신은 마흔여덟 시간도 살아남지 못하고……"라는 짧은 말 속에(초고에서는 훨씬 더 길게 묘사된) 축약된다.(『갇힌 여인』, 플레이아드 III, 1725쪽 참조.)

에서 안단테에서의 팔분음표가 프레스티시모의 이분음표와 같은 길이가 되는 그런 커다란 리듬의 변화, 깨어남의 상태에서는 알지 못하는 변화와 흡사하다.* 깨어 있는 상태에서의 삶이란 언제나 동일하며, 바로 거기서 여행의 환멸이 연유한다. 꿈이란 때로 삶의 가장 투박한 질료로 만들어진 듯 보이지만 이 질료가 가공되고 반죽되면, 깨어 있는 상태에서처럼 시간 제한으로 방해받는 일 없이 늘어나고 가늘어지면서 우리가 그 질료를 거의 알아볼 수 없을 만큼 무한히 높은 곳까지 올라간다. 이런 행운이 내게 찾아오는 아침, 잠의 지우개가 칠판에 그려진 것과 같은 일상적 일들의 표시를 내 머리에서 지워 버리는 아침이면, 나는 기억을 되살려야만 했다. 우리는 의지의 힘으로 수면이나 발작의 건망증 때문에 망각했던 것을 알 수 있으며, 그것은 눈이 열리고 마비가 사라지면서 점차 되살아난다. 몇 분 사이에 그토록 많은 시간을 체험했으므로, 내가 부른 프랑수아즈에게 현실에 적합하고 그 시간에 어울리는 언어를 구사하기를 바라면서 나는 "그런데 프랑수아즈, 오후 5시네요. 어제 오후부터 당신을 보지 못했어요."라는 말을 하지 않으려고, 또 내 꿈을 억압하려고 내 모든 내적인 구속력을 사용해야 했다. 내가 꾼 꿈에 항변하고 또 스스로에게 거짓말하며, 나는 온 힘을 다해 진실을 말하지 않으려고 애쓰면서 뻔뻔스럽게도 "프랑수아즈, 적어도 10시쯤 됐겠군!"이라고 꿈과는 정반대되는 말을 했다. 나는 오전 10시라고는 말하지 않았

* 프루스트 고유의 계산법이라고 할 수 있다.

는데, 이 믿기 힘든 10시라는 말을 보다 자연스러운 어조로 발음하는 듯 보이기 위해서였다. 그러나 이 말을 하기 위해서는, 이제 막 잠에서 깨어난 나 같은 존재가 여태껏 계속 생각해 오던 것을 말하지 않기 위해서는, 마치 달리는 기차에서 뛰어내린 사람이 쓰러지지 않으려고 선로를 따라 잠시 달리는 것처럼 균형을 유지하는 노력이 필요했다. 그가 잠시 달리는 것은 자신이 방금 떠난 지대가 아주 빠른 속도로 움직이는 곳이어서, 움직이지 않는 땅의 지면과 매우 상이한 탓에 발을 딛기가 조금은 어렵기 때문이다. 이처럼 꿈의 세계가 깨어 있는 세계와 다르다고 해서, 깨어 있는 세계가 덜 진실한 것은 아니다. 오히려 정반대다. 잠의 세계에서 우리의 지각은 지나치게 과적재되어, 각각의 지각이 불필요하게 중복되고 시야를 가리는 것으로 겹겹이 쌓여 두터워졌으므로, 잠에서 깨어날 때의 멍한 상태에서는 무슨 일이 일어났는지 분간할 수가 없다. 프랑수아즈가 내게 온 것일까, 아니면 그녀를 부르는 데 지친 내가 간 것일까? 이 순간 아무것도 드러내지 않을 수 있는 유일한 방법은 침묵이다. 마치 우리와 관련된 모든 사정을 아는 예심 판사가 우리를 체포했으면서도 그 사정이 무엇인지 알려 주지 않을 때처럼 말이다. 프랑수아즈가 내게 왔을까? 아니면 내가 그녀를 불렀을까? 어쩌면 프랑수아즈는 자고 있었고, 내가 그녀를 깨운 것은 아닐까? 아니, 프랑수아즈가 그냥 내 가슴속에 갇혀 있었던 것은 아닐까? 인간들과 그 상호 행동의 구별이 거의 거의 존재하지 않는 이 짙은 어둠 속에서, 현실은 마치 산미치광이의 몸뚱이에서처럼 그렇게 투명하지 않으며,

거기서 거의 아무것도 아닌 지각은 어쩌면 몇몇 동물의 지각 관념을 환기하는 것은 아닐까?*그런데 깊은 잠을 선행하는 그 명철한 광기 속에서도, 만일 지혜의 조각들이 빛을 발하고 떠돌아다니며, 이폴리트 텐이나 조지 엘리엇의 이름**도 알려져 있다면, 깨어남의 세계는 밤마다 계속되지 않는 꿈에 비해 아침마다 계속할 수 있다는 점에서 꿈보다 우월하다고 할 수 있다. 그러나 어쩌면 깨어 있는 세계보다 더 현실적인 다른 세계가 존재하는지도 모른다. 게다가 깨어 있는 세계에서도 각각의 예술 혁명이 세계를 변화시키고, 또한 예술가를 무지한 바보로부터 차별화하는 능력이나 문화 수준을 변화시키는 것을 우리는 보지 않았던가.

보통 때보다 한 시간 더 잠을 자는 경우 몸이 마비되고, 그래서 우리는 팔다리 사용법을 되찾고 말하는 법을 다시 배워야 한다. 의지의 힘만으로는 충분치 않을 때가 있다. 우리는 너무 오래 잤고, 그래서 더 이상 존재하지 않는다. 우리의 깨어남은 마치 수도관에서 수도꼭지가 닫히는 것을 느끼듯, 그저 기계적으로 의식하지도 못한 채 이루어진다. 해파리의 삶보다 더 활기 없는 삶이 이어지면서, 우리가 뭔가를 생각할 수 있다면 기껏해야 바다의 깊은 곳에서 들어 올려졌거나 도형

* 호저라고도 불리는 이 포유류의 몸은 온통 가시로 덮여 있고, 꼬리에는 빳빳한 가시가 박혀 있는데, 가시가 있는 꼬리로 상대를 공격하면 가시가 쉽게 뽑혀 상대방의 살에 박히는 위험한 야행성 동물로 알려져 있다.

** 이폴리트 텐과 조지 엘리엇에 대해서는 『잃어버린 시간을 찾아서』 3권 206쪽과 229쪽, 4권 496쪽 주석 참조.

장에서 돌아왔다고 생각할 정도이다. 하지만 그때 하늘 높은 곳으로부터 '기억술의 여신'*이 몸을 기울이고 '카페오레를 부탁하는 습관'의 형태로 부활의 희망을 전해 준다. 거기다 기억의 느닷없는 선물은 언제나 그렇게 단순하지만은 않다. 깨어남 쪽으로 기울어지는 이 첫 순간, 마치 카드놀이를 하며 마음대로 카드를 선택할 수 있다고 생각하듯이 우리 곁에는 다양한 현실이 있다. 지금은 금요일 아침이고 산책에서 돌아오는 길이다. 혹은 해변에서 차를 마실 시간이다. 잠을 자는 중이라거나 잠옷을 입고 자리에 누웠다는 생각은 마지막 순간에야 떠오른다. 부활은 금방 오지 않는다. 우리는 벨을 울렸다고 생각하지만 벨을 울리지 않았고, 마음속에서 엉뚱한 말들을 뒤적거린다. 움직임만이 사유를 가능하게 해 주어, 실제로 배 모양의 전기 스위치를 눌렀을 때에야 비로소 처음으로 천천히 그러나 분명히 말할 수 있다. "10시가 됐겠군. 프랑수아즈, 내 카페오레를 줘요."

오, 기적이다! 프랑수아즈는 아직도 나를 완전히 적시고 있고, 또 내가 그 너머로 이상한 질문을 하는 에너지를 길어 올린 그 비현실의 바다를 의심하지 않고 있었다. 그녀는 실제로 "10시 10분인데요."라고 대답했다. 이 말은 내게 지각 있는 사람의 외관을 부여했고, 나를 끝없이 흔들던 그 기이한 대화도 눈에 띄지 않게 했다.(허무의 산이 나를 삶에서 물러나게 하지 않

---

* 그리스 신화의 유용이다. 여기서 '기억술의 여신'이라고 칭한 여신은 제우스와 아홉 밤을 보낸 후 아홉 명의 뮤즈를 낳은 '기억의 여신' 므네모시네를 가리킨다.

는 날들이면.) 나는 의지의 힘으로 다시 현실 세계에 합류했다. 아직도 잠의 파편들을 즐겼고, 다시 말해 이야기하는 방식에서 유일하게 독창적이고 혁신적인 방식을 만끽했는데, 깨어 있는 상태에서의 모든 서술 행위는 아무리 문학적으로 미화된다 할지라도, 아름다움의 근원이 되는 그 신비로운 차이를 담지 못하기 때문이다. 아편이 유발하는 아름다움을 논하는 일은 쉽다. 그러나 약물이나 마약을 먹어야만 잠드는 습관을 가진 자가 뜻하지 않은 시간에 자연스러운 수면을 맛보게 되면, 똑같이 신비로우면서도 더 상쾌하며 광대한 아침 풍경을 보게 될 것이다. 잠이 든 시간과 장소를 다양화하고, 인공적인 방식으로 수면을 유도하면서, 또는 그 반대로 하루 동안 자연 수면으로 — 수면제로 잠드는 습관을 가진 자에게는 모든 종류의 잠 중 가장 이상한 잠이라고 할 수 있는 — 돌아간다면, 우리는 정원사가 만드는 카네이션이나 장미의 변종보다 수천 배나 많은 잠의 변종을 얻을 수 있다. 정원사는 감미로운 꿈과 같은 꽃들을 만들기도 하고, 악몽과 흡사한 꽃들을 만들기도 한다. 어떤 자세로 잠이 들면 나는 몸을 덜덜 떨며 잠에서 깨어나기도 했다. 홍역에 걸렸다고 생각되거나, 그보다 훨씬 더 고통스러운 일인, 그날 발베크에서 죽음이 임박하다고 느낀 할머니가(그 후로는 한 번도 생각해 보지 않았던) 내게 자신의 사진이라도 한 장 남기기를 바랐을 때, 내가 놀리는 걸 보고 얼마나 괴로워하셨을까 하는 생각이 들 때가 그러했다.* 잠에서

---

* 할머니의 사진에 대해서는 『잃어버린 시간을 찾아서』 4권 247~249쪽 참조.

깨어났는데도 나는 재빨리 할머니에게로 달려가 할머니가 날 이해하지 못한 거라고 설명하고 싶었다. 그러나 이미 내 몸은 따뜻해져 있었다. 홍역은 진단에서 배제되었고, 나에게서 그렇게 멀어진 할머니는 더 이상 내 마음을 아프게 할 수 없었다.

때로 이런 상이한 수면 위로 돌연 어둠이 덮치기도 했다. 나는 완전히 깜깜한 거리, 배회하는 사람들의 발소리가 들리는 곳으로 산책을 연장하면서 두려움을 느꼈다. 갑자기 경찰 하나와 자주 운전사 직업을 수행하고, 또 멀리서 보면 젊은 마부로 착각할 수 있는 그런 여자들 중 하나 사이에 말다툼이 벌어졌다.* 운전사석에 앉은 모습이 어둠에 가려 잘 보이지 않았지만, 그녀는 말하는 중이었고, 나는 그 목소리에서 완벽한 얼굴과 젊은 몸을 읽을 수 있었다. 그녀가 다시 출발하기 전에 그 쿠페형 자동차에 올라타려고 나는 어둠 속에서 그녀를 향해 걸어갔다. 자동차는 멀리 있었다. 다행히도 경찰과의 말다툼은 계속되고 있었다. 나는 아직 정차 중인 자동차를 따라잡을 수 있었다. 거리 그 부분을 가로등이 비추고 있었다. 여자 운전사의 모습이 보였다. 그녀는 분명 여자였지만 키 크고 힘센 늙은 여자였으며, 흰머리가 카스케트 모자 사이로 삐져나오고, 또 얼굴에는 커다란 붉은 반점이 퍼져 있었다. 나는 그곳을 떠나며 생각했다. 여인의 젊음이란 바로 이런 것인가?

---

* 이 부분에서 자동차 운전사와 마부의 경계는 모호하다.(쿠페형 자동차로 옮긴 것도 이인승 마차의 가능성을 배제하지는 못한다.) 다만 '여자 운전사(conductrice)'와 '카스케트 모자'라는 표현이 보다 자동차를 환기하는 것처럼 보인다고 미이 교수는 지적한다.

과거에 만났던 여인이 갑자기 다시 보고 싶어지고, 그러나 만나 보면 이미 늙어 있는? 우리가 욕망하는 젊은 여인이란 연극의 배역과도 같은 것인가? 처음 특정 배우를 위해 만들어졌던 역이, 그 역을 맡았던 여배우가 시들면 새로운 인기 여배우에게로 넘어가는? 하지만 그때 그녀는 더 이상 같은 사람이 아니다.

그러다 슬픔이 엄습했다. 이처럼 우리의 수면에는 르네상스 시대의 '피에타'와 같은 수많은 '연민(Pitié)'이 깃들어 있지만,* 그 연민은 대리석에 조각된 것과 달리 견고하지 못하다. 그렇지만 그것은, 깨어 있을 때의 차디차고 때로는 적의에 찬 분별력으로 지나치게 쉽게 잊어버리는 일에 대해, 보다 측은히 여기고 보다 인간적인 관점을 기억하게 하는 유용성을 가진다. 그러므로 나는 프랑수아즈에게 늘 연민의 정을 가지자고 맹세했던 발베크에서의 약속을 상기했다. 적어도 오늘 아침만이라도 프랑수아즈와 집사 사이의 말다툼에 화내지 않고, 사람들이 친절하게 대하지 않는 프랑수아즈에게 되도록이면 다정하게 대하려고 애쓸 것이다. 단 오늘 아침만이다. 그리고 조금 더 안정적인 법칙을 만들도록 하자. 순수한 감정의 정책만으로는 민중을 오래 지배할 수 없듯이, 인간은 꿈의 추억에 오래 지배받지 않는다. 이미 꿈의 추억은 날아다니기 시작했다. 꿈을 묘사하기 위해 꿈을 기억하려고 하면 할수록 꿈

* 피에타(pieta)는 이탈리아어로 '연민' 또는 '자비'를 뜻하며, 더 나아가 아들을 잃은 성모 마리아의 슬픔을 그림이나 조각으로 표현한 작품을 가리킨다. 여기서 '연민'이라고 옮긴 '피티에(pitié)'는 이런 피에타의 프랑스어 표현이다.

은 더 빨리 도주했다. 눈꺼풀은 더 이상 예전처럼 눈 위에 굳게 닫히지 않았다. 내가 꿈의 재구성을 시도하면 눈꺼풀은 그때 완전히 열릴 것이다. 우리는 언제나 한쪽에는 건강과 지혜, 다른 한쪽에는 정신적 기쁨을 놓고 그 사이에서 선택해야 한다. 나는 비겁하게도 늘 첫 번째를 선택해 왔다. 게다가 내가 포기했던 그 위험한 힘은 생각했던 것보다 훨씬 더 위험했다. 연민이나 꿈은 홀로 날아가지 않는다. 이처럼 잠들 때의 조건을 조금 더 다양하게 하면, 꿈뿐 아니라 긴 나날, 때로는 여러 해에 걸쳐, 꿈꾸는 능력에 더해 잠드는 능력마저 사라진다. 잠은 성스럽지만 불안정해서, 지극히 작은 충격에도 증발한다. 습관의 친구인 잠을, 잠보다 고정된 습관이 매일 밤 축성된 장소에 붙잡아 놓고, 온갖 충격으로부터 보호한다. 그런데 우리가 습관을 다른 곳으로 이동하고, 잠이 더 이상 습관에 예속되지 않으면 잠은 증기처럼 사라진다. 잠은 젊음이나 사랑과도 흡사하여 한번 잃으면 더 이상 되찾을 수 없다.

이런 다양한 종류의 잠에서, 음악에서처럼 아름다움을 창출하는 것은 잠 사이에 놓인 간격의 증감이었다. 나는 그 아름다움을 즐겼고, 그러나 반대로 짧은 순간이었지만, 이런 잠 때문에 파리에서의 직업과 식품이 유통되는 삶의 매력을 느끼게 하는 대부분의 소리를 놓치기도 했다. 그래서 보통은(아! 슬프게도 이런 늦은 시각의 깨어남과, 라신의 작품에서 아쉬에뤼스 왕이 내린 엄격한 페르시아 법령과 유사한 명령이 내 삶에 어떤 비극적인 사건을 초래할지도 예측하지 못한 채로) 이런 소리를 하나도 놓치지 않고 듣기 위해 일찍 깨어나려고 애썼다. 거리의 소리에 대한 알베르틴의 취향을 알아 가는 기쁨과, 나 자신이 누워 있으면서도 외출하는 듯한 기쁨에 더해, 나는 이런 거리의 소리에서 밖의 분위기의 상징과도 같은, 알베르틴을 나의 보호 아래 두고 유폐된 삶을 외부로 연장시키는 조건에서만 그녀를 돌아다니게 하고, 내가 원하는 시간에는 언제라도 그녀를 불러들여 내 곁에 돌아오게 하는 그런 위험하고도 부산스러운 삶을 듣고 있었다.

그렇게 해서 나는 정말 진심으로 그녀에게 이렇게 대답할 수 있었다. "반대로 저 소리들은 내 마음에 들어요. 당신이 좋아한다는 걸 알고 있으니까요." "나룻배에 실린 굴이 왔어요. 싱싱한 굴이 왔어요."* "오! 굴이 먹고 싶네요." 다행스럽게도 반은 마음이 쉽게 바뀌고, 반은 온순한 알베르틴이 자기가 원했던 것은 금방 잊어버리고, 또 내가 프뤼니에** 레스토랑에 가면 더 나은 것을 먹을 수 있다고 말할 틈도 없이, 생선 장수 여자가 외치는 것을 차례대로 모두 원했다. "새우요, 싱싱한 새우요. 살아 있는 가오리도 있어요. 살아 있어요." "튀김하기 좋은 명태가 있어요. 튀김하기 좋은." "고등어가 왔어요. 싱싱하고 새물인 고등어가 왔어요. 고등어가 왔어요, 사모님들, 고등어가 아주 잘생겼어요."*** "싱싱하고 물 좋은 홍합이 왔어요. 홍합이!" 나도 모르는 사이에 "고등어가 왔어요."라는 알

---

* 나룻배 모양의 상자에 담긴 굴을 가리키는 말로 신선함을 함의하고 있다.
** 파리 1구 뒤포 거리 9번지에 위치하는 해산물 전문 레스토랑이다.
*** 프랑스어의 '고등어(maquereau)'에는 은어로 '기둥서방' 또는 '포주'라는 뜻이 있다.

림에 전율했다. 그러나 이런 알림이 운전사를 가리킨다고는 생각할 수 없었으므로, 나는 내가 싫어하는 고등어만을 생각했고, 불안은 오래가지 않았다. "아! 홍합!" 하고 알베르틴이 말했다, "홍합이 무척 먹고 싶어요." "내 사랑, 발베크에서나 그렇지 여기서는 별로 싱싱하지 않아요. 게다가 제발 부탁이니 코타르 의사가 홍합에 관해 당신에게 했던 말을 기억해 봐요." 그러나 나의 지적은, 이어지는 채소 과일 장수 여자가 코타르가 더 심하게 금지한 것을 알리는 바람에, 더욱 부적절해지고 말았다.

로메인, 로메인 상추가 왔어요!*
파는 게 아니라 전시용이랍니다.

그렇지만 알베르틴은 내가 며칠 내로 "아르장퇴유**의 아스파라거스가 왔어요. 싱싱한 아스파라거스가 왔어요."라고 외치는 채소 장수 여자의 물건을 사 준다는 약속을 받고서야, 로메인 상추를 단념하는 데 동의했다. 보다 낯선 제안이 기대되는 신비스러운 목소리가 "통이요, 통!" 하고 슬그머니 끼어들었다. 통에 불과하다는 사실을 알고 그저 실망하는 걸로 그쳐야 했는데, 이 말이 곧 "유리, 유리-장이가 왔어요. 깨진 유리

---

* 고대 로마 시대에 로마 사람들이 즐겨 먹는 상추라고 해서 로메인이라는 이름이 붙었다.
** 파리 외곽에 위치하는 이 마을은 예전부터 아스파라거스와 무화과 재배지로 유명하다.

창 고쳐요. 유리장이요. 유리-장이요."라는 외침으로 완전히 뒤덮였기 때문이다. 이 역시 그레고리오 성가의 분리 방식이었지만, 넝마장수의 외침만큼 전례 의식을 연상시키지는 못했다. 넝마장수의 외침은 교회 의식에 빈번히 나오는, 기도 한 가운데서 갑자기 목소리를 바꾸는 방식을 자기도 모르게 재생하고 있었다. 사제는 "하느님의 자녀 되어 구세주의 분부대로 삼가 아뢰오니"라고 말하면서 '아뢰오니'를 뜻하는 마지막 음절의 디체레(dicere)를 거칠게 끝낸다.* 마치 중세의 신앙심 깊은 사람들이 바로 성당 앞 광장에서 소극(笑劇)과 풍자극을 공연했던 것처럼, 넝마장수가 불경한 생각 없이 환기한 것은 바로 이런 '디체레'였다. 넝마장수는 말을 질질 끈 후에 7세기의 위대한 교황**이 정한 음의 억양법에 합당한 어조로 마지막 음절을 급히 말했다. "누더기 파세요. 고철 파세요.(이 모든 말은 나중에 이어지는 두 음절과 마찬가지로 단조롭게 느릿느릿 낭송되며, 그러다 마지막 음절은 '디체레'보다 더 거칠게 끝난다.) 토끼 가-죽(peaux d'la-pins)." "발렌시아 오렌지요. 맛있는 발렌시아 오렌지요. 싱싱한 오렌지가 왔어요.",*** 소박한 식물인 파에 대해서는 "근사한 파가 왔어요.", 양파에 대해서는 "양파

* 원문에는 라틴어로(Praeceptis salutaribus moniti et divina institutione formati audemus dicere.) 표기되어 있다. 영성체 의식의 첫 도입부에서 주님의 기도를 유도하는 사제의 말이다.

** 그레고리오 성가의 규칙을 만든 그레고리우스 1세를 가리킨다.

*** 오렌지 가운데 가장 많이 재배되는 품종으로 과즙이 많은 오렌지이다. 스페인의 발렌시아에서 생산된다.

가 8수요."라는 외침이 들려왔다. 이 모든 외침이 내게는, 자유로운 알베르틴이 길을 잃고 "바다가 바람으로 요동칠 때면 감미롭도다.(Suave mari magno.)"*라는 말처럼 감미로움을 맛보는 물결의 메아리인 양 부서졌다.

당근이 왔어요.
당근 한 단이 딱 2수요.

"오!" 하고 알베르틴이 외쳤다. "양배추며 당근이며 오렌지며, 다 내가 먹고 싶은 것뿐이에요. 프랑수아즈에게 사 오라고 하세요. 당근 크림을 만들어 줄 거예요. 그리고 이 모든 걸 함께 먹으면 재미있겠어요. 우리가 듣는 소리를 모두 맛있는 음식으로 바꾸는 셈이니까. 오! 제발 프랑수아즈에게 차라리 검정 버터 소스를 친 가오리 요리**를 만들어 달라고 하세요. 정말 맛있어요." "내 귀여운 당신, 그렇게 할게요. 거기 그렇게 있지 말아요. 아니면 채소 과일 장수가 외치는 것은 모두 사 달라고 하겠어요." "좋아요. 나갈게요. 하지만 앞으로 저녁 식사는 거리에서 외치는 소리가 난 것만 먹을래요. 너무 재미있어요. '연하고 푸른 줄기 콩이 왔어요. 푸른 줄기 콩이 왔어요.'

---

* 『잃어버린 시간을 찾아서』 6권 298쪽 주석 참조. "거대한 바다가 바람으로 요동칠 때 타인의 불행을 보는 일은 감미롭도다."에서 일부가 생략된 채 인용되었다. "바람으로 요동칠 때"를 문맥에 맞게 수정해서 옮긴다.

** 가오리를 물에 익힌 다음, 버터에 식초와 케이퍼를 넣은 검정 소스를 얹는 요리이다.

라는 소리를 들으려면 아직 두 달이나 기다려야겠군요. 얼마나 멋진 말이에요. 연한 줄기 콩이라니!* 전 식초 드레싱 소스에 흠뻑 적신 가느다란 줄기 콩 요리를 좋아해요. 먹는다는 느낌도 들지 않고 이슬방울처럼 싱그러우니까요. 슬프게도! 하트 모양의 크림치즈 무스는 아직 나오려면 멀었어요. '맛있는 크림치즈요, 크림치즈요, 치즈요!' 그리고 퐁텐블로의 샤슬라 백포도주,** '맛있는 샤슬라가 있어요.'라는 소리도 들으려면 멀었고요." 샤슬라가 나올 시기까지 그녀와 함께 그 모든 시간을 보내야 한다고 생각하니 나는 겁이 났다. "내 말 좀 들어 봐요. 나는 조금 전에 거리에서 외치는 소리가 난 것만 원한다고 말했지만, 물론 예외도 있어요. 그래서 말인데요, 내가 르바테 제과점***에 들러 우리 두 사람이 먹을 아이스크림을 주문하는 게 전혀 불가능하지는 않아요. 당신은 아직 아이스크림 철이 아니라고 말할지 모르겠지만, 난 무척 먹고 싶어요." 나는 르바테 제과점에 들른다는 계획이, "불가능하지는 않아요."라는 말 때문에 더욱 확실해지고 수상쩍게 생각되었으므로 마음이 불안했다. 그날은 베르뒤랭 부부가 방문객을 맞는 날로, 스완이 르바테가 최고 제과점이라고 말한 뒤부터 베르뒤랭 부부는 이곳에서 아이스크림과 프티 푸르 과자를 주문해 왔다. "아이스크림에 대해서는 전혀 반대할 생각이 없어요. 그러나 주문은 나에게 맡겨요. 푸아레블랑슈에서 주문할지 르

---

* 여기서 '연한'이라고 옮긴 tendre에는 '다정한'이라는 의미도 있다.

** 파리 근교 퐁텐블로에서 재배되는 포도로 만든 디저트용 백포도주이다.

*** 『잃어버린 시간을 찾아서』 3권 309~310쪽 참조.

바테나 리츠 호텔에서 주문할지는 나도 아직 모르겠지만 여하튼 생각해 볼게요."* "그렇다면 외출하려고요?" 하고 그녀는 경계하는 표정으로 말했다. 그녀는 언제나 내가 더 자주 외출하면 기쁘겠다고 단언했지만, 내가 집에 있지 않으리라는 말 한마디만 비춰도 불안해하는 표정으로 보아 내가 계속 외출하는 모습을 보면 기쁘겠다는 말이 어쩌면 진심이 아닐지도 모른다는 생각이 들었다. "외출을 할지 안 할지는 모르겠지만, 당신도 잘 알다시피 난 계획을 미리 세우는 사람이 아니잖아요. 어쨌든 아이스크림은 거리에서 외치는 것도, 밀고 다니는 것도 아닌데 왜 그렇게 원하는 거죠?"** 그러자 그녀는 발베크 이후부터 지성이나 잠재적 안목이 얼마나 갑자기 발전했는지를 보여 주는 그런 말로, 오로지 나의 영향과 나와의 지속적인 동거 생활 덕분이라고 주장하는 그런 종류의 말로 대답했는데, 그렇지만 나 자신은, 마치 어느 미지의 인간으로부터 일반 대화에서는 문학적 형식의 표현을 절대로 쓰면 안 된다는 금지령을 받은 것처럼, 결코 쓰지 않았을 말이었다. 어쩌면 나와 알베르틴의 미래는 같은 것이 아니었는지도 모른다. 나는 그녀가 대화 중에 서둘러 '문어체적인' 이미지를 사용하는 것을

---

* 푸아레블랑슈는 파리 7구 생제르맹 대로에 위치하며, 리츠 호텔은 파리의 방돔 광장에 위치한 최고급 호텔이다.

** 1900년 전에도 이미 파리 거리에는 아이스크림 장수가 있었는데, 외젠 앗제(Eugène Atget)가 찍은 19세기 파리 풍경 사진에도 아이스크림 손수레를 끌고 다니는 사람이 등장한다. 여기서 말하는 아이스크림은 물론 고급 제과점이나 호텔에서 파는 디저트용 아이스크림으로, 기념물 모양으로 만든 것을 가리킨다.(『갇힌 여인』, 펭귄북스, 661쪽 참조.)

보면서 그런 예감을 했고, 또 나로서는 아직 모르는 그 표현이 뭔가 보다 성스러운 용도를 위해 마련된 것이 아닌가 하는 생각을 했다. 그녀가 내게 말했다.(그럼에도 나는 깊은 감동을 받았는지 이렇게 생각했다. '물론 나는 그녀처럼 말하지 못할 거야. 그렇지만 만일 내가 없다면 그녀도 그렇게 말하지 못할 테지. 내 영향을 깊이 받았으니까. 그러니 아무리 나를 사랑하지 않으려고 해도 사랑할 수밖에 없어. 내 작품이니까.') "거리에서 들리는 음식이 좋은 것은 처음엔 랩소디처럼 들리던 것이 식탁에 오르면서 그 성질이 변해 미각을 자극하기 때문이에요. 아이스크림으로 말하자면(오래전에 유행했지만 지금은 구식인 건축물 모양의 주물에서 만들어진 아이스크림을 당신이 주문해 주었으면 좋겠어요.) 신전이나 성당, 오벨리스크와 바위 모양의 아이스크림을 먹을 때마다, 그림이 그려진 지리책에 있는 것을 보는 듯해 먼저 그걸 바라본 뒤에, 다음으로 산딸기나 바닐라 건축물을 목구멍 속에서 차가운 감각으로 바꾼답니다." 나는 그녀가 조금은 지나치게 세련되게 표현한다고 생각했지만, 그녀는 내가 자신의 말을 그저 세련된 표현으로 생각한다고 여겼는지, 자신의 비유가 성공적으로 느껴질 때면 말을 멈추고 멋진 웃음을 터뜨렸는데, 내게는 그 웃음이 너무도 관능적으로 보여 잔인하게 느껴지기까지 했다. "어머, 당신이 리츠 호텔에서 방돔 기둥* 모양의 아이스크림이나, 초콜릿 또는 산딸기 아이스크림

* 파리 1구 방돔 광장에는 나폴레옹의 오스테를리츠 전투 승리를 기념하는 기둥이 세워져 있는데, 방돔 기둥 혹은 방돔 탑으로 불린다. 그리고 탑문이라고 옮긴 pylône은 이집트의 신전 입구를 장식하던 일련의 탑들을 가리킨다.

을 발견할 수 있을지는 모르겠지만, 봉헌 기둥이나 '차가운 맛'을 찬미하기 위해 세워진 탑문(塔門)이 늘어선 길로 보이려면 그런 아이스크림이 여러 개 필요할 거예요. 그들은 산딸기 오벨리스크도 만드는데, 그것이 내 갈증의 타는 사막에 여기저기 세워지면, 나는 그 장밋빛 화강암을 목구멍 깊숙이에서 녹일 테고, 그러면 오아시스보다 더 갈증을 해소해 주겠죠.(여기서 그녀는 자신의 우아한 표현에 만족했거나, 아니면 그렇게 연속적인 이미지로 표현한 데에 대해 스스로 냉소하거나, 아니면 서글프게도! 입속에서 달콤하고 차가운 것을 느끼는 신체적 쾌감으로 인해 뭔가 성적 쾌감에 버금가는 것을 느꼈는지, 가슴 깊은 곳에서 우러나오는 웃음을 터뜨렸다.) 때로는 리츠 호텔의 아이스크림 봉우리가 로즈 산처럼 보이기도 한답니다. 그리고 레몬 아이스크림은 내가 싫어하지는 않지만, 건축물 형태는 아니고, 엘스티르가 그린 산처럼 불규칙하고 가파르지요. 이 경우 그것은 엘스티르가 그린 산에 쌓인 그 더럽고 희끄무레한 눈처럼 너무 하얗지 않고 조금은 노란빛을 띠어야 해요. 그렇게 클 필요도 없어요. 당신이 원한다면 아이스크림 반쪽이라도 상관없어요. 이런 레몬 아이스크림은 아주 큰 비율로 축소된 산의 모형 같지만, 마치 일본식 분재 앞에서 그래도 삼나무나 떡갈나무, 만치닐 나무를 알아보는 것처럼, 우리의 상상력이 그 비율을 회복한답니다. 그래서 그중 몇 개를 내 방에서 작은 도랑을 따라 배치해 놓으면, 거대한 숲이 강 쪽으로 흘러가고, 거기서 아이들은 길을 잃은 듯하겠죠. 마찬가지로 나의 반쪽짜리 노란 레몬 아이스크림 기슭에는 마부와 나그네들과 역마차가 보이는데, 그 위로 내 혀가 차가운 눈사태를 일으키게 하는 일을 맡아, 눈사태가 그것들을 모두 집어삼킨답니다.(그녀는 내 질투심을 불러일으키는 잔인한 쾌감의 빛을 띠며 그 말을 했다.) 마찬가지로," 하고 그녀가 말을 이었다. "내 입술은 딸기로 만들어진 베네치아의 반암 성당 기둥을 하나씩 무너뜨리고, 남겨진 부분은 신도들 위로 떨어뜨리는 일을 맡기도 하죠. 그래요, 이 모든 건축물은 돌로 만들어진 자리에서 내 가슴속으로 들어와 그 녹아드는 차디찬 맛으로 벌써 시리게 하죠. 하지만 아이스크림을 제외하고도, 온천지 광고처럼 우리를 자극하고 갈증을 주는 것도 없을 거예요. 몽주뱅의 뱅퇴유 양 댁 근처에는 맛있는 아이스크림 가게는 없었지만, 우리는 정원에서 매일 프랑스 일주를 하면서 다른 종류의 탄산수를, 비시 광천수 같은 것을 마시곤 했죠. 그것은 따르기만 해도 유리컵 바닥에서 하얀 구름이 솟아올라 재빨리 마시지 않으면 금방 가라앉아 사라져 버렸어요." 하지만 나는 몽주뱅 이야기를 듣는 것이 너무도 괴로웠다. 그녀의 말을 중단시켰다. "내가 당신을 따분하게 하나 봐요, 안녕, 내 사랑." 발베크 이후 그녀가 얼마나 변했는지, 엘스티르라 해도 알베르틴에게서 이처럼 풍요로운 시정(詩情)은 짐작하지 못했으리라. 셀레스트 알바레에 비하면 기이함이나 독창성이 떨어지는 시정이었지만 말이다. 그런데 셀레스트는 어제 저녁만 해도 나를 보러 와서는 침대에 누운 나를 발견하고 이렇게 말했다. "침대에 하강한 천상의 위엄이여!" "왜 '천상의'라고 말하죠, 셀레스트?" "오! 당신이 누구와도 닮지 않았기 때문이죠. 우리의 비천한 지상을 편력하는 사람들이 가진 뭔가가 당신에게도 있다고 생각한다면 큰 착각이에요." "어쨌든, 그렇다면 왜 '하강한'이라고 한 거죠?" "왜냐하면 당신에게는 누운 사람의 모습이 전혀 보이지 않으니까요. 당신은 침대에 있지 않고, 움직이지도 않고, 천사들이 당신을 거기 내려놓기 위해 하강한 모습 같거든요." 알베르틴은 결코 이런 표현을 찾아내지 못했을 테지만, 사랑이 끝나는 듯 보이는 이런 시기에도 사랑은 일방적이다. 나는 소르베 아이스크림에 '다양한 그림이 그려진 지리책'을 셀레스트의 표현보다 좋아했는데, 쉽게 접할 수 있는 매력이 내게는 알베르틴을 사랑하는 이유이자, 내가 그녀에 대해 가진 영향력과 나에 대한 그녀의 사랑을 입증하는 것처럼 보였기 때문이다.

알베르틴이 방에서 나가자 움직임과 삶을 끝없이 갈망하는 그녀의 지속적인 현존이 나를 얼마나 피로하게 하는지 느낄 수 있었다. 그녀의 존재는 나의 잠을 방해하고, 문을 열린 채로 두어 끊임없이 찬바람을 맞으며 살게 했고, 또 날마다 나로 하여금 — 너무 아픈 것처럼 보이지 않으면서 그녀를 동반하지 않아도 될 구실을 찾고, 동시에 그녀를 동반할 다른 누군가를 찾으면서 — 셰에라자드*보다 더 많은 기지를 발휘하게 했다. 불행하게도 동일한 기지로, 이야기꾼인 페르시아 여인은 자신의 죽음을 지연시킬 수 있었지만, 나는 나의 죽음을 재촉할 뿐이었다. 이렇게 우리의 삶에는 사랑에서 비롯된 질투의

* 셰에라자드는 『천일야화』의 여주인공으로 「갇힌 여인」의 주된 모티프를 구성한다. 『천일야화』에 대해서는 『잃어버린 시간을 찾아서』 4권 433쪽, 7권 412~414쪽 참조.

감정이나 허약한 건강으로 인해 젊고 활동적인 사람과 삶을 공유할 수 없는 데서 생기지는 않지만, 그래도 계속 같이 살아야 할지, 아니면 예전에 따로 살던 삶으로 돌아가야 할지 하는 문제가 거의 의학적인 방식으로 제기되는 몇몇 상황이 존재한다. 우리는 두뇌의 휴식 또는 가슴의 휴식이라는 두 종류의 휴식 중(나날의 과로를 계속하면서 또는 부재의 고뇌로 다시 돌아가면서), 어느 쪽에 자신을 바쳐야 할까?

어쨌든 나는 앙드레가 알베르틴과 함께 트로카데로에 가 준다고 해서 기뻤다. 최근에 일어난 일로, 게다가 대수롭지 않은 일이긴 했지만, 물론 운전사의 성실함은 변함없이 신뢰했으나, 그의 감시, 적어도 그의 예리한 감시가 예전 같지 않아 보였기 때문이다. 이를테면 나는 최근에 알베르틴을 운전사와 단둘이만 베르사유에 보낸 적이 있었다. 알베르틴은 레제르부아르에서 점심 식사를 했다고 했다. 그런데 운전사가 바텔 레스토랑이라고 했으므로* 그 모순을 발견한 날, 나는 알베르틴이 옷을 입는 동안 뭔가 구실을 붙여 운전사와 얘기를 나누려고 내려갔다.(우리가 발베크에서 만난 적 있는 바로 그 운전사였다.) "당신은 바텔에서 점심을 먹었다고 했는데, 알베르틴 양은 레제르부아르라고 하고. 도대체 어떻게 된 일이죠?" 운전사가 대답했다. "아! 제가 바텔 식당에서 점심을 먹었다

* 바텔 레스토랑은 베르사유의 레제르부아르 거리에 위치한다. 프루스트는 같은 거리에 있는 레제르부아르 호텔에 1906년과 1908년에 숙박한 적이 있으며, 1913년 말에는 아고스티넬리를 뷔크 항공 학교에 등록시키기 위해, 그 학교 교장과 만났다고 한다.(「갇힌 여인」, 플레이아드 III, 1729쪽 참조.)

고 말했지만, 아가씨가 어디서 점심을 드셨는지는 알 수 없어요. 베르사유에 도착하자마자 아가씨는 나를 떠나 삯마차를 타러 가셨거든요. 갈 길이 멀지 않을 때면 삯마차를 선호하시죠." 그녀가 혼자 있었다는 생각만으로도 나는 이미 화가 차올랐다. 그렇지만 그것은 점심 식사 시간에 지나지 않았다. "당신은," 하고 나는 상냥한 표정으로 말했다.(나는 적극적으로 알베르틴을 감시하는 듯 보이고 싶지 않았는데, 그 일이 내게는 수치스러웠고, 또 그녀가 자신의 행동을 숨긴다는 걸 의미했으므로 이중으로 수치스러웠기 때문이다.) "아가씨와 함께 식사하지는 않아도, 같은 식당에서 식사할 수는 있었을 텐데요." "하지만 아가씨가 저녁 6시에 아름 광장으로 오라고 하셨거든요. 점심 식사가 끝났을 때는 오지 말라고 했어요." "아!" 하고 나는 낙담한 모습을 감추려고 애쓰면서 말했다. 다시 위층으로 올라갔다. 그러니까 알베르틴은 혼자서, 스스로에게 방치된 채로 일곱 시간 이상을 보냈던 것이다. 나는 사실 삯마차가 운전사의 감시를 떨치기 위한 술책으로만 쓰이는 게 아니라는 점을 잘 알고 있었다. 알베르틴은 시내에서 삯마차를 타고 돌아다니기 좋아했는데, 풍경도 더 잘 보이고 공기도 더 부드러워서라고 했다. 그럼에도 불구하고 그녀는 일곱 시간을 보냈고, 나는 그 시간에 대해 아무것도 알지 못할 것이다. 또 그 시간을 어떤 식으로 사용했는지 감히 생각할 수도 없었다. 나는 운전사의 행동이 서툴렀다고 생각했지만, 이후부터 그를 절대적으로 신뢰하게 되었다. 만일 그가 알베르틴과 조금이라도 공모했다면, 오전 11시부터 오후 6시까지 그녀를 자유롭게 내버려 두었다는 말은 결코 하지 않았을 것이기 때문이다. 운전사의 고백에 대해서는, 좀 엉뚱하긴 하지만 다음과 같은 설명도 가능했다. 즉 운전사와 알베르틴 사이에 어떤 불화가 생겨, 그 때문에 내게 작은 사건을 폭로함으로써 내 여자 친구에게 자기가 원한다면 말할 수 있는 남자임을 보여 주고, 또 이런 지극히 가벼운 첫 번째 경고 후에도 그녀가 곧장 자기 뜻에 응하지 않는다면 솔직하게 털어놓겠다는 걸 보여 주기 위해 행동이라는 설명이. 그러나 이는 황당한 설명이었는데, 우선 알베르틴과 운전사 사이에 존재하지도 않는 불화를 가정해야 했고, 또 늘 상냥하고 착한 청년으로 보이던 그 잘생긴 운전사에게 공갈범과 같은 성격을 부여해야 했기 때문이다. 게다가 이틀 후부터 나는 내가 의심 많은 광기에 사로잡혀 잠시 생각했던 것 이상으로, 그가 알베르틴에 대해 신중하면서도 예리한 감시를 하고 있음을 알게 되었다. 그를 따로 불러 그가 베르사유에 대해 했던 이야기를 언급할 수 있었던 나는, 다정하고도 거리낌 없는 태도로 말했다. "이틀 전에 당신이 말했던 그 베르사유 산책 말인데요, 그것은 그런대로 완벽했어요. 당신도 여느 때처럼 완벽했고요. 그래도 중요한 건 아니지만 미미한 참고 사항을 말해 보면, 봉탕 부인이 내게 조카딸의 보호를 맡긴 뒤부터, 나는 무거운 책임감을 느끼고 있기에 무슨 사고나 나지 않을까 무척 걱정이 되고, 또 아가씨를 동반하지 못해서 몹시 자책하고 있는데, 이렇게 믿을 수 있고 능숙한 당신이라면 사고가 날 리도 없으니, 당신이 알베르틴 양을 위해 이리저리 운전해 주면 좋겠네요. 그러면 나는 걱정할 필요가 없겠어요." 그 사도(使徒) 같은 매력적인 기술자는 성체 십자가 모양의 살이 부착된 둥근 핸들에 손을 기댄 채 교활하게 웃고 있었다.* 그러고는 내게 이런 말을 했는데, 나는 그 말에(마음속 불안을 쫓아내고 즉시 기쁨으로 바꾸어 놓는) 그의 목에 달려들고 싶을 정도였다. "걱정하지 마세요." 하고 그가 말했다. "아가씨께는 아무 일도 없을 겁니다. 내 핸들이 아가씨를 모시고 다니지 않을 때는, 내 눈이 어디서나 아가씨를 좇을 테니까요. 베르사유에서는 아무것도 하지 않는 척하면서, 말하자면 아가씨와 함께 시내를 방문했어요. 레제르부아르 식당에서 아가씨는 베르사유 궁으로 가셨고, 궁에서는 트리아농**으로 가셨는데, 저는 아가씨를 보지 않는 척하면서 내내 따라다녔죠. 가장 놀라운 사실은 아가씨가 저를 보지 않았다는 거예요. 오! 아가씨가 나를 보았다 해도, 별문제는 안 됐을 거예요. 하루 종일 할 일이 없으니 나 또한 궁전을 방문하는 게 지극히 자연스러웠으니까요. 게다가 아가씨도 틀림없이 내가 책을 읽는 등 이 모든 오래된 명소들에도 관심을 두고 있음을 알아차렸을 겁니다.(사실이었다. 만일 그가 모렐의 친구인 걸 알았다면 나는 더욱 놀랐으리라. 그만큼 그는 섬세함에서나 안목에서나 바이올리니스트를 훨씬 능가했다.) 하지만 어쨌든 아가씨는 저를 보지 못했어요." "그런데 아가씨는 틀림없이 친구들을 만났을 텐데요. 베르사유에 친구가 여러 명 있거든요." "아뇨, 늘 혼자였어요."

---

* 『잃어버린 시간을 찾아서』 8권 311쪽 주석 참조.

** 루이 14세 때 세워진 그랑 트리아농과 루이 15세 때 세워진 프티 트리아농은 모두 베르사유 궁전 정원 안에 있다.

"그렇다면 사람들이 쳐다보았겠네요. 저렇게 눈부신 아가씨가 혼자였으니!" "사람들이 아가씨를 쳐다본 건 확실해요. 하지만 아가씨는 거의 아무것도 알아차리지 못하고, 줄곧 눈길을 안내 책자에만 쏟다가 그림을 볼 때만 쳐들더군요." 운전사의 이야기는, 실제로 알베르틴이 산책 갔던 날 내게 보내온 것이 각각 베르사유 궁과 트리아농 궁을 표현한 '엽서'였으므로 더 정확해 보였다. 그 친절한 운전사가 주의 깊게 알베르틴의 발자취를 매번 따라가 준 데 대해 나는 깊이 감동했다. 어떻게 이 수정된 이야기가 — 이틀 전에 한 이야기를 보다 상세하게 보충하는 형태로 주어진 — 운전사가 내게 해 준 말에 겁먹은 알베르틴이 이틀 사이에 그에게 굴복하고 화해한 결과라는 것을 상상이나 할 수 있었겠는가? 이런 의혹은 내게 떠오르지도 않았다.

운전사의 이야기는 알베르틴이 나를 속였을지도 모른다는 우려를 확실히 제거했고, 그래서 내 여자 친구에 대한 열기도 자연스럽게 식게 했으며, 그녀가 베르사유에서 보낸 하루에 대해서도 관심을 덜 가지게 했다. 그렇지만 알베르틴을 결백하게 하면서 보다 따분한 여자로 만드는 이런 운전사의 설명만으로는 내 마음이 그렇게 쉽게 진정되지 않았다. 어쩌면 며칠 사이에 내 여자 친구의 이마에 난 두 개의 부스럼이 내 마음을 바꾸는 데 더 많이 기여했는지도 모른다. 내 마음은 알베르틴으로부터 멀어졌으며 어쨌든 우연히 만난 질베르트의 하녀가 털어놓은 그 기이한 속내 때문에, 알베르틴의 얼굴을 볼 때를 제외하고는 그녀의 존재마저 잊을 정도였다. 내가 날마다 질베르트의 집에 찾아갔던 시절, 질베르트는 한 젊은 남자를 사랑했으며, 그래서 나보다 그를 더 자주 만났다고 하녀가 가르쳐 주었다. 그 시기에 나도 잠시 그런 의심을 했고, 그 말을 해 준 하녀에게 그에 관한 질문을 하기도 했다. 그러나 하녀는 내가 질베르트를 좋아한다는 사실을 알고는 모든 것을 부인했고, 질베르트 양은 그 젊은이를 만난 적이 결코 없다고 맹세했다. 그런데 이제 내 사랑이 오래전에 죽었으며, 또 몇 해 전부터는 질베르트의 편지에 답장조차 하지 않는다는 점을 알고 — 어쩌면 또한 더 이상 질베르트의 시중을 들지 않아서인지는 모르지만 — 그녀 스스로가 이제 이 사랑의 일화를 통해 내가 알지 못했던 것을 하나도 빼놓지 않고 모두 얘기해 주었다. 그렇게 하는 것이 당연해 보였던 모양이다. 나는 당시 하녀가 했던 맹세를 떠올리면서 하녀가 그 일을 알지 못한다고 믿었다. 그런데 정반대로 그녀 스스로가 스완 부인의 명에 따라, 내가 사랑하는 소녀가 혼자 있을 때면 즉시 젊은 남자에게 알려 주러 갔다고 했다. 그때 나는 질베르트를 얼마나 사랑했었는지……. 그러나 내 옛 사랑이 내가 믿는 것처럼 정말로 죽었는지 잠시 생각해 볼 정도였는데, 그만큼 그 이야기가 나를 고통스럽게 했기 때문이다. 죽은 사랑이 질투에 의해 다시 깨어날 수 있다고는 믿지 않았으므로, 나의 이런 서글픈 인상은 적어도 부분적으로 내 상처받은 자존심에서 비롯한다고 생각했다. 왜냐하면 내가 싫어하는 여러 사람들이, 그 시기 혹은 조금 나중에라도 — 그 후에는 모든 것이 변했으므로 — 나에 대해 경멸하는 태도를 취하는 척했고, 내가 질베르트를 사랑하는 동안에도 내가 속고 있음을 분명히 알고 있었기 때문이다. 그리고 이 사실을 회고적으로 돌아보면서, 나는 질베르트에 대한 내 사랑에는 얼마간 자존심이 섞여 있었던 것은 아닌지 자문하기도 했는데, 왜냐하면 그토록 나를 행복하게 해 주었던 그 모든 애정의 시간이, 실은 나를 놀리려는 내 여자 친구의 진짜 속임수에 지나지 않았으며, 나를 좋아하지 않은 사람들이 그 사실을 알았던 걸 보면서 무척 마음이 괴로웠기 때문이다. 어쨌든 사랑이든 자존심이든 질베르트는 내게서 거의 죽은 것이나 다름없었으나, 그래도 완전히 죽은 것은 아니었으며, 또 이런 불편한 마음이 내면에서 그토록 작은 부분밖에 차지하지 못하는 알베르틴에 대한 지나친 우려도 방해했다. 그렇지만 그녀와 그녀의 베르사유 산책 이야기로 다시 돌아가 보면(이런 긴 여담 후에) 베르사유의 우편엽서는(그렇다면 우리의 마음은 각각 다른 사람과 관계되는 두 가지 방향으로 교차하는 질투심으로 인해 동시에 충돌할 수 있단 말인가?) 서류를 정리하다 내 눈이 그 엽서에 닿을 때마다 조금은 불쾌한 인상을 주었다. 운전사가 그렇게나 성실한 사람이 아니었다면, 그의 두 번째 이야기와 알베르틴이 보낸 '엽서'의 일치는 별 의미가 없었을 것이다. 왜냐하면 베르사유에 간 사람이야 당연히 궁전과 트리아농 엽서를 처음으로 보내지 않겠는가? 적어도 세련된 안목을 가진 사람이 특정 동상을 좋아해서 그 동상을 고르든가, 아니면 어느 바보 같은 녀석이 역마차 역과 샹티에* 역을 전망으로 한 엽서를 고르지 않는다면 말이다.

---

* 베르사유 역의 공식 명칭은 베르사유-샹티에 역이다. 샹티에라는 이름은

게다가 바보 같은 녀석이라니, 내 말은 틀렸다. 그런 우편엽서는 언제나 바보들만 사는 게 아니라, 우연히 베르사유에 왔다가 호기심 때문에 사기도 하니까 말이다. 이 년 동안 지성인들이나 예술가들은 시에나와 베네치아와 그라나다를, 우리가 늘 반복해서 말하는 그런 상투적인 명소로 간주했으며, 또 보잘것없는 합승 마차나 모든 열차만 보아도 "여기 아름다움이 있다."라고 말했다. 그러다 이런 취향도 다른 것처럼 사라졌다. 나는 우리가 다시 "과거의 가장 고귀한 것을 파괴하는 신성 모독"으로 회귀한 것은 아닌지도 알지 못한다. 여하튼 일등석 객차를 베네치아의 산마르코 성당보다 아름답다고 '선험적으로' 간주하는 일은 이제 끝났다. 그렇지만 사람들은 정확한 결론은 내리지 못한 채, 여전히 "여기에 진짜 삶이 있고, 과거로의 회귀는 가짜다."라고 말했다.* 어쨌든 나는 운전사를 절대적으로 신뢰했고, 알베르틴이 그를 멀리 떼어 버리려고 할 때 자신이 염탐꾼으로 보일까 봐 걱정돼서 거절하지 못하는 경우를 대비하여, 한동안은 운전사의 보호만으로도 충분하다고 생각했던 것을, 앙드레를 보강하고 나서야 알베르틴을 외출하게 했다. 그때 나는 그녀를 운전사와 단둘이서 사흘

17세기에 성을 건축할 때 위치한 동네가 이미 돌을 깎는 '건설 현장'이었던 데서 유래한다. 이 책에서 말하는 것은 1932년에 건설된 현재의 베르사유 역이 아니라, 1849년에 건설된 역을 가리킨다.

* 미학적 유행에 대한 프루스트의 견해를 미리 표명한 것으로 『되찾은 시간』에서 보다 자세히 다루어진다.(「갇힌 여인」, 플레이아드 III, 1729; 「되찾은 시간」, 플레이아드 IV, 471~472쪽 참조.)

이나 집을 비우게 했고(그 후부터는 더 이상 그렇게 할 용기가 나지 않았지만), 발베크 근교까지도 가게 했는데, 그토록 알베르틴이 무개차에 몸을 기대어 전속력으로 달리고 싶어 했기 때문이다. 그 사흘 동안 내 마음은 평온했다. 비록 브르타뉴 우체국의 형편없는 행정 때문에(여름에는 잘 돌아가지만 겨울에는 필시 뒤죽박죽인) 그녀가 비 오듯 연달아 보낸 엽서가 알베르틴과 운전사가 귀가하고도 일주일이 지난 뒤에야 도착했지만 말이다. 그들은 얼마나 용감했던지, 귀가한 바로 그날 아침부터 아무 일도 없다는 듯 나날의 산책을 다시 시작했다. 하지만 베르사유 사건 이후 나는 많이 변했다. 오늘 알베르틴이 트로카데로의 낮 '특별' 공연에 가겠다고 해서 기뻤고, 특히 앙드레라는 동반자가 있어서 안심했다.

지금은 알베르틴이 외출했으므로 이런 생각은 접고 잠시 창가로 갔다. 처음 순간 조용했던 거리에 소의 내장을 파는 장사꾼의 호루라기 소리와 전차 경적 소리가, 마치 장님 피아노 조율사가 내는 소리처럼, 대기 속에서 다른 옥타브로 울렸다. 그 뒤섞인 모티프가 조금씩 뚜렷해지면서, 새로운 모티프가 합류했다. 다른 호루라기 소리도 들렸는데, 무슨 물건을 파는지 알아들을 수 없는 외침이, 정확히 전차의 경적 소리와 비슷했지만, 전차처럼 속도를 내어 달리지는 않았으므로 사람들은 마치 움직이는 힘이 부족한, 혹은 고장 난 전차 하나가 꼼짝하지 않고 죽어 가는 짐승처럼 짧은 간격을 두고 소리를 지른다고 생각했을 것이다.

그리하여 만일 언젠가 이 귀족 동네를 떠난다면 — 완전히 서민적인 동네로 이사 가지 않는 한 — 중심가의 거리나 대로는(과일 장수나 생선 장수 같은 이들이 커다란 식품 가게에 자리 잡아 장사꾼의 외침을 불필요하게 하고, 더 나아가 그 소리조차 들을 수 없는), 소규모의 장사나 먹거리 행상들이 외쳐 대는 온갖 호칭 기도문들이 걸러지고, 나를 아침부터 매료시키러 오는 그 오케스트라 소리도 제거되어, 아주 음산하고 사람도 살 수 없는 헐벗은 곳으로 보일 것 같았다. 보도 위로 어느 세련되지 못한 여인이(혹은 보기 싫은 유행을 따르는) 지나치게 밝은 빛깔의, 염소 털로 만든 헐렁한 여름용 반코트를 입고 지나갔다.* 아니, 여인이 아니었다. 염소 가죽으로 몸을 감싼 운전사가 차고를 향해 걸어가는 중이었다. 큰 호텔에서 빠져나오는 그 날개 달린 제복의 종업원들은, 가지각색으로 변하는 얼굴빛을 하고, 아침 기차로 오는 여행객들을 맞이하기 위해 자전거에 몸을 꼭 붙인 채 달리고 있었다. 바이올린처럼 귀를 먹먹하게 하는 소리가 때로는 지나가는 자동차에서, 때로는 내가 전기주전자에 물을 충분히 붓지 않아서 나기도 했다. 이런 교향악 한가운데 어울리지 않는 한물간 '노래'가 흘러나왔다. 다시 말해 보통 크레셀 악기의 반주를 자기 노래에 곁들이던 사탕 장수를 대신해서, 원추형 군모에 인형을 달고 모든 방향으로 흔드는 장난감 장수가 다른 인형들을 전시하면서, 그레고리우스 교황의 전례 낭송법이나 팔레스트

* 원문에는 '팔르토 사크(paletot sac)'로 표기되었다. 일종의 헐렁한 여름용 반코트를 가리킨다.

리나가 개혁한 낭송법, 또 현대인의 서정적 낭송법 따위는 개의치 않고, 순수 멜로디의 뒤늦은 주창자처럼 목청껏 노래를 불렀다.*

> 자, 오세요, 아빠들, 엄마들
> 귀여운 아이들을 기쁘게 해 주세요.
> 제가 만들고 제가 파는 거랍니다.
> 그 돈으로 그럭저럭 살아간답니다.
> 트라 라라라. 트라 라라라 레르,
> 트라 라라라라라라.
> 자, 오세요, 어린이들!

베레모를 쓴 키 작은 이탈리아인들은 이 '아리아 비바체'** 와 싸워 볼 시도조차 하지 못하고 말없이 그들의 작은 조각상들을 내밀고 있었다. 그동안 피리 부는 소년이 인형 장수를 물러나게 했고, 인형 장수는 "자, 오세요, 아빠들, 엄마들"이라는 노래를 여전히 빠른 속도로, 그러나 보다 희미하게 불렀다. 피리 부는 소년은 내가 아침마다 동시에르에서 들었던 그 용

---

* 팔레스트리나(Palestrina, 1525~1594)는 르네상스 시대의 작곡가로 단선율의 미사곡에 다성 음악의 양식을 도입하여 교회 음악의 새로운 지표를 세운 음악가로 평가된다. 그리고 '현대인의 서정적 낭송법'은 세자르 프랑크 학파를 연상시킨다고 지적된다.(「갇힌 여인」, 플레이아드 III, 1729쪽 참조.)

** 빠르고 생기 있게 부르는 노래.

기병들* 중의 하나였을까? 아니다. 그 소리에 "도자기 수선공이오. 유리나 대리석, 크리스털, 뼈와 상아, 골동품도 고칩니다. 수선공이 왔어요."라는 말들이 이어졌으니까. 정육점 왼쪽에 햇무리가 비쳤고, 오른쪽에는 소 한 마리가 통째로 걸렸는데, 정육점에서 일하는 매우 키 크고 날씬한 금발의 젊은이가 하늘색 작업복 깃 사이로 목을 드러내고, 현기증 날 만큼 빠른 속도로 세심한 주의를 기울이면서, 한쪽에는 맛있는 소고기 안심을, 다른 한쪽에는 최하급 우둔살을 분리하여 반짝거리는 저울에 올려놓았고, 저울 꼭대기에는 멋진 체인에 걸린 십자가가 늘어뜨려져 있었다. 그리고 그는 — 콩팥이나 소의 안심을 가지고 만든 투르느도**와 등심을 진열하기 시작했을 뿐인데 — 실제로 '최후의 심판' 날 그들의 품행에 따라 '선인'과 '악인'을 구분하고 영혼의 무게를 달면서 하느님을 위해 준비하는 착한 천사 같은 인상을 더 많이 주었다. 그러다 또다시 가늘고 섬세한 피리 소리가 공기 속에 올라왔고, 그러나 그것은 기병대가 행진할 때마다 프랑수아즈가 무서워하던 그런 파괴를 예고하는 소리가 아니라, '고미술 전문가'가 '수선'*** 을 약속하는 소리로 정말 순진한 건지, 아니면 빈정거리는 건지는 모르겠지만, 그는 어쨌든 전문가와는 거리가 먼, 매우 잡다한 분야에서 재주를 발휘하는 사람이었다. 빵 배달 소녀들

---

* 『잃어버린 시간을 찾아서』 5권 135쪽 참조.
** 안심에서 잘라 낸 살코기 주위에 베이컨이나 기름을 두른 스테이크용 고기.
*** 여기서 '고미술 전문가(antiquaire)'나 '수선(réparation)'에 따옴표가 붙은 것은 그것이 고물 장수 고유의 표현임을 말해 준다.

이 '점심 식사'를 위해 가늘고 긴 바게트 빵을 서둘러 바구니에 담았고, 우유 배달 소녀는 벨트 고리에 신속하게 우유병을 달았다. 이 소녀들에 대한 향수 어린 시선을 나는 과연 정확하다고 믿을 수 있었을까? 내 방 높이에서 가게 안에 있거나 거리로 도주하는 모습밖에 보이지 않는 소녀들 가운데 하나를 붙잡아 잠시 내 곁에 부동의 상태로 둘 수 있었다면, 소녀는 다른 모습으로 바뀌지 않았을까? 내 은둔의 삶 탓에 느끼는 상실감을, 다시 말해 나날의 삶이 내게 제공하는 풍요로움을 측정하기 위해서는, 살아 움직이는 프리즈가 펼쳐지는 순서에 따라 세탁물 또는 우유병 나르는 어떤 소녀를 가로막고, 한 순간 그녀를 움직이는 무대 장치의 실루엣처럼 내 방문의 액자 안으로, 문설주 사이로 잠시 지나가게 하고, 또 내 눈 아래에 붙잡으면서, 언젠가 그녀를 다시 찾는 데 필요한, 마치 조류학자나 어류학자가 새나 물고기를 풀어주기 전에 그 새나 물고기의 배에 이동 경로를 식별하기 위해 붙이는 기록표와도 유사한 정보를 얻어야 했다.

따라서 나는 프랑수아즈에게 우리 집에 세탁물이나 빵, 우유병을 수거하거나 배달하러 오는 소녀들 가운데 하나가 오면 — 프랑수아즈도 종종 심부름시킨 적 있는 — 심부름 보낼 일이 있으니 내게 보내 달라고 부탁했다. 이런 점에서 나는 엘스티르와 비슷했는데, 아틀리에 안에 내내 갇혀 있어야 했던 그는, 어느 봄날이면 숲이 제비꽃으로 가득하다는 걸 알고, 꽃을 보고 싶은 심한 갈증에 사로잡혀 문지기 여자를 시켜 제비꽃 다발을 사 오게 했다. 그때 감동한 마음으로 거의 환각에 사로잡힌 그가 눈 아래에서 본다고 믿은 것은, 자신이 그리려는 작은 식물 모형이 놓인 탁자가 아니라, 예전에 보았던 뾰족한 푸른 꽃 봉우리 아래 휘어진 수천 개의 구불구불한 줄기가 있는 숲속의 풀밭 전체로, 뭔가를 환기하는 꽃의 투명한 향기가 아틀리에 안에 가두고 있는 상상 속의 한 지대였다.*

세탁소 아가씨가 일요일에 온다는 생각은 하지 말아야 했다. 빵 배달 소녀도 운 나쁘게 프랑수아즈가 없는 사이에 초인종을 눌러, 길고 가느다란 바게트를 담은 바구니를 층계참에 놓고 가 버렸다. 과일 가게 소녀는 조금 뒤에 올 예정이었다. 한번은 내가 치즈를 주문하러 유제품 가게에 들어갔을 때, 어린 점원들 가운데 진짜 엄청난 금발에 아직은 아이 티가 나지만 키 크고, 여타의 배달 소녀들 가운데서도 조금은 도도한 자세로 꿈을 꾸는 것처럼 보이는 소녀가 눈에 띄었다. 멀리서만 보았고, 그것도 지나는 길에 아주 잠깐 보았으므로, 나는 그녀가 어떻게 생겼는지 말할 수 없다. 다만 지나치게 빨리 자라 숱 많은 머리털이, 모발의 특성이라기보다는 따로따로 나란히 늘어선 빙설이 구불구불한 무늬로 양식화된 조각품 같은 인상을 주었다. 그것이 내가 식별할 수 있는 것의 전부였고, 그 밖에도 여윈 얼굴에 지나치게 그린 듯한 코는(여자아이에게는 드문) 새끼 독수리의 부리를 연상시켰다. 게다가 그녀를 자세히 보지 못하도록 방해한 것은, 그녀 옆에 모여 있던 한 무

---

* 마네가 1872년에 그린 제비꽃 다발과 모네가 그린 꽃을 연상시킨다고 지적된다.(프루스트, 『에세이와 평론』, 플레이아드, 539쪽, 『갇힌 여인』, 플레이아드 III, 1730쪽 참조.)

리의 가게 친구들뿐만 아니라, 처음 순간이나 그 후에 내가 그녀에게 불러일으킨 감정이 야성적인 오만함인지, 아니면 비웃음인지 혹은 나중에 그녀가 친구들에게 표현한 대로 경멸의 감정인지 모를 정도로 매우 모호했기 때문이다. 내가 그녀에 관해 아주 짧은 순간 번갈아 가며 상상했던 이런 가정들이, 그녀 주변의 혼탁한 공기를 더욱 무겁게 했고, 그래서 그녀는 천둥 번개에 흔들리는 구름 속으로 여신처럼 몸을 피했다. 이는 정신의 불확실성이 눈의 구체적 결함보다 정확한 시각적 지각에는 더 큰 장애 원인이 되기 때문이다. 지나치게 여윈 모습으로 주목을 끈 그 어린 사람은, 그렇지만 다른 사람이라면 그녀의 매력이라고 불렀을 그런 과도함으로 나를 불쾌하게 했고, 그럼에도 아무것도 보지 못하게 했으며, 결과적으로 유제품 가게의 다른 소녀들에 대해 아무것도 기억하지 못하게 했다. 그녀의 매부리코와 불쾌한 눈길이, 생각에 잠긴 개성적이고 남을 판단하는 듯한 눈길이 주변의 경치를 어둡게 하는 금빛 번개처럼 다른 소녀들을 어둠 속에 잠기게 했다. 그래서 치즈를 주문하러 찾아간 유제품 가게에서 내가 기억하는 것은(얼굴 한복판에 다른 모양의 코를 열 개나 갖다 붙일 정도로 잘 쳐다보지 못한 얼굴에 대해서도 '기억한다'는 말을 할 수 있다면), 나에게 역겨움을 느끼게 한 그 소녀뿐이었다. 그러나 사랑이 시작하려면 이 정도로도 충분하다. 만일 그 소녀가 아직 어리지만 영악하고, 또 지나치게 멋을 부리는 바람에 동네에서 많은 빚을 져 곧 여주인을 떠날 거라고 프랑수아즈가 말하지 않았다면, 나는 그 엄청난 금발의 소녀를 망각하고 다시는 만나려

하지 않았을 것이다. 누군가는 아름다움이 행복의 약속이라고 말했다.* 그러나 역으로 쾌락의 가능성이 아름다움의 시작일 수도 있다.

나는 어머니의 편지를 읽기 시작했다. 세비녜 부인의 인용문 너머로("콩브레에서 내 상념이 완전히 검은빛이 아니라면, 적어도 회갈색 빛이라고 할 수 있구나. 매 순간 널 생각하고, 네 건강과 네가 일하기를 기원하면서도, 네가 얼마나 멀리 떨어져 있는지, 이 모든 것이 개와 늑대의 시간 사이에서 내게 무슨 생각을 하게 하는지 상상이 가느냐?")** 비록 아직 약혼녀에게 결혼하겠다는 의사를 표명하지는 않았지만, 우리 집에서 알베르틴의 체류가 연장되고 확고해지는 걸 보면서, 어머니가 불편해한다는 점을 느낄 수 있었다. 어머니가 보다 직접적으로 말하지 않은 것은, 내가 어머니의 편지를 이리저리 굴러다니게 할까 봐 걱정했기 때문일 것이다. 그래서 여전히 모호한 투였지만, 내가 편지를 받은 즉시 어머니에게 알리지 않았다고 나무라셨다. "너도 알다시피, 세비녜 부인은 '우리가 멀리 떨어져 있을 때면 보내 주신 편지 잘 받았어요, 라는 말로 시작하는 편지도 상관없다'***라고 했단다." 어머니는 본인을 가장 불안하게 하는

---

* 스탕달이 『연애론』 17장에서 한 말로, 보들레르가 『근대 생활의 화가』 1장에서 인용했다.

** 세비녜 부인이 딸인 그리냥 부인에게 1671년과 1675년에 보낸 편지에서 발췌하여 한데 인용했다.

*** 세비녜 부인이 그리냥 부인에게 1671년 보낸 편지로, 약간 수정해서 인용되었다.

것은 말하지 않고, 내 헤픈 씀씀이 때문에 화가 난다는 말씀만 하셨다. "도대체 돈을 다 어디에 쓰는 것이냐? 샤를 드 세비녜처럼 자신이 뭘 원하는지도, 또 자신을 '동시에 두세 명의 사람'으로 여긴다는 사실도 모르는 것 같아서 정말 괴롭구나. 하지만 적어도 돈을 낭비하는 일에서만은 샤를 드 세비녜를 닮지 말아 다오. 제발 너에 대해 '그 아이는 돈을 낭비하는 것처럼 보이지 않으면서도 돈을 낭비하고, 놀음을 하지 않으면서도 돈을 잃고, 빚을 갚지 않으면서도 돈을 지불하는 방법을 찾았다.'라고 말하지 않게 해 다오."* 어머니의 편지를 다 읽었을 때, 곧 프랑수아즈가 와서 언젠가 말한 적 있는, 조금은 지나치게 대담한 우유 배달 소녀가 와 있다고 말했다. "도련님의 편지를 전할 수 있고, 먼 곳이 아니라면 심부름을 시킬 수도 있어요. '빨간 모자'** 같은 아이예요." 프랑수아즈가 소녀를 찾으러 갔고, 나는 프랑수아즈가 소녀를 방으로 안내하면서 이렇게 말하는 소리를 들었다. "저런, 복도 때문에 겁을 먹은 모양이구나. 이 멍청이 같은 계집애야, 네가 이렇게까지 어색해할 줄은 몰랐다. 손을 잡고 데려가야만 하겠니?" 그리고 프랑수아즈는 자신이 주인을 존경하듯 다른 사람도 존경하기를 바라는 충직하고 선량한 하녀로서, 옛 거장의 그림에서 뚜쟁이들을 고상하게 하고, 그 뚜쟁이들 옆에서는 정부와 연인

---

* 세비녜 부인이 그리냥 부인에게 1680년에 보낸 편지로 약간 수정해서 인용되었다.(「갇힌 여인」, 플레이아드 III, 1730쪽 참조.)

** 샤를 페로(Charles Perrault, 1628~1703)가 1697년에 발표한 『옛날이야기』에 수록된 작품의 주인공.

마저 하찮은 존재로 지워져 버리는 그런 당당함을 과시했다.

엘스티르가 제비꽃을 바라볼 때는 제비꽃의 용도를 신경 쓸 필요가 없었다. 우유 배달 소녀가 들어오자, 나는 관조자(觀照者)로서의 평정심을 잃고, 오로지 편지를 전해 달라는 꾸며 낸 이야기를 사실처럼 보이게 할 생각에 빠져, 그녀를 자세히 바라보려고 들어오게 했으면서도 그렇게 보이지 않도록, 그녀를 감히 쳐다보지도 못한 채 매우 빠르게 편지를 쓰기 시작했다. 그녀는 내게, 언제나 당신을 기다리는 그런 집들의 멋진 여자에게서는 찾아볼 수 없는 미지의 매력으로 장식되어 있었다. 그녀는 옷을 벗거나 변장하지 않은, 진짜 유제품 가게에서 일하는 소녀, 우리가 가까이 다가갈 시간이 없어서 더욱 아름답다고 상상하는 소녀들 중 하나였으며, 뭔가 우리에게 삶에 대한 영원한 욕망, 영원한 회한을 안기는 존재 같았는데, 이런 이중의 흐름이 이제 방향을 바꾸어 우리 곁으로 인도된 것이었다. 이중의 흐름이라고 말한 이유는, 그녀가 우선 키나 몸의 비율, 무관심한 시선, 도도하면서도 침착한 태도로 인해 미지의 성스러운 존재로 감지되며, 다른 한편으로는 이런 그녀가 전문적인 업종에서 일하고, 그래서 그 특별한 복장이 다른 세계, 소설적인 세계로 우리를 도피하게 해 주리라고 생각되었기 때문이다. 그뿐만 아니라 사랑의 호기심에 대한 법칙을 간단한 공식으로 표현하려고 한다면, 우리는 그 공식을 거리에서 얼핏 본 여인과, 우리가 가까이 접근해서 애무하는 여인 사이의 최대 편차에서 찾아야 할 것이다. 예전에 사창가라고 불렀던 곳의 여인들이나 고급 화류계 여인들이(그들이 화류계 여인이라는 사실을 우리가 안다는 조건에서) 우리의 마음을 사로잡지 못한 이유는, 그들이 다른 여인들보다 아름답지 않아서가 아니라 항상 준비된 상태로 우리를 기다리며, 우리가 구하려고 애쓰는 것을 미리 알아서 제공하는, 즉 우리가 정복하고자 하는 대상이 아니기 때문이다. 이 경우 편차는 최소이다. 매춘부는 이미 거리에서 미소를 지으며 나중에 우리 곁에서도 그렇게 할 것이다. 우리는 조각가이다. 여인이 우리에게 보여 주었던 것과 완연히 다른 조각품을 여인으로부터 얻고자 한다. 우리는 해변에서 어느 무관심하고 무례한 소녀를 만났으며, 판매대에서 성실하게 열심히 일하며 친구들의 놀림거리가 되지 않기 위해서라도 우리에게 무뚝뚝하게 대답하는 여점원을, 거의 대답도 하지 않는 과일 가게 소녀를 만났다. 그때 우리는 그 도도한 해변의 소녀나 남의 말에 몹시 까다로운 여점원, 또는 방심한 과일 가게 소녀가 우리 쪽에서의 능란한 술책 덕분에 그들의 완강한 태도를 누그러뜨리고, 과일을 나르던 팔로 우리의 목을 감싸며 동의하는 미소를 짓고 우리 입술에 지금까지 냉담하거나 방심했던 눈길을 기울이지나 않을지 끊임없이 시험해 보려 한다. — 근무 시간에 동료들의 험담을 두려워하여 일하는 여자가 짓는 그 근엄한 눈길의 아름다움이여, 우리의 집요한 시선을 피하다가 이제 단둘이 마주하며 사랑을 나눌 얘기를 하자 너무도 환한 웃음의 무게로 눈동자를 떨구는 눈길! — 여점원과 다림질에 열중하는 세탁소 소녀, 과일 가게 소녀, 그리고 내 애인이 되려고 하는 바로 그 유제품 가게 소녀 사이의 편차는 최대치에 달해 양극단에 도달하며, 또 그 편차는 그들 직업의 일상적 동작으로 다양하게 나타난다. 일하는 동안의 팔은, 저녁이면 벌써 우리 목을 껴안고 입술은 키스할 준비가 된 채로 유연한 사슬 모양의 아라베스크 무늬를 그리는 팔과는 전혀 다른 모양을 만든다. 그러므로 우리는 이런 근엄한 소녀들, 또 직업 때문에 우리와 멀어진 소녀들 옆에서 끊임없이 불안한 시도를 재개하며 온 삶을 보내야 한다. 그런데 그들은 일단 우리 품 안에 안기면 더 이상 예전의 모습을 하지 않으며, 우리가 극복하려고 꿈꾸었던 거리감도 삭제된다. 하지만 우리는 다른 여인들과 다시 시작하고, 이런 시도에 우리의 모든 시간과 재산과 힘을 쏟아부으면서, 어쩌면 첫 번째 만남을 놓칠까 봐 마부에게 너무 느리게 마차를 몬다고 화를 내면서 만남의 열기에 휩싸인다. 그렇지만 이 첫 만남으로 인해 우리의 환상이 사라지리라는 것도 안다. 환상이 지속되는 한, 우리는 이 환상을 현실로 변화시킬 수 있을지 알고 싶어 하며, 그러면 그때 냉담한 태도로 우리의 주목을 끌었던 세탁소 소녀가 떠오른다. 사랑의 호기심은 고장의 이름이 마음속에 불러일으키는 호기심 못지않게 늘 환멸적이며, 다시 나타나도 늘 충족되지 않는다.

아! 슬프게도 바탕색과 다른 기다란 줄 모양의 머리 타래를 가닥가닥 늘어뜨린 금발의 유제품 가게 소녀가 옆에 다가와 나의 마음속에 일깨웠던 그토록 많은 상상력과 욕망의 나래를 벗어던지자 소녀는 다시 그 자체로 축소되었다. 나의 숱한 가정으로 흔들리던 구름도 더 이상 그녀를 현혹의 움직임으로 감싸지 못했다. 그녀는 단 하나의 코만을 가진 데 대해

(내가 추억을 고정시킬 수 없어 연이어 열 개 혹은 스무 개의 코를 떠올렸던 것과는 달리) 당황한 듯했고, 코도 내가 생각한 것보다 훨씬 둥근 모양이어서 조금은 바보 같은 인상을 풍겼으며 여하튼 증식하는 힘을 상실했다. 포로가 되어 무기력하고 기진맥진한 채로 자신의 초라한 자명성에 아무것도 덧붙일 수 없는 그 날아다니던 새에게는, 이제 나의 상상력이라는 조력자도 존재하지 않았다. 부동의 현실 속으로 추락한 나는 다시 도약하려고 애썼다. 그러자 가게 안에서 보지 못했던 뺨이 무척이나 예쁘게 보여서 조금은 겁이 났는데, 그래도 태연한 척하려고 우유 배달 소녀에게 이렇게 말했다. "저기 있는《르 피가로》를 좀 주겠어요? 내가 아가씨를 보낼 장소 이름을 알아야 해서요." 그 즉시 소녀는 신문을 집으면서 빨간색 재킷 소매를 팔꿈치까지 드러내고 능란하고 상냥한 몸짓으로 그 보수적인 신문을 내밀었는데, 나는 그녀의 노련하고 빠른 행동과 유연한 모습, 그리고 선홍빛 안색이 마음에 들었다.《르 피가로》를 펼친 채로, 나는 뭔가를 말하기 위해 또 눈도 들지 않고 소녀에게 물었다. "당신이 입은 빨간색 니트는 이름이 뭔가요? 아주 예쁘군요." 그녀가 대답했다. "골프용 니트*예요." 온갖 유행 분야의 일반적인 퇴화 현상 덕분에 몇 해 전까지만 해도 알베르틴의 친구들과 같은 비교적 우아한 세계의 전유물이었던 옷이나 단어들이, 지금은 일하는 여자들의 몫이 되어 있었다. "정말 당신에게 방해가 되지 않겠어요?" 하고 나는《르 피가

* 골프에 국한되지 않고 운동하기에 편한 니트 소재의 카디건을 가리킨다.

로》에서 뭔가를 찾는 척하면서 말했다. "내가 당신을 조금 멀리 보내도." 이렇게 나는 그녀에게 부탁할 심부름이 조금은 힘든 일일 수도 있겠다는 표정을 지었는데, 그러자 그녀도 이내 난처한 표정을 지어 보였다. "조금 후엔 자전거를 타고 산책을 가야 해서요. 정말 우리에겐 일요일밖에 없어요." "그렇게 모자를 쓰지 않으면 춥지 않을까요?" "모자를 안 쓰진 않을 거예요. 폴로 모자를 쓸 거예요. 워낙 숱이 많아서 모자를 안 써도 괜찮겠지만." 나는 눈을 들어 그녀의 곱슬곱슬한 금빛 머리카락을 바라보았는데, 그 소용돌이치는 머리카락이 내 두근거리는 가슴을 빛과 아름다움의 질풍노도 속으로 휩쓸어 가는 듯했다. 나는 신문을 계속 바라보면서, 그저 태연한 척하려고, 또 시간을 벌려고 신문을 읽는 체했는데, 그러면서도 내 눈 아래 보이는 글의 의미는 이해할 수 있었다. 갑자기 다음과 같은 글이 내 가슴을 찔렀다. "미리 예고한 대로 트로카데로 연회장에서 오늘 오후 개최될 낮 공연 프로그램 「네린의 간계」*에 출연을 허락한 레아 양의 이름을 추가한다. 그녀는 물론 눈부신 언변과 매혹적인 재치를 보여 주는 네린 역할을 맡을 것이다." 마치 발베크에서 돌아온 후부터 겨우 치유되기 시작한 마음의 상처에서 난폭하게 붕대를 잡아 뜯는 것 같았다. 고뇌의 밀물이 세차게 흘러나왔다. 레아는 어느 날 오후 카지노에서 알베르틴이 보지 않는 척하면서 거울을 통해 쳐다보았던 두 소

* 테오도르 드 방빌(Théodore de Banville)의 운문극으로 1864년 작품이다. 몰리에르의 「스카팽의 간계」를 연상시킨다.

녀의 여자 친구로, 연극배우였다.* 발베크에 있을 때, 사실 알베르틴은 레아의 이름을 듣고 유달리 엄숙한 어조로 그렇게 정숙한 여인을 의심할 수 있다는 사실에 충격을 받았다는 듯 "오! 아니에요. 전혀 그런 여인이 아니에요. 아주 훌륭한 여인이에요."라고 말했다. 알베르틴이 한 이런 종류의 단언은 불행하게도 앞으로 있을 여러 상이한 단언의 첫 단계에 불과했다. 이렇게 첫 번째 단언을 한 지 얼마 안 되어, "난 그런 사람을 몰라요."라는 두 번째 단언이 나왔다. 세 번째 단계는 어떤 '의심할 수 없는' 사람, 또 그녀가 '알지 못한다'고(두 번째 단계인) 했던 사람에 대해 말할 때였는데, 그녀는 자신이 처음에 알지 못한다고 말했던 것은 점차 잊어버리고, 자기도 모르게 '모순되는' 말로 그 사람을 안다고 얘기했다. 이런 첫 번째 망각이 이루어진 후에 새로운 단언이 나왔고, 그러자 두 번째 망각이, 즉 의심할 수 없는 사람이라고 했던 말을 잊어버리기 시작했다. "이런저런 부인은 그런 품행의 여자가 아닌가요?"라고 내가 물었다. "물론이죠. 모두가 아는 사실이죠." 그러나 이내 다시 엄숙한 어조가 이어지면서, 첫 번째 단언의 약화된, 희미한 메아리라고 할 만한 단언을 발언했다. "하지만 나한테는 언제

* 레아의 품행에 대해서는 이미 「소녀들」과 「소돔」에서 언급된 적이 있다.(『잃어버린 시간을 찾아서』 4권 432쪽, 7권 355쪽) 여배우의 두 친구들은 블로크의 여동생과 사촌 누이로 판명되며, 사촌 누이의 이름은 에스테르 레비라고 지적된다.(『소돔』, 폴리오, 576쪽) 그러나 블로크의 사촌 누이이자 레즈비언인 에스테르 레비와, 알베르틴이 거울에서 쳐다본 블로크의 사촌 누이가 같은 인물인지는 정확히 알 수 없다.(「갇힌 여인」, 플레이아드 III, 1731쪽 참조.)

나 완벽하게 예의를 갖추었다고 할 수 있어요. 물론 그런 짓을 하면 내가 그녀를 매몰차게 쫓아 버리리라는 걸 알았던 거죠. 하지만 그건 아무것도 아니에요. 나는 그분이 언제나 나를 존중한 데 대해 감사해야 해요. 누구를 상대하고 있는지 알고 있었던 거죠." 진실은 하나의 이름과 과거의 뿌리를 갖고 있으며 그래서 우리는 그것을 기억하지만, 즉흥적으로 꾸며 낸 거짓말은 쉽게 잊어버린다. 알베르틴은 이 마지막 말, 즉 네 번째 거짓말은 잊어버리고, 어느 날 나의 신뢰를 얻을 목적으로 속내를 털어놓아, 처음에는 훌륭한 분이며 자기는 알지 못하는 분이라고 했던, 그 동일한 여인에 대해 다음과 같은 말을 하고 말았다. "그분은 제게 반했어요. 서너 번 자기 집까지 동행해 달라고, 또 자기를 보러 올라와 달라고 했어요. 모든 이들이 보는 앞에서 대낮에 그분을 동행하는 일이라 대수롭지 않게 생각했죠. 하지만 그분 집 문 앞에 도착해서는 언제나처럼 구실을 찾아내어 한 번도 올라가지 않았어요." 얼마 후 알베르틴은 그 동일한 여인의 집에서 보았던 물건들의 아름다움에 대해 넌지시 말했다. 대충 어림짐작으로 조각을 맞추다 보면, 그녀에게 진실을 말하게 할 수 있을 것 같았다. 어쩌면 여성들과 쉽게 친해지기는 하지만 남성 애인을 더 좋아하며, 지금은 내가 그녀의 애인이어서 레아를 생각하지 않을 것이며, 따라서 그 진실은 어쩌면 생각만큼 심각하지 않을 수 있었다. 어쨌든 많은 여인들에 대해, 그녀가 내게 해 주었던 그 모순된 단언들을 내 여자 친구 앞에서 하나의 종합된 사실로 모으기만 해도, 자신이 저지른 잘못을(천문학 법칙처럼 현실 속에서 관찰하거나 포착하기보다는 이론적 추론으로 유추하는 편이 훨씬 쉬운) 자인하게 하기에 충분했으리라. 그런데 그녀는 자신이 처음부터 얘기했던 온갖 사실이 일련의 거짓된 이야기임을 인정하기보다는, 차라리 자신이 진술한 단언 중의 하나가 — 그런 단언의 취소가 내 모든 체계를 무너뜨리는 — 거짓이라고 말하는 편을 더 좋아했을지도 모른다. 『천일야화』에도 이와 유사한 이야기들이 있으며, 또 그것은 우리를 매혹한다. 사랑하는 사람에게 듣는 이런 거짓된 이야기들은 우리를 고통스럽게 하고, 인간 본성의 표면에서 즐기는 데 만족하는 대신, 그 인식에 보다 깊이 파고들게 한다. 슬픔이 우리 마음속에 스며들고, 그리하여 그것은 고통스러운 호기심으로 진실을 꿰뚫어 보도록 강요한다. 바로 여기서 우리가 감출 권리가 없다고 느끼는 진실이 비롯하며, 그래서 진실을 발견하고 허무를 확신하고 명예에 무관심한 죽기 직전의 무신론자는, 그렇지만 마지막으로 남은 몇 시간을 자신이 발견한 진실을 알리는 데 사용한다.

물론 레아와 관련하여 나는 아직 이런 단언의 첫 번째 단계에 있었다. 알베르틴이 레아와 아는 사이인지도 알지 못했다. 여하튼 그것은 마찬가지였다. 알베르틴이 트로카데로에서 그녀의 지인과 재회하는, 혹은 미지의 여인을 소개받는 일은 기어코 막아야 했다. 나는 알베르틴이 레아와 아는 사이인지 아닌지도 모른다고 말했다. 그렇지만 발베크에서는 그 사실을 틀림없이 알베르틴 자신으로부터 들었을 것이다. 왜냐하면 알베르틴이 내게 진술한 대부분의 사실이 나와 마찬가지로 그녀에게서도 망각 속으로 사라졌을 테니까. 기억이란 우리 눈앞에 항상 현존하는, 삶에서 일어난 여러 다양한 사건들의 복사본이 아니라, 오히려 현재와의 유사성에 의거하여 죽은 추억을 꺼내고 되살리는 빈 공간이기 때문이다. 그런데 또한 이런 잠재적 기억으로 결코 추락하지 않는, 또 우리가 결코 통제할 수 없는 상태로 남아 있는 수많은 작은 사건들이 있다. 사랑하는 사람의 실제 삶과 관련해서 우리가 모르는 온갖 것에 대해 우리는 전혀 주의를 기울이지 않으며, 우리가 알지 못하는 이런저런 일이나 사람들에 대해 그녀가 했던 말도 모두 망각한다. 따라서 훗날 그 동일한 사람들로 인해 질투가 유발되는 경우, 그 질투가 잘못된 것은 아닌지, 우리 애인이 그토록 서둘러 외출하려고 한 것도, 우리가 너무 일찍 귀가해서 자기 뜻을 이루지 못해 불만의 표정을 지은 것도 그들과 관계된 일은 아닌지 하고, 우리의 질투심은 과거를 뒤지면서 어떤 사실을 유추하려 하지만 아무것도 발견하지 못한다. 언제나 회고적인 질투는 자료 하나 없이 역사책을 쓰는 사학자와도 같다. 언제나 뒤늦게야 나타나는 질투는 성난 황소처럼 달려들지만, 거기에는 주삿바늘로 질투를 자극하고, 잔인한 군중이 화려함과 간계를 찬미하는 그런 거만하고도 찬란한 존재는 더 이상 없다. 불확실한 질투는 허공 속에서 몸부림친다. 그것은 마치 실제 삶에서 알았던 사람을 찾아갔다가 텅 빈 집이어서 만나지 못하고, 그래서 어쩌면 그가 다른 사람이고, 또 단지 다른 인물의 모습을 빌렸다고 생각하면서 괴로워하는 꿈에서처럼 불확실하다. 그 불확실성은 꿈에서 깨어나 꿈의 이런저런 세부적인 요소들을 확인하려고 할 때면 더욱 크게 느껴진다. 그 말을 하면서 우리의 여자 친구는 어떤 표정을 지었던가? 행복한 표정이 아니었던가? 휘파람까지 불지는 않았나? 그녀는 뭔가 사랑의 상념에 잠길 때면, 또 우리의 존재가 그녀를 귀찮게 하고 짜증 나게 할 때면 휘파람을 불지 않았던가? 그녀는 이런저런 사람을 알거나 알지 못한다고 지금 우리에게 단언하는 것과 모순되는 말을 과거에 하지 않았던가? 우리는 그 사실을 알지 못하며 앞으로도 결코 알지 못한 채, 꿈의 일관성 없는 파편들을 찾으려 애쓰며, 그동안에도 우리 애인과의 삶은, 우리에게 중요한 것은 알지 못하게 하고 어쩌면 중요하지 않은 것에만 주의를 기울이게 하며, 그리하여 우리와 실제 연관이 없는 존재들에 대한 악몽만을 꾸게 하는 우리의 방심한 삶, 망각과 균열과 공허한 불안으로 가득한 삶, 꿈과도 흡사한 삶은 계속된다.

나는 우유 배달 소녀가 아직도 거기에 있음을 깨달았다. 너무 먼 곳이어서 그녀가 갈 필요가 없겠다고 말했다. 그러자 그녀는 자기도 그 일을 하기 어려울 것 같다고 말했다. "조금 뒤에 아주 멋진 경기가 있거든요. 놓치고 싶지 않아요." 나는 그녀가 벌써 스포츠를 좋아한다고 말하고, 또 몇 해 후에는 자신만의 삶을 살겠다고 말할 거라고 느꼈다. 나는 정말로 그녀가 필요하지 않다고 말하고 그녀에게 5프랑을 주었다. 그러자 그녀는 전혀 예상하지 못했는지, 아니면 아무 일도 하지 않고 5프랑이나 받았으니 심부름을 하면 더 많이 받을 수 있겠다고 생각했는지, 경기 따위는 별로 중요하지 않다고 여기기 시작했다. "심부름을 해 드릴 수 있어요. 시간은 얼마든지 조정할 수 있거든요." 그러나 나는 그녀를 문 쪽으로 밀었다. 혼자 있고 싶었다. 알베르틴이 트로카데로에서 레아의 친구들과 만나는 것을 반드시 막아야 했다. 반드시 그래야 했으며 또 성공해야 했다. 그렇지만 사실을 말하자면 나는 어떻게 해야 할지 몰랐고, 처음 순간 그저 손을 펴고 바라보면서 손가락 마디만을 꺾었을 뿐이다. 이는 우리 정신이 찾는 것을 찾지 못하고, 게으름에 사로잡혀 잠시 활동을 유보하기로 동의한 순간, 마치 기차가 탁 트인 평원 한복판에 멈추자 차창 밖으로 비탈길의 풀잎 끝이 바람에 흔들리는 모습이 보이듯이, 지금까지 무관심하게 보아 왔던 것들이 선명하게 나타났기 때문일 수도 있고 — 그렇지만 이런 부동성은 포로가 된 짐승이 겁에 질리거나 얼이 빠져 온몸이 마비된 채로 꼼짝 않고 바라보는 것과 마찬가지로 항상 풍요롭지만은 않다. — 아니면 내가 내 몸을, 내 몸속에 든 지성과, 그 지성 속에 든 이런저런 사람에 대한 행동 수단과 더불어, 레아와 그 두 친구로부터 알베르틴을 떼어 놓기 위한 총알을 발사하는 무기로만 온전히 준비하고 싶었기 때문일 수도 있다. 물론 아침에 프랑수아즈가 와서 알베르틴이 트로카데로에 간다고 말했을 때, 나는 "알베르틴이야 자기가 원하는 대로 할 수 있지, 뭐."라고 중얼거렸고, 또 너무도 눈부신 날씨여서 그날 저녁까지는 그녀의 행동이 눈에 띌 만한 중요성은 가지지 못하리라고 생각했다. 그러나 내 마음을 그토록 느긋하게 만든 것은, 내가 생각했듯이 아침의 태양만이 아니었다. 알베르틴으로 하여금 베르뒤랭 집에서 어쩌면 그녀가 시작하거나 실현할지도 모르는 계획을 포기하게 하고, 그리하여 그녀를 나 자신이 선택한 낮 공연에, 그녀가 그 공연을 위해 사전에 어떤 준비도 할 수 없는 공연에 가지 않을 수 없게 함으로써, 그녀가 앞으로 할 행동도 필연적으로 결백할 수밖에 없음을 알았기 때문이다. 마찬가지로 만약 알베르틴이 몇 분 후에 "내가 만일 사고로 죽는다고 해도 나는 별로 상관없어요."라고 말한다면, 이는 그녀 자신이 죽지 않으리라고 확신했기에 가능한 말이었다. 내 앞에, 또 알베르틴 앞에는 그날 아침(그날의 찬란한 햇빛 이상으로) 눈에는 보이지 않지만, 반투명의 변하기 쉬운 매체를 통해 나는 그녀의 행동을, 그녀는 자기 삶의 중요성을 보는, 다시 말해 지각할 수는 없지만, 우리를 둘러싼 공기와 마찬가지로 순수한 진공 상태와 동일시할 수 없는 그런 확신들을 통해서 보는 환경이 조성되었다. 우리 주위에 때로는 쾌적하고, 때로는 자주 호흡하기 힘든, 그렇게 변화가 많은 대기를 조성하는 이 확신은, 우리가 기온과 기압과 계절에 대해 하듯이 그렇게 조심스럽게 측정하고 기록할 필요가 있는 것으로 보인다. 왜냐하면 우리의 나날은 물리적이고 정신적인, 그만의 특성을 갖고 있기 때문이다. 그날 아침 내가 주목하지 못했지만, 그럼에도《르 피가로》를 다시 펼칠 때까지 그렇게도 즐겁게 날 감싸고 있던 확신은, 알베르틴이 해로운 짓은 아무것도 하지 않으리라는 확신은, 이제 막 사라졌다. 나는 더 이상 아름다운 날 속에 살지 못하고, 이 아름다운 날 한가운데 알베르틴이 레아와 그 두 소녀와 함께 그들의 끊어진 관계를 보다 쉽게 회복할지도 모른다는 불안감으로 조성된 그런 날 속에 살았으며, 이렇게 해서 소녀들이 여배우에게 박수를 치기 위해 트로카데로로 가는 것이 가능하게 생각되었고, 막간에 알베르틴과 다시 만나는 일도 그리 어려워 보이지 않았다. 이제 나는 더 이상 뱅퇴유 양을 생각하지 않았고, 레아라는 이름이 나를 질투하는 사람으로 만들기 위해, 카지노에서 두 소녀 옆에 있던 알베르틴의 이미지를 다시 보게 했다. 왜냐하면 기억 속에서 나는 오로지 서로 떨어진 일련의 불완전한 알베르틴만을, 옆얼굴이나 스냅사진만을 간직하고 있었기 때문이다. 그리하여 나의 질투는 동시에 고정되고 덧없는 일련의 불연속적인 표현에, 또 알베르틴의 얼굴에 그런 표현을 나타나게 한 사람들 속에 가두어졌다. 나는 발베크에서 두 소녀가, 또는 그런 종류의 여인들이 지나치게 알베르틴을 쳐다보았을 때 짓던 알베르틴의 표정을 기억했다. 스케치를 하고 싶어 하는 화가의 시선처럼 그토록 활기찬 시선이 그녀를 뚫고 지나가는 것을 보면서 느꼈던 아픔도 기억했다. 그때 그 시선에 완전히 가려졌던 얼굴은, 어쩌면 내가 거기 있었기에 시선의 접촉을 보지 못한 척하면서, 어쩌면 수동적으로 또는 은밀하게 관능적으로 그 접촉을 받아들였는지도 모른다. 알베르틴이 냉정을 되찾고 내게 말하기 전에 잠시 움직이지 않고, 마치 사진을 찍을 때처럼 자연스러운 척하면서도 기쁨을 감추는 표정으로 허공 속에서 미소를 지을 때가 있었다. 아니면 카메라 앞에서 보다 자극적인 포즈를 취한다는 듯, 생루와 함께 산책할 때 동시에르에서 했듯이, 웃음을 터뜨리고 혀로 입술을 핥으면서 마치 지나가는 개를 자극하는 것처럼 보일 때도 있었다. 물론 이런 순간의 알베르틴은 그녀 자신이 지나가는 소녀들에게 관심을 갖는 경우와는 완연히 달랐다. 후자의 경우, 그녀의 가느다랗고 벨벳 같은 시선은 지나가는 소녀의 몸에 고정되고 밀착하고 달라붙고, 몸속 깊이 파고드는 듯해서, 만일 그 시선을 떼어 내면 살갗도 벗겨질 것 같았다. 그러나 이런 순간 그 시선은 적어도 진지하고 고통스럽게 보이기까지 하는 뭔가를 그녀에게 부여했으므로, 그녀가 두 소녀 옆에 있을 때 지었던 그 활기 없는 행복한 시선에 비하면 오히려 내게는 다정하게 느껴졌으며, 그래서 나는 그녀가 남에게 불어넣는 욕망으로 야기된 그 웃음 띤 표정보다, 어쩌면 때때로 그녀 자신이 느끼는 이런 욕망의 어두운 표현을 더 좋아했는지도 모른다. 그녀가 아무리 자신이 불러일으키는 욕망을 의식하지 못하는 척 감추려고 해도 헛된 일이었는데, 그 아련하고도 관능적인 의식이 그녀를 적시고 감싸면서 얼굴을 온통 장밋빛으로 보이게 했다. 그러나 그녀의 몸속에 잠시 중단된 상태로 간직돼 있던 온갖 감정은 그 주위로 방사되면서 너무도 나를 괴롭게 했는데, 내 존재 밖에서도 알베르틴이 계속해서 그 감정을 침묵하게 할지, 이제 내가 자리에 없으니 두 소녀의 제안에 대담하게 응할지 누가 알 수 있단 말인가? 물론 이런 추억은 나에게 큰 고통을 야기했다. 그 추억들은 알베르틴의 취향에 대한 완전한 시인이자, 그 배신에 대한 전반적인 고백 같은 것이었으며, 그에 맞서 그 어떤 것도, 이를테면 내가 그토록 믿고 싶었던 알베르틴의 개별적인 맹세나, 나의 불완전한 조사로 인한 부정적 결과, 어쩌면 알베르틴과 공모해서 꾸몄을지도 모르는 앙드레의 확신 같은 것은 전혀 설득력이 없었다. 알베르틴이 제아무리 자신의 개별적인 배신행위를 부인한다 할지라도, 그녀의 입에서는 그 주장과 반대되는 보다 강력한 말들이 빠져나왔으며, 단순히 시선만으로도 그녀는 자신이 감추고 싶었던 것을 고백했다. 그녀가 각각의 사실 이상으로 감추고 싶었던 것, 다시 말해 인정하기보다는 차라리 죽기를 바랐던 것은 바로 자신의 성향이었다. 어떤 존재도 자신의 영혼을 팔아넘기고 싶어 하지는 않기 때문이다. 이런 추억들이 내게 야기한 고통에도 불구하고, 트로카데로 낮 공연 프로그램이 알베르틴에 대한 나의 욕망을 되살아나게 했다는 사실을 나는 부인할 수 있었을까? 알베르틴은, 자신들이 저지르는 과오가 필요한 경우 평범한 매력을 대신한다고 믿으며, 또 뒤이어 나타나는 착한 마음씨가 그 과오만큼이나 우리와 함께 있을 때면 오히려 평온함을 안겨 주는 그런 여인 중의 하나였다. 그런데 우리는 연이어 이틀 이상 건강이 좋지 않은 환자처럼 끊임없이 평온함을 되찾아야만 한다. 게다가 현재 우리가 그 여인들을 사랑하는 동안 저지르는 과오보다 더 강력한, 우리와 알기 전에 저질렀던 과오가 있으며, 그 첫 번째가 바로 그들의 본성이다. 이런 종류의 사랑을 고통스럽게 하는 것은 '여인'의 원죄와도 같은 것이, 우리를 사랑할 수밖에 없게 하는 죄가 이미 존재한다는 사실이다. 따라서 이 죄를 망각할 때면 우리는 그녀를 덜 필요로 하며, 그녀를 다시 사랑할 때면 다시 괴로워해야 한다. 지금 이 순간 알베르틴이 두 소녀와 만나서는 안 된다는 것과, 또 알베르틴이 레아와 아는 사이인지를 확인하는 것이 나의 가장 큰 걱정거리였다. 비록 전체 의미를 파악하기 위해서만 개개의 사건에 관심을 가져야 하며, 또 여행이나 많은 여인들을 알고 싶은 욕망이 유치한 것처럼, 우리가 결코 알지 못할 고통스러운 현실의 보이지 않은 급류로부터, 우연히 우리 정신 속에 결정화된 요소에 우리의 호기심을 세분하는 일 역시 유치하다는 사실을 알면서도 말이다. 게다가 이런 요소를 파괴하는 데 성공한다 해도, 그것은 금방 다른 것으로 대체된다. 어제 나는 알베르틴이 베르뒤랭 부인 집에 간다고 할까 봐 무척 두려웠다. 그런데 지금은 온통 레아 일에만 몰두하고 있다. 눈을 안대로 가린 질투는, 자기를 둘러싼 어둠 속에서 아무것도 발견하지 못할 정도로 무력하며, 그뿐만 아니라 다나이데스나 익시온처럼 끊임없이 다시 시작해야 하고, 바로 이 임무가 그들이 받는 형벌 중 하나이다.* 그러나 만일 두 소녀가 그곳에 없다면, 변장을 해서 아름답게 치장하고 성공의 영광에 취한 레아는 알베르틴에게 어떤 인상을 줄 것인가? 내 집에서 자제하며 욕망을 충족시킬 수 없는 삶에 싫증을 느낀 알베르틴에게 레아는 어떤 꿈과 욕망을 줄 것인가? 게다가 레아를 모른다고는 하지만, 알베르틴이 분장실로 찾아가지 않을지 누가 알 수 있으랴? 또 레아가 그녀를 알지 못한다고 해도, 어쨌든 발베크에서 만난 적이 있으므로 알베르틴을 알아보고,

* 다나이데스에 대해서는 『잃어버린 시간을 찾아서』 5권 215쪽 참조. 익시온은 최초의 친족 살인죄를 범한 인물이자 헤라의 환영과 관계를 맺었다 하여, 이에 노한 제우스가 그를 불 수레에 묶어 지옥에서 영원히 돌아가게 하는 형벌을 내렸다고 한다.

무대 뒤로 가는 문을 열어 주라고 허락하는 신호를 무대 위에서 보내지 않으리라고 누가 장담할 수 있으랴? 위험은 우리가 이미 물리친 적이 있을 때에만 피할 수 있는 것으로 보인다. 아직 그런 경험이 없는 나는 위험을 피하지 못할까 봐 두려웠고 그래서 그 위험이 더욱 끔찍해 보였다. 그렇지만 알베르틴에 대한 이 사랑, 내가 실현하려고 시도할 때면 거의 사라지는 듯 느껴지는 이 사랑에 대해, 지금의 격렬한 고통이 어떻게 보면 그 증거인 듯했다. 이제 나는 다른 걱정은 아무것도 하지 않고, 오로지 그녀를 트로카데로에 남아 있지 못하게 하는 방법에 대해서만 생각했으며, 레아가 그곳에 가지만 않는다면 액수에 상관없이 돈을 지불했을 것이다. 그러므로 우리 애정이 머릿속에서의 관념보다 실제 행동에 의해 증명되는 것이라면, 나는 알베르틴을 사랑하는 것이 틀림없었다. 그러나 이런 고뇌의 재발이 내 마음속에 있는 알베르틴의 이미지를 더욱 확고하게 해 주지는 못했다. 그녀는 눈에 보이지 않는 여신처럼 내게 통증을 유발했다. 수많은 추측을 하면서 나는 고뇌를 피하려 했고, 그렇게 하면서 정작 내 사랑은 실감하지 못했다.

우선 레아가 정말로 트로카데로에 가는지부터 확인해야 했다. 우유 배달 소녀에게 2프랑을 주어 보낸 후,* 나는 그 사실을 물어보기 위해 레아와 친분이 있는 블로크에게 전화를 걸었다. 그는 아무것도 알지 못했고, 내가 그런 일에 관심을 보

* 앞에서는 5프랑을 준 것으로 나온다.

인다는 사실에 놀란 듯했다. 빨리 서둘러야 한다고 생각했다. 프랑수아즈는 이미 옷을 제대로 입고 있었고, 나는 그렇지 못했으므로 어머니에게 프랑수아즈를 한나절 양보해 달라고 부탁하고는, 내가 자리에서 일어나는 동안 프랑수아즈에게 자동차를 잡게 했다. 트로카데로에 가서 표를 사고, 객석에서 여기저기 알베르틴을 찾아 내 쪽지를 전해 달라고 부탁했다. 그 쪽지에서 나는 그녀도 잘 아는 일이지만, 발베크에서 어느 날 밤 그토록 나를 불행하게 했던 그 동일한 여인으로부터 편지를 받아 무척 혼란스럽다고 말했다. 그때 알베르틴이 다음 날 왜 자기를 부르지 않았느냐고 나무라기까지 했다고 환기시켰다. 그러니 나를 위해 낮 공연을 포기하고 집으로 돌아와 함께 바람을 쐬러 가 주면 내 마음이 진정될 것 같다고 부탁했다. 그러나 내가 옷을 입고 준비하려면 좀 시간이 걸릴 것 같으니, 프랑수아즈가 옆에 있는 걸 이용해서 '트루아 카르티에' 백화점(이 백화점은 '봉 마르셰'보다 규모가 작아서 불안감이 덜했다.)으로 그녀가 필요로 하는 하얀 레이스 갱프를 사러 간다면 더없이 기쁘겠다고 말했다.

내 쪽지가 아주 쓸모없지만은 않았던 모양이다. 사실 나는 알베르틴과 사귀고 난 후부터, 사귀기 전에도 마찬가지지만, 그녀가 하는 일을 전혀 알지 못했다. 그러나 그녀의 이야기에는(그 점을 지적하면 알베르틴은 내가 잘못 들었다고 말하겠지만) 뭔가 모순되고 수정한 요소가 있어서, 그것이 내게는 현장에서 포착한 범행처럼 결정적인 단서로 보였으나, 알베르틴에게는 별 의미 없는 것처럼 보였다. 그녀는 부정행위를 하다 들킨 아이처럼, 금방 전략을 수정하여 매번 나의 잔인한 공격을 무력하게 만들고는 원래대로 복원시켰다. 그 잔인한 공격이 이제 내 쪽을 향했다. 그녀는 문장을 세련되게 만들기 위해서가 아니라, 자신의 부주의한 실언을 만회하기 위해 조금은 문법학자가 파격 구문*이라고 부르는, 혹은 뭔가 그와 유사한, 느닷없이 구문을 건너뛰는 방법을 사용했다. 여인들에 대한 얘기를 하면서 그녀는 "최근에 내가…… 한 일이 기억나요."라고 말하더니, 갑자기 '십육분쉼표'** 후에는 이 '내가'라는 말이 '그녀가'가 되었다. 자신은 결백한 산책자로서 지나는 길에 그 일을 목격했을 뿐 결코 직접 하지는 않았다고 했다. 즉 자신이 행동의 주체가 아니라는 것이었다. 그녀가 도중에 물러났으므로, 이야기가 어떻게 끝났는지 나 자신이 마무리하기 위해 문장의 시작 부분을 정확히 기억하고자 했다. 그러나 끝부분을 기다리고 있을 때 내가 거기에 관심을 가진 걸 보고 그녀가 얘기를 다른 데로 돌렸는지 시작 부분이 잘 기억나지 않았고, 그래서 나는 그녀의 진짜 생각이나 진정한 추억에 대해 그저 불안감만을 느꼈다. 불행하게도 애인이 하는 거짓말의 기원은 우리의 사랑이나 소명(召命)의 기원과도 같다. 그 기원이 형성되기 시작하고 형체를 이루어도 우리 자신의 주의를 끌지 못한 채로 그냥 스쳐 간다. 어떤 방식으로 여인을 사랑하게 되었는지 기억하려고 할 때면 이미 우리는 그 여인

---

* 문법적인 일관성이 없는 구문을 나열하거나 선행사 없이 관계 대명사만 사용하는 구문을 가리킨다.

** 이 문단에서 십육분쉼표는 아주 짧은 정지를 의미하는 은유이다.

을 사랑하고 있다. 처음 꿈꾸는 동안 우리는 '이건 사랑의 전조야. 조심해야지.'라고 생각하지 않는다. 이 몽상은 기습적으로 우리가 깨닫지 못하는 사이에 다가온다. 마찬가지로 비교적 드문 경우를 제외하고, 내가 여기서 알베르틴의 거짓말과 그녀가 처음에 했던 진술을(동일 주제에 관한) 자주 대립시켰다면, 이는 그저 이야기의 편의를 위한 것이다. 이 첫 번째 진술은 그것이 장차 어떤 의미를 가질지, 또 어떤 모순된 단언이 그것과 균형을 이루기 위해 나타날지 짐작도 하지 않는 상태에서 눈에 띄지 않게 스며들었고, 분명 내 귀에는 들렸으나, 알베르틴의 말이 계속되면서 나는 그 말을 따로 분리할 수 없었다. 훗날 그녀의 명백한 거짓말 앞에서, 혹은 불안스러운 고뇌에 사로잡혀서 나는 그 말을 떠올리려 했지만, 소용없는 짓이었다. 내 기억은 제때 경고받지 못했다. 그래서 복사본 보존이 불필요하다고 믿었던 것이다.

나는 프랑수아즈에게 알베르틴을 객석에서 나오게 한 다음 내게 전화로 알리고, 그녀가 만족하든 말든 집으로 데리고 오라고 했다. "도련님을 보러 오면서 불만을 갖는다면, 정말 가관이겠죠!" 하고 프랑수아즈가 말했다. "그렇지만 나를 보고 싶어 할지 모르겠어." "그렇다면 배은망덕한 거죠." 하고 프랑수아즈가 말을 이었다. 예전에 나의 아주머니 옆에서 욀랄리가 불러일으켰던 것과 동일한 부러움의 형벌을, 그녀는 그토록 많은 시간이 지난 뒤에 알베르틴에게 재개하고 있었다. 알베르틴이 내 곁에 있게 된 상황이 알베르틴의 노력 때문이 아니라, 내가 원해서 그리되었음을 모르는 프랑수아즈는(나는 이 사실을 자존심 때문에, 또 프랑수아즈를 화나게 하려고 되도록 감추고 싶었다.) 알베르틴의 수완에 감탄하면서도 증오했고, 다른 하인들에게 알베르틴 얘기를 할 때면 그녀를 '배우'라고, 나를 원하는 대로 조종하는 '아첨꾼'이라고 불렀다. 프랑수아즈는 아직 알베르틴에 맞서 전쟁을 할 용기가 없었으므로 좋은 얼굴로 대했고, 알베르틴과 나와의 관계에 자신이 얼마나 많은 도움을 주는지 자랑하고 다녔는데, 마음속으로는 지금은 내게 무슨 말을 해도 소용이 없으며 아무것도 얻지 못할 거라고 생각하면서 기회만 엿보고 있었다. 만일 알베르틴의 처지에 어떤 균열이라도 생기면, 그것을 확대해서 우리를 완전히 갈라놓겠다고 다짐하고 있었다. "배은망덕하다니? 아니야, 프랑수아즈, 배은망덕한 건 바로 나야. 알베르틴이 내게 얼마나 상냥한지 당신은 모를 거야.(사랑받는 것처럼 보이는 게 얼마나 감미로웠던지!) 그러니 빨리 출발해요." "달려갈게요, 프레스토."*

딸의 영향으로 프랑수아즈의 어휘는 조금씩 훼손되고 있었다. 이렇게 모든 언어는 새로운 용어가 추가되면서 그 순수성을 상실해 간다. 이런 타락은 프랑수아즈가 가장 아름다운 화법을 쓰던 시절을 아는 내게도 간접적으로 책임이 있다. 만약에 프랑수아즈의 딸이 자기 어머니처럼 사투리로만 말하는 데 만족했다면, 어머니의 그 고풍스러운 언어를 이렇게까지 천박한 은어로 변질시키지는 못했으리라. 물론 그렇다고

---

* 여기서 프랑수아즈는 '매우 빠르게'라는 음악 용어를 사용하며 말하고 있다.

해서 그녀가 사투리를 사용하지 않는다는 말은 아니며, 또 내 곁에 있으면서 뭔가 은밀하게 말할 것이 있을 때면, 두 사람은 부엌으로 틀어박히는 대신 내 방 한복판에서 사투리로 말하면서, 가장 완벽하게 밀폐된 문보다 더 넘기 힘든 방어벽을 쌓곤 했다. 나는 어머니와 딸이 항상 사이좋게 지내지 않는다는 점을, 단지 여러 번 반복해서 돌아오는 말 한마디로, 내가 알아들을 수 있는 유일한 말인 '분통이 터져(m'esasperate)'*라는 말로 짐작할 수 있었다.(그 분통의 대상이 나 자신인 경우를 제외하고.) 불행하게도 아무리 낯선 언어도 늘 말하는 걸 듣다 보면 배우기 마련이다. 그런 식으로 배운 게 사투리라는 점이 유감스러웠는데, 만일 프랑수아즈가 늘 페르시아어로 표현하는 습관이 있었다면, 나도 페르시아어를 알게 되고 똑같이 습득했을 것 아니겠는가. 나의 발전을 알아챈 프랑수아즈는 더욱 어조를 빨리했고, 딸도 부분적으로 따라 했지만 아무 소용이 없었다. 프랑수아즈는 내가 사투리를 이해하는 모습을 보고 슬퍼했지만, 사투리를 쓰는 걸 듣고는 만족했다. 사실을 말하자면 이 만족은 비웃음이었다. 왜냐하면 비록 내가 드디어 그녀와 거의 비슷한 수준으로 발음하게 되었음에도, 그녀는 자기와 나의 발음 사이에 커다란 간극이 있음을 알고 기뻐했고, 또 오래전부터 한 번도 생각하지 않았던 자기 고장 사람들을 보러 가지 않은 일을 후회하기 시작했는데, 나의 서투른 사투

* 프랑수아즈는 '분통이 터져'를 의미하는 m'exaspère 대신 m'esasperate라고 이탈리아어 표현을 사용하고 있다.

리를 들으면 그들이 얼마나 포복절도할지를 떠올리며, 그들의 그런 웃음소리를 듣고 싶어 하는 것처럼 보였다. 이런 생각만으로도 그녀에게는 그리움과 활기가 넘쳤으며, 그래서 웃음을 터뜨리며 눈물을 흘릴 이런저런 시골 사람들의 이름을 나열했다. 하지만 어떤 기쁨도, 내가 발음은 서투르지만 그들의 사투리를 이해한다는 걸 알면서 느끼는 슬픔을 없애지는 못했다. 들어오는 걸 막으려는 사람이 만능열쇠나 지렛대를 사용할 수 있게 되면 모든 열쇠는 무용지물이 되고 만다. 사투리가 효력 없는 방어 수단이 되자, 그녀는 딸과 더불어 프랑스어로 대화하기 시작했는데, 그것은 매우 빠른 시간에 쇠퇴기의 프랑스어가 되었다.

나는 외출 준비를 마쳤다. 프랑수아즈에게서는 아직 전화가 없었다. 기다리지 말고 떠나야 할까? 하지만 프랑수아즈가 알베르틴을 찾았다는 사실을 어떻게 알 수 있지? 알베르틴이 이미 무대 뒤에 없다면? 프랑수아즈와 만난다 해도 순순히 따라올까? 삼십 분 후에 전화벨이 울렸고, 내 마음은 희망과 두려움으로 심하게 요동쳤다. 전화국 직원의 명령에 따라 음향의 이동 부대가 순간 속도로 내게 프랑수아즈가 아닌 교환수의 목소리를 끌어다 주었다. 프랑수아즈는 낯선 물건에 대한 조상들의 소심함과 울적함 탓에, 전염병 환자는 방문해도 수화기에는 접근하지 못했다. 프랑수아즈는 극장 뒤쪽 입석에서 혼자 있는 알베르틴을 발견했고, 알베르틴은 앙드레에게만 알리러 갔을 뿐, 거기서 오래 머무르지 않고 곧장 프랑수아즈에게로 돌아왔다고 한다. "화내지 않았어? 아! 죄송해요. 아가씨가 화내지 않았는지 부인에게 좀 물어봐 주세요." "아가씨는 전혀 화를 내지 않았고, 오히려 정반대였다고 부인께서 전해 달라고 하시는군요. 어쨌든 아가씨 마음에 들지 않았는지는 몰라도 겉으로는 그렇게 보이지 않았다는군요. 두 분은 이제 트루아 카르티에 백화점으로 가려고 하는데, 2시에는 집으로 돌아간다고 하시네요." 나는 2시라는 말이 3시를 의미한다는 점을 알아차렸다. 이미 2시는 지나 있었으니까. 그러나 시간을 보고 정확하게 말하지 않는 것은 프랑수아즈의 고유하고도 지속적이며 고쳐지지 않는, 소위 병적이라 할 만한 단점이었다. 이처럼 프랑수아즈가 시계를 바라볼 때면, 나는 그녀의 머릿속에서 도대체 무슨 일이 일어나는지를 전혀 이해할 수 없었는데, 2시에는 1시나 3시라고 말했다. 이때 발생한 현상의 중심이, 프랑수아즈의 시각인지 아니면 그녀의 생각인지, 아니면 그녀의 언어인지는 결코 이해할 수 없었다. 확실한 것은 이런 현상이 늘 있어 왔다는 점이다. 인류는 아주 오래되었다. 유전이나 종의 교잡은 우리에게 나쁜 습관이나 잘못된 반사 작용을 극복할 수 있는 힘을 주지 못했다. 어떤 사람은 장미나무 옆만 지나가도 재채기를 하고 숨을 헐떡인다. 또 어떤 사람은 새로 칠한 페인트 냄새만 맡아도 피부 발진을 일으키며, 여행을 떠나야 한다는 생각만으로도 복통을 일으키고, 도적의 후손들은 여유로운 백만장자가 되었음에도 50프랑을 훔치고 싶은 유혹을 뿌리치지 못한다. 시간을 정확히 말하지 못하는 프랑수아즈의 불가능성이 어디서 연유했는지 알고 싶었지만, 그녀 자신은 이 문제에 관해 내게 어떤 빛도 주지 않았다. 평소에도 그녀의 부정확한 대답은 나를 화나게 했으나, 그녀는 실수를 사과하거나 설명하려고 하지도 않았다. 그녀는 아무 말도 하지 않았고 내 말도 못 들은 척했으며, 나는 그런 모습에 더욱 화가 났다. 그녀를 공격하기 위해서라도 변명하는 말을 듣고 싶었지만 냉담한 침묵만이 돌아왔다. 어쨌든 오늘 일도 보나 마나였다. 알베르틴은 프랑수아즈와 3시에 돌아올 것이며, 레아와 그 친구들은 만나지 않을 터다. 알베르틴이 그들과 다시 관계를 맺을 위험이 사라지자, 그 위험은 바로 내 눈에서 중요성을 잃었고, 또 그 일이 그렇게 쉽게 처리되는 것을 보면서 나는 왜 내가 성공할 수 없다고 믿었는지 놀랄 수밖에 없었다. 알베르틴이 레아의 친구들 때문에 트로카데로에 가지 않았고, 또 내가 보낸 신호 하나만으로 낮 공연 관람을 포기하고 집에 돌아오기로 하자, 나는 그녀에게 격한 고마움을 느꼈고, 이는 나의 상상 이상으로 그녀가 미래에도 내게 속하리라는 걸 보여 준다고 생각했다. 게다가 이런 고마움은 자전거를 타고 온 사람이 내게 조금만 더 참아 달라는 그녀의 쪽지를 전해 주었을 때 더욱 커졌다. 그 쪽지에는 그녀가 자주 쓰는 상냥한 표현이 적혀 있었다. "내 사랑 마르셀, 자전거를 탄 사람만큼 빨리 도착하지 못하기에 나 역시 자전거라도 타고 당신 곁으로 빨리 가고 싶네요. 어떻게 당신은 내가 화를 낼 수 있으리라고, 또 당신과 함께 있을 때만큼 나를 즐겁게 하는 뭔가가 있으리라고 생각하는 거죠? 오로지 우리 둘이서만 외출하면 더 재미있을 거예요 도대체 무슨 생각을 하는 거죠? 마르셀이 왜! 마르셀이 왜! 난 완전히 당신 거예요, 너의 알베르틴.*"

내가 그녀에게 사 준 드레스며, 그녀에게 얘기했던 요트며, 포르투니의 실내복이며, 이 모든 것이 알베르틴의 순종하는 모습에서 그 보상이 아닌 보완물을 발견했고, 그것은 또한 내가 행사하는 특권으로도 보였다. 왜냐하면 주인이 담당하는 의무와 비용은 지배의 일부에 속하며, 그것은 주인이 누리는 권리와 마찬가지로 그 지배를 정의하고 증명하기 때문이다. 그녀가 내게 인정하는 이런 권리는 내가 부담하는 비용에 진정한 의미를 부여했는데, 다시 말해 이제 나는 나만의 여자를 소유하고 있으며, 그래서 내가 느닷없이 보낸 첫 번째 쪽지에 자신의 귀가를, 데리러 온 사람의 인도 아래 돌아온다는 말을 공손히 전화로 알렸던 것이다. 나는 내가 생각했던 것보다 더 주인이었다. 더 주인이라고, 다시 말해 더 노예였다. 이제 내게서는 알베르틴을 만나고 싶은 초조한 마음이 사라졌다. 그녀가 프랑수아즈와 함께 쇼핑 중이며, 그들이 가까운 시간 안에 함께 돌아오리라는 확신이, 내가 조금 더 연장하고 싶은 그 시간을 고요한 별처럼 비추었고, 그러자 이제 그 시간을 혼자 보내면 얼마나 더 즐거울까 하는 생각이 들었다. 알베르틴에 대한 사랑은 나를 자리에서 일어나게 하고 외출 준비를 하게 했지만, 그걸 즐기게 하지는 못했다. 이런 일요일이면 일하는 소녀들이며 여점원들이며 화류계 여자들이 불로뉴 숲을

---

* 여기서 알베르틴은 지금까지 화자를 '당신'이라는 호칭으로 불렀던 것과 달리 '너'라는 호칭을 쓰고 있다.

산책하리라고 생각했다. 이런 여점원이며 일하는 소녀들이라는 말을 가지고(무도회 보도 기사에서 어떤 이름이나 젊은 아가씨 이름을 읽을 때면 종종 그렇듯이), 또 하얀 블라우스와 짧은 스커트를 입은 소녀의 이미지를 가지고 — 그 말이나 이미지 뒤에 나를 사랑해 줄 미지의 인간을 배치하면서 — 나는 아름다운 여인들을 혼자 만들어 냈고, 또 '얼마나 멋진 여자일까!'라고 생각했다. 하지만 내가 혼자 외출할 것도 아닌데 그들이 아무리 멋져 봐야 무슨 소용이라는 말인가?

혼자 있음을 이용하여, 또 햇빛이 악보 읽는 것을 방해하지 않도록 커튼을 반쯤 닫고 나는 피아노 앞에 앉아 거기 놓인 뱅퇴유의 소나타를 되는대로 펼치고 치기 시작했다. 알베르틴이 도착하려면 좀 더 있어야 했지만, 그녀의 귀가가 너무도 확실했으므로 나는 동시에 시간도 평정심도 가질 수 있었다. 그녀가 프랑수아즈와 함께 돌아오리라는, 그토록 안전하게 느껴지는 기다림과 그 순종에 대한 신뢰, 바깥의 햇빛과 마찬가지로 마음을 따뜻하게 하는 내면의 빛이 주는 행복감에 젖어, 나는 마음대로 사유할 수 있었고, 잠시 알베르틴에게서 멀어져 소나타에 열중할 수 있었다. 관능적인 모티프와 불안한 모티프의 배합이 얼마나 알베르틴에 대한 내 사랑에 부응하는지를 알아보기 위해 소나타를 살피는 데 몰두하지도 않았다. 소나타에 대한 내 사랑에는 오랫동안 질투심이 들어 있지 않았으므로, 나는 스완에게 내가 얼마나 질투라는 감정에 무지한지 털어놓을 수 있었다. 아니, 소나타를 다른 관점에서, 마치 위대한 예술가의 작품처럼 작품 그 자체로 보면서, 나는 소나타 음향의 물결에 휩쓸려 콩브레의 나날로 — 몽주뱅과 메제글리즈 쪽이 아닌, 게르망트 쪽에서 산책하던 — , 나 자신이 예술가가 되기를 열망하던 나날로 인도되었다. 사실 예술가가 되고자 하는 야망을 버리면서 나는 어떤 현실적인 것을 단념했던가? 삶은 예술을 상실한 나를 위로해 주었던가? 예술에는 우리의 진정한 개성이 삶에서의 행동을 통해 얻지 못하는 표현을 발견하는, 보다 심오한 현실이 있는 걸까? 각각의 위대한 예술가들은 저마다 사실 너무도 달라 보여서, 우리가 일상의 삶에서 헛되이 추구하는 그런 개별성의 감각을 그토록 많이 주는 게 아닐까! 내가 이 모든 생각을 하는 동안 소나타의 한 소절이 나의 마음을 사로잡았는데, 원래 잘 아는 소절이었다. 그러나 우리가 오래전부터 아는 소절도 주의를 기울이면 전혀 다르게 비치면서, 한 번도 보지 못했던 것도 알아보게 된다. 이 소절을 연주하면서 비록 뱅퇴유가 바그너에게는 완전히 낯선 꿈을 표현하며 거기 있는 듯했지만, 나는 "트리스탄!"이라고 속삭일 수밖에 없었다. 가족 중 한 사람이 조상을 전혀 알지 못하는 손자의 억양이나 몸짓에서 뭔가 조상과 같은 모습을 목격할 때 짓는 그런 미소를 지으면서. 그리고 유사성을 확인시켜 주는 사진을 바라보듯이, 나는 뱅퇴유의 소나타 위로 「트리스탄과 이졸데」의 악보를 받침대에 펼쳤는데, 마침 그날 오후 라무뢰 관현악단이 그중 몇 곡을 발췌하여 연주하고 있었다.* 내게는 바이로이트의 거장을 찬미함에 있

* 프루스트는 1895년 라무뢰 관현악단의 「트리스탄과 이졸데」 연주회에 참석

어, 니체처럼 예술이나 삶에서 그들의 마음을 사로잡는 아름다움은 피해야 한다는 의무감 때문에 「파르지팔」을 부정하고 「트리스탄과 이졸데」로부터 멀어지고 정신적 금욕을 통한 고행을 거듭하다가 피로 물든 십자가의 길을 밟으며, 드디어는 순수 인식과 「롱쥐모의 마부」에 대한 완전한 찬미에까지 이른다고 생각하는 사람들이 가지는 그런 세심함 따위는 전혀 없었다.* 나는 각각의 막(幕)을 방문하고 다시 돌아오기 위해서만 멀어지는, 그 끈질기고도 덧없는 주제를 다시 보면서 바그너 작품의 모든 실재를 이해했다. 그 주제는 때로 먼 곳에서 조는 듯, 거의 벗어난 듯 보이다가도 다른 순간에는 여전히 아련하게 남아서 그토록 절박하고도 가까이, 우리 몸 안의 기관처럼 내장 깊숙이에서 우러나온 듯했는데, 흡사 어떤 곡의 모티프라기보다는 신경통의 재발과도 같았다.

음악은 이런 점에서 알베르틴과 함께 보내는 삶과 매우 달

했다. 라무뢰는 샹젤리제 서커스 극장에서 '바그너 페스티벌'을 개최하는 등 바그너를 프랑스에 소개하는 데 크게 기여한 음악가이다.(『잃어버린 시간을 찾아서』 7권 385쪽 참조.)

* 니체의 『바그너의 경우』에 대한 암시이다. 니체는 1888년 과거에 좋아했던 바그너를 비제와 비교하면서 연극적 기교만을 중시하는 바그너를 데카당한 음악으로 단죄하고, 삶의 의지를 되찾게 하는 것은 바로 비극이며, 비제의 「카르멘」에서 남자 주인공이 카르멘을 죽이고 절망하는 모습에서 이런 비극의 진정한 의미를 발견했다고 단언한다. 그러나 프루스트는 니체가 언급한 비제 대신(이는 아마도 비제의 미망인인 스트로스 부인과 비제의 아들 자크 비제와의 관계 때문으로 보인다.) 아돌프 아당(Adolphe Adam, 1803~1856)의 희가극 「롱쥐모의 마부」(1836년작)를 바그너 음악의 대척점으로 인용하고 있다.(『갇힌 여인』, 폴리오, 426쪽 참조.)

랐고, 나 자신의 내면으로 내려가 새로운 것을, 다시 말해 삶이나 여행을 통해 내가 헛되이 추구했던 다양성을 발견하는 데 도움이 되었다. 그렇지만 그 다양성에 대한 향수를 불러일으키는 것은 내 옆에서 햇빛 비치는 물결을 사라지게 하는 음의 물결이었다. 이중의 다양성이다. 우선 빛의 성분을 밖으로 나타내는 스펙트럼처럼, 바그너류의 화성과 엘스티르류의 색채는, 다른 존재에 대한 사랑으로는 결코 이해할 수 없는, 타자의 감각에 대한 질적 본질을 인식하게 해 준다. 다음으로 그것은 정말 다양한 방법, 다시 말해 다양한 개별성을 통합하는 유일한 방법에 의해, 작품 자체 내의 다양성을 구현한다. 어느 시시한 음악가가 시종이나 기사(騎士)를 묘사한다고 주장하면서도 그들에게 동일한 노래를 부르게 하는 것에 반해, 바그너는 각각의 명칭 아래 다른 현실을 부여하고, 그리하여 매번 시종이 나타날 때마다, 동시에 복합적이면서도 단순한 그런 특별한 모습을 즐겁고 봉건적인 선들의 충돌과 더불어 거대한 음향 속에 기재한다. 바로 거기서 그토록 많은 음악들로 가득 채워지면서도 각각의 음악이 개별적으로 남아 있는 음악의 충일감이 연유한다. 이는 한 존재 또는 자연의 순간적인 모습이 주는 인상이다. 자연을 통해 지각하는 감정과 가장 무관한 감정이라 해도, 그것은 그만의 완벽하게 정의된 외적 현실을 간직하며, 그리하여 새의 노래나 사냥꾼의 뿔피리 소리, 목동이 갈피리를 가지고 내는 노랫소리가 지평선 위로 음향의 실루엣을 뚜렷이 드러나게 하는 것이다.* 물론 바그너는 이런 실루엣에 다가가서 그것을 포착하고 오케스트라에 집어넣어 가장 고귀한 음악적 관념에 종속시키려 했으며, 그럼에도 통 만드는 장인이 자신이 새기는 나무의 특성인 섬유질을 존중하듯이, 그 음향이 지닌 실루엣의 본래 성격도 존중했다.

자연의 관조가 사건의 전개나, 단순히 인물의 이름을 나열하는 것이 아닌 개인의 성찰에 기반을 두는 이런 작품의 풍요로움에도 불구하고, 나는 어쨌든 이 작품들이 얼마나 19세기의 모든 위대한 작품들의 특징인 — 사실은 경이로운 것이지만 — 불완전성이라는 공통점을 가지고 있는지 생각해 보았다. 19세기의 위대한 작가들은 그들이 쓴 책에서는 실패했지만, 동시에 노동자이며 심판인 양 자신이 일하는 모습을 바라보면서, 이런 자기 관조로부터 작품 밖에 있는, 또 작품을 초월하는 어떤 새로운 아름다움을 끌어내어, 그때까지 작품이 갖지 못했던 통일성과 위대함을 소급해서 작품에 부여했다. 자신의 소설에서 뒤늦게 『인간 희극』을 발견한 작가와, 서로 다른 이질적인 시와 에세이를 모아 『세기의 전설』과 『인류의 성서』라는 제목을 붙인 이들을 자세히 거론하지 않더라도, 후자, 즉 『인류의 성서』에 대해 말해 본다면, 우리는 그것이 19세기를 가장 완벽하게 구현하며, 또 미슐레에게서 가장 위대한 아름다움은 작품 자체가 아닌, 그가 자신의 작품에 대해 취하는 태도, 즉 그의 『프랑스사』나 『프랑스 혁명사』가 아

* '새의 노래'는 바그너의 오페라 「지크프리트」에 나오며, '사냥꾼의 뿔피리 소리'는 지크프리트를 특징짓는 라이트모티프로 「트리스탄」 2막에 나오며, 목동이 내는 갈피리 소리는 「트리스탄」 3막에 나온다.(『잃어버린 시간을 찾아서』 6권 266쪽, 7권 237쪽 참조.)

니라, 이 두 권의 책에 실린 서문에서 찾아야 한다고 말할 수 있지 않을까?* 서문, 다시 말해 미슐레가 이 두 권의 책을 쓰고 난 후에 집필한 글에서, 그는 자신의 작품을 자세히 들여다보고, 여기저기 몇 개의 문장을, 보통은 "뭐라고 할까?"**로 시작하는 문장을 첨가했는데, 이 문장은 학자의 신중함에서 나왔다기보다는 음악가의 운율 같은 것이다. 현재 나를 매혹하는 또 다른 음악가인 바그너는, 책상 서랍에서 감미로운 곡조 하나를 꺼내어 그 곡조를 작곡할 당시에는 생각하지도 못했던 주제를 소급해서 작품의 필수 주제로 도입했으며, 그런 뒤 신화적 주제를 가진 첫 번째 오페라를 만들었고, 다음에는 두 번째 오페라, 그다음에는 또 다른 오페라, 그러다 돌연 자신이 사부작***을 완성했음을 깨닫고, 틀림없이 발자크와 같은 황홀감을 느꼈을 것이다. 발자크는 자신의 작품에 대해 이방인이자 아버지 같은 눈길을 동시에 던지면서, 이 작품에서는 라파엘로****의 순결함을, 저 작품에서는 복음서의 소박함

* 『인간 희극』은 발자크가 자신이 쓴 작품들을 나중에 하나로 통합하면서 사후에 통일성을 부여한 작품이며, 『세기의 전설』(1859)은 위고의 시들을 한데 모은 작품이며, 『인류의 성서』(1864)는 각각의 문명은 일종의 세속적인 성서를 구현한다는 인류 역사의 통합에 관한 미슐레의 저술이다. 또 프루스트가 말하는 미슐레의 서문은, 초판을 발간한 뒤 재판한 『프랑스사』(1869)와 『프랑스 혁명사』(1868)에 실린 서문을 가리킨다.

** 이 표현의 프랑스어 표기는 le dirais-je?로서, 미슐레의 『프랑스사』 서문에 나온다.(『갇힌 여인』, 플레이아드 III, 1733쪽 참조.)

*** 『잃어버린 시간을 찾아서』 7권 378쪽 주석 참조.

**** 발자크는 1842년 『인간 희극』 서문에서 사회에 대한 객관적 관찰의 시도를 옹호하고, 자신의 인물들이 리처드슨의 『클라리사』에 비하여 라파엘로의

을 발견하여 작품들을 회고적으로 조명하고, 그것을 한데 모아 동일 인물들이 재등장하는 연작 소설로 꾸미면 훨씬 아름다운 작품이 될 수 있음을 깨닫고, 이 연결 작업에 가장 숭고한 최후의 붓을 가했다. 사후(事後)에 부과된 이 통일성은 그러나 인위적인 것이 아니다. 그렇지 않았다면 그 통일성은 그저 평범한 작가들이 갖가지 제목이나 부제를 달면서 단 하나의 초월적인 계획을 추구한 듯 보이려는 그런 수많은 체계화 작업처럼 먼지가 되어 흩어졌을 것이다. 인위적이지 않은 통일성, 나중에 서로 연결될 수밖에 없는 개별 작품들 사이에서 발견되고, 열광의 순간에 태어난 것이기에, 어쩌면 더욱 현실적인 통일성, 그 자체를 의식하지 않고 그래서 더욱 활기가 넘치며, 또 논리적이지 않으면서도 다양성을 배제하지 않고, 작품 제작을 위축시키지도 않는 통일성이다. 그것은(이번에는 작품 전체와 관련해서) 주제의 인위적인 전개로 요구된 것이 아니라, 한순간의 영감에서 생겨나 별도로 작곡된 후에 나머지 작품에 합쳐지는 통일성이다. 이졸데의 귀환을 선행하는 오케스트라의 거대한 움직임이 시작되기 전에, 작품 전체가 목동의 반쯤 잊힌 갈피리 곡을 자기 쪽으로 끌어들였다. 그리고 아마 이졸데의 배가 다가오면서, 오케스트라의 발전이 갈피리의 음을 지배하고 변형하고 그 취기에 결합하고 리듬을 깨뜨

그림에 나오는 인물들과 같은 순수함을 가지지 못한 점을 정당화한다. "이런 열정적인 미덕의 아름다운 이미지는 절망적인 순수함의 선을 가진다. 다수의 처녀들을 창조하기 위해 우리는 라파엘로가 되어야 한다. 문학은 어쩌면 이런 관점에서는 그림에 못 미치는지도 모른다."(『갇힌 여인』, 폴리오, 427쪽에서 재인용.)

리고 음조를 밝게 비추고 움직임을 가속화하고 악기 편성을 다양화하는 것만큼이나, 아마 바그너 자신도 그의 기억 속에서 목동의 선율을 발견하고 그 선율을 작품에 통합하고 거기에 온갖 의미를 부여하면서 커다란 기쁨을 느꼈는지 모른다. 게다가 이 기쁨은 결코 그를 놓지 않는다. 시인으로서의 슬픔이 어떠하든, 바그너에게서 이 슬픔은 작품 제작자의 열광에 의해 위로를 받으며 극복되고, 다시 말하면 불행하게도 조금은 파괴된다. 하지만 그때, 조금 전에 뱅퇴유의 악절과 바그너의 악절 사이에 존재하는 동일성에 주목했을 때만큼이나, 내 마음은 불카누스*풍의 기교로 동요했다. 표면적으로는 인간을 초월하는 현실의 반영처럼 보이지만, 실은 근면한 노력의 산물인 이런 기교가, 위대한 예술가에게서 다른 무엇으로도 환원될 수 없는 근본적인 독창성의 환상을 주는 것일까? 만약 예술이 이런 기교에 지나지 않는다면 예술은 삶보다 현실적이지 않으며, 따라서 내게 그런 기교가 없다 해서 애석해할 필요는 없었다. 나는 「트리스탄」을 계속해서 연주했다. 음향의 칸막이로 바그너와 분리되면서도, 나는 환희에 찬 바그너가 자신의 기쁨을 공유하자는 초대의 말을 들었고, 영원히 늙지 않은 지크프리트의 웃음소리와 망치 소리가 겹쳐짐을 들었다.** 더욱이 악절들은 보다 경이롭게 주조되었고, 장인의 능

* 로마 신화에 나오는 불의 신이자 대장장이 신으로, 그리스 신화의 헤파이스토스와 동일시된다.

** 바그너의 사부작 「니벨룽겐의 반지」의 세 번째 작품 「지크프리트」에서 주인공 지크프리트는 미메의 대장간에서 칼 만드는 기술을 배운다.

란한 기술은 이런 악절들이 보다 자유롭게 지상을 떠나게 하는 데 쓰였을 뿐이다. 이 새는 로엔그린의 백조*라기보다는 내가 발베크에서 본 적 있는, 그 자체의 힘을 상승력으로 바꾸면서 바다 위를 날다 하늘 속으로 사라진 비행기와도 흡사했다. 어쩌면 가장 높은 곳까지 올라가서 가장 빨리 나는 새가 보다 힘센 날개를 가진 것처럼, 무한을 탐색하기 위해서는 정말로 물리적인 도구, 120마력의 '신비' 제조사의 항공기가 필요할지 모르지만, 우리가 그것을 타고 제아무리 하늘 높이 비행한다 해도 엔진의 강력한 부르릉거림으로 인해 공간의 정적을 음미하는 일은, 어느 정도 방해받을 수밖에 없을 것이다!**

그때까지 음악의 추억을 따라 이어지던 몽상의 흐름이 무슨 연유에서인지 갑자기 방향을 바꾸어 우리 시대의 가장 훌륭한 연주자들에게로 향했는데, 그 가운데 조금은 과대평가했는지 모르겠지만 나는 모렐을 포함시켰다. 내 상념이 갑작스러운 우회를 하면서, 나는 모렐의 성격과 그 성격의 몇몇 특이한 점에 대해 생각하기 시작했다. 물론 — 이것은 모렐을 좀먹는 신경 쇠약과 관계가 있었는데, 그렇다고 해서 완전히

---

* 백조가 끄는 배를 탄 로엔그린에 대해서는 『잃어버린 시간을 찾아서』 5권 384쪽 참조.

** 이 문단은 로엔그린의 '백조'와의 비교를 통한 항공기 모티프의 반복과, 메테를랭크 문체의 무거움에 대한 비판을 서술한 부분이다. "엔진의 강력한 부르릉거림"으로 표현되는 메테를랭크 문체의 무거움과 물질적 양상이, '보이지 않는 것'('신비' 제조사의 항공기로 표현되는)의 탐색에는 적합하지 않다고 프루스트는 1911년 친구 조르주 드 로리스에게 보낸 서한에서 거의 동일한 어휘로 서술하고 있다.(『갇힌 여인』, 플레이아드 III, 1734쪽 참조.)

일치하지는 않았다. — 모렐에게는 자신의 삶을 얘기하는 버릇이 있었고, 하지만 언제나 어둠에 둘러싸인 이미지로만 제시했으므로, 거기서 무언가를 식별해 내기란 쉽지 않았다. 예를 들면 그는 샤를뤼스 씨의 처분에 완전히 따르면서도, 단 자기만의 자유로운 저녁 시간을 갖는다는 단서를 붙였다. 저녁 식사 후에 대수학 강의를 듣고 싶어서라고 했다. 샤를뤼스 씨는 허락했지만 강의가 끝난 후에 만나자고 청했다. "불가능해요. 그건 이탈리아의 오래된 그림인걸요."(이렇게 옮겨 적으니 별 의미 없는 농담처럼 보이지만, 샤를뤼스 씨가 모렐에게 읽게 한 『감정 교육』의 끝에서 두 번째 장에서 프레데릭 모로가 한 말이다. 모렐은 농담을 할 때면, "불가능해요."라는 말 다음에 반드시 그건 "이탈리아의 오래된 그림인걸요."라고 덧붙였다.*) "강의는 흔히 늦게까지 계속되고, 교수님께도 커다란 방해가 되고, 물론 기분도 상하실 거예요." "강의가 필요하지는 않을 텐데. 대수학은 수영이나 영어가 아니잖은가. 책으로도 충분히 배울 수 있을 텐데." 하고 샤를뤼스 씨는 대답했다. 그는 대수학 강의라는 말에서 아무것도 알아낼 수 없는 그런 이미지를 금방 간파했다. 어쩌면 여자와 자려고 하는 건지, 아니면 수상쩍은 수단

---

* 플로베르의 『감정 교육』에서 아르누 부인이 프레데릭 모로의 집 벽에 걸린 로자네트의 초상화를 보고 "이 여인을 아는 것 같은데요."라고 말하자, 프레데릭은 "불가능해요. 그건 이탈리아의 오래된 그림인걸요."라고 대답한다. 『감정 교육』의 끝에서 두 번째 장은 프루스트가 플로베르에게서 그토록 찬미했던 '여백'의 단락이다.("그는 여행했다. 여객선의 울적함을 맛보았다.")(『갇힌 여인』, 폴리오, 427쪽에서 재인용.) 모렐과 모로는 음성학적으로 유사하며, 또 모렐의 이 인용은 농담인 동시에 거짓말을 감추는 데 목적이 있다.

으로 돈을 벌려고 비밀 경찰과 결탁해서 수사관들과 탐문을 나가는 건지 또 누가 알겠는가? 더 심하게는 사창가에서 필요한 제비족을 기다리는 건지? "그야 책이 더 쉽겠죠." 하고 모렐은 샤를뤼스 씨에게 대답했다. "대수학 강의를 들어도 아무것도 이해하지 못하겠어요." "그렇다면 차라리 내 집에서 공부하지 그러나? 훨씬 편하게 할 수 있을 텐데."라고 샤를뤼스 씨는 대답할 수 있었지만, 그렇게 말하지 않으려고 조심했다. 그런 말을 하는 날에는 이내 밤 시간을 따로 남겨 두기 위해 지어낸, 대수학 강의와 똑같이 요긴한 성격의 무용이나 그림 같은 필수 과목으로 바뀔 테니까. 이 점에서 샤를뤼스 씨는 적어도 자신의 생각이 어느 정도는 틀렸음을 알 수 있었다. 모렐이 자주 남작의 집에서 방정식 푸는 일에 몰두했으니 말이다. 샤를뤼스 씨는 대수학이 바이올리니스트에게 전혀 도움이 되지 않는다며 반대했다. 모렐은 대수학이 시간을 보내고, 또 신경 쇠약과 싸우는 데 도움이 되는 기분 전환 수단이라고 반격했다. 아마 샤를뤼스 씨는 밤에만 행해지는 이 불가사의하고 불가피한 대수학 강의가 정말 무엇인지 물어보고 또 알 수도 있었으리라. 그러나 모렐의 소일거리 실타래를 푸는 데 전념하기에 샤를뤼스 씨는 지나치게 사교계 일에 붙잡혀 있었다. 손님들의 방문을 받거나 방문하는 일, 클럽에서 보내는 시간, 사교적인 만찬, 극장에서의 저녁 공연 등이 그 문제에 대해 깊이 생각하는 걸 방해했고, 또 지금까지 모렐이 지내 온 일련의 다양한 사회적 환경이나 상이한 도시에서 그가 분출하고 숨겨 왔다고 말해지는 그 격렬하고도 교활한 사악함에 대해서도 생각하지 못하게 했다. 그곳에 사는 사람들은 그에 대한 말을 할 때면 목소리를 낮추면서 몸을 떨었고, 또 아무것도 얘기하지 않으려고 했다. 그런데 불행하게도 아직 도착하지 않은 알베르틴을 마중하려고 피아노 앞을 떠나 마당에 내려간 그날, 나는 바로 이런 고약한 신경질이 폭발하는 소리를 듣게 되었다. 쥐피앵의 가게 앞을, 모렐이 곧 그의 아내가 될 거라고 생각한 아가씨와 단둘이 있으리라고 생각한 가게 앞을 지나가는데, 모렐이 고래고래 고함을 질렀고, 그러자 내가 지금까지 알지 못했던 시골 사람의 말투가, 평소에는 억제해 왔던 아주 기이한 말투가 그에게서 튀어나왔다. 그의 말도 말투 못지않게 기이했는데, 프랑스어의 관점에서도 틀린 말이었다. 모렐은 모든 것을 불완전하게만 알고 있었다. "나가라고, 이 긴 다리의 두루미야, 긴 다리의 두루미야, 긴 다리의 두루미야!"* 라고 그는 가련한 소녀에게 되풀이했고, 소녀는 처음에 그가 하는 말을 이해하지 못했지만, 그러다 몸을 떨면서 도도하게 그 앞에서 꼼짝하지 않았다. "나가라고 했잖아, 이 긴 다리의 두루미야, 긴 다리의 두루미야. 네가 누구인지 말해 주게 네 아저씨를 찾아오라고, 이 창녀야." 바로 그때 한 친구와 얘기하며 돌아오던 쥐피앵의 목소리가 마당에서 들렸다. 나는 모렐이 지극히 겁쟁이임을 알았으므로, 조금 후면 쥐피앵과 친구가 가게에 들어갈 테니, 내 힘을 거기 보탤 필요는 없겠다고

* 여기서 '긴 다리의 두루미'라고 직역한 grand-pied-de-grue는, 마치 두루미가 긴 다리로 온몸을 지탱하며 서 있듯이, 창녀가 하루 종일 거리에서 손님을 기다리는 것을 의미하는 faire le pied de grue라는 은어와 관계가 있다.

생각하고 모렐을 피하기 위해 내 집으로 올라갔다. 그토록 쥐피앵을 불러오기를 바랐던 모렐은(아마 아무 근거도 없는 협박으로 겁을 주어 그녀를 자기 마음대로 다루고자 했을 것이다.) 마당에서 쥐피앵의 목소리가 들리자 서둘러 밖으로 나갔다. 여기 옮긴 말은 아무것도 아니다. 그날 내가 얼마나 떨리는 가슴으로 올라갔는지를 전혀 설명해 주지 못할 테니까. 우리 삶에서 목격하는 이런 장면은, 군인들이 공격 분야에 대해 기습 공격의 이점이라고 부르는 것에서처럼 엄청난 힘의 요소를 발휘하여, 내가 아무리 마음을 진정시키려고 알베르틴이 트로카데로에 있지 않고 곧 내 곁으로 돌아올 거라고 말해 봐야 소용이 없었는데, "긴 다리의 두루미야, 긴 다리의 두루미야."라는 말의 억양만이 내 귀에 열 번이나 반복되면서 나를 온통 뒤흔들어 놓았다.

나의 동요도 점차 진정되었다. 알베르틴은 곧 귀가할 터였다. 조금 후면 문에서 벨 소리가 들리리라. 나는 삶이 더 이상 예전과 같지 않으리라고 느꼈다. 또 한 여인을 소유하는 일이, 귀가하면 당연히 함께 외출하고, 그녀를 치장하는 일로 나라는 존재의 힘과 활동이 점점 더 많이 돌려지고, 그래서 나를 자라기는 하지만 풍성한 열매로 무거워지는, 저장물을 모두 열매로 보내는 줄기 같은 존재로 만든다고 느꼈다. 한 시간 전에 느꼈던 불안한 마음과는 대조적으로 알베르틴의 귀가가 내 마음에 불러일으킨 평온함은, 아침에 그녀가 떠나기 전에 느꼈던 것보다 훨씬 컸다. 그것은, 미래의 일을 앞당겨서 말해 본다면, 내 여자 친구의 순종이 나를 거의 주인과도 같은 존재로 만드는 미래에서 느껴질 평온함보다 더 견고한 것으로, 그녀의 임박하고도 성가시지만 피할 수 없는 다정한 현존에 의해 채워지고 안정되는, 가족이라는 감정과 가정의 행복에서 오는(구태여 우리 자신에게서 행복을 찾을 필요가 없는) 평온함이었다. 가족과 가정의 감정, 이것이 바로 내가 알베르틴을 기다리는 동안 내 마음에 지극한 평화를 가져다준 감정이었고, 다음으로 그녀와 함께 산책을 하면서 느낀 감정이었다. 내 손을 잡으려고 그랬는지, 아니면 새끼손가락에 봉탕 부인이 준 반지와 나란히 낀, 투명한 루비 조각의 액체 같은 표면이 넓게 펼쳐지는 반지를 보여 주면서 나를 현혹하려 그랬는지 그녀는 잠시 장갑을 벗었다. "또 새로운 반지군, 알베르틴, 당신 아주머니는 인심이 후하신가 봐요." "아니에요, 이건 아주머니가 준 게 아니에요." 하고 그녀는 웃으면서 말했다. "내가 산 거예요. 당신 덕분에 많은 돈을 저축할 수 있었거든요. 누구 건지는 잘 몰라요. 르망에서 머물렀던 호텔 주인에게 어느 돈 없는 여행자가 주고 간 거래요. 주인은 그걸 가지고 뭘 해야 할지 몰라서 원래 가격보다 훨씬 싸게 팔려고 했어요. 그래도 내게는 비쌌지만. 이제는 당신 덕분에 우아한 여인이 되었고, 그래서 주인이 아직도 그 반지를 갖고 있는지 사람을 보내 물어보았죠. 그래서 이렇게 손에 넣게 된 거예요." "알베르틴, 그러고 보니 당신은 반지가 많네요. 내가 줄 반지는 어디에 낄 건가요? 어쨌든 반지가 아주 예뻐요. 루비 테두리의 세공은 식별할 수 없지만, 어딘가 찡그린 남자의 얼굴 같네요. 하지만 나는 시력이 그렇게 좋지 않아요." "아무리 시력이 좋아도 그 이상은 보지 못할 거예요. 나도 식별할 수 없으니까요."

예전에 '회고록'이나 소설에서 남성이 여인과 함께 외출하고 차를 마시는 장면을 읽을 때면, 나도 그렇게 하고 싶다고 소망한 적이 여러 번 있었는데, 이를테면 생루의 애인과 함께 식사를 하러 갔을 때는 그 소망이 실현되었다고 믿기도 했다. 그러나 소설에서 부러워했던 이런 인물의 역할을 아무리 지금 내가 잘한다고 생각해 봐야 소용이 없었는데, 이런 생각은 내가 라셸 곁에 있으면 기쁨을 느낄 거라고 설득하긴 했지만, 그 기쁨을 실제로 주지는 못했다. 뭔가 정말로 실제적인 경험을 모방하려고 할 때면, 매번 그 경험이 우리의 모방하려는 의지가 아니라, 일종의 무의식적인 힘, 그 자체도 실제적인 힘에 의해 생긴다는 사실을 잊기 때문이다. 그런데 라셸과 산책하면서 뭔가 미묘한 기쁨을 느끼고 싶다는 욕망이 나에게 주지 못했던 그 특별한 인상을, 이제는 내가 전혀 찾지 않았는데도 아주 다른 이유, 진지하고도 심오한 이유로, — 그중 하나를 들어 보면 — 나의 질투심이 알베르틴과 멀리 떨어져 있지 못하게 하고, 또 내가 외출할 수 있는 날에도 나 없이 그녀를 혼자 산책하러 가는 일을 허락하지 않는다는 이유로 느끼고 있었다. 그런데 앎이란 우리가 관찰하려는 외부의 사물이 아닌, 비의지적인 감각에서 오는 것이기에, 나는 지금에야 그 기쁨을 느꼈다. 예전에 한 여인이 나와 같은 마차에 탔다고 해도 현재 내가 알베르틴에게 품은 것과 동일한 욕구로 매 순간 그 여인을 재창조하지 않는다면, 내 시선의 지속적인 애무가 끊임없이 그 얼굴을 어루만지며 여인이 바라는 싱그러운 빛깔을 주거나, 진정된 뒤에도 여전히 기억 속에 남아 있는 우리의 관능이 그 빛깔에 맛과 밀도를 주지 않는다면, 또 우리의 관능과 이 관능을 유발하는 상상력과 하나가 된 질투심이, 중력의 법칙만큼이나 강력한 인력에 의해 상쇄되어 그 여인을 우리 곁에 균형 잡힌 상태로 유지하지 않는다면, 여인은 '실제로' 내 곁에 없었기 때문이다.

우리가 탄 자동차는 대로를 따라, 가로수 길을 따라 재빨리 내려갔고, 햇빛과 추위로 얼어붙은 분홍빛 저택들의 늘어선 모양이, 예전에 램프불이 켜지는 시간을 기다리는 동안 국화꽃으로 부드럽게 비추었던 스완 부인 댁의 방문을 연상시켰다. 내 방의 창문과 마찬가지로 자동차의 차창 너머로 분리되어 쳐다볼 시간조차 거의 없었던 과일 가게 소녀나 유제품 가게 소녀가 아름다운 날씨의 조명을 받으면서, 마치 내 욕망만으로도 감미로운 모험의 세계로 들어가기에 충분한 여주인공처럼 내가 알지 못하는 소설의 입구에, 문 앞에 서 있었다. 잠시 차를 멈추자고 알베르틴에게 청하기도 전에,* 내 눈이 그들을 적시는 금빛 수증기 속에 겨우 모습을 구별할 듯했던, 혹은 싱그러움을 어루만지는 듯했던 젊은 여인들의 모습은 벌써 보이지 않았다. 포도주 가게의 소녀를 계산대에서 보거나, 세탁소 가게 소녀가 길에서 얘기하는 모습을 보면서 충격을 받은 감동은, '여신들'을 알아볼 때 느끼는 감동이었다. 올림포스가 더 이상 존재하지 않게 된 후부터, 그곳 주민들은 지상에서 살고 있

* 알베르틴이 자동차를 운전하는 것을 암시하는 구절처럼 보인다.

다. 그리고 신화적 주제의 그림을 그리는 화가들은, 가장 비천한 직업에 종사하는 소녀들을 아프로디테나 데메테르*의 모델로 삼았으며, 이는 신성 모독과는 거리가 먼, 다만 그들이 부당하게 박탈당한 신의 속성과 자질을 그들에게 다시 돌려주고 덧붙이는 것일 뿐이었다. "트로카데로가 당신에게는 어떻게 보였나요? 이 정신 나간 아가씨?" "당신과 함께 오기 위해 그곳을 떠난 게 무척 기뻐요. 다비우**가 건축한 거죠, 아마?" "나의 작은 알베르틴이 많은 걸 배웠나 봐요! 그래요, 다비우가 만든 거예요. 그런데 난 그 사실을 잊고 있었네요." "당신이 자는 동안 당신 책을 읽거든요, 이 지독히 게으른 사람. 건축물로서는 꽤 형편없죠, 그렇지 않나요?" "이 작은 아가씨, 당신은 너무 빨리 변하고, 또 너무 지적이어서(사실이었다. 게다가 나는 그녀가 다른 만족감은 얻지 못한다 해도, 적어도 내 집에서 보낸 시간이 완전히 헛된 시간은 아니라고 말하며 만족하는 모습이 불쾌하지 않았다.) 보통은 틀린 것으로 간주되지만 내가 추구하는 진실에는 부합되는 그런 것에 관해, 필요하다면 말해 줄 수 있어요. 당신은 인상주의가 뭔지 알죠?" "잘 알아요." "그럼, 내가 말하려고 하는 걸 좀 생각해 봐요. 당신은 저 오만한 마르쿠빌 성당을 기억해요? 엘스티르가 새 성당이라고 해서 좋

* 그리스 신화에 나오는 대지와 농경의 여신으로, 로마 신화의 케레스와 동일시된다.

** 가브리엘 다비우(Gabriel Davioud, 1823~1881). 1878년의 만국 박람회를 위해 트로카데로 궁을 건축했다.(『잃어버린 시간을 찾아서』 3권 116쪽 참조.)

아하지 않던 것 말이에요?* 그런데 그가 건물들이 포함된 전체적 인상으로부터 건물들을 끌어내어, 그것이 녹아 있는 빛 밖으로 나오게 하고, 고고학자로서 그 내재적 가치를 조사할 때면, 그가 말하는 인상주의 개념과 조금은 모순된다고 생각하지 않나요? 엘스티르가 그림을 그릴 때면, 병원이든 학교든 벽에 붙은 광고든, 그 옆에 위치하는 지극히 귀중한 대성당과 마찬가지로, 그것들은 서로 분리될 수 없는 이미지 속에서 동일한 가치를 갖지 않던가요? 성당 정면이 햇볕에 익은 모습을, 마르쿠빌 성당을 장식하는 성인들의 부조가 빛 속에 떠다니던 모습을 기억해 봐요. 건축물이 옛것처럼 보이기만 하면 새것이어도 아무 상관없어요. 아니 옛것처럼 보이지 않아도 괜찮아요. 옛 동네가 간직한 시적 정취를 마지막 한 방울까지 다 짜낸다 해도 거기에는 돈 많은 프티 부르주아들을 위해 새로운 동네에서 새롭게 지은 집들이 있어, 최근에 캐낸 돌들이 너무 하얗게 보이는 그 집들이, 장사꾼들이 점심 먹으러 교외로 돌아가는 시간에 버찌 냄새만큼이나 시큼한 외침으로 7월의 무더운 정오 공기를 찢어 놓지 않나요? 또 어두운 식당에서 점심 식사가 준비되기를 기다리는 나이프 받침대의 유리 프리즘이 샤르트르 대성당의 채색 유리만큼이나, 아름답고 다채로운 빛깔을 반사하지 않나요?" "당신은 정말 멋져요! 내가 혹시라도 지적인 사람이 된다면 그건 모두 당신 덕분이에요." "이렇게 아름다운 날씨에, 왜 당신은 기린 목 모양의 탑

* 『잃어버린 시간을 찾아서』 8권 435쪽 참조.

이 꼭 파비아의 수도원*을 연상케 하는 이 트로카데로 궁으로부터 눈길을 돌리는 거죠?" "이 건물은 지상에 그처럼 높이 솟아 있어서 그런지, 당신이 갖고 있는 만테냐의 복제화를 연상시키기도 해요. 아마도 계단식 도시가 배경으로 보이는 「성 세바스찬」 그림 같은데, 거기에는 트로카데로 궁도 있다고 전 맹세할 수 있어요."** "당신이 그걸 알아보다니! 그런데 어떻게 만테냐의 복제화를 보게 되었나요? 정말 놀랍군요."

우리는 좀 더 서민적인 동네에 도착했고, 계산대마다 서 있는 아프로디테와 같은 여인들의 모습이 계산대를 교외의 제단처럼 만들었으므로, 나는 그 발밑에서 평생을 보내고 싶을 정도였다. 일찍 죽음을 맞이한 자들이 죽기 전날에 항용 그렇듯이, 나는 알베르틴이 내 자유에 종지부를 찍음으로써 빼앗긴 쾌락의 수를 세 보았다. 파시**에 이르러서는 혼잡한 군중에 떠밀려 서로 허리를 붙잡으며 차도까지 밀려 나온 소녀들

---

*밀라노에서 남쪽으로 36킬로미터 지점에 위치하는 파비아에는, 15세기의 이탈리아 고딕 예술을 대표하는 수도원이 있다.

** 만테냐의 「성 세바스찬의 순교」(15세기)는 근육질의 남자가 고대 유적지를 배경으로 기둥에 묶인 채 화살을 온몸에 받고 있는 모습을 그린 것으로, 르네상스 시대의 대표작이다. 작은 종탑이 옆에 나란히 세워진 파비아의 수도원 정면(15세기 말에서 16세기 초)과 「성 세바스찬의 순교」의 배경으로 나오는 요새가, 마치 트로카데로 궁을 연상시킨다는 의미이다.(『갇힌 여인』, 플레이아드 III, 1735쪽 참조.)

*** 파리 16구에 속하는 이 구역은 일반적으로 부르주아들이 사는 부유한 동네로 간주되나, 파리에서 가장 오래되고 가장 활발한 상업 지역이다. 특히 이곳의 노천 시장은 오늘날에도 많은 인파가 모여드는 생동감 넘치는 장소이고, 불로뉴 숲과 트로카데로 광장과 이웃한다.

의 미소가 나를 황홀케 했다. 그 미소를 뚜렷이 알아볼 틈은 없었지만, 미소의 아름다움을 과대평가할 가능성이라곤 거의 없었다. 사실 군중 속에서, 거의 젊은이들로 구성된 군중 속에서, 고귀한 옆얼굴을 가진 초상화와 만나는 것은 그리 드문 일이 아니다. 그러므로 축제일 서민들의 혼잡은, 마치 고고학자에게서 고대의 메달이 출토되는 뒤죽박죽으로 파헤쳐진 흙만큼이나, 쾌락을 쫓는 자에게는 소중하다. 우리는 불로뉴 숲에 도착했다. 나와 외출하지 않았다면 알베르틴은 지금쯤 상젤리제 서커스 극장에서 바그너의 폭풍우 같은 격정이 오케스트라의 온갖 현에 신음 소리를 내게 하고, 내가 조금 전에 연주했던 갈피리 곡조를, 가벼운 거품처럼 자기 쪽으로 끌어당기며 공중에 날리고 반죽하고 변형하고 나누고 점점 커져 가는 회오리바람 속에 휩싸이게 하는 소리를 들었을지도 모른다고 생각했다. 적어도 나는 우리의 산책이 빨리 끝나 집에 일찍 돌아갈 수 있기를 바랐다. 알베르틴에게는 말하지 않았지만, 그날 저녁 베르뒤랭네 집에 가기로 결심했기 때문이다. 그들은 최근에 초대장을 보내왔고, 나는 나머지 다른 초대장들과 같이 휴지통에 던졌다. 하지만 그날 저녁 나는 생각을 바꾸었고, 알베르틴이 오후에 베르뒤랭네 집에서 어떤 사람을 만나길 기대했는지 알고 싶었다. 사실을 말하자면, 나와 알베르틴의 관계는(모든 것이 같은 방법으로 지속되고 모든 일이 정상적으로 진행된다면), 한 여인이 다른 여인으로 가기 위한 중간 단계로만 도움이 되는 그런 단계에 이르러 있었다. 미미한 수준이지만 그 여인은 아직도 우리의 관심을 끈다. 우리는 매일 밤

미지의 여인을 찾아, 특히 그녀를 알고 있어서 그녀의 삶에 관한 얘기를 해 줄 수 있는 누군가를 찾아가려고 서두른다. 사실 우리는 그녀 스스로가 우리에게 넘겨주기로 동의한 온갖 것을 소유했고 또 소진시켰다. 그녀의 삶은 물론 아직 그녀의 것이지만, 우리가 알지 못하는 부분, 그녀에게 헛되이 질문했던 것을, 우리는 어쩌면 새로운 여인의 입술에서 거두어들일 수 있을지도 모른다.

알베르틴과의 삶이 베네치아로 가거나 여행하는 일을 방해한다 해도, 적어도 조금 전에 혼자 있었으면 나는 아름다운 일요일 햇살 속에 여기저기 흩어진 젊은 여점원들과 사귈 수 있었을 것이다. 그들의 아름다움은 대부분 내가 불어넣은 미지의 삶으로 활기를 띠고 있었다. 그들의 눈을 바라볼 때면, 그 눈에는 모두 그것과 분리될 수 없는 어떤 이미지와 추억, 기대와 경멸이 담긴 시선이 배어 있지 않은가? 우리가 스쳐 가는 존재의 삶이 어떤 것인가에 따라, 찌푸린 눈썹이나 부푼 콧구멍에 다양한 가치가 주어지는 게 아닐까? 내 곁에 있는 알베르틴의 존재가 그들에게 가지 못하게 하고, 또 어쩌면 그 때문에 나는 그들을 줄곧 욕망했는지도 모른다. 계속해서 살고 싶은 욕망과, 일상의 일보다 감미로운 뭔가에 대한 믿음을 자아 속에 보존하고 싶은 사람에게는 산책이 필수적이다. 거리나 가로수 길엔 '여신들'이 가득하니까. 그러나 '여신들'은 우리가 다가가도록 내버려 두지 않는다. 여기저기 나무들 사이로, 어느 카페 입구에서, 한 종업원이 마치 신성한 숲 주변의 요정처럼 주위를 살폈고, 카페 안에는 세 명의 소녀가 거대한

원 모양의 바퀴 달린 자전거를 옆에 세워 놓은 채 앉아 있었는데, 마치 불멸의 세 여신이 구름에 몸을 기댄 듯, 혹은 그들의 신화적 여행을 구현한 전실 속의 군마에 기댄 듯 보였다. 나는 알베르틴이 이 소녀들을 잠시나마 주의 깊게 바라볼 때마다, 금방 내게로 시선을 돌린다는 사실에 주목했다. 하지만 이런 강렬한 응시나 그 강렬함을 상쇄하기 위한 짧은 응시에 나는 그다지 괴로워하지 않았다. 사실 강렬한 시선으로 말하자면, 알베르틴은 피로해서, 혹은 주의 깊게 사람을 바라보는 특유의 방식으로 인해, 그것이 나의 아버지든 프랑수아즈든 일종의 명상하는 눈길로 바라보는 경우가 종종 있었다. 또 내게로 재빨리 시선을 돌린 것은, 내 의혹을 알고 있는 알베르틴이 비록 그 의혹이 정당하지 않다 할지라도, 거기에 어떤 실마리도 제공하고 싶지 않아서였을지도 몰랐다. 게다가 알베르틴 쪽에 죄가 있다고 생각되는 이런 관심만 해도(상대가 젊은 남자들이라고 해도 마찬가지였을 테지만), 나 자신은 단 한순간도 죄가 있다고 생각하는 일 없이 — 알베르틴이 옆에 있어서 내가 차를 멈추게 하고 내리지 못했으므로, 오히려 그녀에게 죄가 있다고 생각하면서 — 그곳에 있는 모든 여점원들에게 주의를 기울였다. 우리는 스스로의 욕망은 결백하다고 생각하지만, 타인의 욕망은 끔찍하다고 생각한다. 우리와 관계되는 일인지, 아니면 사랑하는 사람에 관계되는 일인지에 따라 달라지는 이런 차이는 욕망뿐 아니라 거짓말과도 관계가 있다. 예를 들면 건강하게 보이고 싶어서 나날이 허약해져 가는 몸 상태를 은폐하거나 악덕을 감추거나 타인의 기분을 상하게 하지 않으면서 우리가 좋아하는 것 쪽으로 몰고 가려 할 때, 거짓말보다 더 일상적인 것이 어디 있단 말인가? 거짓말은 가장 많이 사용되고 가장 필수적인 자기 보존 도구이다. 그런데 우리가 사랑하는 여인의 삶에서 몰아내겠다고 주장하는 것이 거짓말이며, 엿보고 냄새 맡고 도처에서 증오하는 것이 바로 거짓말이다. 거짓말은 우리를 뒤흔들고, 결별을 야기하기에 충분하며, 가장 큰 잘못을 감춘 것처럼 보이며, 아니면 상대가 너무도 잘 감추어서 그 존재를 의심하지도 못하게 한다. 스스로 병원균에 너무도 민감해져서 균의 일반 번식이 다른 사람들에게는 무해하지만, 그 균에 면역력을 잃은 불행한 이에게는 너무도 위험한, 그런 이상한 상태에 이른 것이다! 이 아름다운 소녀들의 삶은 — 내 오랜 기간의 칩거 생활로 인해 — 내가 그들을 거의 만나지 못해서 그런지, 쉬운 실현의 가능성으로 인해 상상력이 약화되지 않는 모든 이들에게서와 마찬가지로, 뭔가 내가 알던 것과는 다른, 여행이 약속하는 가장 경이로운 도시만큼이나 그렇게 욕망할 만한 것으로 보였다.

내가 알았던 여인들 옆에서 혹은 방문한 도시에서 느끼는 환멸이, 새로운 여인들과 도시의 매력에 사로잡히고, 또 그 현실을 믿는 것을 방해하지 않았다. 그리하여 베네치아를 보는 일이 — 이 봄날의 날씨가 베네치아에 대한 향수를 불러일으키고, 또 알베르틴과의 결혼이 그곳을 보러 가는 것을 방해할지도 모르기에 —, 스키가 어쩌면 도시 자체보다 더 아름다운 색조라고 단언했을 그런 파노라마를 통해 베네치아를 보는 것이, 오히려 나와는 아무 상관없이 결정된 그 먼 거리가 그곳으로 가기 위해 통과해야 하는 필수 요소인 것처럼 베네치아로의 여행을 조금도 대신할 수 없었는데, 이는 마치 포주가 임의로 구해 준 젊은 여점원이 제아무리 아름답다고 해도 지금 저기, 여자 친구와 웃음을 터뜨리면서 휘청거리는 몸으로 나무 밑을 지나가는 여점원을 대신하지 못하는 것과 같았다. 사창가에서 만난 여인이 더 아름답다 해도, 그건 전혀 같지 않다. 그 이유는 우리가 알지 못하는 소녀의 눈을 그저 작은 오팔 조각이나 마노 조각처럼 보지는 않기 때문이다. 그들의 눈을 무지갯빛으로 비추는 미세한 광선이나 반짝거리게 하는 다이아몬드의 입자는, 우리가 알지 못하는 그들 가족의 집이 있고, 또 우리가 부러워하는 그들의 친한 친구들이 사는 곳과 관계되는 어떤 상념이나 의지, 기억에 대해 우리가 알아볼 수 있는 전부이다. 그렇게 까다롭고 그렇게 다루기 힘든 그 모든 것을 가지고 싶은 소망이 단순한 물질적 아름다움 이상의 가치를 그 시선에 부여하는 것이다.(바로 이렇게 해서 동일한 젊은이라 할지라도, 웨일스 공이라는 말을 들으면 여인의 상상 속에서 온갖 소설적인 요소를 깨어나게 하다가도, 자신이 착각했음을 알면 더 이상 젊은이에게 주의를 기울이지 않는 것이 설명된다.) 그러므로 사창가에서 여점원을 만나는 것은 그녀 안에 스며든, 또 우리가 그녀와 더불어 소유하기를 열망하는 온갖 미지의 삶이 텅 비어 있는 여인을 만나는 것에 다름 아니다. 그것은 사실 단순히 보석으로 변한 눈, 꽃의 주름처럼 아무 의미도 없는 찌푸린 코에 다가가는 것이다. 아니, 내가 만일 저기 지나가는 낯선 여점원의 실체를 계속해서 믿고 싶다면, 마치 내가 보게 될 도시가 단순히 만국 박람회를 장식하는 광경이 아니라 진짜 피사의 실체임을 믿고 싶다면 오랜 시간이 걸리는 기차 여행을 해야 하는 것처럼, 그녀의 저항을 감수하고, 그 저항에 내 방향을 조정하고, 그녀의 모욕에 과감하게 맞서고, 다시 시도하고, 만날 약속을 받아 내고, 작업장 출구에서 기다리고, 소녀의 삶을 구성하는 작은 일화들을 조금씩 알아 가고, 그녀의 마음속에서 내가 찾는 쾌락을 감싸는 것을 뚫고 나가면서 그녀의 상이한 습관과 특별한 삶 때문에 나와, 내가 도달해서 붙잡고 싶은 그녀의 관심과 애정 사이에 생긴 거리감을 극복해야 했다. 그러나 이런 욕망과 여행의 유사성 때문에 나는 어느 날인가 눈에 보이지 않는 힘의 성질을, 그러나 우리의 신앙만큼 또는 물리적 세계에서 대기의 압력만큼이나 그렇게 강력한 힘의 성질을 보다 가까이서 파악하기로 결심했다. 그 힘은 내가 도시나 여인을 알지 못하는 한, 그토록 그들을 높이 올라가게 했다가도, 내가 가까이 다가가자마자 힘이 빠지면서 가장 비속한 현실의 물질세계로 추락하게 했다. 멀리서 다른 소녀가 자전거 옆에 꿇어앉은 채 자전거를 고치고 있었다. 수리가 끝나자, 그 어린 선수는 다시 자전거를 탔지만 남자가 타는 것처럼 양쪽으로 두 다리를 벌리고 타지는 않았다. 한순간 자전거가 좌우로 흔들렸고, 마치 소녀의 몸에 돛이 달렸는지, 아니면 거대한 날개가 달렸는지, 우리는 이내 반은 인간이고 반은 날개 달린 천사, 혹은 페르시아의 정령* 같은 젊은 존재가

* 원문에는 페르시아의 신화에 나오는 여자 정령을 뜻하는 péri로 표기되었다.

여행을 계속하며 전속력으로 멀어져 가는 모습을 보았다.

바로 이것이 알베르틴의 현존, 알베르틴과의 삶이 내게서 박탈한 것이었다. 박탈했다고? 아니, 오히려 은혜를 베풀었다고 생각해야 하지 않을까? 만약에 알베르틴이 나와 함께 살지 않아서 자유로운 몸이었다면, 나는 이 모든 여인들을 알베르틴의 욕망이나 쾌락의 가능한 대상으로, 있음 직한 대상으로 상상했을 테고, 또 이런 상상은 타당했을지도 모른다. 그들은 내게, 어떤 이에게는 '유혹'을 재현하고 다른 이의 가슴에는 화살을 쏘는 그런 악마의 춤을 추는 무희들로 보였을 터다. 이런 여점원들과 소녀들과 여배우들을 나는 얼마나 증오했을까! 공포의 대상인 그들은 우주의 아름다움에서도 배제되었으리라. 그런데 알베르틴의 노예 상태가, 더 이상 그들 때문에 나를 괴롭게 하지 않으면서, 세상의 아름다움을 그들에게 다시 돌려주었다. 우리 가슴에 질투를 꽂는 날카로운 침을 잃어버린 그들은 이제 내게 무해한 존재였고, 나는 마음껏 그들을 찬미하고, 눈길로 애무하고, 어쩌면 다른 날에는 보다 은밀하게 포옹했을지도 모른다. 알베르틴을 집 안에 가두면서 나는 산책이나 무도회와 극장에서 메아리치는 그 모든 영롱한 날개들을 세상에 돌려주었고, 그리하여 알베르틴이 더 이상 그들의 유혹에 넘어갈 수 없게 되자 이번에는 그 날개들이 나를 유혹했다. 이런 유혹의 날개가 세상의 아름다움을 만들었다. 예전에는 알베르틴의 아름다움도 만들었다. 내가 알베르틴을 한 마리의 신비로운 새, 다음에는 다른 사람들이 욕망하고 어쩌면 소유했을지 모르는 해변의 유명한 여배우로 보았기 때문에, 그녀를 그토록 경이로운 존재로 생각했던 것이다. 어느 날 저녁 어디서 왔는지도 모르는 갈매기 같은 소녀들의 무리에 둘러싸인 채 느린 걸음으로 방파제를 걷던 새가, 일단 내 집에 갇힌 몸이 되자, 알베르틴은 다른 사람들이 그녀를 가질 수 있는 온갖 기회와 더불어 그녀의 빛깔도 다 잃어버렸다. 그녀는 점차 자신의 아름다움을 잃어 가고 있었다. 비록 질투는 내 상상적인 기쁨의 감소와는 다른 차원에 속했지만, 해변의 찬란한 빛 속에 감싸인 그녀를 다시 보기 위해서는, 그녀가 나 없이 혼자 외출해서 이러저러한 여인이나 젊은 남자와 동반했으리라 상상되는, 오늘과 같은 산책이 필요했다. 타인의 욕망의 대상이 되면서 다시 아름다워지는 이런 갑작스러운 움직임에도 불구하고, 나는 내 집에서의 그녀의 체류를 두 시기로 구분할 수 있었다. 첫 번째는 나날이 빛을 잃어 갔지만 그럼에도 그녀가 여전히 영롱하게 빛나는 해변의 유명한 여배우였던 시기이며, 두 번째는 회색빛 수인(囚人)이 되어 그 자체로 환원된 흐릿한 그녀에게, 내가 빛깔을 돌려주기 위해 과거를 회상하는 그런 섬광 같은 순간이 필요했던 시기이다.

이따금 그녀가 내게 지극히 무관심하다고 생각될 때면, 오래전의 추억이 떠올랐다. 내가 알베르틴을 잘 알지 못했을 때였는데, 그때 나와 지극히 사이가 나쁜, 지금 와 생각해 보니 알베르틴과 관계가 있는 것이 확실해 보이는 부인으로부터 그리 멀지 않은 곳에서 알베르틴은 무례한 시선으로 나를 쳐다보며 웃음을 터뜨렸다. 주위에는 온통 푸른빛으로 반짝이는 바다가 살랑였다. 바닷가 태양 아래서 알베르틴은 그녀의 친구들 중에서도 가장 아름다웠다. 광활한 바다의 일상적 배경 속에 그토록 아름다운 소녀가, 자신을 찬미하는 부인에게는 그렇게도 소중했던 존재가 내게 모욕을 준 것이다. 그 모욕이 결정적인 작용을 했는지, 부인은 어쩌면 발베크에 다시 돌아갔을 것이며, 그 눈부시게 살랑거리는 해변에서 알베르틴의 부재를 확인했을지도 모른다. 그러나 부인은 소녀가 지금 내 집에 살고 있으며, 오로지 내게만 속한다는 사실은 알지 못할 것이다. 부인이 소녀에게 품었고, 또 이제는 다른 소녀들에게 품을지도 모르는 애정을 망각하는 광활한 푸른 바다가, 알베르틴이 내게 가했던 모욕을 씻어 내리면서 그것을 눈부시고 견고한 보석함 속에 가두었기 때문이다. 그러자 이번에는 그 여인에 대한 증오심이 내 가슴을 쥐어뜯었다. 알베르틴에 대해서도 마찬가지였지만, 그것은 멋진 머리카락을 가진 숭앙받는 아름다운 소녀, 또 바닷가에서 웃음을 터뜨리며 모욕했던 소녀에 대한, 찬미 섞인 증오심이었다. 수치심과 질투, 처음 느꼈던 욕망과 눈부신 배경에 대한 추억이 알베르틴에게 예전의 아름다움과 가치를 돌려주었다. 이렇게 해서 그녀가 내 방에서 내 옆에 있느냐, 또는 내가 기억 속에서 해변의 밝은 옷차림으로 바다 음악을 연주하는 악기의 움직임에 맞춰 방파제 위에 자유롭게 내버리느냐에 따라, 그녀 곁에서 느끼는 조금은 무거운 권태감과, 찬란한 그리움으로 가득한 욕망의 떨림이 번갈아 이어졌다. 알베르틴은 때로 이런 환경에서 떨어져 나와 잠시 내 소유물이 되면서 별 가치 없는 존재가 되었고, 때로는 그 환경 속에 다시 잠겨 내가 알지 못하는 과거로 도주하면서 물방울 튀기는 파도와 현기증 나는 태양만큼이나 그 여인과 자기 여자 친구 옆에서 내게 모욕을 주었는데, 이렇게 알베르틴은 일종의 수륙 양서의 사랑 속에서 해변에 다시 놓이거나 내 방에 들어오곤 했다.

다른 곳에서는 많은 소녀들이 떼를 지어 공놀이를 하고 있었다. 소녀들은 모두 햇빛을 즐기려는 듯 보였는데, 2월의 날들은 비록 찬란한 날씨라 할지라도 그리 오래가지 않으며, 그 눈부신 빛도 해가 지는 것을 늦추지 못하기 때문이다. 어둠이 닥치기 전 희미한 빛이 잠시 비쳤으므로 우리는 멀리 센강까지 갔고, 거기서 알베르틴은 겨울의 푸른 물 위에 비친 붉은 돛의 그림자를, 더 멀리 생클루가 부서지기 쉬운 줄무늬의 조각난 화석처럼 보이는 밝은 지평선에, 홀로 핀 개양귀비처럼 웅크린 기와지붕 집을 보면서 감탄했고, 그런 그녀의 존재로 인해 나는 그 경치를 음미할 수 없었다. 우리는 차에서 내려 오래 걸었다. 나는 잠시 그녀에게 팔을 내주기도 했는데, 내 팔 아래 그녀의 팔이 만드는 이 고리가 우리 두 사람을 하나의 존재로 결합하고, 두 운명을 서로에게 묶어 놓는 듯했다. 발밑에서는 우리의 그림자가 나란히 가까워지고 한데 모아지면서 멋진 그림을 그렸다. 물론 집에서도 알베르틴이 나와 함께 살고, 그녀가 내 침대에 눕는다는 사실이 이미 내게는 경이롭기만 했다. 그러나 내가 그렇게도 좋아하는 불로뉴 숲의 호숫가에서, 자연 한복판에서, 집 안의 것이 밖으로 유출된다는 듯, 태양이 나무들 아래 오솔길 모래 위로, 내 그림자 옆에 수묵화로 그려 넣은 것은 바로 그녀의 그림자, 그녀의 다리와 그녀 가슴을 단순화시킨 순수 그림자였다. 나는 우리 그림자가 하나로 녹아드는 모습에서, 우리의 육체가 다가가고 결합될 때보다는 물론 더 비물질적이지만 그에 못지않은 내밀한 매력을 발견했다. 우리는 다시 차에 올라탔다. 귀갓길의 차는 구불구불한 오솔길로 들어섰고, 거기서 폐허처럼 담쟁이와 가시덤불로 덮인 겨울나무들은 우리를 마법사의 처소로 안내하는 듯 보였다. 그 짙은 녹음에서 빠져나오자마자, 숲의 출구에는 아직도 대낮처럼 환한 빛이 보였고, 그래서 내가 저녁 식사 시간 전에 하고 싶은 일들을 모두 할 수 있을 것 같은 생각이 들었지만, 잠시 후 우리가 탄 차가 개선문에 가까워졌을 때, 마치 멈춘 괘종시계의 눈금판을 보고 시간이 늦었음을 깨달았을 때처럼, 나는 돌연 놀라 겁에 질린 흔들림 속에 파리 상공에서 때 이른 보름달을 보았다. 우리는 운전사*에게 돌아가자고 말했다. 그녀에게는 이 말이 내 집에 돌아간다는 의미였다. 아무리 사랑하는 여인이라 할지라도, 우리가 헤어져서 각자 자기 집으로 돌아가야 한다면, 지금 자동차 깊숙이 내 옆에 앉은 알베르틴의 현존을 통해 맛보는 평화는 없었을 것이다. 그것은 우리가 떨어져 있는 공허한 시간이 아니라, 내가 그녀

* 원문에는 '마부(cocher)'로 표기되었지만, 앞의 자동차 산책과 모순되는 것처럼 보여서 운전사로 고쳐 옮겼다. 출처가 다른 여러 텍스트가 섞이면서 생긴 오류처럼 보인다고 미이 교수는 지적한다. 게다가 이 문단에서 '마부' 또는 '운전사'는 산책의 말미에서만 나타나며, 나머지 부분은 알베르틴과 화자 단둘이서 산책하는 것으로 묘사되었다는 점에서 작가의 자전적 체험이 투영된 것으로 보인다. 알베르틴이 자동차를 운전하는 걸 암시하는 구절도 앞에서 지적한 부분을 제외하고는 더 이상 나오지 않는다.(『갇힌 여인』, GF-플라마리옹, 535쪽 참조.)

를 소유한다는 물질적 상징인 내 집에서, 그녀의 집이기도 한 내 집에서, 보다 안정되고 보다 에워싼 결합으로 우리를 향하게 하는 현존이었다. 물론 뭔가를 소유하기 위해서는 먼저 욕망해야 한다. 선과 표면과 부피를 소유하는 일도, 오로지 우리의 사랑이 그것에 관심을 가질 때라야 가능하다. 하지만 우리가 산책하는 동안 알베르틴은 지난날 라셸이 그러했듯이, 그저 살과 천 조각의 공허한 먼지는 아니었다. 나의 눈과 입술과 손의 상상력이 발베크에서 그녀의 몸을 그토록 단단히 축조하고, 그토록 다정하게 문질렀으므로, 지금 이 차 안에서 그 몸을 만지고 내 안에 넣기 위해서는 알베르틴을 껴안을 필요도, 볼 필요도 없었으며 그녀의 목소리를 듣는 것만으로도, 만일 그녀가 침묵하고 있다면 그녀가 내 곁에 있음을 아는 것만으로도 충분했다. 그녀와 함께 엮인 나의 감각이 온통 그녀를 감쌌고, 또 집 앞에 도착하면 그녀는 지극히 자연스럽게 차에서 내렸으며, 나는 운전사*에게 나중에 나를 데리러 오라고 말하기 위해 잠시 걸음을 멈추었지만, 나의 시선은 여전히 나보다 먼저 둥근 천장 밑으로 들어간 그녀를 에워쌌으며, 그래서 무겁고 붉게 물든 풍만한 육체를 가진 그 갇힌 여인이 그렇게 자연스럽게 나와 함께 들어가고, 마치 내게 속한 여인처럼, 또 벽의 보호를 받는 여인처럼 우리 집 안으로 사라지는 모습을 보면서 내가 음미한 것은, 언제나 동일한, 활기 없는 가정의 평온함이었다.

* 이 문단에서는 '마부(cocher)'가 아닌 '운전사(chauffeur)'로 표기되었다.

불행하게도 그날 저녁 그녀의 방에서 서로 마주 보고 저녁 식사를 하는 동안 그녀의 쓸쓸하고도 지친 표정을 보고 판단해 보니, 그녀는 마치 감옥에 있는 듯 보였고, 또 리앙쿠르처럼 아름다운 저택에 있으니 만족하지 않느냐는 질문에 "아름다운 감옥이란 존재하지 않아요."*라고 대답했던 라로슈푸코 부인의 의견에 동의하는 듯 보였다. 처음에는 그 사실을 깨닫지 못했다. 알베르틴만 없다면(그녀와 함께 있으면, 호텔에서 하루 종일 그토록 많은 사람들과의 접촉에 시달리는 그녀를 보며 질투에 사로잡혔을 테니까.) 그 순간 베네치아에서, 배의 선창처럼 천장이 낮은 작은 식당에서, 무어풍의 쇠시리 장식으로 둘러싸인 작은 아치형 창문 너머로 대운하가 보이는 곳에서, 식사를 하고 있을 거라며 비통해했던 것은 바로 나 자신이었기 때문이다.

우리 집에는 알베르틴이 감탄하고, 블로크가 여러 가지 타당한 이유로 몹시 추하게 생각하는 바르브디엔의 커다란 청동상이 있다는 걸 덧붙여 말해야 한다.** 청동상을 그대로 보관하는 걸 보고 블로크가 놀란 이유는 그리 타당하지 않았지만 말이다. 나는 블로크와 달리 예술적인 실내 장식이나, 방을

---

* 이 말은 라로슈푸코 부인이 아닌, 탈르망 드 레오(Tallemant de Réaux)의 『짧은 이야기』에서 라로슈귀용 부인이 한 말로 보인다. "라로슈귀용 부인은 누군가가 리앙쿠르 저택(파리의 센 거리에 위치하는)처럼 아름다운 장소에서 여름을 보내게 되어 기쁘겠다고 말하자, 아름다운 감옥이란 존재하지 않는다고 대답했다고 한다."(『갇힌 여인』, 플레이아드 III, 1736쪽에서 재인용.)

** 『잃어버린 시간을 찾아서』 8권 118쪽 주석 참조. 여기서 바르브디엔의 청동상은 사랑하는 사람 때문에 감내해야 하는 나쁜 취향을 비유한다.

꾸미려고 한 적이 한 번도 없었는데, 그러기에는 나 자신이 너무 게을렀고, 또 눈앞에서 습관적으로 보는 것에는 지나치게 무관심했기 때문이다. 내 취향이 거기에 별로 신경을 쓰지 않았으므로, 내게는 실내 장식을 섬세하게 하지 않을 권리도 있었다. 그래도 어쩌면 청동상만은 치울 수 있었을지 모른다. 그러나 추하고 사치스러운 물건이 지극히 유용할 때도 있다. 그런 물건은 우리를 이해하지 못하고 우리와 취향이 다른 연인에게 단번에 아름다움이 드러나지 않는, 그 고상한 물건이 가지지 못하는 매력을 줄 수 있기 때문이다. 그런데 우리를 이해하지 못하는 이들은 바로 이런 사치품을 유용하게 쓸 수 있는 유일한 사람들로, 훌륭한 이들은 우리의 지성만으로도 우리를 신뢰한다. 비록 알베르틴이 이제 안목을 가지기 시작했다고는 하나, 그녀는 여전히 이런 청동상에 뭔가 존경심 같은 것을 품고 있었고, 또 내게는 이 존경심이 바로 알베르틴에게서 온 것이라는 점에서 중요했다.(조금은 수치스러운 청동상을 간직하는 것보다 훨씬 더 중요했다.) 알베르틴을 사랑했으니까.

그런데 예속 상태에 대한 나의 생각이 돌연 더 이상 나를 짓누르지 않고 이런 상태가 연장되기를 바랄 때가 있었는데, 잔인하게도 알베르틴이 자신의 예속을 절감한다는 걸 목격했다고 생각될 때였다. 물론 내 집에 있는 게 마음에 들지 않느냐고 물어볼 때마다, 그녀는 언제나 이보다 행복할 수 있는 곳은 알지 못한다고 대답했다. 그러나 향수에 젖은 그녀의 짜증스러운 표정은 자주 이 말을 거짓이라고 반박했다. 물론 그녀가 내가 추측하는 그런 취향을 가지고 있다면, 결코 그녀의 취향을 충족시켜 줄 수 없다는 그 걸림돌이 그녀를 짜증 나게 했을 테지만, 그만큼 내 마음을 진정시켜 주었다. 그녀를 부당하게 의심한 가정마저, 가장 있을 법한 일로 생각되면서 내 마음을 가라앉혔는데, 다만 이런 가정에서 알베르틴이 결코 혼자 있거나 자유로운 상태로 있으려 하지 않고, 집에 돌아올 때도 문 앞에서 한순간도 걸음을 멈추지 않고, 전화를 걸러 갈 때도 그녀가 한 말을 내게 전할 수 있도록 프랑수아즈나 앙드레를 공공연히 동반하려 하고, 앙드레와 함께 외출했을 때도 일부러 그렇게 하는 기색을 보이는 일 없이 앙드레와 나만 단둘이 있게 해서 그 외출에 대해 내가 자세히 보고받을 수 있도록 했는데, 그녀가 왜 이 모든 일에 그렇게 놀라우리만큼 신경을 쓰는지 설명하기는 무척 어려웠다. 그녀의 경탄할 만한 순종과 금방 억제하기는 했지만 어떤 초조한 움직임이 대조를 이루었고, 그 초조함은 나로 하여금 알베르틴이 자신을 묶고 있는 사슬에서 벗어나려는 계획을 세우고 있지는 않은지 묻게 했다.

몇 가지 부수적인 일들이 내 가설을 뒷받침했다. 이를테면 내가 혼자 외출했던 날, 파시 근처에서 지젤을 만나 이런저런 일들을 얘기한 적이 있었다. 나는 알베르틴과 지속적으로 만난다는 소식을 알려 줄 수 있음이 기뻐서 그 얘기를 했다. 지젤은 알베르틴을 어디 가면 만날 수 있느냐고 물었다. '마침' 그녀에게 할 말이 있다는 것이었다. "뭔데요?" "알베르틴의 어린 여자 친구들에 관한 거예요." "어떤 친구들인데요? 어쩌면 내가 알려 줄 수도 있을 것 같아서요. 그렇다고 당신이 알베르틴을 만나는 일을 방해하려는 건 아니에요." "오! 예전 친구들이에요. 이름이 기억나지 않아요." 하고 지젤은 뒤로 물러나면서 모호한 표정으로 대답했다. 분명한 것은 아무것도 없다는 듯 자신이 신중하게 말했다고 생각하며 나를 떠났다. 그러나 거짓말은 까다롭지 않아서 아주 작은 것만 있어도 드러나는 법이다! 이름조차 모르는 예전 친구들에 관한 얘기라면, 그녀가 왜 '마침'이라며 알베르틴에게 말할 필요를 느꼈을까? 코타르 부인에게 친숙한 표현인 "때마침 잘 왔어요."라는 말과 꽤 유사한 이 '마침'이라는 부사는, 어느 정해진 인물과 관계되는 특별하고도 시의적절한, 어쩌면 긴급한 일에 적용되는 표현이 아닐까? 그녀가 모호한 표정으로 "아! 나는 몰라요. 이름이 기억나지 않아요."라고 말하면서 하품할 때처럼 벌린 입모양은(자신의 몸을 끌어당기듯 뒤로 물러서면서, 그녀는 이 순간부터 우리 두 사람의 대화에서 했던 말을 취소하려는 듯 보였다.) 그녀의 얼굴과 그 얼굴에 어울리는 목소리를 거짓의 형상으로 만들었는데, 그것은 조금 전에 그녀가 전혀 다른 표정으로 신중하고 활기차게 말했던 '마침'이 진실이었음을 의미했다. 나는 지젤에게 물어보지 않았다. 물어봐야 무슨 소용이 있겠는가? 물론 그녀의 거짓말하는 방식은 알베르틴과 달랐다. 그리고 나는 알베르틴의 방식이 더 괴로웠다. 그러나 우선 두 소녀의 거짓말에는, 거짓말 자체가 어떤 경우 자명한 사실이라는 공통점이 있었다. 그 거짓말 뒤에 감추어진 현실이 그렇다는 말은 아니다. 살인범은 저마다 개별적으로 모든 걸 잘 계획한 탓에, 자기가 체포되지 않으리라 상상하지만, 결국은 거의 예외 없이 체포된다는 사실을 우리는 잘 알고 있다. 반대로 거짓말쟁이가 붙잡히는 경우는 드물며, 거짓말쟁이 중에서도 특히 우리가 사랑하는 여인이 그러하다. 여인이 간 곳이 어디인지, 거기서 무엇을 했는지 우리는 알지 못하지만, 그녀가 얘기하는 순간, 다른 것에 대해 얘기하는 순간, 그 다른 것 속에는 말하지 않은 바로 그것이 들어 있으며, 그 순간 거짓말은 즉각적으로 감지된다. 그렇게 해서 거짓말이라고 느끼면서도 진실을 알 수 없기에 우리의 질투는 배가된다. 알베르틴에게서 거짓말의 인상은 여러 특징적인 요소들로 주어졌으며, 이 이야기가 전개되는 과정에서 이미 앞에서도 보았지만, 특히 그녀가 거짓말할 때면, 그 이야기는 결여나 누락으로 인해 사실처럼 보이지 않거나, 반대로 사실처럼 보이려고 하찮은 것들이 과도하게 덧붙여지는 오류를 범했다. 그런데 거짓말쟁이가 생각하는 것과 달리, 사실인 듯 보이는 것은 전혀 사실이 아니다. 뭔가 사실이라고 하는 말을 들으면서 우리는 다만 사실임 직한 것을 들으며, 그것은 어쩌면 사실보다 더 사실 같은, 어쩌면 지나치게 사실 같을지는 모르지만 조금이라도 음악적인 귀를 가진 사람이라면 틀린 시구나 큰 소리로 잘못 읽은 단어처럼 그게 아닌데, 라는 느낌을 받는다. 우리의 귀는 그걸 느끼며, 또 만일 누군가를 사랑하는 경우엔 가슴이 불안해진다. 여인이 베리 거리를 지났는지, 아니면 워싱턴 거리를 지났는지를 알지 못해서* 우리의 온 삶을 바꾸려고 하는 사람은 왜 이런 생각을 해 보지 않는 걸까! 만약 여인을 보지 않고

* 파리 8구, 샹젤리제 근처에 있는 길들이다.

몇 해를 지낼 수 있는 지혜가 있다면, 이 몇 미터의 차이나 여인 자체도 결국은 억만 분의 일로(다시 말해 우리가 지각할 수 없는 크기로) 축소되고 만다는 것을, 또 걸리버보다 훨씬 컸던 그녀도 결국은 어떤 현미경으로도 — 무관심한 기억의 현미경은 그보다 훨씬 강력하고 덜 연약하기 때문에 적어도 가슴의 현미경으로는 — 지각할 수 없는 소인국의 여인이 되리라는 것을! 어쨌든 알베르틴과 지젤 사이에 공통점이 있다면 — 거짓말이라는 점에서 — 지젤은 알베르틴과 앙드레 같은 방식으로 거짓말을 하지는 않았지만, 그들 각자의 거짓말은 엄청난 다양성을 제시하면서도 서로 잘 맞아떨어져서, 그 작은 그룹의 소녀들은, 가령 몇몇 상점이나 서점, 출판사처럼 결코 꿰뚫고 들어갈 수 없는 견고함을 보여 주었는데, 이들과 거래하는 불쌍한 작가는 구성 인원의 다양성에도 불구하고, 자신이 사기를 당하는지 어떤지도 결코 알지 못한다. 신문사나 잡지사 편집인이, 다른 신문사 편집인이나 극장 지배인과 출판업자에 맞서 싸우는 가치로 '진정성'의 깃발을 꺼내서 높이 쳐들 때면,* 그 편집인은 그들에게서 자신이 규탄했던 것과 정확히 똑같은 짓을 하며, 또 똑같은 상업적 이윤에 전념한다는 사실을 여러 기회에 걸쳐 감출 필요가 있으므로, 그만큼 더 엄숙하고 진지한 태도로 거짓말한다. 거짓말이란 끔찍한 짓이라고

---

* 이 '진정성의 깃발'이란 앙드레 지드와, 지드가 편집 주간으로 있던 《NRF》(갈리마르 출판사에서 발간하는 잡지)의 주된 신조였다. 프루스트는 이 문단에서 갈리마르를 비롯한 출판업자나 신문사, 잡지사 편집인들과 어려웠던 관계에 대해 일종의 패러디를 하고 있다.(『갇힌 여인』, 폴리오, 428쪽 참조.)

선언한 후에도(정당의 지도자나 다른 무엇의 지도자로서), 어쩔 수 없이 자주 남보다 더 거짓말하는데, 그렇다고 해서 그 엄숙한 가면을 벗거나 진정성의 엄숙한 삼중관*을 내려놓지도 않는다. '진지한 인간'의 동업자는 이와 달리 보다 교묘한 방법으로 거짓말한다. 그는 통속극의 속임수로 아내를 속이듯 작가를 속인다. 올바르고 무례한 편집 주간은, 집의 공사가 아직 시작되지도 않은 시기에 집이 완성될 거라고 약속하는 건축가처럼 그저 거짓말을 할 뿐이다. 천사 같은 영혼을 가진 편집장은 이 세 사람 사이를 날아다니며, 또 영문도 모른 채 형제 같은 세심함과 다정한 유대감에서 의심하려야 할 수 없는 그런 말로 그들에게 소중한 도움을 준다. 이들 네 사람은 지속적인 대립 속에 살다가 작가의 도착과 동시에 그 대립을 멈춘다. 그들은 각각의 개별적인 분쟁을 잊어버리고, 위험에 처한 '부대'를 구하러 가는 저 위대한 군사적 임무를 떠올린다. 나는 그 사실을 깨닫지 못한 채로 오래전부터 '작은 그룹의 소녀들'에 관해 이런 작가와 같은 역할을 해 왔다. 지젤이, 이런저런 구실을 대어 나와 헤어지는 즉시 함께 여행을 떠나려고 하는 알베르틴의 어느 친구를 떠올렸다면, 그래서 알베르틴에게 드디어 때가 왔음을, 혹은 곧 올 것임을 미리 알리기 위해 이 '마침'이라는 말을 했다면, 그녀는 내게 그 말을 하기보다는 차라리 자신을 부숴 버리는 편을 택했을 것이다. 그러므로

* 교황관이라고 불리기도 하는데, 보석으로 장식한 세 개의 왕관을 겹겹이 쌓아 올려 맨 꼭대기에 십자가를 놓은 원통 모양의 관이다. 교황의 권위를 상징하는 이 관은 바오로 6세까지(1978년까지) 사용되었다.

그녀에게는 어떤 질문도 필요하지 않았다.

지젤과의 만남 같은 만남만이 내 의혹을 부추긴 것은 아니다. 이를테면 나는 알베르틴의 그림을 찬미했다. 갇힌 여인의 애처로운 소일거리로 보이는 그림에 나는 감동했고, 그래서 그녀를 칭찬했다. "아니에요. 아주 형편없어요. 한 번도 데생 수업을 받은 적이 없는걸요." "아닌데요. 어느 날 저녁인가 발베크에서 당신이 데생 수업을 받기 위해 그곳에 남아 있겠다고 전해 온 적이 있었잖아요." 나는 그녀에게 그 날짜를 환기하고, 그런 시간에는 데생 수업을 하지 않는다는 걸 내가 금방 알아차렸음도 언급했다. 알베르틴이 얼굴을 붉혔다. "맞아요." 라고 그녀는 말했다. "데생 수업을 받지 않았어요. 처음엔 당신을 많이 속였어요! 그건 인정해요. 그런데 이젠 거짓말하지 않아요." 처음에 했던 그 수많은 거짓말이 과연 무엇이었는지 나는 정말 알고 싶었다! 하지만 나는 그녀의 고백이 새로운 거짓말이 될 것임을 미리 알았다. 그래서 키스하는 걸로 만족했다. 다만 그 거짓말 중의 하나만 말해 달라고 요청했다. 그녀는 대답했다. "그러죠! 이를테면 바다 공기가 내게 해롭다고 말한 것 같은 거예요." 이런 열의 없는 대답 앞에서 나는 더 이상 고집을 피우지 않았다.

우리가 사랑하는 모든 존재, 아니 거의 모든 존재에게는 어느 정도 야누스 같은 면이 있어서, 그 존재가 우리 곁을 떠나려고 할 때는 상쾌한 얼굴을, 그 존재가 영구히 우리 소유 아래 있음을 알 때는 침울한 얼굴을 보여 준다. 알베르틴으로 말하자면, 그녀와 지속적으로 보내는 공동의 삶은 이 이야기에서는 말할 수 없는 뭔가 다른 방식으로 고통스러운 면을 지녔다. 자신의 삶에 타인의 삶이 폭탄처럼 엮여 있고, 이 폭탄을 놓아 버리면 곧 죄가 되는 것은 무서운 일이다. 우리는 이에 대한 비교를, 감정의 기복이나 위험과 불안, 또는 사실처럼 보이는 것이 나중에는 틀리리라는 점을 알면서도 그 일에 관해 설명조차 할 수 없는 두려움에서 찾아볼 수 있는데, 미친 사람과 내밀한 관계를 가질 때 체험하는 감정들이다. 이를테면 나는 샤를뤼스 씨가 모렐과 함께 사는 것을 동정했다.(이 말을 하는 즉시, 그날 오후의 장면이 떠오르면서 왼쪽 가슴이 다른 한쪽보다 더 부풀어 오르는 것을 느꼈다.) 그들이 관계를 가졌는가 하는 문제는 차치하고라도, 샤를뤼스 씨는 틀림없이 모렐이 미쳤다는 사실을 처음에는 몰랐을 것이다. 모렐의 아름다움이나 비굴함과 오만함 때문에 샤를뤼스 씨는 모렐의 우울증이 발작을 일으키는 날까지는 그렇게 멀리 생각하지 못했을 터다. 그런 날이면 모렐은 자신의 울적함에 대해 아무런 설명도 하지 않은 채로 샤를뤼스 씨를 비난했고, 틀린 이유를, 하지만 지극히 정교한 이유를 대면서 샤를뤼스 씨가 자신을 의심한다고 욕을 퍼부었으며, 또 절박한 이해관계에 대한 근심이 가장 교활한 방식으로 끈질기게 이어지는 그런 절망적인 해결책을 가지고 그를 협박했다. 이 모든 것은 그저 비교에 불과하다. 알베르틴은 미치지 않았다.

알베르틴의 사슬을 보다 가볍게 하는 가장 좋은 방법은, 나 자신이 그 사슬을 부수려 한다고 믿게 하는 것이었다. 어쨌든 나는 이 거짓 계획을 지금 그녀에게 말할 수 없었다. 그녀가 조금 전에 너무도 상냥하게 트로카데로에서 돌아왔기 때문이다. 결별의 협박으로 그녀의 마음을 아프게 하는 대신, 내가 할 수 있는 일이란 기껏해야 감사하는 마음에서 생겨난, 우리의 지속적인 동거 생활에 대한 꿈을 입에 올리지 않는 것이었다. 그녀를 바라보며 이런 꿈을 토로하지 않기는 힘들었고, 어쩌면 그녀도 그 사실을 알아차렸을지 모른다. 불행하게도 꿈의 표현은 전염되지 않는다. 샤를뤼스 씨처럼 지나치게 꾸밈이 많은 나이 든 여자의 경우, 상상 속에서 오만한 젊은이만을 만나다 보니, 자신도 오만한 젊은이가 된 걸로 착각하고, 그래서 그만큼 더 꾸미고 더 우스꽝스러워졌는데, 이 경우는 보다 일반적으로 적용된다. 그리고 사랑에 빠진 연인은 불행하게도 자기 앞에 있는 아름다운 얼굴을 볼 때 정부도 그의 얼굴을 보지만, 그 얼굴이 아름답기는커녕, 오히려 아름다운 모습을 보며 느낀 쾌락으로 인해 일그러져 있음을 깨닫지 못한다. 사랑은 이런 경우의 일반적인 적용 가능성에 대해서는 샅샅이 다루지 못한다. 우리는 우리 자신의 육체를 보지 못하지만 타인은 이 육체를 보며, 또 우리는 자기 생각의 흐름은 '쫓아가지만' 우리 눈앞에 있는 이 대상은 타인에게 보이지 않는다. 때로 예술가가 이 대상을 작품에서 보여 준다. 바로 여기서 작품은 찬미하지만 작가에게는 환멸을 느끼는 상황이 발생한다. 작가의 얼굴에는 이런 내적인 아름다움이 완전히 반영되지 않기 때문이다.

베네치아에 대한 나의 몽상에서 알베르틴과 관계된, 또 그녀가 내 집에서 보낸 시간을 조금은 부드럽게 해 준 것만을 기억해 보면, 그녀에게 포르투니*의 드레스에 관해 얘기하고, 어느 날 함께 주문하러 가자고 말했던 일을 들 수 있다. 나는 그녀의 기분을 바꾸어 줄 새로운 즐거움을 찾고 있었다. 프랑스의 오래된 은기 제품을 발견하는 게 가능하다면 그걸로 알베르틴을 놀라게 해 주고 싶었다. 사실 우리가 요트를 갖기로 계획을 세웠을 때, 알베르틴은 이 계획이 실현될 수 없으리라고 판단했으나 — 나도 불가능하다고 생각했는데, 그녀가 정숙한 여인이라는 생각이 들 때마다 그녀와의 삶이, 그 결혼만큼이나 황폐할 것처럼 보였기 때문이다. — 그럼에도 우리는, 그녀는 여전히 내가 요트를 살 거라고 믿지 않았지만, 엘스티르에게 조언을 구했다.

그날 나는 어떤 분이 돌아가셨다는 소식을 듣고 깊은 슬픔에 잠겼는데, 베르고트의 죽음이었다.** 우리는 그가 오래전부

---

* 53쪽 참조.

** 베르고트의 죽음에 대한 이 단락은 뒤늦게 집필된 부분인 탓에 조금은 갑작스러운 방식으로 전개되고 있다. 「갇힌 여인」은 발베크에서 돌아온 화자가 알베르틴과 함께 보낸 육 개월간의 삶이, 총 5막으로 구성된 고전 비극의 모델에 따라 대략적으로 다섯 개의 날들로 구성되는데, 첫 번째 날은 화자의 깨어남과 게르망트 부인 댁 방문, 샤를뤼스와 모렐과의 만남으로 이루어지며, 두 번째 날은 날씨와 파리의 소리, 베네치아로 떠나고 싶은 열망과 베르뒤랭 부인 댁을 방문하려는 알베르틴의 생각이 교차한다. 그리고 세 번째 날은 사건이 가장 많은 날로, 알베르틴의 트로카데로 공연 참석과 취소, 알베르틴과의 산책, 베르고트의 사망, 베르뒤랭 댁 저녁 파티 참석, 뱅퇴유 음악 청취로 이루어진다. 그리고 네 번째 날은 베르뒤랭 댁의 파티 후 알베르틴에 대한 화자의 성찰과 알베르틴의 피아놀라 연주, 문학에 관한 대화가 반과거 형태로 서술되며, 다섯 번째 날은 이야기의 배경이 되는 시간에 대한 환기와 알베르틴의 떠남으로 끝난다. 여기서 말하는 그날은 바로 이 세 번째 날을 가리킨다.(『갇힌 여인』, 플레이아드 III, 1678~1681쪽 참조.)

터 병을 앓고 있음을 알고 있었다. 물론 그는 처음에 걸렸던 병으로 자연스럽게 죽지는 않았다. 자연은 짧은 기간의 병만을 유발하는 듯 보인다. 하지만 의학이 병을 장기화하는 기술을 추가했다. 약 처방과 그에 따른 병의 차도, 약을 중단하면서 다시 재발하는 불편한 증상이 가상의 병을 만들고, 드디어는 환자의 습관이 그것을 일정한 형태로 고착시킨다. 마치 아이들이 백일해를 앓고 회복된 뒤에도 오랫동안 규칙적으로 기침 발작을 하는 것처럼 말이다. 그러다가 약효가 떨어지고, 약의 분량이 늘어나고, 약이 더 이상 듣지 않고, 그 지속적인 불편함 덕분에 이제는 약이 해를 끼치기 시작한다. 자연의 병이라면 그렇게 장기간 계속되지 않는다. 자연과 거의 버금가는 의학이 강제로 환자를 침대에 눕히고, 처방한 대로 지키지 않으면 죽음이 따른다고 위협하면서 약을 계속 사용하도록 강요하는 것은 대단히 놀라운 일이다. 그때부터 인위적으로 접종된 병이 뿌리를 내리고 이차적인 병, 그러나 자연의 병은 치유되지만 치유의 비결을 모르는 의학이 만든 병은 결코 치유되지 않는다는 점만이 다른, 진짜 병이 된다.

베르고트는 이미 여러 해 전부터 집 밖에 나가지 않았다. 게다가 그는 사교계를 좋아하지 않았다. 혹은 나머지 다른 것과 마찬가지로, 또 그만의 특유한 방식으로 사교계를 경멸하기 위해서 단 하나만 좋아했는데, 다시 말해 가질 수 없어서 경멸하는 것이 아니라, 가지자마자 경멸하는 방식으로 사교계를 좋아했다. 그는 매우 검소하게 살았으며, 그의 재산이 어느 정도였는지는 누구도 알지 못했다. 또 비록 그 사실을 알았다고 해도 사람들은 여전히 그가 인색하다고 오해했을 테지만, 그만큼 인심이 후한 사람도 드물었다. 그는 특히 여인들에게, 사실을 말하자면 어린 소녀들에게 인심이 후했는데, 소녀들은 그렇게 아무것도 아닌 일로 돈을 많이 받으면서 매우 부끄러워했다. 그는 자신이 사랑한다고 느끼는 분위기에서만 글을 쓸 수 있다는 걸 알았으므로, 스스로 그런 행동을 용서했다. 사랑이라는 말은 너무 지나칠지 모르지만, 육체 속에 스며드는 기쁨은 다른 기쁨, 이를테면 모든 사람에게 동일한 사교계 삶에 대한 기쁨을 무산시키는 탓에, 문학 작업에도 도움이 된다. 그리고 이런 사랑이 환멸을 야기한다 해도, 그것은 적어도 그렇게 하면서 영혼의 표면을 움직이는데, 그렇지 않으면 영혼은 정체될지도 모른다. 그러므로 욕망은 작가에게 처음에는 타인으로부터, 타인에게 순응하는 일로부터 멀어지기 위해 유용하며, 다음에는 일정한 나이에 이르러 꼼짝하기 싫어하는 성향을 가진 우리의 정신적 기재에 약간의 움직임을 주기 위해 유용하다. 우리는 행복해질 수는 없지만, 행복을 방해하는 이유, 환멸이라는 갑작스러운 창구 없이는 눈에 보이지 않았을 이유에 주목한다. 그리고 물론 꿈이 실현될 수 없음을 안다. 어쩌면 욕망이 없다면 꿈도 꾸지 않을 것이며, 따라서 꿈이 좌절되는 걸 보고, 그런 좌절에서 교훈을 얻기 위해 꿈이 필요한지도 모른다. 이렇게 베르고트는 혼잣말을 했다. "나는 이 어린 소녀들을 위해 수백만장자보다 더 많은 돈을 쓰지만, 그들이 내게 주는 기쁨이나 환멸 덕분에 책을 쓰고 또 돈도 번다." 경제학적으로 이런 추론은 부조리하지만, 그는 아마도 돈을 애무로, 애무를 돈으로 바꾸는 데서 어떤 즐거움을 찾았을 것이다. 할머니가 돌아가셨을 때, 우리는 그의 피로한 노년이 휴식을 원하고 있음을 앞에서 보았다. 그런데 사교계에는 대화만이 존재한다. 대화는 어리석지만 여성을 제거하는 힘을 가지며, 여성은 거기서 질문과 대답의 도구에 지나지 않는다. 그러나 사교계 밖에서 여성은 다시 피로한 노인에게 휴식을 주는, 관조의 대상이 된다.

어쨌든 이제는 이 모든 것이 더 이상 문제가 되지 않았다. 나는 베르고트가 더 이상 외출하지 않는다고 말했는데, 방에서 한 시간을 일어나 앉을 때에도, 그는 숄이나 여행용 담요 같은, 몹시 추운 날씨를 접하거나 기차 탈 때 걸치는 모든 것들로 온몸을 감쌌다. 자기 곁에 오게 한 몇 안 되는 친구들에게 그는 체크무늬의 숄이나 담요를 가리키면서 용서를 구하고 쾌활하게 말했다. "친구, 어떻게 하겠나? 아낙사고라스*가 말하기를 삶은 여행이라고 하지 않았나?" 이렇게 그의 몸은 점차 차가워졌으며, 그것은 마치 '지구'에서 조금씩 열기가 물러가고 다음에는 생명이 물러가는, 대혹성이 최후의 날을 맞는 모습을 미리 보여 주는 소혹성과도 흡사했다. 그때 아무리 인간의 작품이 멀리 미래 세대까지 빛을 발한다 해도 그것을 보아 줄 인간을 필요로 하기 때문에, 부활도 종말을 고할 것이다. 몇몇 동물 종(種)이 밀려오는 추위의 공격에 더 오래 견디

* Anaxagoras(기원전 5세기). 자연을 원리로 하는 이오니아학파에 속하는 고대 그리스의 철학자이다. 그러나 이 경구는 아낙사고라스의 말이라기보다는 스토아학파의 경구처럼 보인다고 지적된다.(『갇힌 여인』, 폴리오, 428쪽 참조.)

고, 그때까지 베르고트의 명성이 지속된다고 가정해도, 더 이상 인간이 없다면 그 명성은 한순간 영원히 사라지리라. 마지막으로 살아남은 동물이 베르고트의 작품을 읽을 가능성은 거의 없으며, 이는 성령 강림 대축일의 사도들처럼 여러 민족의 언어를 배우지 않고는 그 언어를 이해할 수 없기 때문이다.*

죽음을 맞기 전 몇 달 동안 베르고트는 불면증에 시달렸고, 더욱 끔찍하게도 잠이 들자마자 악몽을 꾸어, 잠에서 깨어나도 다시 잠들기를 피하는 그런 상태에 이르렀다. 오랫동안 그는 꿈을, 나쁜 꿈도 좋아해 왔다. 왜냐하면 꿈 덕분에, 또는 깨어남의 상태에서 눈앞에 마주하는 현실에 대해 꿈이 제시하는 모순 덕분에, 꿈은 나중에 잠에서 깨어날 때면 깊은 잠을 잤다는 감각을 주기 때문이다. 그러나 베르고트의 악몽은 그렇지 않았다. 예전에 그가 악몽이라고 말한 그것은 그의 머릿속에서 일어나는 불쾌한 것들을 의미했다. 그러나 지금은 자기 밖에서 온 것이라는 의미였는데, 그는 젖은 걸레를 든 심술궂은 여인의 손을 인지했고, 그 손이 얼굴을 문질러 댐으로써 참을 수 없는 허리의 가려움증을 일으켜 그를 잠에서 깨우려고 했고, 아니면 미친 듯이 격노한 마부가 — 왜냐하면 베르고트가 잠을 자면서도 마차를 잘 몰지 못한다고 중얼거렸으므로 — 작가에게 달려들어 손가락을 물어뜯고 절단했다. 끝

* 부활절이 지나 오십 일이 되었을 때 성령이 사도들에게 갑자기 나타나 "표현의 능력"을 주었고, 이에 사도들은 다른 언어로 말하기 시작했으며, 그때 예루살렘에 있던 유대인들은 저마다 "자기가 태어난 지방 말로" 들었다고 한다.(「사도행전」 2장 1~8절)

으로 그가 자는 동안 어둠이 충분히 짙어지기만 하면, 자연은 그의 목숨을 앗아 갈 뇌졸중을, 의상을 입지 않고 하는 일종의 총연습 같은 형태로 재현했다. 마차를 탄 베르고트가 스완네 부부가 사는 새 저택의 정문 아래로 들어섰고, 그는 마차에서 내리려 했다. 그때 갑자기 현기증이 일어나 자리에서 꼼짝하지 못했고, 문지기가 그를 도와 내려 주려고 했으나 그는 자리에서 몸을 일으킬 수도 다리를 들 수도 없는 상태로 앉아 있었다. 앞에 있는 돌기둥을 붙잡으려 했지만, 잡고 일어설 만한 받침대를 찾지 못했다. 그는 의사에게 상담했고, 그의 부름을 받은 의사들은 자랑스러워하면서 병의 원인이 지나치게 일을 많이 하는 그의 장점과(이십 년 전부터 아무것도 하지 않았는데도) 과로에 있다고 보았다. 의사들은 그에게 공포 소설을 읽지 말고(아무 책도 읽지 않았는데도), '생명에 필수적인' 햇볕을 더 많이 쬐고(몇 해 동안 건강이 나아졌다면 그것은 그의 칩거 생활 덕분이었는데도), 더 많은 영양분을(그를 여위게 하고 특히 더 많은 악몽에 시달리게 하는데도) 취하라고 권했다. 베르고트의 의사 가운데 한 사람은 반박하기를 좋아하고 짓궂게 구는 데 재능이 있었는데, 다른 의사들이 없는 자리에서 그를 만난 베르고트가 심기를 건드리지 않으려고 다른 의사들이 권한 것을 마치 자신의 의견인 양 말하면, 그 반박하기 좋아하는 의사는 베르고트가 본인 마음에 드는 처방을 바란다고 생각하고는 즉시 그런 처방은 안 된다고 금지했다. 또 금지하는 이유도 베르고트가 제시하는 명백한 반대 물증 앞에서 이유를 대야 할 필요 때문에 급조한 것이었으므로, 같은 말 안에서도 모순되는 말을 할 수밖에 없었는데, 그래도 새로운 이유를 대면서 그 금지 사항을 더욱 강조하는 것이었다. 베르고트는 처음에 진찰받았던 의사 중 한 사람에게로 돌아갔다. "하지만 X 의사가, 물론 오래전 일이긴 합니다만 그 약이 신장과 뇌에 충혈을 일으킬지도 모른다고 말한 것 같은데요."라고 완곡하게 말하자, 재치를 뽐내는 의사는 특히 문단의 대가 앞에서 짓궂게 미소를 지으면서 손가락을 들고 이렇게 말했다. "저는 그 약을 쓰라고(user) 했지 남용하라고(abuser) 하지는 않았습니다. 물론 모든 약은 과도하게 사용하면 양날의 검이 되는 법이죠." 도덕적 의무를 분별하는 본능이 마음속에 있는 것처럼, 우리 몸에는 몸에 이로운 것을 분별하는 능력이 있는데, 어떤 의학 박사나 신학 박사의 허락도 그것을 대신해 줄 수는 없다. 냉수욕이 몸에 해로운 줄 알지만 그래도 냉수욕을 좋아한다면, 우리는 반드시 냉수욕을 권하는 의사를 만나기 마련이며, 그렇다고 해서 냉수욕이 우리에게 해를 끼치는 것을 막지는 못한다. 이런 의사들로부터 베르고트는 수년 전부터 스스로 현명하게 금지했던 것을 해도 좋다는 허락을 받았다. 몇 주가 지나자 예전의 증상이 다시 나타났고, 최근에 그 증상은 더 악화되었다. 매순간 계속되는 고통에 짧은 악몽으로 중단되는 불면증이 더해지면서 거의 얼이 빠진 베르고트는, 의사도 부르지 않고 여러 다른 종류의 수면제를 성공적으로, 그러나 과도하게 사용했다. 그가 신뢰하며 읽은 수면제 각각에 첨부된 설명서는 수면의 필요성을 주장하면서도 수면에 이르게 하는 모든 제품은 유독하며(설명서가 첨부된 병의 내용물은 결코 중독을 일으키지 않으므로 그것만은 제외하고), 그렇게 해서 약이란 병보다 해를 더 많이 끼친다는 점을 넌지시 암시하고 있었다. 베르고트는 그 약들을 모두 사용해 보았다. 어떤 약은 우리가 평소에 쓰는 약과는 다른, 이를테면 아밀기와 에틸기에서 파생된 것이었다.* 성분이 다른 신약은 낯선 것에 대한 기대와 더불어 먹기 마련이다. 첫 데이트를 할 때처럼 가슴이 두근거린다. 그 신약은 우리가 모르는 어떤 수면과 꿈의 유형으로 우리를 인도할까? 이제 그 약은 우리 몸 안에 있으며 우리 생각을 지휘한다. 어떤 방식으로 잠들게 될까? 우리가 잠들면 그 전능한 주인은 어떤 낯선 길을 통해, 어떤 산꼭대기로, 어떤 미개척의 심연으로 우리를 인도할까? 이런 여행 중에 우리는 어떤 새로운 감각 체계를 체험할까? 그것은 병으로 인도할까? 행복으로 인도할까? 죽음으로 인도할까? 베르고트의 죽음은 알베르틴의 얘기와 관련된 날의 전날, 그가 지나치게 강력한 친구들 가운데 하나에게(친구인지? 적인지?) 자신을 맡긴 날 발생했다.**

---

* 아밀기와 에틸기는 수소 원자가 하나 제외된 알킬기의 원자단이다.

** 여기서 전날은 베르고트가 수면제를 먹은 날이며, 알베르틴의 얘기와 관련된 날은 바로 이 작품을 구성하는 날 중 세 번째 날이자 베르고트가 사망한 날이다. 이 세 개의 날짜 표시 사이에는 모순이, 불확실성이 있으며, 이는 어쩌면 알베르틴의 거짓말과 이에 대한 화자의 의혹과 강박증의 확대로 설명될 수 있다고 지적된다.(『갇힌 여인』, GF-플라마리옹, 536쪽 참조 및 재인용.)

301쪽: "그날 나는 어떤 분이 돌아가셨다는 소식을 듣고 깊은 슬픔에 잠겼는데, 베르고트의 죽음이었다."

307쪽: "베르고트의 죽음은 알베르틴의 얘기와 관련된 날의 전날, 그가 지나치게 강력한 친구들 가운데 하나에게(친구인지? 적인지?) 자신을 맡긴 날 발생했다."

그는 다음과 같은 상황에서 죽음을 맞이했다. 가벼운 요독증 발작으로 의사는 안정을 취하라는 처방을 내렸다. 그러나 자신이 좋아하고 매우 잘 안다고 생각하는 베르메르의 「델프트 풍경」*(네덜란드 회화 전시를 위해 헤이그 미술관에서 빌려 온)에 대해, 한 비평가가 작은 노란 벽면 하나가(잘 기억나지 않는) 너무도 잘 그려져 있어, 그것만 따로 감상해도 섬세한 중국 미술품처럼 그 자체로 충분히 아름다움을 느낄 수 있다고 기술했으므로, 베르고트는 감자 몇 조각을 먹고 집을 나와 전시회장으로 들어섰다. 처음 몇 계단을 올라서자 바로 현기증이 났다. 그는 많은 그림들 앞을 지나쳤고, 그토록 인위적인 예술의 건조함과 무용성의 인상을 받으면서, 그것이 어느 베네치아 궁전 밖에 부는 바람이나 햇빛, 또는 바닷가의 소박한 집 하나만큼의 가치도 없다고 생각했다. 드디어 그는 자신이 아는 모든 그림보다 훨씬 빛나며 다르다고 기억하는 베르메르의 그림 앞에 섰다. 그래도 비평가가 쓴 글 덕분에 처음으로 푸른색 옷을 입은 작은 인물들과 분홍빛 모래, 드디어는 노란 벽면의

311쪽: "앞에서 말했듯이 그날 나는 베르고트의 사망 소식을 알았다. 그리고 그가 전날 사망했다고 보도한 신문의 부정확성에 — 이런저런 신문이 똑같은 기사를 반복하는 — 감탄해 마지않았다. 그런데 전날 알베르틴은 베르고트를 우연히 만났으며, 또 그 얘기를 바로 그날 저녁 내게 했다."

* 네덜란드의 유적지인 델프트를 운하 건너편에서 그린 그림으로, 구름이 낀 광활한 하늘과 강가를 산책하는 사람들, 구름 사이로 비치는 건물 지붕, 탑 사이로 비치는 햇살 같은, 평화로운 오후 풍경을 담은 작품이다.(『잃어버린 시간을 찾아서』 2권 26쪽 주석 참조.) 그리고 우리에게 보다 친숙한 표기를 존중한다는 점에서 '베르메르'로 옮겼다.

섬세한 질감에 주목했다. 현기증이 더욱 심해졌다. 그는 마치 노란 나비를 붙잡고 싶어 하는 아이처럼, 그 섬세한 작은 벽면에 시선을 고정했다. '나도 저렇게 글을 썼어야 했어.' 하고 그는 생각했다. '내 마지막 책은 너무 건조해. 여러 번 색칠을 해서 저 작은 노란 벽면처럼 그 자체로 섬세한 문장을 만들었어야 했어.' 그동안에도 현기증이 심해져 간다는 생각은 그로부터 빠져나가지 않았다. 한쪽 쟁반에는 자신의 삶을 담고, 다른 쪽 쟁반에는 그토록 아름답게 노란색으로 칠해진 작은 벽면을 담은 천상의 저울이 나타났다. 그는 자신이 무모하게도 이 작은 벽면을 보기 위해 삶을 포기했다고 생각했다. "그래도 석간신문을 위한 전시회 기사거리는 되고 싶지 않아."라고 중얼거렸다. 그는 다시 말했다. "차양이 달린 작은 노란 벽면, 작은 노란 벽면."* 그동안 그는 둥근 벤치에 주저앉았다. 그러고는 돌연 자신의 목숨이 위태롭다는 생각을 멈추고, 낙천적인 사고로 돌아가서 이렇게 말했다. "충분히 익히지 않은 감자 때문에 생긴 소화 불량이야. 아무것도 아니야." 또 다른 발작이 그를 덮쳤다. 그는 벤치에서 땅바닥으로 굴렀고, 모든 관람객들과 경비원들이 달려왔다. 그는 죽었다. 영원히 죽었을까? 누가 말할 수 있으랴? 물론 종교적 교리와 마찬가지로 강신술의

---

* 이 문단에서 말하는 '작은 노란 벽면(le petit pan de mur jaune)'은 그림의 맨 오른쪽에 위치하며, 하나가 아닌 '여러 부분(pans)'으로 구성된다.(여기서 벽면으로 옮긴 pan은 질감이나 색채가 벽의 주된 부분과 다른, 벽의 일면을 가리킨다.) 또 여기 언급된 '차양(auvent)'은 베르메르의 그림에는 등장하지 않으며, 다만 도개교의 윗부분만이 보인다고 지적된다.(『갇힌 여인』, 폴리오, 429쪽 참조.)

체험도 영혼이 살아 있다는 증거를 가져다주지는 못한다. 우리가 말할 수 있는 것은, 마치 이전의 삶에서 맺은 의무의 무거운 짐을 가지고 이 삶에 들어온 것처럼, 우리 삶의 모든 일이 진행된다는 사실뿐이다. 이 지상에서 사는 우리 조건에서는 선을 행하고 자상하게 대하고 예의 바르게 처신해야 할 이유가 없으며, 또 무신론자인 예술가가 한 소품을 스무 번이나 다시 시작해야 할 이유도 전혀 없다. 그 소품이 불러일으킬 찬미는, 영원히 무명의 존재로 남아 있는, 겨우 베르메르라는 이름으로 식별될까 말까 한 예술가가 그토록 많은 지식과 섬세한 솜씨를 가지고 그린 작은 노란 벽면처럼, 벌레 먹은 몸에는 별로 중요하지 않을 것이다. 현세에서 인정받지 못하는 이 모든 의무는, 선의와 신중함과 희생에 근거하는 다른 세계, 현세와는 완연히 다른 세계에 속한 듯 보이며, 우리는 그 다른 세계에서 나와 어쩌면 그곳으로 다시 돌아가기 전에, 우리 몸속에 미지의 법칙을 새긴 자가 누구인지도 모르면서 우리 몸속에 그 가르침을 지니고 있어 복종하는 그런 법칙의 지배 아래 다시 살기 전에, 잠시 이 세상에 태어났는지도 모른다. 우리 지성의 심오한 작업을 통해서만 접근할 수 있는 이 법칙은 어리석은 자의 눈에만 보이지 않는다.(때로는 보일지도 모르지만.) 그러므로 베르고트가 영원히 죽지 않았다는 관념은 그렇게 믿기 어렵지 않다.

그는 땅속에 묻혔고, 그러나 장례식 날 밤 내내 불이 환히 켜진 진열창에 세 권씩 배열된 그의 책들은, 날개를 펼친 천사들처럼 온밤을 지새웠고, 그리하여 더 이상 존재하지 않는 그에게는 부활의 상징처럼 보였다.

앞에서 말했듯이 그날 나는 베르고트의 사망 소식을 알았다. 그리고 그가 전날 사망했다고 보도한 신문의 부정확성에 — 이런저런 신문이 똑같은 기사를 반복하는 — 감탄해 마지않았다. 그런데 전날 알베르틴은 베르고트를 우연히 만났으며, 또 그 얘기를 바로 그날 저녁 내게 했다. 꽤 오랫동안 베르고트와 얘기했으므로 그녀의 귀가가 좀 늦어지기까지 했다. 아마도 베르고트는 마지막 대화를 알베르틴과 나눈 듯했다. 그녀는 나를 통해 베르고트를 알게 되었다. 내가 그를 본 지는 오래되었지만, 그녀가 그를 소개받고 싶어 했으므로, 나이 든 노작가에게 그녀를 데려가려고 일 년 전에 편지를 써 보냈다. 그는 내 부탁을 들어주었고, 아마도 다른 사람을 기쁘게 하기 위해서만 자기를 만나려 한다고 여겨 조금은 마음이 아팠으리라고 생각한다. 그 행동이 나의 무관심을 입증하는 것처럼 보였을 테니까. 이런 경우는 흔하다. 때로 한 남성이나 여성에게 다시 얘기를 나누고 싶은 기쁨 때문이 아니라 제삼자 때문에 만나기를 간청한다면, 그 남성이나 여성은 우리의 부탁을 완강히 거절하고, 그러면 우리 보호를 받는 여인은 우리가 힘도 없으면서 과시한다고 여긴다. 보다 흔한 일로, 천재나 저명한 미인이 만남에는 동의하지만, 그들의 명성에 수치심을 느끼거나, 아니면 그들의 애정에 상처를 받아 우리에 대해 축소된, 고통스럽고 조금은 멸시하는 감정만 간직하기도 한다. 나는 오랜 시간이 지난 후에야 신문의 부정확성에 대한 나의 비난이 틀렸음을 인지했다. 그날 알베르틴은 베르고트와 만나지 않았기 때문이다. 그러나 그녀가 얼마나 자연스럽게 그 얘기를 했던지, 나는 한순간도 의심하지 않았으며, 또 그녀가 아주 자연스럽게 거짓말하는 멋진 기술을 가진 것도 나중에야 알게 되었다. 그녀가 말하고 고백하는 것이, 얼마나 자명성의 형태와 — 우리가 보고 반박할 수 없는 방식으로 아는 것 — 동일한 성격을 가졌는지, 그녀는 그렇게 해서 자신의 삶 사이사이에 다른 삶에서 빌린 일화를 심어 넣었고, 그래서 나는 그 이야기가 허위라는 사실을 전혀 의심하지 못했다. 게다가 이 허위라는 말에 대해서는 논할 점이 많다. 우주는 우리 모두에게 진실이지만, 각각의 사람에게는 다르다. 내 감각의 증거는, 내가 만약 그 순간 밖에 있었다면 그 부인이 알베르틴과 함께 몇 걸음을 걸었다고, 어쩌면 가르쳐 주었을지도 모른다. 그러나 내가 만약 정반대의 사실을 알았다면, 그것은 감각의 증거가 아닌, 일련의 추론 과정을(우리가 신뢰하는 사람들의 말이 단단한 고리를 형성하는) 통해서였다. 감각의 증거를 내세우기 위해서는 내가 바로 밖에 있어야 했고, 그러나 그런 일은 일어나지 않았다. 그렇지만 이 가정이 아주 개연성이 없는 것은 아니라고 상상할 수는 있다. 그렇다면 그때 나는 알베르틴이 거짓말했다는 점을 알았을 것이다. 아직도 그렇게 확신할 수 있을까? 감각의 증거 역시, 우리 신념이 자명성을 만들어 내는 그런 정신 작용이다. 우리는 프랑수아즈의 청각이 그녀에게 사람들이 실제 발음한 단어가 아니라, 그녀가 사실이라고 믿는 단어를 전해 주기 때문에, 아무리 사람들이 더 나은 발음으로 그 단어를 은연중에 수정해도 그녀 귀에는 들리지 않음을 여러 번 보아 왔다. 우리 집사의 청각도 그녀와 다르지 않게 구성되었다. 당시 샤를뤼스 씨는 매우 밝은 빛깔의 바지를 입었으므로 — 그는 많이 변했다. — 많은 사람들 가운데서도 금방 알아볼 수 있었다. 그런데 우리 집사는 공중화장실을 뜻하는 '피소티에르(pissotière)'(게르망트 공작이 랑뷔토 공중화장실이라고 부르는 걸 듣고, 랑뷔토 씨가 무척 화를 냈던)라는 단어가 '피스티에르(pistière)'라고 생각했는데, 그 앞에서 사람들이 자주 발음하는 걸 들었음에도, 그는 평생 단 한 사람도 '피소티에르'라고 발음하는 걸 듣지 못했다고 주장했다.* 그러나 착각은 신앙보다 끈질기며, 그래서 자신이 믿는 것을 살피지 않는다. 집사는 줄곧 말했다. "샤를뤼스 남작님이 그렇게 오랫동안 '피스티에르'에 있는 걸 보니 틀림없이 병이 난 모양이에요. 여자를 쫓아다니는 늙은 바람둥이 남자라서 그런 거죠. 그토록 눈에 띄는 바지를 입고 다니시다니. 오늘 아침 마님이 저를 뇌이유로 심부름 보내셨어요. 그런데 전 남작

* '피소티에르'란 남성용 공중화장실을 가리키는데('소변보다'라는 의미의 '피세(pisser)'에서 나온 말이지만 '피스티에르'라고는 쓰지 않는다.) 19세기 초 클로드필리베르 랑뷔토(Claud-Phillibert Rambuteau, 1781~1869)는 센 데파르트망의 도지사로서 도시 환경 미화에 크게 기여했으며, 이런 그의 작품 중 하나가 남성용 공중화장실, 즉 '피소티에르'를 제작한 것이었다. 이 초록색 철제 기둥은 만든 이의 이름을 따라 곧 '랑뷔토의 기둥'이라고 불렸는데, 이는 마치 파리 시내를 장식하는 초록색 쓰레기통이 그것을 만든 푸벨(Poubelle)의 이름을 따라 '푸벨'로 불린 것과도 같다. 그러므로 "랑뷔토 씨가 무척 화를 냈던"이라는 표현은 랑뷔토의 후손을 가리키는 것이지만, 작품의 내적 연대기에 따라 추정해 보면 게르망트 씨가 랑뷔토 씨를 직접 만났을 가능성도 배제할 수 없다고 지적된다.(『갇힌 여인』, 폴리오, 429쪽 참조.)

님이 부르고뉴 거리의 '피스티에르'로 들어가는 모습을 보았죠.* 그런데 한 시간이 훨씬 지난 후 뇌이유에서 돌아오는 길에 남작님의 노란색 바지가 동일한 '피스티에르'에, 여전히 같은 장소 한가운데 있는 걸 보았어요. 사람들에게 보이지 않으려고 늘 한가운데서 소변을 보시거든요." 나는 게르망트의 조카딸만큼 그렇게 아름답고 그렇게 고상한 젊은 여인은 본 적이 없었다. 그런데도 내가 이따금 가는 레스토랑의 수위는, 그녀가 지나갈 때면 "저기 가소롭게도 잘난 체하는 늙은 여자 좀 보세요. 저 꼴하고! 적어도 여든 살은 되었을걸요." 나이로 말하자면, 그가 그렇게 믿는다고 생각하기는 어려웠다. 그러나 제복 입은 종업원들은 수위 주위에 모여들어, 거기서 멀지 않은 곳에 사는 매력적인 두 고모할머니, 페장사크 부인과 발르루아 부인을 보러 그 젊은 여인이 호텔 앞을 지나갈 때마다 야유를 보냈고,** 수위가 농담으로 한 것인지 아닌지는 모르지만 "가소롭게도 잘난 체하는 늙은 여자"에게 부여한 여든 살을 그 아름다운 젊은 여인의 얼굴에서 보는 것이었다. 누군가가, 습진에 시달리고 우스꽝스러울 만큼 뚱뚱하지만 종업원들에게는 미인으로 보이는 호텔의 두 계산원 중 하나보다 그

---

* 뇌이유는 16구에 속한 부자 동네로 샤를뤼스의 모델로 인용되는 로베르 드 몽테스큐가 살았던 곳이다. 그리고 부르고뉴 거리는 7구에 속하는 거리로, 이런 거리 묘사에 따르면, 화자의 집은 센강 좌안에 위치하는 것으로 추정된다. 그런데 화자가 사는 게르망트 저택은 앞에서 보면 "센강 우안에 위치한 포부르 생제르맹의 첫째가는 살롱"으로 묘사되어 있다.(『잃어버린 시간을 찾아서』 5권 50~51쪽 참조.)

** 로베르 드 몽테스큐의 원래 이름은 로베르 드 몽테스큐-페장사크이다.

여인이 더 우아하다고 말했다면, 그들은 배를 잡고 웃었을 것이다. 어쩌면 성적 욕망만이 그들이 착오를 일으키는 걸 막을 수 있을지도 몰랐다. 그들이 가소롭게도 잘난 체하는 늙은 여자라고 부르는 여인이 지나갈 때 성적 욕망이 작동해서 제복 입은 종업원들에게 돌연 그 젊은 여신을 탐내게 한다면 말이다. 그러나 우리가 알지 못하는 이유로, 아마도 사회적 성질의 것이라고 생각되지만, 그런 욕망은 작동하지 않았다.

그러나 어쨌든 그날 저녁 알베르틴이 그 부인과 함께 몇 걸음 걸었다고 말했으리라고(나를 만나지 못해서) 생각되는 시각에, 나도 외출해서 같은 길을 지나갈 수 있었다. 그때 내 정신은 지독한 어둠에 휩싸여 알베르틴이 혼자 있는 모습을 본 사실마저 의심했을지 모른다. 어떤 착시 현상 때문에 부인을 보지 못했는지도 이해하려 하지 않고, 또 내가 착각했다 해도 별로 놀라지 않았을 것이다. 왜냐하면 별의 세계보다 더 알기 힘든 것이 인간의 실제 행동으로, 특히 우리가 사랑하는 이들은 자신을 보호할 목적에서 지어낸 이야기들을 가지고 우리 의혹에 더욱 굳세게 맞서기 때문이다. 얼마나 오랜 세월 동안 그 이야기들은 우리의 사랑을 무기력하게 만들어, 사랑하는 여인에게 결코 존재한 적 없는 언니나 오빠, 시누이가 외국에 있다고 믿게 하는가! 게다가 이야기의 순서 때문에 하찮은 이유들에 국한해서 말했지만, 그렇지 않았다면 얼마나 많은 진지한 이유들이, 때로는 날씨, 때로는 타자에 의해 세계가 깨어나는 소리를 침대에서 들었던 이 책의 시작 부분이 가벼운 거짓말 뒤로 드러났을 것인가! 그렇다. 나는 이야기를 축소하고 거짓말쟁이가 될 수밖에 없었지만, 하나의 우주가 아닌 수백만의 우주가, 인간의 눈동자와 지성이 존재하는 수만큼의 많은 우주가 매일 아침마다 깨어난다.

알베르틴의 이야기로 돌아가 보면, 나는 알베르틴만큼 활기찬 거짓말에, 삶의 빛깔로 채색된 거짓말에 뛰어난 재능을 타고난 여인을 알지 못했다. 예외가 있다면 그녀의 여자 친구였는데 — 그녀 역시 꽃핀 소녀들 중의 하나로 알베르틴처럼 분홍빛이었다. — 들어가고 튀어나오고 다시 들어간 고르지 못한 옆얼굴이, 길고도 구불구불하게 파인 어느 이름도 잊어버린 분홍빛 꽃송이와 완전히 닮은 소녀였다. 소녀는 이야기를 지어내는 관점에서는 알베르틴보다 뛰어났지만 내 여자친구에게서 그토록 빈번히 나타나는 고통스러운 순간이나 분노를 암시하는 표현을 이야기에 전혀 섞지 않았다. 그렇지만 나는 내 여자 친구가 이야기를 지어낼 때면 전혀 의심하지 못할 정도로 매력적인 솜씨를 보인다고 말했는데, 왜냐하면 말을 눈처럼 사용하면서 얘기하는 모습이 말하는 것을 — 실제로는 상상한 것을 — 눈앞에서 보여 주는 듯했기 때문이다.

나는 거기에 "그녀가 고백할 때면"이라는 말을 덧붙였는데 그 이유는 다음과 같다. 이따금 뭔가 놀라운 우연의 일치가 그녀에 관해 질투 어린 의혹을 불러일으켰고, 그런 의혹 속에서 그녀 옆에는 과거, 또는 슬프게도 미래로부터 다른 사람이 나타나곤 했기 때문이다. 내 얘기를 확신하는 것처럼 보이려고 내가 이름을 말하면, "그래요, 그분하고는 일주일 전 집 가까운 곳에서 만났어요. 예의상 그분 인사에 답했어요. 함께 두세

걸음쯤 걸었을까. 하지만 우리 사이에는 아무 일도 없었어요. 앞으로도 없을 거고요." 그런데 알베르틴은 그 사람과 만나지도 않았다. 그 사람은 열 달 전부터 파리에 오지 않았기 때문이다. 그러나 내 여자 친구는 그 말을 완전히 부정하면 사실처럼 보이지 않으리라고 생각했다. 바로 거기서 그녀의 짧은 허구적 만남이 연유했고, 그토록 간단한 이야기에서 나는 부인이 걸음을 멈추고, 알베르틴에게 인사하고, 그녀와 함께 몇 걸음 걷는 모습을 보았다. 오로지 사실처럼 보이는 데에만 관심이 있을 뿐, 내게 질투를 불러일으키려는 소망 같은 것은 전혀 없었다. 알베르틴은 어쩌면 타산적인 사람은 아니었지만, 사람들이 친절을 베풀면 좋아했다. 그런데 나는 이 작품이 전개되는 과정에서, 질투가 사랑을 얼마나 배가하는지 보여 줄 기회가 여러 번 있었고, 또 앞으로도 그럴 테지만, 그 일은 항상 나의 입장이었던 연인의 관점에서 이루어졌다. 그러나 이런 연인에게도 얼마간의 자존심이 있다면, 비록 사랑하는 여인과의 결별로 인해 죽음에 이른다 할지라도, 배신으로 추측되는 행위에는 결코 친절로 답하지 않을 것이며, 물러가거나 혹은 멀어지지 않아도 스스로에게 무관심을 가장하도록 명할 것이다. 그러므로 사랑하는 여인이 그를 괴롭히는 건 헛된 일로, 시간만 낭비하게 되리라. 이와 반대로 애인이 능란한 말솜씨와 다정한 애무로 그를 괴롭히는 온갖 의혹을 불식시킨다면, 그는 아마도 질투가 사랑을 고조시키는 그런 절망적인 사랑의 팽창을 더 이상 체험하지 못할 것이며, 오히려 갑자기 괴로워하기를 멈추고, 행복하고 감동하고, 마치 소나기가 내리다 멈춘 후 커다란 마로니에 나무 아래 매달린 물방울들이 이미 다시 나타난 햇볕에 채색되면서 방울방울 긴 간격을 두고 떨어질 때처럼 마음이 느긋해져서 자신을 낫게 해 준 애인에게 고마움을 표하고 싶어 어쩔 줄 몰라 할 것이다. 알베르틴은 내가 그녀의 친절에 보답하고 싶어 한다는 것을 알았다. 그리고 이것이 어쩌면 그녀가 왜 자연스러운 고백으로 자신을 결백하게 하려고 이야기를 지어냈는지, 또 내가 생각조차 해 보지 못한 이야기, 그중 하나가 이미 사망한 베르고트와의 만남 같은 이야기를 지어냈는지를 설명해 줄 것이다. 지금까지 나는 알베르틴의 거짓말이라곤, 이를테면 발베크에서 프랑수아즈가 전해 준 것밖에 알지 못했는데, 그것이 얼마나 나를 아프게 했는지 당시에는 빠뜨리고 말하지 않았다. "아가씨는 이곳에 오고 싶지 않은지 '내가 외출해서 만나지 못했다고 도련님께 말해 줄 수 있어요?'라고 하더군요." 그런데 우리를 좋아하는 '아랫사람들'은 프랑수아즈가 그랬듯이, 우리의 자존심을 상하게 하는 데서 기쁨을 느낀다.

저녁 식사가 끝난 뒤 나는 알베르틴에게 자리에서 일어난 김에 친구를 보러 가겠다고, 빌파리지 부인이나 게르망트 부인, 캉브르메르네 가운데 누군지는 확실치 않지만, 그들 중 집에 있는 사람들을 보러 가겠다고 말했다. 다만 내가 가려고 생각했던 베르뒤랭네의 이름은 말하지 않았다. 알베르틴에게 나와 함께 가지 않겠느냐고 물었다. 그녀는 드레스가 없다는 핑계를 댔다. "또 머리가 엉망이에요. 내가 언제까지 이런 머리 스타일을 고수하기 바라는 거죠?" 그리고 작별 인사를 하려고 갑작스레 팔을 뻗고 어깨를 올리면서 손을 내밀었는데, 이런 동작은 예전에 그녀가 발베크 해변에서 했지만 그 후에는 전혀 하지 않았던 것이다. 이 잊었던 동작이 그녀의 몸에 활기를 주면서, 나를 거의 알지 못했던 시절의 알베르틴의 몸으로 다시 만들었다. 그리하여 알베르틴이 무뚝뚝한 표정을 지으면서도 정중하게 대했던 초기의 새로움과 미지의 매력, 그녀를 만났던 배경까지도 되살아나게 했다. 내가 바닷가에 있지 않은 뒤부터 이렇게 인사하는 모습을 한 번도 본 적 없는 소녀 뒤로 바다가 보였다. "아주머니는 이런 머리 스타일 때문에 나이가 들어 보인다고 하셨어요." 하고 그녀는 시무룩한 표정으로 덧붙였다. '아주머니의 말이 사실이라면 얼마나 좋을까!' 하고 나는 생각했다. 봉탕 부인이 원하는 것은, 알베르틴이 어려 보여 자신을 보다 젊어 보이게 하고, 또 나와 결혼해서 한 재산 가져다줄 때까지 한 푼도 쓰지 않았으면 하는 것뿐이었다. 그러나 나의 소망은 알베르틴이 젊거나 아름답게 보이지 않아, 거리에서 뒤를 돌아다보려고 고개를 돌리는 일이 자주 없었으면 하는 것이었다. 왜냐하면 질투에 사로잡힌 연인의 마음을 안심시켜 주는 것은, 젊은 여자를 보살펴 주는 나이 든 부인이 아니라, 사랑하는 여인의 얼굴에 나타나는 나이 든 모습이기 때문이다. 다만 알베르틴에게 요구하는 머리 스타일이 그녀를 더욱 갇힌 여인으로 보이게 하지 않을까 하는 생각에 괴로웠을 뿐이다. 알베르틴과 멀리 있어도, 이런 동일한 새로운 가족 감정이 나를 계속 그녀에게 묶어 놓았다.

게르망트 부인 댁이나 캉브르메르 댁에 함께 가는 일이 별로 내키지 않는다고 하는 알베르틴에게, 나는 어디로 갈지 모르겠다고 말하면서 베르뒤랭네 집으로 출발했다. 내가 베르뒤랭네 집에 가려고 막 떠나려는 순간, 그곳에서 들을 연주회 생각이 내게 "긴 다리의 두루미야, 긴 다리의 두루미야."라고 외치던 오후 장면을, 어쩌면 환멸적인 사랑이나 질투 어린 사랑의 장면, 그러나 또한 어쩌면 오랑우탄이 자기가 반한 여성에게, 말이라는 차이만 제외하고 했을지도 모르는 그런 동물적인 사랑을 떠올린 순간, 내가 길에서 마차를 부르려는 순간, 그때 한 남자가 담 모퉁이 귓돌에 앉아 울음을 억제하지 못하고 터뜨리는 소리를 들었다. 옆으로 다가갔다. 팔로 머리를 감싼 사람은 젊은 남자인 듯 보였는데, 우아하게 옷을 입은 모습이, 외투에서 삐져나온 하얀색으로 미루어 연미복 차림에 하얀 넥타이를 맨 것 같아 나는 깜짝 놀랐다. 내가 다가가는 소리를 듣고 그는 눈물이 그렁그렁한 얼굴을 들었으나, 금방 나를 알아보고는 얼굴을 돌렸다. 모렐이었다. 그는 내가 알아봤음을 알고 눈물을 멈추려고 애쓰면서, 너무 괴로워서 잠시 걸음을 멈추었다고 했다. "깊이 사랑하는 사람에게 바로 오늘 심한 욕을 퍼부었어요. 비겁한 인간의 소행이죠. 그녀는 나를 사랑하니까요."라고 그가 말했다. "시간이 가면 그녀도 잊어버리겠죠."라고 나는 내가 오후 장면을 들은 것처럼 보이리라고는 미처 생각 못 하고 그렇게 대답했다. 그러나 그는 너무도 슬픔에 잠겨서 내가 뭔가를 안다는 생각은 하지도 못했다. "그녀는 아마 잊어버리겠죠."라고 그가 말했다. "그러나 나는 잊을 수 없어요. 수치스럽고, 또 나 자신이 역겨워요. 그러나 말은 이미 뱉어졌고, 무엇으로도 그 말을 하지 않은 것으로 만들 수는 없답니다. 화가 나면 나는 내가 뭘 하는지도 몰라요. 내 몸에 아주 해롭죠. 신경이 온통 뒤죽박죽되어 버리니." 모든 신경 쇠약 환자들처럼 그는 자신의 건강을 지극히 걱정했다. 만일 오후에 내가 미친 듯이 날뛰는 짐승에게서 사랑의 분노를 목격했다면, 그날 저녁에는 몇 시간 만에 몇 세기가 지나갔고, 또 새로운 감정의 출현이, 수치심과 회한과 슬픔이라는 감정이, 짐승에서 인간으로 변하는 진화 과정에서 중요한 단계가 극복되었음을 보여 주었다. 그럼에도 내 귀에는 여전히 "긴 다리의 두루미야, 긴 다리의 두루미야."라는 말이 들렸고, 나는 그가 곧 야만인 상태로 돌아갈까 봐 두려웠다. 어쨌든 나는 정확히 무슨 일이 일어났는지 잘 이해하지 못했고, 샤를뤼스 씨조차 며칠 전부터, 특히 그날 바이올리니스트의 상태와 직접적으로 연관이 없는 그 수치스러운 사건이 일어나기 전까지는, 모렐의 신경 쇠약이 재발한 사실을 전혀 모르고 있었다. 사실 모렐은 지난달에 약혼자로서 마음대로 데리고 나갈 수 있는 쥐피앵의 조카딸에게, 자신이 할 수 있는 것보다는 빠르고, 원하는 것보다는 느린 유혹의 손길을 뻗었다. 그러나 겁탈을 하겠다는 그의 계획은 너무 멀리 나간 것이었다. 특히 약혼녀에게 그녀가 소개해 주는 다른 소녀들과 관계를 맺겠다고 말했을 때 그는 저항에 부딪쳤고, 그 때문에 격노했다. 그런데 그 결과로(그녀가 너무 순결했는지, 아니면 반대로 그에게 몸을 맡겼는지는 모르지만) 그의 욕망이 진정되었다. 그는 헤어지기로 결심했지만, 남작이 타락하긴 했으나 자기보다는 훨씬 도덕적인 사람임을 인지했으므로, 그녀와 헤어지자마자 샤를뤼스 씨에게 내쫓길까 봐 겁이 났다. 그래서 이 주 전부터 소녀를 다시 만나지 않기로 결심했고, 샤를뤼스와 쥐피앵이 그들 사이의 '문제를 해결해 주도록'(그는 캉브론이 쓴 것과 같은 종류의 '시궁창에서 벗어나다'라는 단어를 사용했지만)* 맡기고, 결별을 통보하기 전에 그들이 모르는 곳으로 '꺼지기로' 결심했다. 그는 이런 사랑의 결말이 조금은 슬펐다. 그래서 쥐피앵의 조카딸에게 했던 그의 행동이, 아주 세부적인 내용까지 그가 생마르스르베튀에서 저녁 식사를 하며 남작에게 늘어놓았던 이론과 정확히 겹쳤음에도 불구하고,** 실제로는 그것과 아주 달랐으며, 또 이론상의 행동에서는 예측하지 못했던, 덜 가혹한 감정이 그의 실제 행동을 장식하면서 보다 감상적으로 만들었는지도 모른다. 반대로 현실이 계획보다 끔찍한 것은, 그의 계획에선 이런 배신행위를 한 뒤 파리에 남아 있기가 가능하지 않았지만, 지금은 그처럼 단순한 일로 '꺼진다'는 게 지나친 일로 보인다는 점이었다. 그것은 남작을, 틀림없이 격노할 남작을 떠나고 또 자신의 신세를 망친다는 의미였다. 남작이 주던 돈도 모두 잃게 될 터였다. 그 일을 피할 수 없다고 생

---

* '문제를 해결하다'라는 의미의 se débrouiller라는 점잖은 표현 대신, 캉브론이 쓴 것과 같은 저속한 표현인 '시궁창에서 벗어나다'를 의미하는 se démerder라는 단어를 사용한다는 의미이다. 이 단어는 워털루 전투 당시 캉브론 장군이 했다는 욕설(merde)과 관계가 있다.(『잃어버린 시간을 찾아서』 2권 264쪽 참조.)

** 『잃어버린 시간을 찾아서』 8권 277쪽 참조.

각하자 신경 발작이 일어났다. 그래서 몇 시간 동안 눈물을 흘리다가 거기에 대해 더 이상 생각하지 않으려고 모르핀을, 조심스럽게 먹었다. 그러다 갑자기 어떤 생각이, 아마도 조금씩 생기다가 얼마 전부터 형태를 갖추기 시작한 생각이 머릿속에서 떠올랐는데, 그것은 그녀와 헤어지는 일과 샤를뤼스 씨와의 완전한 불화 사이에서의 양자택일이 반드시 필요하지 않을지도 모른다는 것이었다. 남작이 주는 돈을 모두 잃는 것은 지나친 일이었다. 결정을 내리지 못한 모렐은, 마치 블로크를 처음 보았을 때처럼 며칠 동안 울적한 생각에 빠졌다. 그러다 그는 쥐피앵과 조카딸이 자기를 함정에 빠뜨리려 했으며, 이렇게 별다른 일 없이 끝나게 된 데 대해 그들이 오히려 자신에게 감사해야 한다는 쪽으로 마음을 정했다. 결국 소녀가 성적인 면에서 자신을 붙잡아 두지 못할 만큼 서툴렀으니 소녀의 잘못이라고 생각했다. 샤를뤼스 씨에게서 자신이 누렸던 지위를 포기하는 일은 불합리할 뿐만 아니라, 그들이 약혼한 다음부터 샤를뤼스 씨가 소녀에게 베풀었던 그 값비싼 저녁 식사마저 아깝다는 생각이 들었는데, 매달 나의 작은할아버지께 자기가 쓴 '책'을 가져다 드렸던 하인의 아들로서, 모렐은 저녁 식사 값이 얼마인지도 말할 수 있었다. 보통 사람들에게는 그저 인쇄된 저작물을 의미하는 '책(livre)'이라는 단어가 단수로 쓰일 경우, '전하'와 하인에게서는 이런 의미를 상실한다. 하인에게 그 단어는 금전 출납부를 의미하며, 전하께는 인명이 기재된 방명록을 의미한다.(빌베크에서 어느 날 뤽상부르 대공 부인이 '책'을 가져오지 않았다고 말했을 때, 나는 부인께 『아이슬란드의 어부』와 『타르타랭 드 타라스콩』을 빌려 드릴 뻔했으나,* 부인이 무슨 의미로 그런 말을 했는지 금방 깨달았다. 책이 없어서 시간을 즐겁게 보내지 못한다는 뜻이 아니라, 부인 댁의 방명록에 내 이름을 올리기가 어렵다는 의미였다.) 자신의 행동이 가져온 결과를 바라보는 모렐의 관점이 변했음에도, 비록 두 달 전 쥐피앵의 조카딸을 열정적으로 사랑했을 때에는 끔찍하게 생각했지만, 이 주 전부터는 매우 자연스럽고 칭찬할 만하다고 계속해서 되풀이해 말하는 그 동일한 행동이 그의 신경 상태를 악화시켰고, 조금 전 그런 상태에서 결별을 표명했던 것이다. 그리하여 그는 사랑의 마지막 흔적인 그 두려움의 잔재를 아직도 간직하고 있는 소녀를 상대로 하지 않는다면(일시적 발작은 제외하고), 적어도 남작에게는 '화풀이할' 준비가 되어 있었다. 그렇지만 만찬 전에는 아무 말도 하지 않으려고 조심했고, 전문가로서의 뛰어난 연주 솜씨를 다른 무엇보다 중요시했으므로, 특히 연주하기 힘든 곡을 마주할 때면(그날 밤 베르뒤랭 집에서처럼), 뭔가 자신의 손동작을 급격하게 불규칙적으로 만들 위험이 있는 것은 모두 피했다. 자동차 운전에 열광하는 외과 의사가 수술이 있을 때면 운전을 중단하는 것과 마찬가지다. 바로 이것이 그가 왜 내게 말을 하면서도, 손가락이 유연성을 되찾았는지를 알아보기 위해, 손가락 하나하나를 차

---

* 『아이슬란드의 어부』는 피에르 로티(Pierre Loti, 1850~1923)의 작품이며, 『타르타랭 드 타라스콩』은 알퐁스 도데(Alphonse Daudet, 1840~1897)의 작품이다. 피에르 로티는 프루스트가 젊은 시절 좋아했던 작가이며, 도데의 아들인 자크 도데는 프루스트의 친한 친구였다.

례로 천천히 움직여 보는지를 설명해 주었다. 살짝 눈썹을 찌푸리는 모양이 아직도 신경이 경직되었음을 보여 주는 듯했다. 그러나 그 경직 상태가 더 이상 커지지 않도록 얼굴 주름살을 폈는데, 이는 마치 병적인 공포 자체가 잠이나 쾌락을 지연시킬까 봐 겁이 난다는 듯, 잠을 이루지 못하거나 여인을 쉽게 소유하지 못해도 흥분하지 않으려고 애쓰는 것과도 같았다. 그리하여 베르뒤랭네 집에서 연주하는 동안에는 보통 때처럼 자기 연주에 완전히 몰두하기 위해 평정심을 되찾고, 또 내가 지켜보는 동안에는 자신의 고통을 확인시키고 싶어 했으므로, 가장 간단한 방법은 내게 즉시 떠나 달라고 간청하는 것으로 생각되었다. 그러나 그는 간청할 필요가 없었고, 나는 오히려 그곳을 떠나게 된 것을 다행으로 여겼다. 몇 분 간격을 두고 같은 집으로 가면서 나는 그가 그곳까지 태워다 달라고 할까 봐 몸이 떨렸고, 또 오후 장면을 너무도 생생하게 기억했으므로, 가는 동안 모렐이 옆에 있다고 상상하는 것만으로도 역겨움을 느꼈다. 쥐피앵의 조카딸에 대해 모렐이 처음엔 사랑을, 다음에는 무관심이나 증오심을 느낀 것은 진심이었으리라. 불행하게도 모렐이 그렇게 행동한 것은, 언제까지나 사랑하겠다고 맹세한 소녀를 '차 버린' 것은 처음이 아니었으며(마지막도 아닐 테지만), 소녀를 버릴 만큼 자신이 비겁하다면 차라리 머리에 총을 쏘고 자살하겠다고 말하면서 장전한 총을 보여 주기까지 했었다. 그럼에도 그는 그녀를 버렸고, 양심의 가책을 느끼는 대신 어떤 원한을 품었다. 그리고 그가 그렇게 행동한 것은 처음이 아니었고 또 마지막도 아니어서, 모렐이 그들을 잊어버린 것처럼 그렇게 쉽게 잊어버리지 못한 많은 소녀들의 머리는 — 쥐피앵의 조카딸이 모렐을 경멸하면서도 계속 사랑하며 오래도록 괴로워했듯이 — 내부의 통증으로 인해 터질 것처럼 아팠다. 왜냐하면 그들의 머릿속에는 고대 조각상의 파편과도 같은, 대리석처럼 단단하고 고대 예술품처럼 아름다운 모렐의 얼굴 모습이, 꽃처럼 피어나는 머리칼과 섬세한 눈과 일직선의 코와 함께 갇혀 있어, 그것을 받는 용도로 마련되지 않은 두개골에 돌기를 형성하고, 그리하여 수술로도 제거할 수 없기 때문이다. 그러나 시간이 지나면서, 그렇게 단단한 파편도 지나치게 아픔을 주지 않은 곳까지 이동하고 거기서 더 이상 꼼짝하지 않으면서, 그 존재마저 느끼지 못하게 된다. 이것이 망각 혹은 덤덤한 추억이다.

그날 내게는 두 개의 소득이 있었다. 하나는 알베르틴의 순종이 가져다준 평온함 덕분에 그녀와의 결별 가능성을 떠올리고, 그래서 헤어질 결심을 했다는 점이다. 다른 하나는 그녀를 기다리는 동안 피아노 앞에 앉아서 했던 성찰의 결실로, 내가 다시 얻은 자유를 바치려고 생각한 '예술'의 관념이 희생을 치를 만한 가치가 없으며, 뭔가 우리 삶 밖에 위치하여 삶의 덧없음과 허무에도 관여하지 않고, 작품 속에 구현된 실제적인 개인성의 외관도 능란한 기교의 속임수에 불과하다는 생각을 했다는 사실이다. 그날 오후 나절이 내 안에 다른 흔적을, 보다 심오한 흔적을 남겼다 해도, 그것은 먼 훗날에 가서야 인식하게 될 것이었다. 게다가 내가 분명히 헤아릴 수 있었던 이 두 개의 소득도 그리 오래 지속되지는 않았다. 왜냐하면 바로 그날 저녁 예술에 대한 내 관념은, 오후에 낮게 평가했던 것에서 높이 평가하는 쪽으로 바뀌었고, 반대로 마음의 평온은, 따라서 나를 예술에 전념하게 하는 자유의 감정은 다시 나에게서 물러가려고 했기 때문이다.

(10권에서 계속)

옮긴이 **김희영** Kim Hi-young. 한국외국어대학교 프랑스어과를 졸업하고 프랑스 파리 3대학에서 마르셀 프루스트 전공으로 불문학 석사와 박사 학위를 받았다. 서울대 불어불문학과 및 대학원 강사, 하버드대 방문교수와 예일대 연구교수, 한국외국어대학교 서양어대 학장 및 프랑스학회와 한국불어불문학회 회장을 역임했다. 「프루스트 소설의 철학적 독서」, 「프루스트의 은유와 환유」, 「프루스트와 자전적 글쓰기」, 「프루스트와 페미니즘 문학」 등의 논문을 발표했고, 『문학장과 문학권력』(공저)을 썼으며, 롤랑 바르트의 『사랑의 단상』과 『텍스트의 즐거움』, 사르트르의 『벽』과 『구토』, 디드로의 『운명론자 자크와 그의 주인』을 번역 출간했다. 현재 한국외국어대학교 명예 교수로 있다.

잃어버린 시간을
찾아서 9

갇힌 여인 1

1판 1쇄 펴냄 2020년 11월 13일
1판 5쇄 펴냄 2023년 1월 25일

지은이 마르셀 프루스트
옮긴이 김희영
발행인 박근섭·박상준
펴낸곳 (주)민음사

출판등록 1966. 5. 19. 제16-490호
주소 서울시 강남구 도산대로1길 62(신사동)
강남출판문화센터 5층(우편번호 06027)
대표전화 02-515-2000 | 팩시밀리 02-515-2007
홈페이지 www.minumsa.com

ISBN 978-89-374-8569-5 (04860)
978-89-374-8560-2 (세트)